서울
아웃
박

서른아홉

1판 1쇄 찍음 2014년 12월 10일
1판 1쇄 펴냄 2014년 12월 17일

지은이 | 다미레
펴낸이 | 고운숙
펴낸곳 | 봄 미디어

기획·편집 | 손수화 정수경

출판등록 | 2014년 08월 25일 (제387-2014-000040호)
주소 | 경기도 부천시 원미구 소향로17, 304(두성프라자) (우)420-864
영업부 | 070-5015-0818 편집부 | 070-5015-0817 팩스 | 032-712-2815
E-mail | bommedia@naver.com
소식창 | http://blog.naver.com/bommedia

값 9,000원

ISBN 979-11-86093-48-1 03810

contents

프롤로그

타다닥!

불꽃은 여지없이 뜨겁다.

무섭게 타오를 때면 이보다 강한 건 세상 그 어디에도 없다.

지금 손안에서 비장미를 풍기며 불꽃에 맞서는 플래티늄은 그 어떤 광물보다 강하다.

너무도 강해 작업자가 시력을 보호하기 위해 눈을 가림은 물론, 한 번씩 내려칠 때마다 강한 성질에 반한 그 진동과 파동이 고스란히 기술자의 손과 손목에 전해진다.

그 묵직하고 얼얼한 감각.

마치 뒤통수를 가격당한 것처럼 아찔하다.

그런 플래티늄도 불에 맞서 치열하게 버티다 결국은 흐물흐물 녹고 만다.

어릴 적 만만하게 놀던 뽑기 속, 달이 되고 별이 된다.

녹는점이 가장 높은 플래티늄이 그럴진대 그 어떤 광물이 명함이나 내밀까.

불은 그만큼 강하고 대적할 이가 없다.

세상천지가 온통 불성을 가진 뜨거운 이들의 천국 같다.

그런 불을 잦아들게 하고 그 불성을 끝내 꺾게 만드는 건,

활활 타오르는 뜨거움도 한순간 덮쳐 버리는 장악력도 없는 소량의 물.

불은 조금의 물이라도 만나면 그대로 성질을 잃는다.

물은 그렇게 소리 없이 강하다.

그런 강한 성질에 도무지 속을 알 수 없고 잔잔함을 표방하는 호수라면……

서른아홉.

그런 사람을 만났다.

행복이 뭐냐고 물으면 인터넷 강의처럼 설명할 수는 없지만 충분히 행복한 척할 수 있는 너그러운 나이이자, 능숙함을 가장하고 능란하게 처세를 할 수 있는 조금은 어른스런 나이. 실상은 온종일 휘몰아치는 외로움과 상실감에 지쳐 소파에서 텔레비전 전자파 마사지를 받으면서도 유유자적할 수 있는 여유로운 나이.

그런 나이에 성숙함을 가장하지 않는 사람을 만났다.

미처 봄인지도 몰랐는데 계절은 변하고 정신을 차리니 장마의 시작에 그 남자가 있었다.

변덕스런 폭우와 함께 시작된 감정.

급작스런 날씨로 이어진 감정.

지금 와 우리가 얼마의 시간을 함께했었는지는 명확하게 생각나지 않는다.

그 시간을 잊을 만큼 짧았는지, 충분히 길었는지.

이 마른장마가 끝날 때쯤 우린 각자 서로를 모르던 그때로 돌아가 있을까. 그럴 수 있길 기도하지만 아마 그럴 수는 없겠지⋯⋯.

영화 '이터널 선샤인'의 주인공처럼 모든 기억을 삭제하지 않으면 모를까.

내 기억회로가 불량품이길 바라지만 난 지금 이 순간도 그 사람을 기억한다.

그런 사람을 난 떠날 수 있을까.

이런 사람을 난 외면할 수가 있을까.

간밤 우리가 나눈 사랑이 이 불보다 뜨겁다 말한다면 난 거짓말쟁이가 되는 걸까. 그럼에도 불구하고 우리의 사랑은 불보다 뜨겁고 물보다 강하다 말하고 싶다.

오로지 개인적인 판단으로만 이 관계가 성립되고 귀결된다면 난 더 이상 망설이지 않을 거다, 절대.

잇점(서로 맞닿는 부분)을 맞춰 땜질까지 한 링을 머루 위에 올려놓고 한동안 쳐다봤다.

우물도 아닌데 동그란 원 속에 그 사람이 있다.

내 모든 의식과 무의식을 통제하고 사로잡은 그 사람과 이

별할 수 있을까.

그 이별이란 게 가능은 한 걸까.

서로 다른 사이즈와 모양의 줄질을 수십 번, 수백 번 더하고 보태 비로소 광을 내기 바로 전 단계까지 도달했다.

우리의 감정도 그랬다.

실수하지 않기 위해, 나이가 주는 상실감과 압박감으로 인해 착오, 착각에 빠지지 않기 위해 매 순간 내 스스로를 점검하고 검수했다.

집요할 정도로.

우리의 감정도 이렇게 막 빛을 보려던 참이었다.

모든 게 불안한 만큼 명징하고 확실했다.

난 그 사람에게 가고 그 사람은 날 반갑게, 따뜻하게, 늘 그런 것처럼 다정하게 보듬어 주기만 하면 됐었는데…….

갈기로 마지막 마무리를 하고 광쇠로 링 안쪽과 모서리에 윤을 냈다.

순간적인 힘이 필요한 일이라 광쇠를 최대한 빠른 속도로 문질렀다.

마지막 단계로 텀블링 안에 두 손을 넣고 빠우 약을 묻혀 회전기에 반지를 댔다. 그러자 조금씩 본연의 색을 찾으며 광이 나기 시작했다.

밀리고 미는 서로 다른 성질로 인해 손이 감당할 수 없을 정도로 뜨거워지면서 빠우 약으로 인해 반지는 엘파바처럼 온통 초록으로 변했다.

나도, 나도 당신으로 인해 성장하고 변했다 말하고 싶었는데.

변화의 계기를 주고 그 변화를 두려움 없이 받아들이게 해주어 감사하다고 말하고 싶었다.

이제는 끝내 전할 수 없는 말이 됐지만…….

주방 세제를 푼 초음파 세척기에 반지를 씻어 냈다.

당신과 내 마음도 시간이 지나면 이렇게 반듯하게 씻길까.

누군지 말할 수 없지만, 굳이 그러지 않았으면 좋겠는데…….

감미옥이 들으면 또 재수 없다고 욕하겠지. 내가 생각해도 꼴불견이다.

"어! 사장님 나오셨네요?"

매장의 정희 씨가 어쩌면 마지막일 수도 있는 인사를 반가운 첫인사처럼 했다.

그래, 오늘은 샵을 나오는 마지막 날이면서 오늘 처음 하는 첫인사이기도 하니까.

"진행 중인 거 마무리 좀 하려고."

"그럼 마저 마무리하시고 내려오셔요. 다 같이 모닝커피 마시게요."

"그래."

마침내 반듯하게 완성된 반지를 창문을 투과해 비치는 강한 빛에 대 보았다.

플래티늄 고유의 빛깔이 묵직하고도 고아한 빛을 내뿜었다. 결코 경박하지 않은 빛.

그 누구보다 빛나고 그 누구에게도 바래지지 않는 빛.

빛보다도 강고한 빛.

곧바로 손가락에 껴 보았다.

내 작은 다섯 손가락 어디에도 맞지 않는 사이즈.

이래서 내 사람이 될 수 없구나.

싫다고, 못내 싫다고 도리질을 하고 싶지만 결국은 보내 줘야 하는 사람이구나.

윤건,

당신은.

1장
코발트블루

김포 전복 갈비탕.

나름 시각적, 금전적으로 심혈을 기울인 티가 역력하지만 그럼에도 허접함은 어쩔 수 없는 간판에 짧은 시선을 주다 걸음을 옮겼다.

걸으면서 눈에 들어오는 주위 경관은 무척이나 어수선했다.

갈비탕 건물 뒤로 보이는 규격화된 골프 연습장과 장난처럼 성의 없이 수술 부위를 그린 듯 곳곳에 빨간 깃발을 꽂아 놓은 메마른 논과 밭. 시간에 쫓겨 짓다 말고 부수다 만 건물들. 오래전에 내버려진 가구. 온갖 쓰레기들이 즐비한 교회 건물.

인위적이지 않은, 그러면서도 심하게 자연을 훼손한 풍광에 기막혀하며 무심히 땅을 보니 수많은 상처에도 여전히 곰보 얼굴을 한 골프공이 군데군데 보였다.

'이런 곳에서 상견례를 할 수도 있는 거구나.'

누드 컬러의 스틸레토 힐 때문에 걸을 때마다 땅이 푹푹 들어갔다.

'이럴 거면 미리 말이라도 해 주든가. 드라이빙 슈즈라도 신고 오게.'

덫에 빠지는 기묘한 쿠션감과 지저분해진 힐 때문에 대략 난감해하며 걷는데 그런 이영을 내내 지켜보다 통쾌해하듯 전화벨이 요란하게 울렸다.

클러치에서 핸드폰을 꺼내 보니 오늘 이 어처구니없는 만남을 주선한 정미옥 여사다.

"응."

―도착했니?

"앞이야. 어디야? 가게 안에 있는 거야?"

―아니. 우린 좀 늦을 것 같으니까 니가 먼저 가서 기다리고 있어. 예약한 방은 7번방이야. 그러고 보니 영화처럼 7번방의 선물이네.

피하지 못해 이 상황을 받아들인 이영과 달리 정미옥 여사는 목소리만으로도 행복의 정점을 찍고 계셨다.

―더우니까 들어가서 숨 좀 돌리고 있어.

"왜 안 오는데? 그쪽은 언제 온대?"

―글쎄, 좀 늦을 수도 있어. 횡성에서 올라오는 거니까.

"평일 낮에 전용 차로 타고 올라오는데 늦긴 왜 늦어? 늦는다면 이 시간에 청담동에서 여의도 거쳐 오는 내가 늦는 게 더

타당하고 맞는 거지."

순간적으로 삼켰던 말들이 쏟아져 나왔다.

미옥 여사는 잠시 꿀 먹은 벙어리마냥 잠잠하더니 한 소리 했다.

—……말 한번 잘한다. 상견례 자리에서도 꼭 그렇게만 해. 그럼 가정교육 잘 시켰다고 그 사람이 이혼 전적 있는 네 엄마 칭찬하겠다.

목소리에서 살기까지는 아니지만 숨길 수 없는 살의가 느껴 졌다.

그 살벌한 기운에 절로 웃음기가 섞여 나왔다.

"말이 그렇다는 거지. 얼른 와. 나 금방 가야니까."

—알았으니까 조신하게 있어. 첫 인상이 다는 아니지만 네 나이에는 무척이나 중요하니까 표정 관리 좀 하고. 되도록 활 짝 웃어. 넌 웃어야 좀 봐 줄 만하니까. 네 나이는 주름과 노화 에 기죽지 말고 자꾸 웃어야 해. 웃어야 복이 온다잖니.

"머리에 꽃 단 여자도 아니고 웃긴 뭘 보고 웃어?"

—묻지도 따지지도 말고 그냥 웃으라고. 넌 웃지 않으면 꼭 화난 사람같이 보여.

'웃어야 볼매다. 부모지만 참 리얼하고도 솔직한 발언이 네.'

"빨리 오기나 해. 둥근 해마냥 방실방실 웃고 있을 테니까."

전화를 끊은 이영은 긴 호흡을 하고 갈비탕 가게의 전복 모 양 손잡이를 잡아 문을 열었다.

가게는 그 비싼 전복이 곳곳에 매복해 있었다.

무표정한 직원이 다가와 일행이나 예약 여부를 묻기에 준비한 말을 건넸다. 이영을 복도 끝 어딘가로 데려간 직원은 전복이 일곱 개 붙은 룸 앞에 당도하자 문을 열어 주고 사라졌다.

'이 집 분위기 너무 이상해……'

남자를 보자 방실방실 웃을 수가 없었다.

굳은 것까지는 아니지만 훈훈한 인상만큼 결코 편한 표정이 아닌 남자는 자리에 앉는 이영을 빤히, 정말 죽어라 쳐다봤다.

'뭐야, 이 사람도 이상해. 오늘 대체 왜 이런 거야.'

남자가 먼저 와 있을 거라 예상 못 한 이영은 어색한 미소를 지으며 말을 건넸다.

"안녕하세요, 이영이라고 합니다."

"안녕하세요……"

그다음 말이 있어야 하는데 남자는 통성명을 끝까지 하지 않았다.

뒷말을 기다리는 듯 옅은 미소를 보이며 눈을 깜박이니 마침내 고대하고 기다리는 답이 나왔다.

"윤제동 씨 아들, 윤건입니다."

목소리에서 묘하게 여운이 느껴졌다.

댄디까지는 아니지만 세련된 정장 차림으로, 날카롭고 반듯한 느낌보다는 밀크티처럼 부드럽고 조용한 이미지가 연상되는 인상이었다.

어색하고도 다소 답답한 인사를 하니 방문이 열리며 중고생

교복 같은 타이트하고도 이상한 컬러 배합의 유니폼을 입은 여직원이 들어왔다. 방금 전 이곳으로 안내를 해 준 이와는 전혀 다른 옷이었다.

식사를 준비하겠다는 직원에게 아직 일행이 다 오지 않았으니 기다려 달라고 하자 직원은 대답도 없이 물 주전자만 내려놓고 휭하니 나가 버렸다.

'이 어색한 분위기에 직원까지 한몫하는구나.'

직원의 뒷모습에 둔 시선을 거두고 앞에 앉은 남자를 보니, 남자는 물을 따르고 있었다.

당연히 자신을 주리라 생각한 이영은 틈도 없이 단숨에 마셔 버리는 남자의 행동에 뜨악하고 한편으론 의아해했지만 일절 내색하지 않았다.

'우리가 선보는 것도 아닌데 무지하게 불편하네.'

다른 유리잔에 물을 따른 남자는 두 번째 잔은 이영에게 건넸다.

"감사합니다. 어른들은 언제 오시는 건지……."

핸드폰 소리에 이영은 하던 말을 멈췄다. 남자는 핸드폰을 꺼내 보고는 낮은 톤으로 한마디 했다.

"저희 아버집니다."

그 소리에 이영은 물 잔을 들어 한 모금 마시며 창밖을 응시했다.

창문으로 보이는 모습은 정문 앞 모습과 크게 다르지 않았다.

17

단층의 슬레이트 건물과 골프연습장 주차장. 각종 차들이 일렬종대로 줄을 서고 있었다. 그 차들 중 태반이 검은색과 흰색이었다. 그 모습에 불현듯 바둑판이 생각났다.

　'요즘 바둑에 관한 콘텐츠가 강세이지, 아마⋯⋯.'

　얼굴을 괴고 바둑판을 연상시키는 차들을 빤히 쳐다봤다.

　"어른들께서 못 오신다네요."

　그윽한 목소리에 고개를 돌리니 남자가 이영을 쳐다보고 있었다.

　"네에⋯⋯ 네? 못 오신다네요?"

　무심코 괸 손을 내리고 남자와 눈을 맞췄다.

　"저희 아버지 진료 예약 시간이 늦어져 아직도 기다리고 계신답니다. 일단 저희보고 정할 것 정하고 중요한 것들 체크하라십니다."

　"뭘 알아서 정하고 체크하죠? 우리가 재혼하는 것도 아닌데?"

　순간적으로 말에 감정이 실려 나왔다.

　없는 시간 빼서 서울도 아닌 김포까지 왔는데 당사자들은 나타나지도 않고, 하등 상관없고 불편한 위치의 장성한 양쪽 자식들만 앉아 이게 도대체 뭐하는 건지.

　"그럼 식사 먼저 할까요?"

　남자는 순발력 있게 테이블 끝에 있는 차임벨을 눌렀다.

　'이 어이없는 상황에서 밥까지 먹자고? 의외로 참 강심장이구나.'

"어차피 예약을 한 상태니 점심은 먹어야죠. 호텔도 아닌데 이렇게 자리 차지하고 있다 그냥 나가면 좋은 소리 들을 것 같지도 않고."

맞는 말이라 뭐라 반박할 수 없었다.

"네, 먹긴 먹어야겠죠."

쌍방이 연차도 있고 선을 보는 당사자들이 아닌지라 대화하기는 그리 어렵지 않았다.

직원이 들어오자 남자는 전복 갈비찜 소 자를 주문했다.

늦은 나이에 재혼하겠다는 당사자들 없이 처음 보는 남녀가 마주 앉아 갈비찜을 먹는다. 한숨이 절로 나오는 상황이지만 여기까지 나온 죄로 나 죽었소, 하고 참았다.

이렇게라도 해서 엄마를 누군가에게 안전하게, 아니, 그런 게 이 세상에 있기나 하는지 모르겠지만 인계할 수 있다면 그럭저럭 참을 수 있는 상황이라 생각했다. 그러면서도 어처구니가 없어 마음 한구석에서 실소와 비웃음이 터져 나왔다.

'재혼이라니. 다시 들어도 기가 막힌 단어요, 어이없는 발언이네.'

이영은 보름 전 재혼을 언급하던 미옥의 얼굴이 생각나 입안이 깔깔했다.

갑작스런 호출 때문에 기분이 상한 상탠데 마침 거래처에서

보내 온 조각비(다이아 박는 수공비)와 준보석 공임비 문자까지
보니 미간에 짜증이 그려졌다.

이영은 그 얼굴 고대로 정미옥 여사를 봤다.

"뭘 하겠다고?"

"재혼한다고."

"……."

말이 나오지 않았다. 재혼을 한다니…….

재혼이란 소리가 나온다는 게 마냥 신기하면서도 여직도 감
정이 봉인된 사람처럼 별다른 기분이 느껴지지 않아 뭐라 설
명할 수가 없었다. 그러면서도 화들짝 놀란 것은 사실이라 정
미옥 여사를 빤히 쳐다만 보았다.

"알아, 네가 무슨 소리 할지. 그런데 윤 선생님은 네 아버지
랑은 다른 분이야. 폭력은 물론 여자 갈아치우는 건 일상이었
던 네 아버지랑 달리 드러운 성질도 없고 인격적으로 여자 무
시하지도 않아. 물론 돈이야 네 아빠보다 많지 않지만, 그거
야……."

"살아 봤어?"

순간적으로 생각보다 말이 먼저 나와 버렸다.

이영은 핸드폰을 든 채 커피 잔을 들고 있는 미옥을 냉담하
게 쳐다봤다.

"……."

"살아 보지도 않고 승질이 있네 없네, 인격이 고매하네, 그
런 소리를 하는 거야? 인격은 모르겠고 승질 없는 사람이 어

20

됐어? 살아 있는 생명체 중에 승질 없는 건 없어. 그건 죽어 관에 들어가 못질까지 해야 가능한 거야."

이영의 냉랭한 반응에 미옥이 한숨을 내쉬었다. 한숨을 내쉬기에 바로 수긍하고 꼬리를 내리나 했더니 그건 또 아니었다.

"알았어. 근데 내가 1년 동안 옆에서 본 바로는 별다른 승질은 없었어."

1년을 본들 10년을 본들 옆에서 본다고 절대 알아지는 게 아니다. 자신도 모르게 내제되어, 때때로 포장되어 가려진 인간의 고약한 성향은.

그걸 그렇게나 요란하고 징하게 겪은 이가 감히 혼사를 입에 담다니.

"한 이불 덮고 자면서 보는 거랑 옆에서 남남으로 보는 건 달라. 근데 말이야……."

"……."

말을 끊자 미옥 여사가 약간 긴장한 채로 쳐다봤다.

"내가 이런 말을 꼭 해야겠어? 말하지 않으면 모르는 사람도 아니잖아?"

단어와 말속에 점점 어쩔 수 없는 감정들이 배어 나왔다.

미옥이 연거푸 한숨을 쉬며 창가 쪽으로 갔다.

"말로 설명해 봤자 안 통할 테고…… 한번 만나 봐. 그 집 아들이랑 같이."

그 집 아들이란 소리에 기분이 상했다. 아니, 기분은 이미 재혼을 거론할 때부터 더할 수 없이 상한 상태였다.

재혼도 기가 막힌데 어디다가 누굴 갖다 대는 건지…….

이 나이에 가족을 만들어 주겠다니. 지금 이영의 나이는 부모가 새 가족을 만들어 주는 게 아니라 그녀가 임신해 아이를 낳는 게 더 자연스럽고 설득력이 있어 보였다.

"내가 그 집 아들을 왜 만나?"

이제 제발 눈치채고 알아들으라고 목소리에 한껏 기분을 실어 날랐다.

"내가 재혼하려면 봐야지. 결혼 전에 인사도 하고 서로 준비할 것도 체크해야 하니까."

아무래도 제대로 미쳤나 보다.

정미옥 여사는 그 재혼이란 걸 진짜로, 정말로 하려는 모양이었다.

"그래서 하겠다고? 그 난리를 치고 이혼을 했으면서?"

"그랬으니 더 해야지. 이 세상에 네 아빠 같은 사람만 있는 게 아니란 걸, 내가 알고 불신의 아이콘인 네가 꼭 알려면."

이영은 하고 싶은 말을 꾹 삼키며 일단 미옥의 말을 듣기만 했다.

어디까지 가나, 보고 싶었다.

저 여인이 대체 무슨 말까지 하며 재혼을 하겠다고 할지 심히 기대됐다.

이혼도 재혼도 연애만큼이나 흔한 세상이지만, 정미옥 여사 입에서 그 지리멸렬한 단어가 다시 나올 줄은 정말 몰랐다.

이 집에 혼사란 단어가 다시 언급된다는 게 신기하면서도 기이하게 느껴졌다.

"일단 이 집은 전세 주고, 내가 김포든 횡성이든 윤 선생님 집으로 들어갈 거야. 그렇다 해도 뭐 요란하게 할 건 없어. 또 그 집 아들은 일 때문에 거의 횡성에 내려가 있는다니까, 매일 마주할 것도 아니고."

아무래도 안 되겠다. 더는 들어 줄 수가 없다.

농인지 알고 들어 주려고 했는데 너무 구체적인 사실들을 열거해 바로 입을 막아야 했다.

"그렇게 좋으면 그냥 애인으로, 사이좋은 친구로 지내. 줄창 같이 있다가 잠만 따로 자면 되잖아. 굳이 주위 사람들 불편하게 하고 눈총 받으면서 재혼할 필요가 있을까 싶은데, 난."

이 정도 이야기하면 알아서 이해하고 수습할 수준과 교양은 된다고 판단했다.

인격과 소양은 바닥권이지만 남들의 시선을 더없이 신경 쓰고 걱정하는 사람이니까.

"불편해하고 눈총 줄 사람, 너밖에 없어."

미옥 여사는 이영을 보며 제법 야멸차게 말했다.

어이 상실이란 말이 이럴 때 쓰라고 생긴 말인가 보다.

"그게 신경 쓰이면 하지 마, 재혼 같은 거."

판사가 판결을 내리듯 그렇게, 그런 톤으로 말했다. 자신의 재혼을 저평가하는 이영의 발언에 미옥이 드디어 앙칼진 손톱을 세웠다.

"아니, 난 할 거야. 그러니 너도 해, 재혼!"

미옥 여사의 표정에서 어떤 결기 같은 게 느껴졌다.

나이를 먹을수록 어이가 없고 기가 막힌다는 표현처럼 적당하고 알맞은 표현이 있을까 싶다. 그에 반해 점점 놀라거나 도저히 참을 수 없는 일이란 없어져 갔다.

남들은 노처녀 히스테리의 한 예로 점점 화가 많아진다는데 꼭 그렇지만도 않았다.

벌어진 일은 벌어진 일이고 일어난 일은 일어난 일로 자연스레 받아들여졌다.

모든 일에 조금씩 무뎌지고 조금씩 딱딱해져 갔다.

마모되는 게 아니라 서서히 쇠락한다고나 할까.

그러면서도 어이없고 기가 막힌 상황은 이처럼 왕왕 생기고 터졌다.

앞으로도 이런 일은 계속, 수시로 생기겠지.

죽기 전까지.

"차 들어요."

정신을 차리니 앞에 앉은 남자가 빤히 쳐다보고 있었다.

톤이 낮은 남자의 목소리는 무척이나 듣기 좋았다. 사실 목소리만 듣기 좋은 건 아니었다.

전체적으로 숱이 많은 갈색 머리도 보기 좋았고 무엇보다 눈이 묘했다.

쌍꺼풀은 있지만 그 정도가 얇아 시각적으로 반감이 생기지 않으면서도 시원시원한 눈매가 인상 깊었다. 눈동자는 옅은 갈색이었다. 눈동자보다 피부색이 더 짙은 갈색 톤으로 보였다. 오랜 시간 햇볕에 그을린 티가 확연히 났다.

'횡성에서 뭘 한다고 하긴 했는데 그게 뭐더라……. 횡성하면 손데. 소를 키우나.'

"혹시 그쪽에서 꼭 필요로 하신 게 있나요?"

이영은 계속 이러고 있을 수는 없어 먼저 진도를 뺐다.

"김포 집에 새로 구입하실 거나 바꾸고자 하는 게 있는지 해서요. 사실, 이런 상황을 한 번도 생각해 본 적이 없어 물으면서도 적잖이 당황스럽네요."

"재혼, 반대하시나요?"

남자는 이영에게 시선을 고정하고 물었다.

이상할 정도로 타인을 보는 시선에 흔들림이 없는 사람이다.

보통 타인을 첫 대면하면 불편하고 어색해 눈빛을 약간씩 비틀고 자연스럽게 피하기 마련인데 남자는 상대에게 시선이 고정된 듯 응시하며 빤히 쳐다봤다.

"뭐, 단식 투쟁하며 반대는 하지 않지만 제 입장에서는 반가운 일도 아니죠. 그냥 친구처럼 지내도 될 것을 굳이 재혼하신다고 하니."

"남녀 사이에 친구란 게 성립이 되나요?"

남녀 사이라. 그래, 남녀 사인 건 맞다.

성을 부정하지 않지만 뭔가 육체적 결합을 의미하는 성이 그

연세에 부각이 되는 게 자연스럽지는 않아 보였다. 그저 황혼 인생의 동지이자 일본에서 유행한다는 무덤 친구란 말이 더 적합하다 생각됐다. 하지만 욕할 것 같아 입 밖에 내지는 못했다.

"그건 모르겠고 당신들이 그렇게 좋으신 거면 잦은 만남으로도 충분할 것 같은데 굳이 재혼까지 해야 하나, 그런 의문은 드네요."

이 재혼을 반기지 않는다는 느낌을 은근히 어필했다. 혹시나 그쪽도 아니라고 판단되면 나서서 제동을 걸고 말리라는 식으로.

"저희 아버지, 만나 보셨나요?"

"아뇨. 오늘 만나 뵈려고 나온 건데 공교롭게도 무산이 됐네요."

궁금하기는 했다. 그것도 상당히.

도대체 어떻게 생기고 어떤 어른이시길래 계산적이고도 까다로운, 그러면서 남자라면 치를 떨던 정미옥 여사가 이리 뻔뻔하게 나오는지.

그간 그녀 인생을 봤을 때 재혼을 언급하기란 절대 쉽지 않을 텐데도 뻔뻔하게 밀어붙이고 있었다. 알랭드롱이나 폴 뉴먼, 아니면 로버트 레드포드쯤 되는 인물인지 심히 궁금했다.

"궁금하실까 봐 말씀드리는 건데 저랑 똑같이 생기셨습니다. 키만 좀 작으실 뿐."

"……!"

남자는 호수를 연상시키는 잔잔한 눈빛을 하고 그리 말했다. 그 진중한 말투와 사실적인 설명에 살짝 웃음이 났지만 참고 말했다.

"아버님께서 인상이 좋으시네요. 저희 엄마는 만나 보셨나요?"

"아니요, 아직 못 뵈었습니다."

"저랑은 전혀 안 닮아서……."

"그럼, 아버님을 닮은 겁니까?"

"누구, 저희 엄마요?"

이게 뭔 소린가 하며 되묻는 이영에게 남자는 살짝 웃으며 말했다.

"아니요, 이영 씨요."

남자의 웃는 모습에는 엄청난 반전이 숨어 있었다.

내내 차분하고 부드러운 인상이라 생각했는데 순간적으로 해맑은 소년의 얼굴이 보였다.

입가 주변, 보기에 흉하지 않은 작은 상처가 웃으니 깊은 우물 보조개로 3단 변신했다.

그 유명한 트랜스포머 변신보다 더 신기하게 느껴졌다.

아주 크게, 환하게 웃으면 도대체 어떤 얼굴이 될까 심히 궁금했다.

'나도 참, 처음 본 사람한테 별게 다 궁금하네.'

"전 저희 부모님과는 좀 많이 달라요. 이상하죠?"

어색한 웃음을 보이며 앞에 있는 차가운 매실차를 한 모금 마셨다.

물기가 어린 유리잔을 내려놓고 스치듯 남자를 보니 윤건이란 남자의 눈빛은 이영의 행동을 고스란히 따라다니고 있었다. 마치 필연적으로 따라다니는 그림자처럼.

예상 못 한 행동에 묘한 기분이 들었다.

"아무래도 오늘은 더 이상 의논하기가 어렵겠네요. 당사자인 어른들이 안 계시니……."

그 순간 핸드폰 벨 소리에 이영은 실례한다는 말을 하고 전화기를 확인했다.

〈학교. 지유 담임선생님.〉

이영은 실례한다는 말을 한 번 더 하고 얼른 전화를 받았다.

"네, 선생님. 안녕하세요. 무슨 일로…… 네? 지유가요? 네, 알겠습니다. 지금 바로 가겠습니다."

전화를 끊은 이영은 그녀의 표정과 행동을 살피는 남자에게 재차 양해를 구하고 서둘러 자리에서 일어났다. 그러자 남자도 자리에서 일어났다.

굳은 표정으로 서 있는 남자를 지나가려는데 그가 손목을 강하게 잡았다.

"무슨 일입니까?"

이영은 잡힌 손목을 내려 보다 슬쩍 빼려고 했지만 전혀 움직여지지가 않았다.

남자는 키가 무척 컸다. 이영이 작은 키가 아닌데도 한참이나 컸다.

"무슨 일이냐고 물었습니다."

"저희 집 아이가 학교에서 다쳤다고 하네요. 그래서……."

남자는 이영의 손목을 잡은 그대로 룸을 나섰다.

윤건은 차 문을 열고 빤히 쳐다보았다.

이영도 그런 남자를 지지 않고 올려다봤다. 다시 봐도 키가 상당히 컸다.

"택시 타고 가도 되는데……."

"나도 서울 갈 일 있으니 같이 가자는 겁니다. 어서 타요."

여전히 버티는 이영을, 남자는 약간의 힘을 써 좌석에 앉히고 곧바로 차 문을 닫았다.

차는 전복 갈비탕 집 앞에서 기막힌 회전을 하고 대로변으로 향했다.

눈 깜짝할 사이, 이미 고속도로를 달리고 있었다.

말없이 앞만 보고 운전하는 남자를 보다 할 수 없이 단축키를 눌렀다.

"어, 난데 오늘 못 들어갈 거 같아. 응. 캐럿 다이아는 도 매니저한테 있으니까 받아서 김 씨 아저씨께 물려 달라고 해. 고객 오시면 꼭 앞에서 다이아 물리고, 오더 받은 목걸이랑 귀걸이는 디자인 시안 보여 드리고 컨펌 받아. 설명은 충분히 하고. 그래. 끊는다."

전화를 끊고 이영은 곧장 다른 매장으로 전화를 걸었다.

"응, 나. 이지연 씨 올 거야. 샘플 주고 컬러 별로 하나씩 뽑아 오라고 해. 스톤 받으면 크랙 난 거 있나 바로 쌍방 확인해. 은팔찌에는 고객 이름이랑 날짜 꼼꼼히 확인하고. 그래, 끊는다. 수고해."

통화를 끝낸 이영은 한숨을 쉬며 창밖으로 시선을 돌렸다.

늘 애매한 상황이 되면 시선은 자연스레 창밖을 향하고 그 언저리 어디쯤을 찾게 된다.

지금이 딱 그랬다.

오늘 만남도 껄끄러운데 생각지 못한 상황에 신세를 지게 됐다.

"저희는 딱히 필요한 게 없습니다. 횡성 아버님 방은 필요한 게 있을 수도 있지만 거기도 기본적인 건 구비돼 있는 상태입니다. 나중에 어머님이랑 내려오셔서 한번 보는 것도 좋고. 아파트가 아니라서 공사를 하려면 치수를 재고 눈으로 봐야 할 겁니다."

이영이 어색해한다는 걸 알고 꺼내는 말 같았다.

상당히 센스가 있거나 상대를 배려하는 마음이 습관처럼 배인 사람이란 생각을 했다.

정미옥 여사가 재혼을 꿈꾸는 이가 품성까지 이 사람과 닮았다면, 뭐 그럴 수도 있겠단 생각을 아주 잠깐 했다.

"윤건 씨 말고 다른 자녀분은 없나요? 아님 가까운 친척분이라도."

직진 모드의 남자가 운전하다 처음으로 이영을 봤다.

"내 이름, 기억하고 있었네요."

"네에?"

다시 운전 모드로 돌아간 윤건의 옆모습을 보며 이영은 이게 대관절 뭔 소린가 했다.

"당연히 기억하고 있죠. 아까 인사할 때 들었는데요."

"이름이란 게 한 번 들어서는 기억하기가 어려우니까요. 유독 이름 외우는 거에 취약한 사람도 있고. 또 제 이름이 그렇게 특이한 이름도 아니고."

그렇게 말하는 윤건의 얼굴은 어딘지 모르게 씁쓸했다. 그 아무것도 아닐 수 있는 표정이 묘하게 이영의 시선을 끌었다.

"아무리 이름 외우는 게 약한 사람이라도 윤건 씨 이름은 쉽게 기억할 거 같은데요."

"왜죠?"

"흔한 이름도 아니고 이미지랑 잘 어울리세요. 부드러우면서도 조용한 인상이시라."

"이영 씨도 어울려요."

"칭찬으로 들을게요. 근데 거창하게 식을 올리지는 않지만 간단하게 뭔가는 해야 할 것 같은데 어디가 좋으세요? 저희 쪽에서 가든이나 호텔을 알아볼까요?"

"아니요. 만약…… 하게 된다면, 저희 펜션에서 할 생각입니다."

"네, 알겠습니다."

차는 어느새 여의도 노들길을 지나고 있었다.

'소를 키우는 줄 알았는데 펜션을 하는구나. 그래, 농장을 경영하는 분위기는 아니다 했어. 노년에 서울이 아닌 공기 좋은 횡성이라……. 좋긴 하겠네.'

그 후, 별다른 대화 없이 개포동에 도착할 수 있었다.

초등학교 정문 앞에서 내린 이영은 윤건에게 넙죽 인사하고 교문으로 뛰어 들어갔다.

상처는 그리 크지 않았다.

그저 교실 창문 두 짝이 산산조각 났을 뿐.

선생님께 연신 폴더 인사를 하고 나중에 이 문제에 대해 다시 의논할 여지를 남겨 둔 채 서둘러 지유를 데리고 교실을 나왔다.

절뚝거리지는 않았지만 봉한 거즈와 테이프를 보니 마음이 심란했다.

"많이 아퍼?"

"……."

잘못을 인정하는 건지 아니면 이 상황에 대한 불만인지 모르겠지만 지유는 침묵했다.

"대답 좀 하지. 나 기분 나빠질라고 하니까."

"안 아파요. 하지만 학원은 못 갈 것 같네요. 제 다리 상태가 이래서."

속이 다 보였다. 김지유의 깊이를 가늠할 수 없는 시커먼 속이.

"다리에 통증이 있는 것도 아닌데 가지, 학원은."

"……."

자신이 불리하다고 판단되면 지유는 더 말을 아꼈다.

나이와 상관없이 능숙한 데다 타고난 지능범이다.

"영어 학원은 앉아서 듣고 말하면 되는 거잖아. 네 다리의 상처는 영어와는 하등 상관이 없어 보이는데, 난."

"수업에는 문제가 없지만 저희 반 아이들은 호기심으로 인해 온갖 질문을 할 거고 온갖 상상을 하며 이야기를 부풀려 만들어 낼 거예요. 원래 제 나이 때 아이들이 그렇게 유치하고 철이 없어요."

"……."

"그래도 갈까요?"

지유가 판단에 맡기겠다는 얼굴로 이영을 올려다봤다.

말로 싸움 비슷한 걸 하면 절대 지유를 이길 수 없다.

어른 정도의 논리는 없지만 저만의 확고한 철학과 적절한 대응이 있고, 원하는 피드백은 아니지만 초등학교 3학년 아이답지 않은 소신과 발칙한 언변으로 지유는 모든 상황을 자신에게 유리하게 만들었다. 또한 웬만해서는 겁먹거나 위축되는 일이 없었다.

그 모든 이유로 학교나 학원 선생님들은 지유를 어려워했다.

높은 지능도 그렇지만 성향 자체가 까다롭고 예민했다. 정말이지 제 아빠와는 정반대다.

아들은 보통 아빠를 닮는다던데.

그렇다고 이 아이 엄마가 그리 영리하고 현명해 보이지도 않았다.

그렇게 쉽게 이별을 선택함은 물론, 제 새끼를 포기하고 시집을 간 거 보면.

"간식이나 먹자. 너 점심도 제대로 못 먹었다며?"

"간식 먹으면 저녁때 밥 안 들어가요. 그냥 집에서 쉬다가 제 시간에 저녁 먹을래요. 전 괜찮으니까 이제 샵 가 보세요."

지유는 제 가방을 달라고 손을 내밀었다.

손에 약간의 피가 배어 있었다. 아까의 사고로 손바닥도 긁힌 모양이다.

그 손을 살짝 잡고 다시 정문 쪽으로 걸었다.

"끝내고 오는 길이야. 가."

"아파요. 손 놓고 가요."

"벌이야. 아파도 참아."

이영은 쳐다보는 시선을 무시하고 앞만 보고 정문 쪽으로 돌격했다.

"전 잘못한 거 없어요. 그 애들이 괜히……."

"다친 게 잘못한 거야."

"……."

"네가 다치면 내가 일을 못 해. ……걱정돼서."

지유가 걸음을 멈춰 이영도 걸음을 멈출 수밖에 없었다.

"왜?"

"설렁탕 사 가요. 감미옥 아줌마 난리 치시는 거 보면 아줌마 기분도 조금은 풀리실 거예요."

감미옥은 지유의 말처럼 인근 자신의 이름과 똑같은 유명한 설렁탕 집에서 사 오는 설렁탕을 무척이나 싫어라 했다.

지유는 웃지도, 그렇다고 심통이 난 얼굴도 아닌 채로 그런 어이없는 소리를 하는 아이였다.

✠   ✠   ✠

어제 일도 있어 지유를 학교에 데려다 주고 곧장 청담동 매장으로 향했다.

늘 그렇듯 길은 엄청나게 막혔다.

곧 있으면 이 지옥 같은 교통 체증과도 안녕이다.

마땅한 작자가 나타나지 않아 고민이지만 막판까지 임자가 없으면 양재동 이 여사에게 넘기는 수밖에 없다. 당장 현금을 주고 인수할 수 있는 인물은 몇 되지 않으니 싫어도 어쩔 수 없었다.

인수 조건은 간단했다.

현 직원들이 나간다고 할 때까지 퇴직을 종용하지 않을 것. 그 하나의 조건을 명시하고 걸었는데도 적당한 임자가 나타나지 않고 있었다.

워낙에 큰돈이 필요하니 단기간에 해결될 일도 아니다.

주차장에 차를 대고 길 건너편 커피 전문점으로 걸었다.

이 아침에도 중국 관광객들이 여기저기서 진을 치고 있었다.

시간을 보니 벌써 10시가 가까워졌다.

매장이 있는 골목에는 유명 연예 기획사가 둘이나 있어 연예인도 그렇고 오늘처럼 아침부터 진을 치는 요우커 무리가 자주 출몰했다. 이 또한 곧 있으면 안녕이다.

양손 가득 커피를 사 매장으로 가니 그사이 매장 문이 열려 있었다.

직원들에게 커피를 나눠 주고 곧장 같은 건물 3층 작업실로 향했다.

작업장 문을 열고 들어가니 김 씨는 선글라스를 끼고 플래티늄(백금) 땜질을 하고 있고, 정 씨는 어제 물건들과 오늘 매장에 깔릴 물건들을 텀블링(바젤기 마무리 단계. 보석을 광내는 기계)으로 손수 광을 내고 있었다. 서로가 조용히 눈인사를 하고 하던 일을 계속했다.

정 씨가 광을 내는 걸 보니 막내가 아직까지 오지 않은 모양이다. 아무래도 조짐이 심상치 않았다. 그만두고 싶다고 그렇게 어필하더니 결국 그만두는 건가…….

요란한 텀블링 소리에 제대로 묻지도 못하고 김 씨와 정 씨 작업대에 커피를 놓고 일단 작업실을 나왔다. 막내 단축 번호를 눌러 기다려도 도무지 받을 기색이 없었다.

작업실을 뒤로하고 매장으로 내려갔다.

"정희 씨, 어제 작업실 막내랑 같이 퇴근했어?"

금고에서 세트 보석을 꺼내던 정희 씨가 무거운 표정을 하고는 고개를 저었다.

　"아니요, 어제는 매장이 더 늦게 끝났어요. 삼성동 정 여사님이 늦게 오셔서요."

　"알았어. 정우 씨는 오늘 나갈 세트 물건들 줘 봐."

　"아직 멕기(도금) 집에서 안 왔습니다. 방금 전에 멕기 집 사장님이 전화하셨는데 20분 후에 퀵으로 보낸다고 하셨어요."

　이영은 고개를 끄덕이고는 어제 체크 못 한 주문서와 영수증을 펼쳤다.

✛　　　　✤　　　　✛

　정미옥 여사는 도무지 말이 안 된다는 듯 불만스런 목소리로 물었다.

　─그래서 지금, 한 게 없다는 거야?

　"그럼 당사자인 신랑 각시가 없는데 객들이 무슨 일을 하겠어."

　─윤 선생님 아들은 어땠어? 승질 있어 보이디?

　"그건 벌써 얘기한 걸로 아는데? 살아 있는 생명체 중에 승질 없는 건 없다고."

　─우리 윤 선생님은 그런 거 없다니까 그러네. 참, 내가 깜박 잊고 말을 안 했는데 우리 노래교실 친구들이랑 3주 예정으로 미국 동부 여행 가니까 그렇게 알고 있어.

"고매한 인격에 승질 없으신 윤 선생님은 어쩌고?"

—같이 가니까 그건 걱정 말고. 그래서 하는 얘긴데 너 다음 주 월요일에 횡성 가서 윤 선생님이랑 내가 살 집 좀 둘러보고 와. 치수도 재고 대강 분위기 어떤지. 인테리어를 꼭 해야 하는지도 타진해 보고. 너 그런 쪽으론 타고 났잖아.

어이 상실에 식겁이란 단어도 이럴 때 쓰라고 생긴 모양이다.

"그걸 왜 내가 해? 재혼을 꿈꾸는 당사자들이 재미 삼아 내려가서 보면 되잖아."

—우린 여행 준비로 바쁘고 또 결혼도 안 했는데 내 위치에서 어딜 내려가니? 그런 거 흉해. 난 나중에 호적 정리되고 주변 상황 마무리되면 그때 우아하게, 당당하게 내려갈 거야. 그리고 거기 시내랑 한참 떨어져 있어서 윤 선생님한테는 시기적으로 안 좋아.

"그런 분이 무슨 여행을 간다고 그래. 그러다 일 치르고 싶어?"

이러니 어이가 없다는 거다.

병원 가느라 상견례도 제대로 못 한 사람이 무슨 재혼을 하고 해외여행을 간다는 건지.

—너 어른한테 그렇게밖에 말 못 해?

미옥 여사가 적당한 시점에서 톤을 높여 이영도 이때다 싶어 하고 싶은 말을 뱉어 냈다.

"난 아직 얼굴 한 번도 못 뵌 분이야. 그러니 남과 다르지 않고 또 사실이 그러니까 하지 못할 말 없어. 난 분명 말했어. 이 재혼, 결사까지는 아니지만 반대라고. 그런데도 군말 없이 상견례 자리에 나가 준 건 미옥 여사가 홍콩으론 가지 않겠다고 하니까 어쩔 수 없이 받아들였던 거야. 복되고 기쁜 마음으로 허락한 게 아니라고."

지금도 늦지 않았으니 엎어 버리란 말이 목까지 차올랐지만 내뱉지 않았다.

—내가 왜 피 한 방울 안 섞인 남의 새끼랑 타국에서 개고생을 하니?! 내가 돈이 없어, 집이 없어! 너야말로 평생 남의 핏줄 끼고 살 거 아니면서 쓸데없는 짓 그만하고 그 애나 걔 엄마한테 주고 와! 도대체 네가 이민을 왜 가? 니 어미는 여기 혼자 이렇게 쓸쓸하게…….

더 이상 듣기 싫어 전화를 끊어 버렸다.

정미옥 여사랑은 오랜 대화를 할 수가 없다.

모녀 지간이지만 앙숙에 가까웠고 체질이나 성격, 취향, 소양, 뭐 하나 비슷하거나 맞는 게 없었다. 그렇다고 척지고 의절한 아버지랑 맞는 것도 아니었다.

우리 가족은 모두 제멋대로, 외따로 지내는 게 익숙했고 편했다. 그로 인해 필연적으로 따라오는 외로움과 고독은 기꺼이 수용했다.

절절한 외로움을 그림자처럼 달고 사는 대신 세 사람은 그림자가 있는 사람처럼, 비로소 인간답게 살 수 있었다.

비록 세 사람 모두 1인 가장이자 주인이 되었지만.

더 이상 폭력이든 법이든 서로를 해치고 증오하는 일은 하지 않아도 되니 못내 아쉬운 미련도, 절절한 후회도 없다.

"무슨 생각을 그렇게 해?"

"왔어? 매장은?"

"앞 매장 언니한테 부탁했어."

"그럼 빨리 설명할 테니까 앉아."

이영은 남대문 매장을 담당하는 현수를 자리에 앉히고 본격적으로 디자인 설명을 했다.

원본 집에 의뢰하는 건 현수가 할 일이기에 미리 충분한 원안 설명을 해야 했다.

원안 디자인 의뢰서에 디테일하게 보충 설명이 쓰여 있지만, 디자인한 사람의 말과 설명을 한 번 더 보태는 것과 그렇지 않은 물건은 천지 차이다.

20분 후 커피숍에 혼자 앉은 이영은 진이 다 빠져 인조 가죽 소파에 지친 몸을 기댔다.

요사이 몸이 많이 지치고 또 자주 기운이 빠졌다.

선천적으로나 기질적으로 운동을 하지 않은 몸은 무척이나 솔직하고 무방비했다.

여러 가지 이유가 있지만 이런 이유로 홍콩행에 힘을 실었다.

내년이면 불혹, 40살.

굳이 앞당길 일은 아니지만 지금 마흔이라 해도 그리 억울할 게 없는 나이다.

남들과 달리 나이에 발목이 잡혀 오버하거나 민감하지는 않았다. 사실 한가롭게 나이 계산하면서 그 나이가 주는 상실감과 상처를 와인이나 퍼마시며 투정하듯 손꼽을 여유가 없었다.

의식적으로 벌인 일도 많았고, 헤쳐 나갈 일도 켜켜이 산재했다.

나이가 주는 압박감이나 허무함에 굴복하고 질질 끌려 다닐 새가 없었다.

그 와중에도 결혼을 했고, 낳지는 않았지만 영민한 아이도 생겼다.

이걸 성과라고 할지, 소득이라고 할지 적당한 레테르가 떠오르지 않았다.

그래, 지금은 한 가지만 생각하자.

지유와 홍콩으로 간다.

청담동 매장은 정리하고 일단 일 년쯤 푹 쉬자.

내 자신에게 처음 주는 긴 휴가니까 눈치 볼 거 전혀 없어, 이영.

✛   ✤   ✛

윤건은 주말 내내 펜션 일로 정신이 하나도 없었다.

음식물 처리장은 물론 분리수거장과 바비큐장, 투숙객이 이용하는 찜질방도 손봐야 해 도무지 쉴 틈이 없었다.

이제 펜션을 오픈한 지도 딱 10년.

조금씩 보수를 해야 했고 개보수를 해야 하는 곳도 점점 많아졌다.

주말은 손님이 꽉 차 여유가 없었는데 모두 빠져나간 일요일 저녁이 되니 그나마 숨을 돌릴 수 있었다. 그 잠깐의 한가로움을 틈타 이영이란 인물이 그의 의식을 파고들었다.

이영은 절대 모르겠지만 그녀는 고등학교, 대학교 2년 선배다.

그녀가 고등학교 3학년 때 윤건은 신입생이었고, 그가 대학에 입학했을 때 이영은 유유히 유학을 떠났다. 그다음부터는 소식을 알지 못했다. 아니, 의식적으로 소식을 들으려 하지 않았다. 그럼에도 불구하고 이영이 누구와 결혼을 했는지는 안다.

그녀의 단짝 중 한 명이자 역시 고등학교 선배, 김지환.

알고자 해 안 게 아니었다.

호시절, 우연히 리그에 소속된 사회인 야구단에서 김지환을 만났고 그는 윤건을 알아봤다. 그래서 알았다. 김지환이 오랜 시간 짝사랑한 이영과 결혼을 한다는 걸.

김지환의 결혼식과 장례식장에는 가지 못했다.

그 당시는 덴마크 지사로 파견을 나가 있었다. 그리고 이영을 잊었다. 그렇게 잊은 채로, 잊었다고 생각하며 살았다. 그런데 어이없는 자리에서 기막힌 이름으로 다시 만났다.

아버지가 재혼하신다는 분의 유일한 가족이자 딸이란 이름으로.

그가 너무도 잘 아는 그녀를. 윤건의 존재를 전혀 모르는 이영을.

그 사람은 똑같았다.

과거보다 확실히 나이는 들었지만 그럼에도 그 시절과 다르지 않았다.

더 고급스러워지고 더욱더 세련돼져 기품 있게 완숙해졌을 뿐.

약간 낮은 듯한 목소리 톤과 애매한 표정, 그 모호한 미소까지 똑같다.

누구를 향한 메시진지 절대 알 수 없었던 그 시절, 모두를 향한 그 애매모호한 미소.

한 치 건너 들어 이영이 키우는 아이가 그녀가 낳은 아이가 아닌 건 안다.

그날 이영을 학교에 내려 주고 길 건너편에서 기다렸다.

20분쯤 지나자 이영이 무척이나 잘생긴 남자아이의 손을 잡고 나오는 게 보였다.

두 사람은 부모 자식처럼은 보이지 않았지만 그렇다고 전혀 남남처럼도 보이지 않았다.

분위기가 묘하게 닮아 있었고 확연한 존재감이 서로 다르지 않았다.

왜 그 아이를 키우는지는 모르지만 그날의 분위기로는 계속 함께할 것도 같았다.

이영은 죽은 김지환을 사랑했을까…….

결혼 전까지 김지환 혼자만의 감정이란 걸 안다.

그날 야구 뒤풀이 자리에서 거하게 취한 김지환이 취중에
말했다.

"야, 너 아직도 네 보조개 만든 인물 짝사랑 중인 건 아니지? 그
거 절대 하지 마라. 그 빌어먹을 감정은 나 혼자만으로도 충분하니
까."

그게 김지환 그 사람과 마지막 대화였다.

지금도 이 감정이 뭔지는 모른다.

사실 너무 오래전 감정이고, 끝까지 소외되고 밀실에 갇혀
빛을 발하지 못한 감정이라, 그 유효 기간이 이미 다 지나 폐
기 처리된 감정인지, 지속적인 밀봉 속에서 오픈되기 바로 전
감정인지 전혀 확인할 길이 없다.

그럼에도 이영이란 이름은 여전히 그의 가슴에, 텁텁한 모
래 바람일지라도 바람을 일으켰고, 그 사람 잡는 애매한 미소
는 지난 시절의 향수를 불러일으키기에 충분했다.

지금은 기억도 안 나지만 몇 번의 연애를 하면서, 또 섹스를
하면서 아주 가끔 이영을 떠올렸다. 의식하고자 해서, 떠올리
고자 해서 그런 것은 결코 죽어도 아니었다.

설명되어지지 않는 미련이 있었다. 끊어지지 않은 아쉬움도
있었다.

그 미련한 감정의 크기와 강도가 얼마큼인지는 설명할 수 없지만 나무 테에 새겨지듯 그의 안에서는 확실한 흔적을, 이영의 그림자를 찾을 수 있었다.

핸드폰 소리에 정신을 차렸다.

테이블 위에 있는 핸드폰을 보니 모르는 번호였다.

머릿속이 흐릿하고 복잡해 망설이다 예약 손님일 거라 짐작하고 전화를 받았다.

"네, 호수 펜션입니다."

—안녕하세요. 저 일전에 인사 드렸던 이영이라고 하는데, 기억하시겠어요?

순간 너무 놀라 아무런 말도 하지 못 했다.

내내 그녀를 생각하고 있었는데 그걸 알고 비웃기라도 한 듯 이영이 전화를 걸었다.

'예나 지금이나 매여 있는 건 나고, 개의치 않는 건 당신이군.'

—여보세요? 윤건 씨, 안 들리세요?

"잘 들립니다."

그 한마디에 이영은 조금 전보다 안심하는 목소리였다.

자신을 기억하지 못하고 반기지 않을까 걱정한 티가 역력했다.

'차라리 내 기억이 당신을 완전히 지우고 덮었으면 좋았을 것을……'

—저, 다름이 아니라 혹시 서울에 올라오실 수 있나 해서

요. 거기 집 사진이랑 치수 재서 서울로 오실 수는 없을까요? 두 어른이 갑자기 여행을 가셔서 본의 아니게 제가 그 일을 맡아 처리해야 돼서요. 물론 번거롭고 전화 통화로도 가능하지만 그쪽 아버님 취향은 윤건 씨가 직접 보면서 선택하시는 것도 그리 나쁘지 않겠다 싶어서요. 시간, 되시나요? 정 곤란하시면 제가 내려가고요.

이영이 이곳으로 온다.

이 완벽한 공간으로.

—윤건 씨?

"전 안 되겠는데요. 펜션 보수 공사를 시작해서 제가 옆에서 지켜봐야 하거든요. 사정이 되시면 이영 씨가 내려오셔서 직접 보는 게 나을 것 같네요. 사진이랑 실제로 보는 건 또 다르니까요. 눈이나 대략적인 감은 철저히 한다고 해도 항상 오류가 있기 마련이죠."

—그건…… 그렇죠.

고민하는 게 느껴졌다. 망설이는 것도.

'당신이 내려와, 이곳으로. 여기 내 세계로…….'

—그럼, 제가 화요일에 잠깐 내려갈 테니까 그때 뵙죠.

"기다리고 있겠습니다."

—네, 그때 뵐게요. 들어가세요.

달깍 소리와 함께 이영의 목소리가 끊겼다.

이영이 온다. 완전한 그의 세계로.

단 한 번도 그의 세계에 닿지 않고 이어지지 않던 사람.

그의 기억 속 의지와 상관없이 시간과 의미가 덧대어져 신화가 돼 버린 여자.

내내 잠잠했던 감정이 자꾸 질문을 던지고 자신도 모르게 답을 내고 있었다.

소란한 마음을 갈무리하려 한 손으로 앞머리를 넘기고 마른세수를 연거푸 했다.

그 같은 의식적인 행동에도 머릿속은 이영을 쫓아내지 못했다.

월요일 오전부터 비가 내렸다.

장마는 아니다. 장마는 아직 남았으니까.

비가 온다는 예보는 있었지만 누구 하나 그 정보를 신용하지 않았다.

펜션 앞 호수는 여전히 목이 마른 상태지만 펜션 안에 있는 작은 인공 폭포는 평소 양보다 훨씬 많은 물이 흘러내렸다.

그렇게 월요일 하루 종일 비가 내렸다.

정작 화요일 아침이 되니 조금씩 걱정이 됐다.

이런 상태가 계속이라면, 또 서울도 이 상태라면 이영이 오지 않을 수도 있다.

이 우중에 차를 가지고 내려온다는 것도 위험했고, 내비를 보고 찾아온다고 해도 무리가 있었다. 초행자에게는 그리 만만한 길이 아니니까.

손에 쥔 핸드폰을 쳐다만 볼 뿐 걸어 볼 엄두가 나지 않았다.

건다는 자체도 우습다 느껴졌다. 분명 안 올 가망성이 높다는 건 알지만 막상 안 온다고 하면 실망할 것 같았다.

갈등하는 사이 손안의 핸드폰이 울렸다. 이영이다.

"네."

—이영인데요. 저 지금 고속버스 탔어요. 오늘 펜션에 계실 거죠?

"네."

—알겠어요. 그럼 이따 봬요.

이영이 전화를 끊자 그때부터 바빠졌다.

이 순간 딱히 할 것도, 해 줄 것도 없지만 이상하게 마음은 부산해지고 뭔가 행동해야 할 것 같았다. 그러면서 이런 기다림과 이런 반응이 기억도 나지 않을 만큼 아주 오랜만이라는 것만 분명히 알 수 있었다.

버스에서 내리자 거짓말처럼 윤건이 서 있었다.

"비가 많이 오네요."

"아, 네……."

전혀 생각지도 못한 상황이라 인사도 제대로 못 한 이영은 사람들에게 밀리고 윤건에게 이끌려 환승 주차장을 벗어나 공영 주차장으로 갔다.

주차장으로 가는 동안 윤건은 자신의 큰 우산을 펴 이영을 그의 품 가까이로 이끌었다.

다시 봐도 윤건은 키가 컸다.

168인 그녀보다 족히 10센티는 더 커 보였다. 아니면 그 이상이거나.

이영이 먼저 차에 올라탄 후 윤건도 운전석에 올라탔다.

아주 잠깐 사이 얇은 레인코트 한쪽이 흠뻑 젖었다.

운전석에 앉은 윤건은 뒷좌석에서 로고가 찍힌 큰 수건을 꺼내 건넸다.

"고맙습니다. 근데 어떻게 오신 거예요? 바쁘실 텐데."

"비가 와서 작업을 할 수가 없었어요. 안전벨트 매요. 출발할 거니까."

"네."

비는 점점 더 많이 내리고 있었다.

거의 앞이 보이지 않을 정도로 쏟아졌다.

만약 차를 가지고 왔다면 우왕좌왕할 게 너무도 뻔했기에 가지고 오지 않은 게 천만다행이란 생각을 했다. 동시에 이렇게 비가 오는데 이따가는 또 어떻게 올라가나 하는 걱정이 벌써부터 들었다.

윤 씨 부자가 운영하는 펜션은 일반 소규모 펜션이 아니었다.

단독 건물이 여덟 채나 되고 그 건물들은 각각 2층으로 돼 있어 넓은 두세 개의 창문이 보였다. 직접 보니 엄청난 규모였다. 길을 돌아 제일 안쪽 길로 진입하자 앞에서 보던 건물들과 약간 다른 독채가 보였다. 하지만 거세게 쏟아지는 비로 인해 자세히는 보이지 않았다.

이어진 길을 따라 꽤 올라가다 아담한 독채 앞에 서자 윤건은 기다리란 말을 하고 차에서 내렸다.

잠시 후, 이영은 파라솔 같은 큰 우산 안에서 무사히 집 안으로 입성할 수 있었다.

실내는 쾌적했다. 거실 중앙에는 제습기가 틀어져 있었다.

"잠깐 기다려요."

거실 소파로 이영을 이끈 윤건은 부엌 옆방으로 들어갔다. 거실에 혼자 남은 이영은 집 안을 둘러봤다.

복층으로 된 독채는 아담하면서도 세련되게 꾸며져 있었다.

부엌도 전부 빌트인으로 꾸며져 깨끗하고, 밖으로 나와 있는 자잘한 물건들이 없었다. 그래서 더 정갈하고 넓어 보이면서, 이 주방을 쓰는 주인의 성격이나 일상의 패턴들이 고스란히 전해지고 느껴졌다.

천장은 심플한 조명이 포인트 겸 장식용으로 그 위용을 자랑했다.

필요 이상으로 화려하지 않으면서 나름 재치도 있는 특이한 디자인이었다.

레인코트를 벗어 부엌 테이블에 잘 접어 놓고 넓은 통유리로 보이는 전경에 시선을 뒀다.

이영이 선 자리에서는 펜션 전체가 한눈에 들어왔다.

전반적인 조경은 사방을 둘러싼 산과 조화롭게 이어져 무리 없이 꾸며져 있었다.

이 상태로 몇 가지만 보태고 구비하면 가족 리조트라고 해도 될 만큼 그 규모가 컸다. 크면서도 고급스러웠다.

아무래도 정미옥 여사가 잘 모르고 있는 것 같다.

전남편만큼 부자가 아니라고 내심 아쉬워했는데 딱히 그것도 아닌 듯했다.

"이리 와 차 마셔요."

윤건은 옷을 갈아입은 채로 부엌에서 하얀 다이아몬드 컷을 연상시키는 드롱기 전자 주전자에 물을 끓였다.

이영은 윤건이 있는 부엌으로 가 의자에 앉았다.

"거실만 봤지만 굳이 시간과 돈을 들여 따로 할 것도 없을 것 같은데요. 전체적으로 깨끗하고 정갈해서 보탤 게 없어 보여요. 아무래도 괜히 내려온 것 같네요. 윤건 씨만 번잡하게 하고."

"방엔 아무것도 없어요. 침대만 있지."

"그럼 침대에 맞춰 서랍장과 기본적인 것들만 들여 놓으면 되겠네요."

윤건은 향이 좋은 재스민 차를 타 이영 앞에 놓았다.

향이 그윽해 내리는 비와 무척이나 잘 어울렸다. 그 순간 생각지도 못한 천둥이 쳤다.

그 천둥을 시작으로 빗줄기는 더욱 거세졌다. 창문을 타고 내리는 빗줄기는 이제 제법 큰 물줄기가 되어 내렸다. 곧 있을 장마를 알리는 전초전인지 일순간 무섭도록 거칠게 내리부었다.

'비는 비고, 돌아갈 일이 걱정이네.'

"아무래도 제가 날을 잘못 잡은 것 같네요."

"날은 잘 잡았어요."

이영은 이게 무슨 소린가 해 맞은편에 앉은 윤건을 봤다.

"비 때문에 한가해서 이영 씨한테 온전히 시간을 할애할 수 있으니까요."

"그건 또 그러네요. 바쁘신데 왔으면 괜히 민폐만 끼치고 올라가 제 마음이 불편할 것도 같네요."

이영은 작게 웃으며 재스민 차가 담긴 잔을 들어 두 손으로 살짝 감쌌다. 그리곤 부엌 쪽에서 거실 전체와 2층까지 다시 둘러보았다. 그러다 자신을 쳐다보는 윤건과 눈이 마주쳤다. 윤건은 그녀를 빤히, 정말 빤히도 쳐다보았다.

"왜 그렇게 보세요?"

"……."

"윤건 씨?"

"아, 미안합니다. 잠시 딴생각을 하느라고."

딴생각을 하는 거 같지는 않았는데 그런 말을 들으니 서둘러야겠단 생각을 했다.

"그럼 저도 빨리 방을 둘러보고 치수를 재야겠네요. 핸드폰으로 사진 찍고 하면 금방 끝날 것 같아요."

이영은 일어나 가방에서 핸드폰을 꺼냈다.

그새 부재 중 전화가 두 통 와 있었다. 둘 다 샵이었다.

"어느 방이죠?"

윤건이 가리키는 방을 향해 걸어가는데 또다시 요란한 천둥이 쳤다.

이번에는 번개까지 동반한 위력적인 천둥이었다.

순간 실내등이 불안하게 나갔다 들어왔다를 반복했다.

아무래도 빨리 끝내야 할 것 같아 서둘러 움직였다.

방 안은 심플해 실제 평수보다 좀 더 넓어 보였다.

침대와 방 안 가로세로 치수, 그리고 창문 사이즈까지 쟀다.

어떤 스타일, 어떤 가구로 가닥을 잡나 생각해 보았다. 바로 그 순간, 정전으로 주위가 전부 암흑이 되었다.

놀란 이영은 잠시 숨을 고르고 선 자리에서 뒤돌아 한 발자국 떼 보았다. 그러자 바로 거대 벽과 마주했다. 이영은 놀란 마음을 진정하고 자신 앞의 벽을 손으로 이곳저곳 더듬었다. 그러다 알았다. 그녀가 벽이라고 인식한 게 윤건이란 사실을.

"죄송해요. 갑자기 보이지가 않아서 많이 긴장했나 봐요."

"핸드폰 등을 켜요. 천천히 손으로 핸드폰을 만져 봐요. 익숙해서 금방 찾을 수 있을 거예요."

이영은 윤건의 말을 따라 핸드폰을 쥔 손의 감각을 믿고 금세 라이트를 찾아 켰다.

어둠을 등에 진 채 든든한 보호막 역할을 해 주는 윤건이 있어 마음이 놓이면서, 작지만 환한 불빛까지 더해져 이영은 안도하며 윤건을 응시했다.

"이제 어쩌죠?"

"핸드폰은 날 주고 내 팔을 잡아요. 두꺼비 집을 확인해야겠어요."

윤건과 이영은 불빛을 따라 현관 바로 앞까지 갔다. 그 순간 다시 불이 들어왔다.

안도하는 것도 잠시, 두 사람은 서로를, 자신과 닿아 있는 상대를 쳐다보았다.

이영은 자신이 생명줄처럼 잡고 있는 윤건을, 윤건은 자신에게 상당히 밀착해 있는 이영을.

'내가…… 너무 붙어 있었구나.'

어색함과 함께 아주 잠깐 미묘한 기운을 느낀 이영은 잡고 있던 윤건의 팔을 살며시 놓았다.

"아무래도 날씨가 심상치 않네요. 바로 올라가야겠어요."

그때 부엌 테이블에 있던 핸드폰이 요란하게 울렸다.

"전화 받고 얘기하죠."

윤건은 성큼성큼 걸어가 핸드폰을 받았다.

"네, 양 기사님. 네? 지금 내려가죠."

전화를 끊은 윤건은 방으로 들어가 서둘러 점퍼를 갖고 나왔다.

"펜션으로 들어오는 입구가 산에서 내려온 토사로 엉망이 됐대요. 차가 다니기 어려울 것 같다고 하니까 일단 확인하고 올게요. 그러니 여기서 기다려요."

'길이 막혔다고. 아, 정말 여러 가지 한다.'

"기다리라고요. 알았어요?"

윤건은 확인하듯이 말하며 이영의 답변을 기다렸다.

"네, 기다릴게요. 조심하세요."

윤건은 대답을 듣고도 잠시 이영을 쳐다보다 서둘러 자리를 떴다.

✛　　　✛　　　✛

길은 엉망이었다.

산사태 수준으로 쏟아져 내린 토사물은 안 그래도 좁은 입구 쪽을 완전히 봉쇄했다.

토사는 입구 쪽만 막은 것이 아니었다.

사방이 산으로 둘러져 곳곳에서 물이 새고 쓰러진 나무와 흙탕물이 쏟아져 내렸다. 그렇다고 지금 이 우중에 일을 할 수도 없었다. 장비나 포클레인 없이 어중간하게 일을 시작하다가 계속된 토사로 인부들만 상할 수도 있기 때문이다.

아직은 시즌이 아니고 다행히 주말 다음이라 머무는 손님은 없었다.

우선 입구 쪽은 그냥 두고 펜션 안, 여덟 채 건물 뒤와 투숙객을 위한 공공장소부터 살피자고 모두가 의견을 모았다.

비는 여전히 앞이 보이지 않을 정도로 내리고 좌우로 천둥과 번개도 동반하고 있었지만 나쁘지만은 않다고 생각했다.

정말이지 이 모든 상황이 그리 나쁘지 않았다.

'이영, 당신에겐 이보다 더 안 좋을 수 없는 최악의 상황이겠지만.'

장화를 신고 펜션 제일 안쪽 꼭대기에 위치한 작은 저수지로 올라가 물의 양을 체크했다.

워낙 말라 있어 아직 위험하진 않았지만 제법 물이 채워져 있었다.

용도는 손님들을 위한 미니 낚시터였지만 펜션 일대가 식수원 1급 보호 구역이라 일체의 낚시와 물놀이가 허용되지 않았다. 그로 인해 쓸모가 없어진 장소인데 이렇듯 이틀간의 비로 신경을 써야 하는 위험 구역이 돼 버렸다.

아주 잠깐 사이 모든 게 달라졌다.

이영이 이곳에 있는 그 짧은 시간에 무언가 달라지고 위험수위로 찰랑거릴 수 있을까, 하는 기막힌 의문과 어쩔 수 없는 기대감이 생겨났다.

게릴라성 폭우와 쏟아지는 비에 터무니없는 생각과 어처구니없는 희망을 가질 정도로 머릿속은 내내 오락가락했다.

엉망이 된 옷과 장화를 현관 밖에 벗어 놓고 거실로 들어가니 이영이 걱정스런 표정으로 TV를 보고 있었다.

그를 본 이영이 소파에서 일어나 거실 중앙에 섰다.

이영은 먼저 묻지 않고 윤건이 말하길 기다렸다.

사실 듣지 않아도 상황은 대충 짐작이 됐다.

"펜션 입구 길이 토사에 완전히 막혔어요."

짐작했던 일이었지만 윤건의 입을 통해 들으니 더욱 막막했다.

"계속 비가 와서 여기까지 포클레인이 올 수 없다고 해요.

사실 우리보다 문제가 심각한 곳도 분명 있을 테니까. 그래
서……."

"금세 나가실 거 아니면 씻으세요. 다 젖었어요. 저도 이곳
지역 뉴스 봐서 대충은 알아요."

"일단 급하게 물길만 만든 상탠데 비가 좀 그쳐야 움직일
것 같아요."

"네."

이영이 고개를 끄덕이자 윤건은 그의 방으로 들어갔다.

잠시 후, 윤건은 옷을 들고 나와 욕실로 들어갔다.

이영은 부엌으로 가 아까 자신이 마신 차를 꺼내 준비를 했
다.

거실 중앙, 조용히 활동하는 제습기와 어두운 밖으로 인해
더욱 선명하게 눈에 들어오는 TV. 그 안에서 차를 준비하던
이영은 순간 묘한 기분이 들었다.

결혼은 했었지만 결혼생활을 해 본 적은 없었다.

결혼식과 함께 신혼여행 겸 출장을 갔고 지환은 이영보다
먼저 서울로 돌아갔다.

서울로 돌아오고 이틀 뒤, 지환은 이영이 없는 상태에서 심
장 마비로 사망했다.

지환은 학생 때부터 여러 번 심장 수술을 했었다.

늘 불안한 심장이었고 늘 모두의 애를 태우는 부실한 심장
이었다, 친구의 심장은.

결국 그렇게 혼자가 된 이영은 신혼생활은 물론 사랑과 정이 넘치는 러브 하우스, 스위트 홈이란 걸 알지도 체감하지도 못했다.

그런데 지금, 이렇게 주변이 붕괴될 정도로 비는 쏟아지고 분명 낯선 공간이지만 아담하고 예쁜 집에서 누군가를 위해 차를 끓이고 있었다.

'내가 지환이에게 차를 끓여 준 적이 있었나…….'

"내 거예요?"

윤건은 언제 나왔는지 깔끔한 모습으로 앞에 서 있었다.

"앉으세요. 주인도 아닌데 꺼내서 준비했네요."

윤건은 의자를 빼 이영 맞은편에 앉았다.

찻잔을 윤건 앞에 놓아 주고 큰 창을 바라봤다.

비는 여전히 레일을 내달리듯 내렸다.

비 때문에 발목이 잡혔는데 또 비로 인해 오랜만에 여유가 생겼다.

"……꼼짝없이 갇혔네요."

마치 그녀를 온전히 덮칠 듯 쏟아지는 비에 완전히 시선을 빼앗긴 이영은 윤건의 말을 제대로 듣지 못하고 놓쳤다.

"뭐라고 하셨어요?"

"……갇혔다고요, 우리."

윤건은 이영을 보며 다시 한 번 말했다. 똑같이 낮은 톤으로.

"그런 것 같네요."

이영은 동의하면서 피식 웃었다.

잠깐의 여유가 생긴 건 좋은데 그 여유가 곧 쓰나미로 몰려올 게 너무도 자명해 헛웃음이 나왔다.

일이란 조금씩 할 때는 모르는데 몰아서 하면 압박이 되고 문제가 됐다.

'오늘 할 일이 뭐였더라. 물건 찾으러 오는 손님이 계셨던가…….'

"우리 이제 뭘 하면 좋을까요?"

정작 집주인이 뭘 하냐고 물으니 손님으로서 적당한 답이 떠오르지 않았다.

"글쎄요. 참, 어른들 이곳으로 들어오시면 윤건 씨는 어쩌실 거예요? 세 사람이 같이 지내기는 어려울 텐데."

가벼우면서도 너무나 당연한 질문이었다.

"만약…… 그렇게 된다면 당분간 펜션 초입에 있는 작은 객실을 써야겠죠. 그다음은 아직 생각해 보지 않았어요."

윤건은 말처럼 전혀 생각도, 걱정도 하지 않는 얼굴이었다.

그런 줄 몰랐는데 상당히 느긋하고 여유로운 성격인 듯했다.

"저희 엄마랑 재혼하신다는 거 미리 아셨잖아요. 근데도 대책을 마련하지 않으신 거예요?"

한편으론 이해할 수 없었다.

이영보다 먼저 알고 있었던 것 같은데 아직까지 아무런 대비도 하지 않았다는 게.

"……일이 이렇게 빨리 진행될 줄은 몰랐어요. 단순히 같이 사는 것도 아니고 정식 절차 밟아서 시작하신다는 게 쉬운 일이 아닌 것 같아서. 또……."

윤건은 이영을 잠깐 보더니 말을 이었다.

"자제분이 찬성할 줄은 몰랐어요."

그건 이영도 몰랐다.

징글징글한 부모를 이혼시키기 위해 오래된 우정에 기대 결혼까지 했는데, 그 잔혹한 결혼생활을 정미옥 여사가 단박에 또 하게 될 줄은. 그러면서도 비난보다는 미쳤다고 인정하고 뒤로 빠져 줄 수밖에 없었다.

정미옥 여사는 지환의 아들인 지유를 받아들일 수 없었고, 그 문제는 그럴 수밖에 없다는 걸 알기에 애초부터 기대하지 않았다. 그렇다고 지유를 이제 막 결혼한 친엄마와 기센 친가 쪽 가족들에게 보낼 수도 없었다. 그건 지유도, 그 사람들도 원하지 않았다.

당시 지유는 친엄마가 키웠지만 지환의 호적에 입적이 된 상태고 지환과도 사이가 나쁘지 않았다. 지환이 이영과 결혼하면, 지유는 당연히 그들과 함께 살기로 한 상태였다.

그런 이유로 결정되고 진행한 결혼이었으니까.

지환만 빠졌을 뿐 모든 설정은 그대로다.

이영도 그 같은 시나리오가 좋았다.

사실 결혼과 혈육으로 엮이지만 않는다면 이영은 그 어떤 시나리오도 좋았을 거다.

그때 왜 지유는 이영을 따라간다고 했던 걸까. 아직도 그 이유를 명확히 알지 못한다.

"이영 씨?"

윤건이 이영의 의식을 끊고 불러 세웠다.

"저도 몰랐어요. 일이 이렇게 될 줄은……."

"……."

여전히 자신을 응시하고 있는 윤건의 무거운 시선을 의식해 되도록 가볍게 말했다.

"비도 오는데 라면 어때요?"

✝   ⚜   ✝

지유는 전화기 너머로 들려오는 이영의 목소리에 귀를 기울였다.

잠시 후, 지유는 감미옥을 불러 전화기를 넘겼다.

"그래서? 뭐? 그럼 할 수 없지. 그래, 알았어."

전화를 끊은 감미옥은 소파에서 책을 보고 있는 지유를 향해 한 소리 했다.

"설명 들었지?"

"네."

"내일일지 모레일지 모른다는 게 말이 된다고 생각하니, 넌?"

"네."

지유는 별다른 표정 변화 없이 수긍했다. 하지만 감미옥은 그럴 수 없었다.

"그게 어찌 말이 돼? 포클레인 불러서 싹 퍼 올리면 그만인데."

아무래도 시절이 하 수상했다.

시선은 여전히 책에 고정한 지유가 이영의 상황을 또 한 번 대변하듯 말했다.

"그 동네 포클레인이 그 펜션 위해 항시 대기하는 것도 아니고 횡성이면 시골이잖아요. 그럼 그런 일이 곳곳에서 발생할 텐데……."

"아니야, 촉이 이상해. 내 예민한 촉수는 한 번도 틀린 적이 없어."

감미옥은 눈을 이상하게 뜨고 두 손을 모아 동그란 원을 만들었다. 슬쩍 그 모습을 보던 지유가 결국 한마디 했다.

"아줌마, 촉 틀린 적 있잖아요?"

"없다니까……."

지유의 지적에도 감미옥은 영험한 기운을 모으는 듯 호흡을 가다듬었다.

"아무래도……."

"아줌마 촉이 틀렸으니까 이혼을 하셨겠죠. 남자 보는 촉이 고장 나서."

호흡을 가다듬던 감미옥은 눈을 부릅뜨고 좌정한 자세를 풀어 자리에서 박차고 일어났다.

"이 녀석이. 너 정말 그따구밖에 말 못 하지?!"

지유는 흥분하는 감미옥을 무시하고 TV를 틀었다.

"야! 그래, 좋다 이거야. 너 나중에 내 말이 맞았을 땐 각오해야 할 거다. 그런 의미로다가 오늘 밥 없어! 누들 먹어."

소파에서 뉴스를 시청하던 지유는 감미옥을 보지도 않고 말을 던졌다.

"싫어요. 저희 집에 가서 일하시는 할머니가 해 놓으신 반찬에 밥 먹을 거예요. 전 인스턴트 싫다고 했잖아요."

지유의 야무진 대답에 감미옥은 진저리쳤다.

"아이구, 저 영감탱이 저거. 넌 도대체 누구 닮아서 그렇게 시대에 역행하는 문제적 인간으로 태어났냐? 요즘 애들은 인스턴트라면 아주 환장을 하더만."

비난의 공세를 늦추지 않았다. 미옥은 그만큼 밥하기 싫었다.

"아줌마도 연세 생각하셔서 라면 그만 끊으세요. 영화 '이티'에 나오는 외계인도 아니신데 그 배둘레햄에 축적된 지방 좀 보세요. 운동도 안 하시면서 그렇게……."

"야! 연세라니? 내가 지금 그런 소리……."

"아줌마, 우리 아빠랑 영이 아줌마보다 한 살 더 많으시잖아요. 한국 나이 마흔."

지유는 안 그래도 상기된 감미옥에게 손가락으로 공격적인 숫자 4를 만들어 보이더니 시치미 뚝 떼고 다시 TV를 시청했다.

이에 이성을 급 상실한 채 격노의 감정에 취한 미옥은 후다닥 TV 앞으로 가 시야를 막고 지유를 죽어라 노려봤다.

"그래! 나 마흔이고 돌싱이다! 겁대가리 상실한 녀석아. 그러니까 TV 보지 마! 이거 다 내 거야! 여긴 내 명의로 된 내 집이고!"

감미옥의 난리 블루스에 지유는 냉담한 눈빛과 담담한 목소리로 한 소리 했다.

"마흔에 또 다른 사춘기가 온다더니 역시 유치하시네요."

"야~ 아! 김지유!"

✛   ⚜   ✛

전화를 끊고서 한숨을 내쉰 이영은 정미옥 여사와 자신처럼 희대의 앙숙인 지유와 감미옥이 걱정됐지만 지금으로써는 어쩔 도리가 없었다.

비는 정말 각오를 한 것처럼 다부지게 내리고 있었다.

윤건은 펜션 곳곳에 누수가 일어나고 사방에서 토사가 쏟아져 아까부터 상당한 시간을 밖에서 보내고 있었다.

'그러다 체온 떨어질 텐데. 아프기라도 하면 어쩌려고…….'

가뜩이나 어두운데 사방이 산으로 둘러싸여 주위는 마치 칠흑처럼 어두웠다.

오늘은 꼼짝없이 이곳에서 지내야 할 것 같다.

벌써 세 잔째인 재스민 차를 들고 소파에 앉았다.

이영의 시선은 현관 앞에 놓인 젖은 점퍼에 모아졌다. 윤건은 젖은 점퍼를 벗고 작업복인 우비를 입고 현장으로 나갔다.

아까도 느낀 거지만 이 집은 묘하게 가정적인 분위기가 배어났다.

절대 일반적인 주거 형태는 아니건만 자아내는 분위기가 편하고 따듯했다.

집은 주인을 닮는다고 했는데 이 집이 그랬다. 주인인 윤건을 닮아 있었다.

평범한 것 같으면서도 시선을 끌고, 서늘한 것 같으면서도 봄볕처럼 따듯하다.

두 어른이 같이 산다 해도 사실 이영과 윤건은 전혀 부딪치지 않아도 되는 그런 관계며 볼일 없는 남남이다. 성장을 넘어 장성했고 부모와 같이 살지도 않는데 뒤늦게 두 분의 자식인 그들이 무슨 인연이 있고 만남이 필요할까…….

그런데도 두 사람은 두 번이나 만났고 지금 같은 공간에 갇혔다.

갇혔다. 한데 정말 갇힌 걸까. 이 상황을 기꺼이 즐기고 누릴 만해서 이 상황에 순응하며 이곳에 있는 건 아닌가 하는 생각을 했다.

서울에는 유지하고 건사해야 하는 많은 일이 있었다.

파인 주얼리(다이아몬드 등 고가의 보석)를 추구하는 청담동 샵과 자유로운 응용과 대중성을 기반으로 한 남대문 점포. 극과 극으로 다른 것 같지만 맥은 같았다.

디자인이 즐겁고 성취감이 있고 내 샵, 내 점포가 있다는 든든함. 결코 그런 게 아니었다.

그건 그야말로 대외용. 남에게 보이는, 또 말하기 좋으라고 하는 소리고 그 시작은 독립을 하기 위한 눈물 나는 몸부림이요, 현실 도피와 도약을 위한 위험천만한 발악이었다.

사람처럼 살고 싶어서 사람이 아닌 일과 손을 잡았다.

그래서인지 지금은 아무것도 하지 않고 아무것도 하지 않아도 되는 자연재해란 명백한 명분이 있어 마음이 무척이나 편했다.

시간이 지나 서울에 갔을 때 일이 무차별적으로 공격을 한다 해도 지금의 이 여유와 한가로움은 충분히 유혹적이었다.

이젠 거의 파블로프의 개처럼 하늘을 보고 창밖을 봤다.

비는 여전했다. 내리고 붓고 쏟아내길 지겹도록 반복하고 있었다.

'이 사람은…… 지금 어디서 무얼 할까?'

외딴 곳. 익숙하지 않은 공간. 이렇게도 비가 많이 오는데…….

그런데도 지금 이 순간, 몸과 마음이 너무나 편안했다.

정말 이상할 정도로.

윤건은 거실로 들어섬과 동시에 멈칫했다.

문을 열면 분명 걱정스런 표정과 어정쩡한 미소를 흘리는 사람이 있어야 하는데…….

이영은 소파에 누워 자고 있었다.

그 모습이 놀라워 한참을 그렇게 서 있었다.

조심스런 행동으로 방에 들어가 최대한 빨리 옷을 갈아입고 소파 앞에 섰다. 그다음은 아주 조심스럽게, 마치 규방의 아낙네처럼 조신하게 앉아 사랑방에서 느긋한 오수를 즐기듯 잠든 이영을 지켜봤다.

그때가 생각났다.

이영을 맨 처음 봤던 그때가.

지금과 똑같은 모습으로 이영은 낡은 소파에 누워 자고 있었다. 울면서…….

20년 전이나 지금이나 똑같은 모습으로 자고 있구나, 당신은.

이 사람을 바라보는 내 마음도 똑같을까. 동경하고 열망하고 기대하고 실망하고 그러면서도 또다시 꿈을, 새로운 꿈을 꾸고.

똑같은 패턴을 그리고 있었다.

이 관계가, 우리의 시선 차이가, 이영의 심박 수가 그로 인해 달라질 수 있을까.

부정하고 의심했지만 마음은 그때의 그 기억과 설렘을 고스란히 간직하고 있었다.

결코 짧지 않은 시간이 흘러 초야에 묻혀 퇴색되고 퇴화된 줄 알았는데 아니었다.

이영은 잠결에 자세를 바꿔 하늘을 보고 누웠다. 그러자 다

물었던 입술이 살짝 벌어졌다. 그 사이로 색색거리는 숨소리가 새어 나왔다.

그때도 이 모습에 몸이 동했었다.

고등학교 신입생. 아닌 척해도 한창 이성에 관심이 가고 육체에 최선을 다해 열정을 쏟고 있을 때 늘 그 대상이 된 사람.

그 열망의 꽃이 되고 그 절망의 시작이 된 사람.

그가 모르는 그의 기억 속, 아련하지만 확고한 존재감으로 부유하다 이제야 윤건의 둥지 근처에 내려앉은 사람. 동시에 그의 둥지에 영원히 들여앉히고 싶은 사람.

비록 혼자만의 착각이고 각본이라 해도 이 모든 걸 인정하고 나니 비로소 천 근 같은 피곤이 몰려왔다.

인정할 걸 하고, 해야 될 일을 하고 나니 몸이 나른해 쉴 곳을 찾게 됐다.

그 오랜 시간, 단 한 번도, 제대로 채워지지 않던 마른 우물이 단박에 채워지는 기분이다.

감정의 우물은 어둡고 깊었는데 순식간에 맑고 투명한 정화수가 됐다.

바로 이 사람 옆, 이곳에 자리를 잡고 싶다. 내 자리를.

도대체 언제부터인지, 더불어 정확한 이유도 모른 채 그 누구에게도 내주지 못했던 그의 가장 깊고 깊은 빈자리를.

아주 조금씩 눈꺼풀이 내려앉았다.

이 순간, 모든 것이 너무도 평화롭고 완벽했다.

다음 날. 날은 여전히 꾸물꾸물한 잿빛이었지만 비는 내리지 않았다.

누군가에게는 불행 중 다행이고 또 다른 누군가에게는 단지 불행일 수밖에 없는 날씨.

서울행 승객들이 하나둘 버스에 올라타는 모습을 확인한 이영이 먼저 인사했다.

"전 이렇게 올라가면 그만이지만 윤건 씨는 이제부터 시작이네요."

이영은 걱정되고 조금은 미안한 듯이 말했다.

생각지도 못한 폭우로 피해를 입은 펜션을 걱정하는 그 말이 윤건에게는 왠지 다른 뜻으로 들리고, 다른 언어로 해석됐다.

"바쁘실 텐데 이제 그만 가 보세요."

"⋯⋯."

윤건은 걱정하는 이영을 쳐다볼 뿐 그 어떤 말도 할 수가 없었다. 그러자 이영도 다소 이상한 듯 그를 바라보다 결국 마지막 말을 보냈다.

"그럼, 전 이만 올라갈게요."

내려올 때와 달리 약간 피곤한 기색을 한 이영은 그렇게 몇 번의 인사를 더 하고 버스에 올라탔다.

창가에 앉은 이영은 버스가 출발할 때까지 특유의 은은하고 모호한 미소를 지어 보였지만 윤건은 반응할 수 없었다.

영영 이별도 아니고 그의 손이 전혀 미치지 않는 아주 먼 곳으로 가는 것도 아닌데 마음은 심란하고 더없이 복잡했다.

이 감정의 정체가 그저 아쉬움이란 감정 때문인지, 아니면 어느덧 익숙해진 이영의 체향이 벌써부터 못 견디게 그리워서인지, 그것도 아니면 그와 달리 너무도 담백한 이영의 표정 때문인지 도무지 어느 하나 명확하게 알 수가 없었다.

2장
페르시안블루

하루하고도 반나절을 횡성 호수 펜션에 갇혔던 이영은 서울에 오자마자 무차별로 덤벼드는 일로 정신이 하나도 없었다.

그때까지도 작업실 막내는 나타나지 않고 있었다. 그로 인해 힘 좋은 막내가 할 일을 사장인 이영이 대신했다.

금을 녹여 노라(금을 일정하게 눌러 주는 기계)에 돌려 얇게 펴 주고 온갖 사이즈의 금 철사를 빵빵이 철판에서 뽑았다. 텀블링에서 해결이 안 되는 미세한 부분은 광쇠(연필처럼 생긴 쇳덩이)로 죽어라 광을 내야 했다. 이 모두 상당한 근육과 힘이 소요됐다. 그래서 아직은 기술 없고 힘 좋은 막내가 이 모든 일을 대신했다.

총판(종로)처럼 주물로 뽑는 게 아니라면 모든 작업은 수작업, 핸드메이드로 진행됐다. 딱 반나절 만에 막내의 필요성이 눈물 젖은 빵처럼 절실해졌다.

젊은 시절 그 많은 디자인과 이 중노동을 어찌 다 감당하고 처리하며 살았는지 이제 와 생각해 보니 그 시절의 자신이 존경스러웠다.

가스 불로 조각 금을 녹이면서 드는 생각은 이 불과는 전혀 다른 듯 보이는 윤건이었다.

이물질까지 모든 걸 태우는 이 뜨거운 금물도 잔잔한 호수 같은 그 사람과 만나면 금세 열기와 열성을 잃고 안정을 찾을까…….

이물질을 삭이는 불꽃이 튀다 금물이 이슬처럼 하나로 모여져 들고 있던 가스 불을 껐다.

그 남자에게도 이런 불꽃같은 기운이, 이 같은 뜨거움이 있을까 의문이 들었다.

같이 있는 동안 남자는 차분하고 정갈했다.

그들의 관계가 가진 이름과 위치가 그래서 더 그랬는지 모르겠지만, 모든 행동이 투명하고 적당한 거리를 유지했다.

도가니를 들어 골판(여러 모양에 판)에 붓고, 긴 사각형의 형태를 한 금을 머루(나무에 박은 쇠붙이. 일종의 도마)에 올려놓고 열기가 가시기를 기다렸다.

어둠 속에서 느껴지던 윤건의 몸은 단단했다. 바로 눈앞의 플래티늄처럼.

같이 저녁을 준비할 때의 남자는 다정했다.

밥은 윤건이 직접 했다. 손님인 이영은 아무것도 하지 못하

72

게 했기에 그의 곁에서 모든 과정을 지켜볼 수만 있었다. 능숙하고 빠른 손놀림은 투박하지 않고 우아했다.

혹자는 궂은일을 하는 사람의 손이 그렇다는 게 말도 안 된다고 콧방귀를 치겠지만, 유독 손가락이 길어 그런지 움직임이 시원시원하면서도 동작이 유연했다.

펜션 안에는 식당도 있었다. 그 근방에서 제법 맛집으로 유명하다고 했다. 그래서 그런지 음식들이 정갈하고 맛있었다.

아일랜드 식탁에 마주 보고 앉아 먹는 푸짐한 저녁상에 이영은 눈도 마음도 즐거워했다.

나쁘지 않았다. 평소에는 보지도 않던 공중파 10시 드라마를 보고, 여러 명의 남녀 패널이 웃음을 주는 토크쇼도 보다 결국 오지도 않는 잠을 청하려 인사하고 방으로 들어갈 때는 윤건의 눈이 이영을 멈칫하게 했다.

뭔가 묻는 것도 같고 또 뭔가 말하려는 것도 같았다.

결국은 아무 말도 하지 않았지만.

정말 애매한 장소, 애매한 관계로 묶이려는 사람들끼리 앉아 맛난 밥을 먹고, 불편하게 쪽잠을 잤다. 그랬지만 마음은 편했다. 신기할 정도로.

"이 사장!"

사나운 목소리에 정신을 차렸다.

"네, 아저씨. 왜요?"

뒤돌아 모양을 따라 익숙한 톱질을 하고 있는 김 씨를 쳐다봤다.

"전화 받으라고. 뭐야, 금세 끊겼네."

"또 오겠죠."

"도대체 무슨 생각을 그렇게 하느라고 전화벨 소리를 못 들어? 그 막내 자식 때문에 그래? 됐어, 걱정하지 마. 사람 채용할 생각도 말고. 그냥 우리끼리 할 거야."

"그래도……."

"됐다구. 사람 구하면 뭐해? 한 달을 못 버티는데. 우리도 왔다 갔다 젊은 애들 얼굴 익히는 거 피곤해. 뭐 좀 시키면 웅얼거리는 건 예사에 있는 대로 인상 쓰고, 담배 피러 나가면 함흥차사지, 우린 벌써부터 포기했어. 그렇게 알아."

하나도 틀린 말이 없어 반박하고 대응할 말이 없었다.

"걱정 마. 일은 많지만 원본이야 캐드로 출력해 주물 부어 달라고 하면 우리끼리 커버할 수 있는 정도니까. 그리고……주인 바뀌면 이렇게 계속 일이 밀려들지도 장담 못 하는 거니까."

사실인데, 사실이라 더 마음에 와 박혔다.

이영의 어두워진 얼굴을 보며 김 씨가 말을 보탰다.

"젊은 놈 들어오면 좋긴 좋겠지만, 일이 어디 욕심처럼 되나. 우리야 가르쳐 주려고 하는데 요즘 애들은 꼰대가 시켜 먹는다고 생각하니 우리도 싫어. 그러니 그만 안달하고 내려가. 소싯적 이 사장처럼 지독하게 매달려서 끝장 보는 애들 요즘 시댄 없으니까 초저녁에 포기하고."

"그러게요. 일 배우면 좋은데 도통 달려드는 애들이 없네요."

씁쓸한 현실이다.

이 상황이 어제 오늘 일은 아니지만 시간이 갈수록 이 업종에 도전을 하는 이가 드물었다. 친구들과 소소한 재미와 놀이 식으로 코스튬 주얼리(중저가의 원석을 이용해 만드는 단순 주얼리)에 손대는 이들은 많았지만, 정통파인 주얼리를 배우고자 하는 이들은 적었다.

아무리 컴퓨터 작업이 일반화되고 캐드로 그 모든 작업이 커버된다 해도 마무리까지 기계로 해결되지는 않는다. 캐드 작업 후에도 수십 번의 공정이 더 가는 게, 아니, 반드시 거쳐야 하는 과정이 이 일의 특성이다.

사실 이 기술이 결코 만만하거나 하루아침에 되는 건 절대 아니다.

나름 대학에서 주얼리 디자인을 전공했다 해도 컴퓨터 작업이 아닌 다음에야 능숙한 기술자들처럼 만들 수는 없다. 아니, 그들은 만들 생각도 없었다.

어려운 것은 둘째고, 디자인과 달리 폼 나는 일이 아니라 생각돼 매진하는 일이 없었다.

또 이 고난위도 기술들은 도제식으로 스승에게 일대일로 배우면서 처음부터 시간과 공을 들이지 않으면 안 되는 일이다. 하나 그 과정은 너무도 지난하고 어려워 섣불리 도전하기에는 무리가 있었다.

"전화 오네."

이영은 전화기를 들고 작업실을 나섰다.

개포동 최고급 브레인, 감미옥이다.

"왜?"

—어디야?

"샵."

—그럼 지금 강남 세브란스로 좀 와.

"왜?"

—지유 문병 오라고.

"뭐?"

엊그제 교실 유리창 파편에 다친 애가 오늘 또 다쳤다니…….

—야! 넌 무슨 대답이 초지일관 한 글자로 끝나? 누가 외기러기 신세 아니랄까 봐서. 큰일은 아니니까 일단 와. 참, 천천히 와라. 괜히 겁나 밟지 말고.

"어딜 다친 건데?"

—전화로 뭘 물어? 안 올 거 아니잖아. 그러니까 와서 봐. 사람 두 번 말하게 하지 말고.

전화는 그렇게 뚝 하고 끊어졌다.

이 순간 미옥이란 이름의 인간들이 세상에서 제일로 싫다.

정미옥, 감미옥. 좌우로 아주 사람 긁는 소질은 타고난 인간들이다.

앞가림은 자신들도 못 하면서.

✤   ✤   ✤

윤건의 마음처럼 뜨겁게 가열된 시동을 끄고 높다란 아파트를 올려다보니 이영의 집 실내 조명등은 모두 꺼져 있었다.

집엔 아무도 없는 모양이다.

그저 보고 싶은 사람을, 반드시 봐야만 하는 사람을, 그 모든 이유와 질문을 무(無)로 만든 사람을 오늘 꼭 보겠다는 것 말고는 아무것도 할 수가 없어 두 시간을 긴장한 채로 꼬박 운전해 달려왔는데 막상 도착하니 발이 아스팔트에 딱 하고 붙어 버렸다.

이 질주의 시작에 끝까지 발목을 잡은 아버지에 대한 치열한 감정과 갈등. 적당히, 그리고 적절히 다감했지만 아무런 사심도 느낄 수 없었던 이영의 표정이 재촉하는 발걸음을 잡아 세웠다.

어쩌면 이영도 나처럼…… 아니, 나만큼은 아니더라도…….

그런 감상과 바람을 빌미로 용기를 내려 해도 누군가 사지에 족쇄를 채운 듯 몸은 무겁고 마른입술은 타르처럼 타들어 갔다.

요 며칠 어렵게 끊은 담배를 다시 찾아 피울 생각을 할 만큼 감정은 요동치고 불안정했다.

폭우가 그치고도 펜션 개보수에 전혀 손을 대지 못했다.

실질적인 작업은 직원들과 인부들이 한다 해도 곁에서 지켜보는 게 마땅한데 그러질 못했다. 바로 눈앞의 일조차 감당할 수 없었다.

이영이 떠나고 내내 이영의 흔적을 찾았다. 동시에 십여 년 만에 재혼을 언급하시던 아버지의 훈훈하고 사람 좋은 인상도 떠올랐다. 그러다 결국엔 그런 아버지를 밀어내고 이영을 우선순위에 두었다. 참 요망하고 요사스런 마음이다, 사람의 감정이란.

딱 하루 반나절 만에 집 안 곳곳에 이영의 그림자와 체향이 혼재하고 난립했다.

마치 그 미미한 향에 취해 중독된 듯 집 안을 벗어날 수 없었다.

부엌에서 재스민 차를 끓이는 모습, 소파에 앉아 궁금한 듯 창밖과 펜션을 지켜보는 모양, 깔끔한 동선을 그리는 젓가락질, 퍼지듯 부서지는 조심스런 미소, 유려한 목선을 스트레칭하며 긴 머리를 다시 묶던 날렵한 동작들…….

모든 모습에 갈증이 나 윤건의 눈과 시선은 길을, 일상을 잃어버렸다.

그 누가 이해할 수 있을까…….

이 지독한 갈망과 이기적인 열망을.

그가 아니라면, 윤건 자체가 될 수 없으면 그 누구도 이해할 수 없는 터무니없는 감정이다.

오랜 시간 혼자이신 아버지가 마침내 찾은 분의 소중한 딸이자, 그의 지난 기억과 쓸쓸한 추억에 여전히 뿌리 깊게 각인돼 존재하는 사람. 그러면서 대자연이 풍요와 함께 안겨 준 막강한 공간 전부를 균열은 물론 무섭게 훼손시킨 여자.

이 모든 게 이영이다.

그가 원하는 단 한 사람.

그 모든 이유가 너무도 분명한데 발걸음은 쉽사리 떨어지지 않았다.

여전히 이영의 감정을 모른다는 사실과 그의 바람대로 된다면 결국엔 아버지를 반해야 한다는 그 잔인하고 뼈아픈 사실이 발목을 잡아 마음은 체한 듯 답답했다.

명치뿐 아니라 온몸 전체가 체증이 걸린 듯했다.

아직도 어두운 거실은 꼭 그의 맘과 같았다.

당신은 이런 날 이해할 수 있을까…….

이렇게나 부적절하고 이토록 위태로운 마음을 감히 짐작하고 상상이나 할 수 있을까, 무감한 당신은.

병원에 도착하니 지유는 어린이 병실에서 자고 있었다. 담당 선생님을 만나 보고서야 안도했다.

탈장. 장이 제자리를 벗어나 이탈했단다. 수술은 내일 오전.

사타구니를 만져 보거나 하면 알 수도 있었다는데 전혀 알지 못했다.

옷을 다 벗은 지유를 몇 번이나 봤더라……. 기억이 안 난다.

지유는 그런 자연스럽고 원초적인 모습을 보인 적이 없었다.

엄청나게 싫어하고 또 그런 부분에서는 무척이나 조심하는 조숙한 아이니까.

"뭐해? 바람 좀 쐬자."

불친절한 개포동 브레인 감미옥이 어느새 곁에 서 있었다.

나란히 커피를 한 잔씩 들고 복도 끝 한적한 곳으로 갔다. 감미옥은 그새 자신의 게으른 몸뚱이를 틀 둥지를, 인적 드문 아지트를 찾은 듯 보였다.

이것도 능력은 능력이다.

"너, 지유 어떻게 할 거야?"

"뭘 어떻게 해? 수술해야지."

"그 문제가 아니고 계속 키울 거냐고."

"그럼, 안 키워?"

"네가 지유랑 무슨 법적 관계가 있는데? 너 김지환 그 자식이랑 호적상 아무 관계 없거든. 한 번 엎어져 잔 적도 없는 남자의 아이를 네가 왜 키우냐고?"

이영은 낯선 장소에서 이런 얄궂은 이야기를 하는 감미옥에게 감탄이 절로 나왔다. 아니, 질타가. 그럼에도 불구하고 참았다. 말싸움으로는 절대 감미옥을 이길 수가 없으니까.

감미옥은 우리 지유만이 대적할 수 있는데…….

"홍콩 가는 것도 그래."

"뭐가 그래?"

"홍콩 회사에서 오라고 했다고 그거 하나 믿고 가냐? 뭐, 잘돼서 프리랜서 디자이너로 활동하고 네 바람대로 여행 에세이 작가로 풀리면 좋겠지만 사실 그게 된다는 보장도 없고, 하여튼 네 시간, 젊음, 열정 몽땅 쏟아붓고 투자해 어렵게 불린 재산 다 처분하고……. 네가 미친 거지. 아님 세상 물정을 너무 모르거나."

감미옥은 나이가 의심스럽다는 표정으로 이영을 봤다.

그 익숙하고도 코믹스런 표정에 웃음이 났다. 이것 또한 별난 재주다.

누군가를 재밌게 해 주고 이 정도라도 숨 쉬게 해 주는 거.

"나한테 세상 물정 모른다고 하는 사람은 이 땅에서 너밖에 없을 거다, 감미옥."

"야! 성 붙이지 말고 이름만 부르라고 했지! 이게 아주 의도적으로 성 붙여서 부르고 있어, 기분 나쁘게. 그러나 저러나 지유는 어쩔 거냐고!"

"나도 잘 모르겠어. 오늘 일 때문에 더더욱 모르겠고. 눈으로도 충분히 알 수 있었다는데……."

자책을 넘어 한계가 왔다. 동시에 마음이 무겁고 복잡했다.

"이건 아무것도 아니야. 너 저 똑똑한 아이가 사춘기 되고 북한 애들도 무서워한다는 중2 되면 어쩔 거야? 감당이 되겠어? 여자아이도 아니고 멘탈이나 브레인 갑에 신체 건강한 남자애를?"

구구절절이 옳은 말씀인지라 입이 있어도 반박을 할 수가 없었다.

"그러니까 새 남자랑 새 출발한 친엄마는 괜히 초치지 말고, 쟤네 친가 큰 고모한테 데려다 줘. 처음엔 어쩔 수 없이 양쪽 다 헤매겠지만 센스는 물론 머리 있는 놈이라 종국엔 상황 파악하면서 잘할 거야."

"지유가 싫다잖아."

지유는 가족들을 단칼에 거부했다.

그들에게 언제 무슨 소리를 어떻게 들었는지 모르지만 지유는 꼼짝하지 않았다.

그런 아이를 보낼 수 있을까……. 아니, 보내도 되는 걸까.

그러다 상처 받으면 어쩌나 그 생각만 들었다.

이 세상 가장 친숙하면서도 선량한 얼굴로 아무렇지 않게 상처를 내고 그 상흔을 헤집는 족속이 그 대단한 DNA로 무장한 가족들인데 그런 비정한 악의 소굴에 지유를 보낼 수 있을까…….

"상처 받아도 개 팔자야. 넌 적막강산 같은 니 팔자나 신경 써, 이 무능력한 인간아."

감미옥이 신랄하게 평했다. 현재 그녀의 상태와 주변 상황을. 그렇지만 상처 받지는 않는다. 내성은 물론이고 단련이 되고 굳은살이 생겨서.

"피할 수 있으면 피하면 되지."

"이봐요, 아줌마. 톡톡 뿌려서 네 상처나 극복하시라구요. 괜히 깜냥도 안 되는 게 설거지한다고 설치지 말고."

정말 그런 걸까……. 난, 미달이인가.

"가뜩이나 머리 좋고 비정상적으로 감이 좋은 애를 너처럼 덜 자라고 덜 떨어진 애가 무슨 수로 커버한다고 그래? 양육은 현재 불안한 상황에 대한 동정이나 네 유치한 감정 이입으로 되는 게 아니야. 아이에 대한 절대적인 책임감도 필요하고 인내심, 사랑, 훈육. 그래, 무엇보다 거침없고 눈치 안 보는 훈육도 필요하단 말이야."

훈육이라. 내가 지유를 훈육하면서 살고 있는 건가.

"무엇보다 감정과 감성이 정상적인 어른이 필요해. 너처럼 덜 자란 애어른 말고."

내가 덜 자란 애어른이라고? 내가? 내가 얼마나 이룬 게 많은 사람인데.

"그러니까……."

한심하게 쳐다보는 감미옥에게 시원하게 한 방 날리고 싶었다. 정말 제대로.

"너나 나나 도찐개찐이거든."

무척이나 극단적이고도 아날로그적인 저평가에 감미옥은 펄쩍 뛰었다.

"무슨 그런 개드립을 하고 그래?! 날 어따 갖다 붙여? 넌 마흔이 다 되도록 감정적 미숙아고, 난 고차원에 이성적 지진아지."

이러니 도찐개찐에 또이또이란 거다, 우린.

"그만하자. 피곤해. 너랑 얘기하면 머리가 청정해져."

"무슨 뜻이야?"

기어이 답을 듣겠다고 달려드는 불나방 같은 감미옥을 떨쳐내고 병실로 향했다.

아직 답을 낼 수가 없다.

'곧 홍콩으로 가게 될 텐데도 아직이란 말을 하고 있구나, 난.'

여전히 '워킹 데드'에 나오는 좀비처럼 무차별적으로 달려드는 감미옥을 떼어 내고 간신히 집으로 왔다. 오늘 밤은 감미옥이 옆에 있고 이영은 내일 아침 교대하기로 했다.

피곤이 열풍처럼 밀려왔다.

실신하듯 소파에 누웠는데 기가 막힌 타이밍에 핸드폰이 울렸다.

감미옥이겠지. 감미옥은 엄청스레 끈질기니까. 또 궁금한 건 절대 못 참는 성미니까.

분명히 도찐개찐이라고 힌트를 줬는데도 이렇게도 물고 늘어진다.

감미옥은 조금도 참지 못하고 이 잡듯 남편 뒤를 캐서 결국 결혼생활이 파탄 났다. 그것도 와장창.

핸드폰 때문에 잠시도 안정이 되지 않았다. 차라리 받고 말지.

"왜? 아직 답을 못 냈어?"

—이영 씨.

어, 누구지? 남잔데…….

—윤건입니다.

윤건…… 윤건? 횡성의 호수지기 윤건?

"네, 윤건 씨. 안녕하세요. 어쩐 일이세요?"

—지금 이영 씨 집 앞인데 문 좀 열어 봐요. 할 말이 있어요.

"네에?"

이게 무슨 소리지. 지금이 몇 신데 집 앞에……. 잘못 해석했나.

"죄송한데 다시 한 번 말씀해 주시겠어요? 지금 어디시라고요?"

─이영 씨 집, 현관 문 앞이요.

잠시 우물거리다 핸드폰을 든 채로 현관문을 열었다.

문을 여니 역시나 거짓말처럼 윤건이 있었다.

호수를 연상시키는 그런 눈을 한 윤건이.

✛   ✤   ✛

문을 엶과 동시에 이영은 윤건에게 잡혀 눈 깜짝할 사이 집 안으로 밀려 들어와 현관문에 기대섰다. 두 사람분의 무게에 현관문이 덜컹 하고 잠겼다.

이영은 황당함에 눈만 깜빡인 채 말도 못 하고 무례한 침입자를 올려다봤다.

올려다본 대가는 바로 치러졌다.

놀람으로 벌어진 입술을 삼킨 윤건의 입안은 지독히도 뜨거웠다.

잔잔한 호수를 연상시키던 조용한 이미지와는 전혀 어울리지 않는, 너울 같은 키스였다.

거칠게 입술을 사수해 탐하더니 기어이 입안을 점령하고 뒷걸음질 치는 나른한 혀를 찾아 삼키고 빨며 거친 행동을 서슴지 않았다.

그 순간 작업실에서 97프로 함량의 플래티늄을 녹이던 온도

보다 훨씬 뜨겁다고 생각했다.

하반신을 바짝 대고 허리 전체와 목덜미를 잡은 손은 그 어떤 것보다 강했다.

조금의 미동도 허하지 않는다는 듯 키스는 숨 막혔고 저릿한 감정의 소요를 이끌었다.

"……으……읏."

거친 키스의 부작용인지 모르나 신음이, 결코 한 번도 내뱉은 적 없는 이상야릇한 소리가 새어 나왔다.

도저히 더는 그 뜨거운 기운과 절절한 숨을 받아 낼 수가 없어 최선을 다해 윤건의 등을 손으로 쳤지만 힘에 부치기만 했다. 그럼에도 불구하고 윤건은 응징과 징벌 같은 도발과 욕망을 멈추지 않았다.

삽시간에 호흡과 기운이 빠져나가 주저앉고만 싶었다.

기력을 소진한 이영과 달리 윤건은 입술과 혀를 무차별적으로 흡착하고 삼키는 걸 멈추지 않았다. 참, 지독한 사람이다.

이렇게나 무서운 남자였던가, 당신은.

윤건은 결국 주저앉은 이영을 가슴에 안아 현관 벽에 등을 대고 앉았다. 그러자 그렇게도 그를 매혹시키던 이영의 체향이 공기처럼 자연스레 맡아지고 느껴졌다.

어쩌면 더 이상 그의 공간에서 이 달콤한 향을 찾을 수 없어 이리도 대담한 짓을 한 것일까 하는 생각을 아주 잠시 하기도 했다.

이곳에 오기까지 했던 그 많던 고민과 치열한 갈등이 궁극의 목적인 이영을 보자 다소 거칠고 자극적인 키스로 발현됐다.

사실 너무 많이 마음을 졸여서 그런지 처음엔 아무런 생각도 나지 않았다.

이 모든 게 자신이 벌인 행동이면서도 참 무작스럽다 생각했다.

그도 그지만 너무도 놀랐을 이영을, 다독이듯 가슴에 매달 듯 꼭 끌어안았다.

정확히 누구인지 알 수 없지만 거친 숨소리가 조금씩 천천히 잦아들었다.

이영은 현관 벽을 보고 윤건은 현관 긴 거울 쪽을 향해 엇갈린 상태였다.

거울 속 이영은 그야말로 축 늘어진 상태로 그의 가슴 안에 기대 있었다. 그 모습에 비로소 잠금 해제한 입이 떨어졌다.

"죽을 것 같아서…… 안 보면 정말 죽을 것 같아서."

이 자세 이대로 가슴 안에 이영이란 여자가 심어지고 박히길 바랐다.

그때는 의지와 다르게 아무것도 할 수 없었지만 지금은 아니다.

"숨이 막혀 죽는 것보다는 쓰레기에 미친놈 되는 게 낫다 싶어서…… 그래서 왔어."

순간 격렬한 사랑 뒤 이 모습으로 이영과 있는 야릇한 영상이 지나갔다.

그 시절, 윤건은 이영을 상대로 참 많은 상상을 하고 참 많은 이야기를 만들었었다.

늘 단독 주연은 이영이고 연출, 극본, 각본은 윤건 자신이었다.

"미친놈 성화에 미쳤다고 생각하고…… 어른들 돌아오실 때까지라도 만나."

"……"

"그런데도 영 아니라면, 당신은 절대 내가 아니라고 하면…… 포기할게. 하지만 그사이 당신 마음에 아주 조금이라도, 티끌 같은 변화라도 생긴다면, 그땐 내가 어른들께 말씀드릴게. 전부 다. 그러니까……"

거울 속 이영은 숨을 쉬지 않는 사람처럼 미동조차 없었다.

그 침묵이 두려워 재촉하듯 이영을 안은 두 팔과 두 손에 힘을 가득 주었다.

"난, 지금이라도 어른들께 전부 말씀드리고 제대로 시작하고 싶어. 근데…… 당신이, 당신은 아니라고, 싫다고 할까봐……"

내뱉는 한마디 한마디가 조심스럽고 무척이나 간절했다.

"난……"

이영은 말을 다 잇지 못한 채 긴 한숨을 토하고 비로소 윤건을 봤다.

상체가 떨어지니 하반신은 더욱 밀착되고 두 사람의 얼굴이 더없이 가까웠다.

윤건의 남성과 이영의 은밀한 부분이 옷 사이로 야릇하게 맞닿아 있었다.

이 순간, 말도 안 되게 짜릿한 감각을 의식하지 않으려 애썼다. 그러면서 이렇게 가까이서 서로를 마주 보는 건 처음이라 가슴이 터질 듯 뛰었다.

이 사람을 보지 못한 이래 그의 심박동은 한 번도 이렇게 요란하게 요동친 적이 없었다.

그것만은 너무도 명확하고 확실했다.

"난 도대체……."

"말 안 된다는 거 알아. 기가 막히고 어이도 없겠지."

"……."

"다 아는데, 나한테 기회를 줘. 이 상황을 어찌할지 모르겠다면 내게 기회를 줘……. 그랬는데도 당신 마음에 불길이, 나처럼 천불이 일지 않는다면 그땐 내가 당신 포기할게."

이영은 여전히 황당하고 어찌할지 모르는 표정이었다.

"부모님들 아직 재혼하신 것도 아니고 그리 원하시는데 내 마음 하나 어쩌지 못해 모두 다 엉망으로 망가지자는 거 아니야. 아직 아니니까, 아직은 여지가 있고 시간이 있으니까 당신한테 가는 내 마음, 당신이 직접 보고 느끼면서 만져 보라는 거야."

솔직하고 싶었다. 한 점의 의혹도 없이 마음을 내보여 이영의 거부와 저항을 피하고 싶었다. 또한 막고 싶었다. 진심으로.

"당신한테 조금씩 갈 테니까 거부하지만 마."

작은 얼굴 속, 혼란과 두려움이 가득했다.

"하루에 한 걸음. 너무 느리지도 아주 빠르지도 않게 다가
갈게."

이영이 조심스럽게 숨을 내쉴 때마다 달근한 체향이 윤건을
간질이며 자극했다.

"······언제까지 이러고 있을 거예요?"

긴 침묵 끝에 약간은 불만스럽고 조금은 불편한 듯 이영이
물었다.

이 상황에 대한 불쾌감보다 투정 섞인 마음이 먼저 읽혀져
비로소 막혔던 숨이 쉬어졌다.

"당신이······ 다가가도 된다고 허락하면 그때."

그의 대답에 이영은 입술을 깨물며 나지막한 한숨을 내쉬었
다. 그러자 부어올라 더욱 붉어진 입술이 묘하게 일그러지면
서 그토록 갈구했던 숨결과 체향이 윤건을 덮쳤다.

"저, 일단 정상적인 자세로 앉아서 지성인답게 이성을 차리
고 얘기하는 건 어때요?"

마치 투정을 부리는 어린 남자아이를 달래듯 어르듯 말하는
이영의 모습에 마음속에선 웃음이 났다.

'오래전 그날, 그 낡고 닳은 소파에 불편하게 누워 울면서
자고 있는 당신을 본 이후, 난 한 번도 당신한테 이성적이고
정상인 적이 없었어. 당신은 절대 모를 테지만.'

며칠 사이 윤건은 전혀 다른 사람 같았다.

그 폭우 속에서 하루하고 반나절을 함께한 사람이 정말 맞는 건가, 하는 의심이 들 정도로 기이하고 낯설었다.

눈빛과 표정은 물론 이영에게 내뱉는 말투와 뉘앙스까지 전부 다 전혀 다른 이 같았다.

지금의 분위기는 보고 있자니 왠지 숨이 가빠 위태롭기까지 했다.

갈색으로 은은하면서도 명징한 눈빛이 주는 평온함과 호수 같은 잔잔한 분위기는 지금 그 어디에도 없었다.

'뭐가 이 사람을 이렇게 만들었을까. 정말 내가, 나란 존재가 이 사람을 이렇게 자극한 걸까. 정말…… 그런 건가.'

이영은 정신을 차리고 최대한 담담하게, 상대를 자극하지 않는 톤으로 말하려 했다.

"내가 먼저 일어날……."

말이 다 끝나기도 전에 윤건은 자리에서 일어났다.

미묘하게 얽힌 자세. 단번에 두 사람분을 커버해 일어난다는 게 절대 쉽지 않을 텐데도 윤건은 어렵지 않게, 흔들림과 충격 하나 없이 가뿐하게 일어났다.

마치 나는 게 너무도 당연하고 쉬운 이상한 남자, 슈퍼맨처럼 유연하고 날렵했다.

"그럼 일어났으니까…… 우리 이제……."

끝말을 다 잇지 못하고 겁 없이 올려다본 죄로 키스는 다시 속개되고 진행됐다.

'차라리 그대로 앉아 있을걸…….'

그렇게 절박하고 그렇게나 이상한 고백을 한 후 이렇게 바로 공격적인 키스를 할 줄은 정말이지 몰랐다.

첫 인상은 잔잔한 호수 같았는데…….

그 어떤 일에도 동요도 미동도 없이 넓은 가슴에 무척이나 맑은 눈을 가진 호수.

한데 전혀 아니었다.

윤건은 잔잔한 호수 속, 엄청난 욕망과 열기를 숨기고 있는 호수 괴물이었다.

✛　　　　　✜　　　　　✛

병실에 들어선 이영을 보고 미옥이 기어이 물었다.

"밤새 반성하며 통곡을 했어도 눈탱이가 부어야지, 왜 입술이 그 모양 그 꼴이야?"

나름 머리를 굴렸는데도 예리한 브레인 감미옥을 보니 적당한 답이 떠오르지 않았다.

상대에게 기가 눌린다는 말이 이런 것이리라, 아마.

"어디 가서 보톡스 불법 시술이라도 받고 온 거야?"

차라리 그렇다고 할까. 그렇지만 붓기가 빠진 후엔 뭐라고 해야 하나.

"단건 싫어라 하니까 꿀단지를 퍼먹은 건 아닐 테고, 대체 왜 그래?"

다음 단계로 넘어가려면 필연적으로 단어를 구사해 말을 해야겠지.

"잠이 안 와서 돌아다니다가 주위가 어두워서 문에 찧었어. 뭐, 오늘 지나면 가라앉겠지. 피부가 연한 아기도 아니고."

"……등신."

그래, 차라리 등신이 되고 말자. 그게 뭐 대순가.

이 정도, 이 수준에서 넘어 간다면…….

"거짓말을 해도 좀 리얼리티를 가미해서 기승전 키스가 되게 하든가. 딱 봐도 키스해서 부었구만 어설프게 사기 치기는. 그래, 사기를 칠래도 초짜가 뭘 알아야 치지. 네가 아직 육체적 케미가 주는 미학을 모르니 그 부분은 이 언니가 용서한다."

키스도 그렇고 육체적 케미를 모른다는 부분에서는 반박의 여지가 없었다.

눈치 백단 감미옥은 여전히 잠에 취한 지유를 흘깃 보더니 자리에서 일어났다.

"수술은 잘됐고 이제 깨기만 하면 되니까 들어간다. 나도 수업 준비해야지."

"그래, 수고했어."

자리를 뜨는 듯하더니 감미옥이 한 소리 했다.

"지유 깰 때까지 잘 생각해 봐."

감미옥이 사뭇 진지하게 말을 던졌다.

"뭘?"

"그 키스 주인공이랑 어쩔 건지 진지하게 생각해 보라고.

너도 이제 낼 모레면 불혹이야."

"근데?"

담백한 질문에 감미옥은 무척이나 답답한지 구술하기 시작
했다.

"아무리 네 웃는 얼굴이 남녀노소 불문하고 아직까지 먹어
준다 해도 40이야. 불혹이라고. 까놓고 말해서 육체적으로 사
랑하고 포태할 수 있는 가임 기간은 그리 길지 않아. 아니, 당
장 다음 달일 수도 있어. 그게 오늘날 우리가 처한 잔인한 현
실이야. 내 아는 동생은 38인데 38선마냥 끝장났다더라. 그러
니까……."

"감미옥."

"더 들어. 더 듣고 잡든지 뜯어먹든지 해."

미옥은 작정을 한 듯 말을 잘랐다.

"내 손으로 아작에 파탄 냈을지언정 난 두 해 넘게 행복한
결혼생활이란 것도 해 봤고 카마수트라 버금가는 섹스를 못해
도 100번, 아니, 200번 넘게 해 봤어. 근데 넌 뭐야? 결혼만 했
다 뿐이지 그 나이까지 처녀잖아. 그게 말이 되냐?"

정말이지 방금 수술하고 나온 아이 병실에서 할 소리는 절
대 아니다. 절대로.

"내가 정말 쪽팔려서 어디 가서 물어보지도 못하겠다. 아니,
그 뜨거운 불을 가지고 놀고 그 단단한 백금도 엿가락, 실타래
로 만드는 애가 그게 그렇게 안 되니? 응?"

감미옥은 타고난 미색을 이영 얼굴 앞에 들이밀며 답답한

듯 물었다.

"그만하지. 여기 소아 병실이야. 말 좀 가려서……."

"그러니까, 얼어 죽을 키스만 하지 말고 남자랑 자 보려는 노력을 좀 더 적극적으로 과감하게 실시간으로 해 보라고. 너도 나이 들어서 기억은 물론이고 몸이나 감각이 둔해질 수도 있는 거잖아. 과거의 나쁜 기억들은 이제 좀 저 흐르는 강물처럼 흘려보내란 말이야. 자연스럽게."

아주 봇물이 터졌다.

키스로 꼬투리를 잡더니 작정을 했는지 막을 수가 없었다.

"니가 아직 경험이 없어 몰라 그러는데 자고로 몸과 마음은 하나야. 니 마음이 동하면 몸은 자연스럽게 따라온다니까. 실례로 들어 볼까? 나, 그 인간이랑 잠자리 끝내주고 좋았어. 뭐? 홍콩! 난 너무 좋은 날엔 삼신 할매도 만났다. 근데, 그 작자 바람 핀 거 알게 되니까 별의별 노력을 해도 몸이 그대로 굳더라. 딱 석녀라니까. 그런 거야, 섹스란 게. 니가 아무리 험한 기억이 있어도 마음이 그 상대를 허하면 몸도 반응을 하게 돼 있다고."

"……."

"사실 성공해 나보다 돈 많고 어리버리한 싱글 친구, 내 입장에서는 더없이 좋아. 손잡고 당당하게 실버타운 같이 들어갈 든든한 동지가 있는데 이보다 좋을 수 없지."

이는 결코 칭찬이 아니다. 비난보다 더한 비아냥거림에 가깝다.

"근데 친구란 타이틀 떼고 그냥 인간 대 인간, 여자 대 여자로 보면⋯⋯."

이젠 무슨 말을 할지 기대가 됐다.

"넌 쌀가마니에 팔려 간 그 어린 심청이 계집애보다 더 불쌍해. 걘 부모 위해 물속에 빠졌어도 그 어린 나이에 삼삼하고 절색인 용왕 만나 보기 좋게 재기했잖아. 구전동화에도 길이 길이 남아 여직까지 회자되고."

아주 별소리를 다하고 있다.

"알았어. 알았으니까 그만해."

"알긴 뭘 알아! 아는 년이 피 한 방울 안 섞인 남의 자식 데리고 남들은 신혼여행으로 가는 홍콩으로 이민 가냐?"

"⋯⋯."

"그러니까 네 입술 그렇게 만든 XY 염색체랑 키스 말고 자보려는 노력을 좀 해 보라고. 또 모르잖아. 마음이 동해 그 남자랑은 키스를 넘어 섹스가 가뿐하게 가능할지. 마치 자연림에서 숨 쉬는 것처럼."

"감미옥 씨⋯⋯."

"섹스 그거 처음 하기까지가 두려운 거지, 한 번 하면 그것만큼 정신 못 차리게 땡기고 맛있는 것도 없어. 중독이란 단어는 백 퍼 섹스에서 나온 거야. 그 정도로 맛있다는 거지."

천사 같은 여린 얼굴로 저런 단어를 조합하고 나열하는 감미옥을 보면 정말 인상은 인상일 뿐, 그 이상도 이하도 아니다.

종잡을 수 없는 날씨처럼 전혀 믿을 게 못 된다.

"사랑은 맛있다, 라는 노래도 있잖냐. 뭐, 섹스를 지칭한 것 아니겠지만 하여튼 일단 섹스라는 단어의 무게에 나자빠지지 말고 네게 트라우마를 안겨 준 그 몹쓸 영상을 기억에서 전부 소각하고 흘려보내라고. 제발, 이 늙은 언니야."

감미옥은 정말 징징거리는 걸 넘어 간절히 애원하듯이 말했다.

"알았어. 그러니까······."

"마지막으로 한마디만 더 하자."

뭐, 최후의 변론이라는데 못 들어 줄 것도 없다.

이제까지 배부르게 들은 게 있는데 더 나올 게 뭐 있다고······.

"그냥 질러 봐. 그래야 우리도 다른 가시나들처럼 섹스 무용담이나 기예 수준의 체위 얘기하면서 날밤 까고 그러지. 정말이지 우린 대화가 너무 금욕적이고 금전적이다, 친구야."

착한 아이들은 절대 엿보고 들어선 안 되는 19금 이야기를 잔뜩 쏟아 낸 감미옥이 가고도 다행히 지유는 깨지 않았다.

부모님들끼리 재혼 얘기가 나오는 남자와 파격적으로다가 현관에서 시공간을 초월해 숨넘어가는 키스까지 했는데 여기서 뭘 더 지를 수 있을까······.

그런데도 더 가 보라고. 간다면 어떻게, 어느 길로 가야 하는 걸까.

결국 누군가는 상처 입고 또 누군가와는 인연을 끊게 되지 않을까.

시작도 못 해 본 지환과의 결혼은 그 어떤 강제성도 의무도 없었다.

단지 결혼을 강행해야 하는 나름의 이유와 상호 간의 사정에 의한 협의만 있었을 뿐.

누리고 가진 것만큼이나 사회적 지위에 연연하고 남들 눈이 죽도록, 무섭도록 신경 쓰이는 정미옥 여사는 그 지옥 같은 결혼생활을 버티면서 혈육이자 딸인 이영만 잡고 괴롭혔다.

가족이기에 또 자식이기에, 아버지란 사람과 정미옥 여사는 그들의 저열한 만행에 죄책감은 물론 아무런 반성도 하지 않았다.

치열하게 싸울 때도 가족이라 참고, 모든 걸 파괴하고 부술 때도 남이 아닌 가족이라 이해하며 망가진 집 안을 묵묵히 원상 복구해야 했다.

사춘기 전부터 시작된 그들의 요란하고 천박한 결혼생활은 그 누구도 아닌 같이 사는 이영의 몫이고, 이영만이 중재할 수 있는 미묘하고 비밀스런 사안이었다.

반복되는 파행으로 집에서는 도통 잠을 잘 수 없었다.

생각해 보면 고등학교 때의 추억이나 기억은 뭐 하나 제대로 된 게 없다.

모든 신경의 집중과 충만한 이성, 도움 안 되는 저질 체력까지 모두 집에서 소비하고 써 버려 정작 필요한 학교에서는 기진맥진해 잠만 잔 기억뿐이다. 그로 인해 고등학교 때는 반쯤 풀린 눈에 늘 모호한 웃음과 의미 없는 미소로 일관했던 것 같다.

사실 그와 같은 친밀한 행동은 일종의 보호색이자 위장이었는데 그 고차원적인 행위를 누가 알쏘냐. 그러다 한계치를 느끼고 무리일 줄 알면서 유학을 떠났다.

그사이 그들이 어른답게 이혼하길 바라며…….

하나 바람은 바람일 뿐 유학에서 돌아와서도 그들의 모습은 지독하게, 지리멸렬하게 똑같았다.

그 정도 했으면 에필로그에서는 모두가 행복하게 살았으면 좋으련만.

지지리 궁상인 가족사를 뒤로하니 호수 괴물이 그 자리를 차고 들어앉았다.

2주가 조금 넘는 시간. 윤건이 자신을 내던지겠다 선언한 그 얄궂은 시간.

요동치는 자신의 마음을 만지고 느껴 보란다. 그런데도 영 아니라면 그때 내버리란다.

그 시간들 속에서 우린, 아니, 그녀는 용감하게 발을 내디딜 수 있을까.

그의 진심은 보여 준 만큼 알겠는데 그녀의 감정은 어떤 상태인지 알 수가 없었다.

그처럼 급작스런 키스를 받고도 결국 극렬한 비난이나 거부 없이, 다시 또 깊은 키스를 받아들인 것처럼 윤건이 말한 모든 부분들을 인정하고 진행하고 싶은 건지, 아님 벌써부터 진행 중인 건지…….

언젠가부터 타인을 믿고 사랑하는 그 일련의 과정이 잘되지 않았다.

꾸준히 시도하고 나름 노력을 함에도 항상 지지부진하고 삐거덕거렸다.

그런 수순이 반복되자 어느 시점부터는 그 어떤 노력도 시도도 하지 않게 됐다. 그리고 지금, 유행가 노랫말처럼 사랑의 기쁨도 사랑의 아픔도 모른 채 마흔이 다 되어 간다.

결코 앞당길 필요 없는 마흔이란 나이를 미리 거론하는 나란 여자는 정상일까 아닐까.

"아줌마……."

지유가 흐릿한 눈을 뜨고 이영을 찾았다.

"잘 잤어?"

"……."

한 손으론 지유의 손을 잡고 다른 한 손으론 지유의 창백한 얼굴을 조심스레 쓰다듬었다.

"이제 됐어. 잘했어, 지유."

"미옥이…… 아줌마는요?"

지유는 주위를 둘러보며 물었다.

"왜, 미옥이 아줌마 보고 싶어? 오시라고 할까?"

그 같은 질문에 지유는 순간 읽히지 않는 표정을 지었다.

"아니요. 안 가고 계시면…… 가실 때까지 눈 감고 있으려고요. 감미옥 아줌마는…… 꿈속에서도 여전히 무척이나 시끄러워요."

지유는 할 말을 하고 스르르 다시 눈을 감았다.

'설마 들은 건 아니겠지. 아닐 거야. 들어서도 안 되고.'

"졸리면 더 자. 아줌마가 옆에 있을 거니까."

조마조마한 마음으로 조곤조곤 말했다.

그렇게 한참 복잡하고 어지러운 마음을 다독이듯 지유의 뺨을 만지며 아직은 통통한 하얀 손을 연신 쓸어 주었다.

마치 불안정하게 요동치는 그녀의 마음을 가라앉히듯.

✛   ✤   ✛

영동대교가 내려다보이는 호텔에 짐을 푼 윤건은 전화기를 붙들고 한참을 통화했다.

"다시 한 번 말씀드리지만, 저 없는 동안에도 그렇고 절대 대실 하지 마세요. 그 동네 유지건 안면 있는 어른들이라 해도 안 되는 건 안 되는 겁니다. 아시다시피 좁은 동네예요. 한 번만 더 원칙을 깨면 더 이상 저희 펜션에서 일하실 수 없습니다. 명심하세요."

다짐과 약속을 받았음에도 마음은 좀처럼 편치가 않았다.

펜션의 터줏대감 같은 임 씨가 가끔 대실로 푼돈을 챙긴다는 건 이미 알고 있었다.

그 사실을 표면화하고 추궁하기에는 그의 생활이 너무도 곤궁했다.

사채 이자로 인해 흩어진 가족들도 그렇고 그의 개인 빚을

101

탕감하기 위해서 앞으로도 상당 기간 돈과 희생이 필요하다는 것을 안다. 하지만 더 이상은 용납할 수가 없었다.

자신의 행동에 대한 죄의식을 느끼지 못하는 순간 임 씨의 행동은 범죄가 되고 지금까지 그런 것처럼 자기 합리화만 반복할 테니까.

임 씨 건도 그렇지만 복잡한 마음의 근원은 다른 곳에 있었다.

순전히 그의 의지로 시작된 길고 긴 키스 후 이영은 당황스러우면서도 심란한 마음만큼이나 복잡한 눈을 하고 그를 봤다. 자신은 분명 다칠 각오도, 무너질 준비도 된 상태지만 이 짧지 않은 감정을 너무도 뜬금없어 할 이영은 여러모로 염려가 됐다. 하지만 그렇게 할 수밖에 없었다.

함께 있을 땐 이영을 관찰하고 그녀의 모든 행동에 집중하느라 미처 자각하지 못했는데 비가 그침과 동시에 이영이 떠나자 하루가 다르게 마음이 자라고 아팠다.

폭우와 함께 이영이 몰고 온 회색빛 비구름은 윤건의 마음을 무겁게 물들였다.

다른 색은 일체 불허하는 흐릿하면서도 모호한 빛깔의 이영을 연상시키는 잔인한 비구름.

근 20년 만에 가까이서 본 이영의 소리 없는 움직임과 불안한 눈빛, 달큰한 호흡과 조심스럽지만 익히 아는 웃음은 윤건을 이영에게 예속시키고 묶기에 충분했다.

굳이 과거의 기억을 소환하지 않아도 인연을 만들고 싶은 욕심은 그득하고 가득했다.

처음 아버지가 재혼을 말씀하셨을 땐 농담인 줄 알았다.

그렇게밖에 생각할 수 없는 이유는 아버지께 있었다.

두 분의 사이는 더할 수 없이 살갑고 그지없이 좋았다.

요즘 세상에 흔히 있는 쇼윈도 부부가 아닌 소울메이트로 서로를 사랑하고 인정하셨다. 그로 인해 윤건은 상당 시간을 외국에서 홀로 보냈다.

아픈 어머니를 성심성의껏 돌보기 위해서 자식은 알아서 뒤로 한 걸음 물러나 있어야 했다. 미국에 계신 큰아버지 댁으로 간 것도 자발적인 의지며 마땅한 행동이었다.

두 분이 충분히 사랑하고 충분히 함께하시길 바랐다.

지금의 횡성 펜션도 어머니와 아버지께서 마지막까지 함께하신 공간이다.

각고의 노력에도 불구하고 어머니가 돌아가시자 아버지는 어머니의 자취와 체취가 고스란히 남은 그곳에 집을 지으셨다. 아주 튼튼하고 큰 집을.

그렇게라도 어머니와 자신의 사랑을 기억하시며 함께하시고자 하셨다. 그랬던 분이 재혼을 거론하실 땐 적잖이 충격이고 배신감마저 들었다. 동시에 사랑이란 감정에 회의도 들었다.

그 스스로를 지독한 외로움으로 내몰면서까지 인정하고 감동한 그 일련의 과정들은 다 무엇이었는지 허무하고 실망스러웠다. 그러면서도 자식인 그가 결코 채워 드릴 수 없는 외로움과 잔인할 정도로 긴 시간들을 결코 모른 척, 아닌 척할 수 없었다.

그렇게 인정하고 나간 자리에서 이영과 조우했다.

5년의 미국 생활을 접고 어머니의 임종을 지키기 위해 잠시 잠깐 입학한 학교.

그 학교에서 제일로 찬란하고 빛나던 웃음으로 윤건의 순도 높은 외로움과 점도 짙은 상실감을 알게 모르게 달래 주었던 사람.

비록 그의 존재는 모르지만, 그에게는 그 어떤 사람보다 대단하고 탐나던 존재.

누구에게라도 따뜻하게 위안 받고 싶고 아직 어설프고 철없는 감정과 아픔에 대해 격려 받고 싶은 그 시절, 그의 존재의 이유는 분명 이영에게 있었다.

그런 사람을 긴 시간을 지나고 돌아 다시 만났다.

우연이라도 다시 만날 거라고는 한 번도 상상하지 못했던 사람을.

'이번에도 당신을 놓친다면 다음 기회란 없을 거야. 한 사람에게 운명처럼 반복되는 세 번의 기회는 불가능하고 불합리하니까. 재혼을 원하시는 어른들을 생각하면 지탄을 받는 게 마땅하지만 그럼에도 불구하고 난 당신 놓을 수 없어. 그러니 이해되지 않고 당황스러워 물러나고 싶어도 날 믿어 줘. 그리고 마지막에는 당신이 내 손을 잡아 줘.'

이렇게 말하고 싶었지만 그럴 수 없었다.

이영은 끝까지 그가 아닐 수도 있기에 아직 자신들의 오래된 인연과 그의 마음 전부를 털어놓을 수 없었다.

스스로에 대한 궁색한 변명일 수도 있는 고해의 시간, 아직까지도 손에 들고 있던 핸드폰이 그의 기분을 아는 듯 낮은 톤으로 제 몸을 울렸다.

"네, 양 팀장님."

—오늘 사무실로 오신다고 하셔서 언제쯤 오시나 여쭤 보려고요. 혹시 지금 서울인가요?

"네, 당분간 서울에 있을 계획입니다. 의뢰 드린 설계는 어떻게 돼 가고 있습니까?"

—그렇지 않아도 그것 때문에 전화 드렸습니다. 디자인은 끝난 상태인데 한번 오셔서 보셨으면 해서요. 며칠 전 말씀하신 부분은 추가해서 수정 설계했습니다.

"그럼, 두 시간 후에 사무실로 가겠습니다."

전화를 끊고 손목시계를 봤다.

부지런히 움직이면 이영의 퇴근 시간을 맞출 수 있다.

정해진 기간. 빠른 걸음의 초시계는 움직이기 시작했고, 이제부터는 운명이 아닌 오로지 진심과 노력으로 채워 나갈 시간이다.

아직 아무런 호응도 반응도 않고 그 자리에서 고민할 이영에게 먼저 다가갈 시간. 또한 그 어느 때보다 스스로에 대한 응원과 지지가 필요한 시간.

밤의 검은 광채와 유리를 닮은 파란 새벽이 조우하는, 그처럼 짧고 유혹적인 시간 속에 내가 원하고 바라는 여자, 이영이 있다.

그 탐스런 아침빛이.

✠   ⚜   ✠

달궈진 금붙이를 벼림집게(반지 금을 잡는 집게. 끝 모양이 둥글다)로 잡고 망치질을 했다.

회심의 일격이 보기 좋게 빗나가 그 충격이 고스란히 이영에게 전해졌다.

충격에 손과 팔이 얼얼했지만 굴하지 않고 다시 망치질을 했다. 좁고 긴 금을 때리고 늘리며 목표로 한 형태를 만들어갔다.

심하게 심플하고 가격까지 수수한 커플 반지를 주문받았을 때 직원들은 주물(틀에 넣고 붓는 방법)을 당연시했지만 이영은 직접 만들어 보겠다고 했다.

그때 매장 도 매니저가 도저히 이해할 수 없다는 듯 고개를 내저었다.

직접 만들면 수십 번의 줄질(금을 가는 기본 연장)로 인해 손실되는 금이 더 많다는 건, 누구보다 이 바닥에서 잔뼈가 굳은 이영이 더 잘 안다.

아직은 아무것도 아닌 까만 고철 같은 금은 단면에 거친 줄질을 할수록 손안에 버썩한 금가루가 쌓이고, 책상 대와 공판에 금가루가 날리며 눈꽃빙수처럼 사르르 떨어져 내렸다.

오랜만에 금을 잡은 손끝은 화끈하다 못해 홧홧했다.

지금까지 못해도 수십 개의 반지를 만들었으면서 정작 타인에게 반지를 받거나 선물한 적이 없었다. 결혼반지는 받았었지만 그 또한 지금은 수중에 없다.

삼발이(세 개의 발이 둥근 모양을 한 집게)로 금을 잡아 동그랗게 말았다.

그새 감이 떨어졌는지 꽤 오랜 시간 잇점을 맞추고 가스 불에 반쯤 말아진 금을 달궜다.

붉게 달아오른 금을 물에 식혀 다시 형태를 잡아 신가네(반지 형태를 잡는 쇠)에 껴 애망치(금 두드릴 때 쓰는 작은 망치)로 두드렸다.

형태를 잡아 또 한 번 잇점을 맞춘 후 톱질로 끝을 다듬어 붕산을 묻히고 땜질을 시작했다.

항상 느끼는 거지만 땜이 잇점 사이를 스르르 스며드는 모습은 지극히 에로틱하면서도 견딜 수 없이 매혹적이다.

가스 불로 인해 달궈진 반지가 한순간 붉은 불덩이로 변해 하얀 붕산을 타고 몸을 감싸듯 링을 파고들 때면 기묘하고 야릇한 만족감이 있다.

이 일은 순간적으로 이뤄져 상당한 집중과 불에 대한 감각이 필요한 작업이다.

불에서 멀어질수록 불성을 잃고, 제 성질을 되찾아 단단하게 붙어 비로소 완전한 링이 된다. 물에 넣고 가열된 열을 식혔다. 찌이익 하는 소리와 함께 금이 숯처럼 변했다.

그러고 보면 사랑도 이와 다르지 않다.

전 과정이 너무도 사랑을, 사랑과 닮아 있다.

온도 차이가 큰 담금질이 반복되고 계속될수록 사랑은 상처투성이가 되면서 동시에 내면에서부터 견고해지고, 불에서 멀어지는 것처럼 상대의 마음에서 멀어질수록 믿음으로 인해 단단해지면서도 불완전한 인간인지라 어쩔 수 없이 불안하며 마음은 걷잡을 수 없이 건조해진다.

그 모든 고난을 지나 마침내 완성이 되고 서로의 손가락과 마음을 차지하는 링.

결속과 약속을 증명하는 반지.

절대 끊어지지 않길 바라는 동그랗고 완벽한 형태의 사랑.

'아닌가…… . 이렇다 할 사랑을 해 본 적 없는 미숙한 내 작위적 해석인가.'

본격적인 줄질은 지금부터 시작이다.

제일로 크고 넓은 대줄을 링에 밀착시켜 힘 있게 밀었다. 그 한 번의 줄질에 손끝이 전기 자극을 받은 것처럼 화끈거리며 뜨거웠다.

오랜만에 반지를 만들어 보겠다고 한 이유이자 원인은 윤건에게 있었다.

잠시라도 그의 생각에서 벗어나고 싶었다.

만난 지 열흘이 채 안 되는 시간, 윤건은 일상에 너무도 깊이 들어와 있었다.

병원에서도 시선은 지유에게 고정돼 있었지만 의식은 윤건의 그림자에 매어 있었다. 그렇다고 윤건에게 온 정신과 이성이 매혹되거나 잠식당한 건 아니다.

그가 제시한 한계선, 그 2주가 신경 쓰이면서 의문이 들었다.

눈치 빠른 감미옥의 절절한 충언대로 이번엔 뭔가 깨고 부술 수 있는가에 대한 기막힌 기대와 의문이 들기도 했다. 아직은 그런 부분이 더 많았고 그게 사실이었다. 그렇다고 윤건에게 감정이 전혀 없는 것도 아니다.

그간 사멸된 듯 어딘가 잠재해 있던 궁금증이 그로 인해 표면화된 것도 사실이고, 그의 숨 가쁘고 기습적인 키스가 싫지 않은 것도 사실이다.

이처럼 이영이 감정적, 육체적 반편이가 되는 데 지대한 공을 세운 이는 당연히 각자의 처세에는 능하지만 결코 완숙하지 못한 부모님이었다.

그들의 치열한 싸움과 다툼의 근원은 아버지란 사람의 무분별하고 무절제한 육체적 탐닉, 광중 같은 불륜과 섹스 중독에 있었다.

그 부작용인지, 상대 여자에 대한 알 수 없는 반성인지, 그것도 아니면 그 사람의 피를 받은 내 자신에 대한 경멸과 지독한 자체 검열인지 모르겠지만 하여튼 이상할 정도로 육체적 접촉이 싫고 정신을 잃을 만큼 소름끼쳤다.

꾸준한 노력과 시도로 키스까지는 어찌어찌 넘어가고 우습게 넘기게 됐지만 그다음으로 연결되지는 못했다. 병원은 찾지 않았다.

답을 알기에 돈까지 들여 우문현답은 필요치 않았다.

대줄에 이어 평줄질을 마치고 마지막으로 시야기 줄(반지 제작 과정 중 줄질로는 마지막 단계. 결이 곱다)인 삼각줄과 배줄로 반지 곳곳을 다듬었다.

고운 줄질이 한 번, 두 번 더해질수록 반지는 윤이 나고 아기 살결처럼 매끄러워졌다.

18금의 은은한 광채와 함께 링이 주는 부드러운 곡선이 손끝에 고스란히 전해졌다.

윤건의 키스도 꼭 그랬다.

아직 완성되지 않은 반지처럼 뜨거웠다 부드러웠다가 숨을 뺏었다 주었다 했다.

입안을 침입한 뜨거운 혀는 망설이지 않고 이영의 혀를 찾아 주인인 양 빨아들였다.

부딪히고 얽혀 든 혀는 너무도 낯설었기에 더욱 강렬한 느낌을 안겨 줬다.

허리를 잡은 손은 강력했고 목덜미를 감싼 손은 은근하면서도 무척이나 자극적이었다.

맞닿는 하체는 남자의 육체를 여실히 드러내고 증명했다. 그로 인해 이영의 하체는 남자의 욕망을 명징하게 느끼고 상체는 남자의 갈망을 오롯이 받아들였다.

살면서 그렇게, 그 정도로 키스에 열중하고 집중한 적이 있던가……

새삼 궁금하면서도 두려웠다.

남녀가 몸을 나누고 섞는다는 것은 어떤 느낌일까.

20대 초반 청춘이거나 이제 막 정글 같은 사회에 발을 들인 사회 초년생, 아님 적어도 여유와 혼란의 경계에 있는 30대 중반이었다면 자신감과 기대로 인해 이 같은 두려움은 덜했을까. 알게 모르게 모든 걸 나이에 대입시키고 있었다.

'근데 그 사람은 몇 살이지? 분명 내 또래 같은데. 아닌가? 나보다 많은가. 어리지는 않을 거야. 어리면 안 되는데. 정말 그건 안 되는데.'

여직 신경도 쓰지 않고 무시하듯 초월했던 나이가 윤건으로 인해 뼈아프게 확인되고 곱씹어졌다. 순간 기분이 상하면서 묘하게 자존심이 상했다.

'왜? 내 나이가 어때서? 누가 뭐래? 아니, 그냥. 괜히 자격지심에.'

괜스레 혼자서 모노드라마를 찍는 자신에게 어이가 없으면서 실망스러웠다.

사납게 사포질을 마치고 전원을 켠 텀블링에 손을 넣어 빠우(광약)질을 한 뒤 모터에 반지를 문질렀다.

오랜만에 직접 느껴지는 회전기 소리와 빠른 회전력에 손끝이 밀리면서 동시에 얼얼했다.

회전 모터에 반지를 댈수록 전신이 다 빨려 들어가는 느낌이 들었다.

윤건의 키스도 이 정도로 얼얼했던가.

얼얼했다기보다 전기 충격처럼 짜릿해 전신을 뚫고 지나가는 강력한 느낌이었다.

자칫하면 생불이 될 확률이 높은, 오래된 내 몸을 쓸데없이 아끼고 아껴 그처럼 단순한 자극에 민감했던 걸까 하는 반성도 들긴 들었다.

빠우와 먼지로 인해 전체적으로 검은 얼굴을 하면서도 반지는 차츰 제 빛을 찾고 있었다. 반지 안까지 핸드드릴로 꼼꼼히 광을 내 초음파 세척기에 마침내 먼지를 벗겨 냈다.

비로소 반듯하고 부드러운 곡선을 겸비한 절대반지가 오묘하고도 은은한 빛을 발했다.

보통 반지에 조각(캐럿 미만의 다이아를 박는 과정)을 하고 상처와 광이 죽는 것을 방지하기 위해 멕기(도금)로 마무리를 하는데 개인적으로 딱 이 상태가 좋았다.

"전화 왔어요, 사장님!"

인위적인 색 도포 전, 과하지 않게 빛을 발하는 금 본연의 우아한 색.

사랑은, 사랑을 색으로 표현한다면 어떤 색일까……

불에 달궈진 불덩이가 만든 매혹적인 색, 아님 지금 그녀의 손에 있는 링처럼 은은한 금빛 색, 그것도 아니면 내 부모님들이 보여 준 적나라하고 적대적인 적색.

아니다. 여직까지 그들에게 영향 받고 그들의 영향권에서 졸업하지 못한 채 징징거리며 투정 부리는 미약하고 미진한 못난이, 이영의 색.

"사장님! 전화 받으세요!"

매장 정희 씨가 핸드폰을 흔들며 목소리를 높였다.

완성된 반지를 벨벳 천으로 닦아 습자지 위에 올려놓고 손을 씻었다.

핸드폰에 뜬 이름은, 의식은 물론 이처럼 예민한 작업까지 속속들이 침투한 무례한 호수 괴물 윤건이었다.

✝   ✛   ✝

예상은 했지만 이영은 예상보다도 적게 먹었다.

미리 예약한 일식집은 특유의 냄새가 나지 않아 좋았다.

레벨이 있어 그럴 일은 없지만 그래도 신경이 쓰이고 걱정했는데 괜한 기우였다.

오늘 이영은 묘하게 굳어 보였다.

평소 미소를 남발하는 스타일은 아니지만 그래도 가끔 배고픈 아이를 달래듯 그렇게 감질날 정도라도 미소를 보이곤 했는데 오늘은 그조차 없었다.

마치 의식이 다른 곳에 가 있는 사람처럼 보였다.

솔직히 섭섭했지만 어쩔 수 없는 일이란 생각이 들었다.

'당신은…… 나 같지 않을 테니까. 그래, 나 같지 않겠지. 당신은…….'

"입맛이 없어도 좀 더 먹었으면 좋겠는데."

윤건의 목소리에 이영이 여직 매여 있던 의식을 끊고 비로소 눈을 맞췄다. 그러다 자신의 밥공기를 보고 다시 윤건을 보며 말했다.

"입맛이 없는 건 아닌데…… 잘 먹히질 않아요."

"속이 불편한 거면 억지로 먹지 말고."

"그런 건 아니에요. 아까 반지 만들다 비싼 금가루랑 먼지를 너무 많이 흡입했나 봐요."

그러면서 이영은 오늘 처음으로 금가루만큼이나 비싼 웃음을 보였다.

그 한 번의 웃음에 조금 전까지 서운했던 감정이 모두 다 상쇄됐다.

"그렇게 직접 만들기도 하나?"

윤건의 질문에 이영은 살짝 미소를 내보였다. 작업 중 흡입한 금가루 때문인지 이영의 미소는 반짝반짝 빛났다. 마치 빛에 부서지는 사금석처럼.

"그럼요. 반지도 만들고 반지보다 몇 배 큰 팔찌도 제작하죠."

"그런데도 정작 당신 손에는 반지 하나가 없네."

그 소리에 이영은 자신의 손을 펴 보았다.

꼭 처음 보는 사람처럼 그렇게 찬찬히 자세히도 내려다보았다.

손은 키에 비해 다소 작은 편이었다. 저 손처럼 발도 작았던가.

잘 기억나지 않았다. 그날은 잠든 이영의 얼굴을 보며 지난날을 기억하고 확인하느라 모든 걸 다 그 안에 찍어 사유화하진 못했다.

"그러네요. 반지 하나 끼고 나올걸. 손에 까만 물도 들었네. 아까 씻는다고 씻었는데…….

이영은 열 손가락을 오므리고 손톱을 보다 피식 웃더니 주먹을 쥐었다.

무언가에 물든 손이 영 마음에 들지 않는 듯 이번에는 억지 미소를 지었다.

"오랜만에 만들어 봤는데 동네방네 소문만 나게 생겼네. 이렇게 손이 지저분하니…….

"난 그런 당신 손이 한없이 고마운데, 내가 이상한 건가?"

솔직한 속내에 이영이 빤히 쳐다보았다. 그러다 이제껏 애매하게 들고 있던 젓가락을 기어이 놓고 숨을 삭이며 윤건에게 시선을 집중했다.

그게 무슨 말이든 본격적으로 하려는 듯 보였다.

윤건도 들고 있던 젓가락을 놓고 이영과 눈을 맞추며 기다렸다. 은은하게 퍼져 공간을 공명할 이영의 나직한 목소리를.

"나 결혼했었어요. 아이도 있구요."

"알고 있어."

그 대답에 놀라는 얼굴은 아니었지만 약간은 번거롭고 답답한 듯한 표정을 했다.

이영의 마음을 이해할 수 있다.

다가가겠다고 했으니 자신의 상황과 기본적인 신상에 대해 말을 해야 한다고 생각했겠지. 부드러우면서 톤 낮은 목소리로 인해 다음 말이 기대됐다.

"나 올해 서른아홉이에요."

"알아."

이번에는 살짝 의외라는 표정을 했다.

자신이 하지 않은 말에 대해 알고 있다는 게 의아한 모양이다.

"아버지께서 말씀해 주셨어. 언젠가 당신 어머님께 들으신 모양이야."

"……."

"중요한 건 아니지만 당신이 궁금할 수도 있으니까."

이영은 차분하고 한결같은 눈으로 윤건을 봤다.

"난 서른일곱이고 결혼한 적은 없어."

대답 대신 여직 차분했던 이영의 표정이 딱딱하게 굳어졌다.

그 모습으로 약간의 시간이 지나고, 이영은 굳어진 얼굴만큼이나 감정을 배제한 목소리로 말했다.

"그러면서, 그렇게 다 알면서…… 다가오겠다고 한 거예요?"

이영의 표정을 보니 한번은 분명하게 이야기해야 할 것 같았다.

이 일로 이영의 마음이 그에게 끝내 닿지 않을 수 있다는 걸 알기에 설득보다는 자신의 마음을 설명하고 이해시키고 싶었다.

"당신이 말한 것 중에 내가 알고 싶고 궁금한 건 하나도 없어. 중요한 것도 없고. 내가 알고 싶고 기대하는 건 앞으로의 당신 마음이지, 당신의 나이나 지나간 이력이 아니야."

"당신이 말하는 그 아무것도 아닌 것들로 인해 내가 당신을 부담스러워하고 당신 인연이 아니란 생각은 안 해 봤어요?"

이제까지와 다르게 완고한 목소리였다.

순간적으로 마음이 다급해지고 간절해졌다.

이영의 선을 긋는 듯한 목소리가 주는 영향력과 파급력은 그렇게나 크게 다가왔다.

"어떤 마음일지 짐작은 되지만 지금은 다른 생각 말고 날 만나고 날 알아가면서 내 마음을 받아 주려는 노력만 해 주면 안 될까? 어쩌면 내게 허락된 시간이 2주밖에 없을지 몰라. 그러니까 그 후의 문제보다 지금은 나를, 당신에게 아무것도 아닌 나란 사람에게 집중해 줘."

윤건의 솔직한 속내에 이영은 더욱더 완고하고 무거운 표정을 했다.

"무책임한 말이군요. 위험하기도 하고."

이영은 모든 가능성을 부담스럽고 위험하다는 말로 배제하고 차단하려 했다.

"……2주야."

윤건은 목소리만큼이나 완고한 이영의 시선을 놓지 않았다.

"내가 당신한테 제안하고 부탁한 시간이. 그 시간 동안 내 마음이 어떨지는 한 번도 생각 안 해 봤어?"

"……"

"당신 입장에서는 쉽지 않은 일인지도 몰라. 부모님들 문제를 비롯해서 아이도 있으니까. 그럼에도 불구하고 조금만 용기 내 준다면, 절대 당신 버겁게 안 해. 그런 건 내가 전부 다 할 거야. 그러니 당신은 다가오기만 해 줘. 절대 내 손 놓지 말고."

"윤건 씨……."

"지난 과거로 인해 다가올 미래를 가차 없이 무시하지는 말아 줘. 부탁이야."

설득이면서 부탁인, 고백이면서 소망을 말하는 윤건을 이영은 묘한 시선으로 봤다.

결코 쉽지도, 긍정적인 눈빛도 아니었다.

"내 모든 건 과거가 아니라 현재예요."

이영이 담담하지만 약간은 체념한 듯 읊조렸다.

그 모든 말투와 태도에 정신이 번쩍했다. 마음속에서 천둥이 쳤다.

"그래, 현재지. 말 그대로 내겐 선물 같은 현재야."

단아한 모습만큼 이영은 단호한 표정을 지었다.

"우린 지금 이 순간을 살고 있어. 그러니까 과거도 미래도 생각하지 말고, 당신은 지금 이 순간만 생각해. 내가 당신 곁에 있는 지금 이 순간만."

이영의 눈빛이 다소 흔들리며 갈피를 잡지 못하는 듯 보였다.

거절도 보류도, 그녀 입장에서는 모든 게 불편하단 한마디로 정리될 거 같아 두려웠다.

그조차 당황스런 이 감정을 어떻게 설명할 수 있을까…….

당신을 만나고 이렇게 대면할수록 미련과 아쉬움이 그득했던 과거와 상관없이 더욱 간절해지고 절실해지는 내 마음을.

스스로 제안하고 정한 2주가 혹시 그 자신을 옭아매는 독이 되지 않을까 하는 걱정과 우려도 들었지만 지금은 다른 방법이 없었다.

그의 명료한 마음과 다르게 조건과 상황이 주는 두려움으로 그를 보려 하지 않는 이영이었다. 그런 이영의 마음에 닿기 위해 조급하지 않은 걸음으로, 조금씩이라도 다가가려 노력하는 것이 지금 그가 할 수 있는 최대한이었다. 그의 의지대로 할 수 있는 건 아무것도 없었다.

이영은 더 이상 말을 않고 피하듯 시선을 돌렸지만 윤건은 그런 이영을 좇을 수밖에 없었다. 이제 다른 길이란 없다.

지금처럼 이영이 가는 길이 그의 길이 돼 버린 건 어쩌면 그날, 이영을 다시 만난 그 순간 이미 예정되어진 거라 생각했다.

거리는 온통 사람과 불빛으로 혼잡했다.

습관처럼 창밖에 둔 시선을 거두고 운전하는 윤건을 보며 물었다.

"어디 가는 거예요?"

"가고자 하는 곳은 없어. 당신과 함께 있고 싶어 고속도로라도 타고 싶은데 그건 안 되는 일이라 지금은 신호등 따라 운전 중이야. 어디 가고 싶거나 보고 싶은 데 있나?"

이 남자는 상대를 함구하게 만드는 남다른 재주가 있다.

불편하면서도 어색한 식사를 마치고 집에 데려다 주겠다고 할 줄 알았는데 차를 마시자고 하더니 우린 아직까지 어수선한 길 위에 있었다.

'신호등을 따라간다고. 자신의 계획대로 매뉴얼대로 움직이는 사람인 줄 알았는데 것도 아니었네. 모르겠다, 정말.'

"아이 이름이 궁금한데."

"……!"

"왜? 이상한가? 아이 이름 알고 싶은 게."

윤건은 피식 웃으며 물었다. 그 덕에 우물 보조개가 생기다 말았다.

"……지유, 김지유예요."

"남자, 여자?"

듣기에 따라서는 알쏭달쏭한 이름이긴 하다.

"열 살 된 남자아이예요. 아주 똑똑해요."

지유는 똑똑한 머리만큼이나 눈치도 빨랐다.

이영이 조금 늦을 것 같다는 소리에 숙제 마치고 책을 보다 잘 테니 걱정하지 말라고 할 정도로 모든 일에 담담했다. 그로 인해 더욱 마음이 가고 마음이 더 쓰이는 아이.

자신이 데리고 있는 것이 과연 아이에게 좋은 영향을 줄 것인가에 대해 많은 고민을 했었다. 나름 치열하게 고민했음에도 지금의 상태가 정답인지는 알 수 없다.

그저 지유가 원하는 대로, 아이의 뜻대로 해 주었을 뿐.

'그나저나 지유는 왜 나랑 살겠다고 한 걸까. 무엇 때문에……'

"무슨 생각해?"

차는 어느새 정차해 있었다.

옆을 보니 아담하면서도 익숙한 양재천이 보이고 시선 어딘가에 지유가 있는 우리 집도 보이는 것 같았다.

'감미옥은 고액 과외가 한창일 테니 지유한테 가 보라는 말도 못 하겠네.'

이영은 집으로 향했던 시선을 접어 윤건을 봤다.

차 안은 어두웠지만 주위 건물들이 쏟아 내는 환한 불빛으로 인해 윤건의 단정한 얼굴이 고스란히 눈에 들어왔다. 볼수록 얼굴과 이미지와는 매치가 안 되는 성격이다.

이미지는 정말이지 호수지긴데, 호수 괴물이 아니라.

"이상해요. 인상으로 상대를 판단할 정도로 단순하고 어수룩하지도 않은데…… 당신은 첫인상과 성격이 판이하게 달라요."

"그런가. 당신은 인상이랑 성격이 아주 똑같은데."

내 인상과 성격이 같다고. 그럼 훈훈한 성격은 아닌 거네.

"궁금하지 않나?"

솔직히 이 사람에게 자신이 어떻게 비치는지 궁금하기는 했다. 그렇다고 넙죽 묻기도 너무 애 같을 것 같고.

"오늘 횡성에 내려가는 건 무리일 것 같고 김포로 가는 거예요?"

이영의 난데없는 방향 전환에 윤건은 피식 웃었다.

"아니, 당신 샵 옆에 있는 호텔 잡았어. 당분간 거기서 머물 거야."

샵 옆이라면……. 왜 김포 집을 두고.

이영의 마음을 읽었는지 윤건이 친절하게 답해 주었다.

"당신 가까이 있어야 당신을 볼 수가 있으니까. 당신도 알다시피 나에게 허락된 시간은 2주뿐이잖아. 길지 않은 시간이지."

"그럼 낮에는 뭐하고요?"

이영이 뜨악한 표정으로 묻자 그 모양이 우스운지 윤건은 조금 전보다 약간 크게 웃었다. 그러자 그 비밀스런 보조개가 모습을 보였다.

얼굴 근육의 움직임이 미비할 때는 그저 상처일 뿐인데 웃으면 그 모습이 달라졌다.

상처는 보조개로 3단 변신을 해 끼 부리듯 사람의 혼을 빼앗았다.

구미호도 저런 구미호가 없다.

"궁금한가? 당신이 없는 내 시간이."

첫인상은 정말 믿을 게 못 된다. 시쳇말로 얘기를 할수록 이상하게 말리는 느낌이다.

"서울에 일이 있어. 하지만 주는 당신의 연락과 부름을 애타게 기다리는 해바라기 대기조지. 그러니까 잊지 마. 당신의

2주를 온전히 나에게 달라고 할 수 없지만 마음은 항상 그렇다는 걸. 시간 되고 상황 되면 연락해 줘. 당신한테 달려갈 테니까."

결코 어둡고 무겁지 않은 말투였지만 진지하고 솔직했다.

위험한 사람이다, 호수 펜션 사장은.

언제라도 타인의 마음을 훔치고 들었다 났다 할 수 있을 것처럼 위협적인 인물.

왜 난 이 사람을 잔잔할 것이라 규정짓고 마음을 놓았을까. 이렇게 유혹적인 사람을.

'아니다. 미옥 여사의 재혼을 전제로 한 상견례라 생각했으니 그 어떤 가능성도 내 안에는 없었겠지.'

"어떤 일인지 모르겠지만 분과 초를 요하는 다급한 일이 아니면 김포 집에서 다녀요. 우린…… 중간에서 만나도 되니까. 내가 갈 수도 있구요."

"싫어. 가까이…… 당신 곁에 있고 싶어."

순간 TV 속 주인공처럼 오글거려야 하는데 윤건이 자아내는 미묘하고 다소 엄숙한 분위기에 그러지는 않았다. 남자의 눈 속에 분명 이영이 있었다.

그렇게 빠른 시간, 누가 누군가의 마음에 안착하고 마음 깊이 투영될 수도 있을까 하는 의문이 들고 의구심이 들었다.

아직까지도 사람을 믿지 못하고 타인을 믿지 못하는, 사실은 그 누구도 아닌 자신을 신임하지 못하는 이영에게 그건 거의 불가능에 가까우니까.

"집에 있는 아이에겐 많이 미안한데, 좀 봐 달라고 하고 싶어."

놀랄 만한 말이었다. 지유, 지유를 잊지 않고 챙기고 있었다.

남자들은 그렇게까지 디테일하지 못하다는 걸 아는데 윤건은 자신의 행동이 지유에게까지, 아니, 지유에게 가장 많은 영향을 준다는 걸 알고 있었다.

"둘이 있을 때 당신이 전보다 더 많이 챙겨 줘. 난 내 시간 절대 양보 못 하니까."

그 짧지도 길지도 않은 2주 동안 이 사람을 얼마만큼 알게 될까…….

자신이 모르는 부분이 아직 많이 있겠지. 그 전부를 보게 될까. 그 제한된 시간 동안.

"아까부터 무슨 생각을 그렇게 해?"

남자는 다른 생각에 빠진 걸 기가 막히게 알아챘다.

디테일하면서도 섬세하고, 건조한 듯하면서도 알맞게 습기가 배 다정했다. 윤건은.

"……참 잘 챙기는 사람이다 싶어서요. 대부분의 사람은 다른 집 아이는 안중에 없거나 무관심한데 그러지 않아서 신기해요."

이번에는 느끼는 그대로를 솔직하게 말했다.

말 돌리지 않고 아닌 척하지 않았다. 그러자 윤건은 차 앞 유리로 보이는 모습에 시선을 두며 가볍게 말했다.

"나도…… 그랬어. 내 의지와 상관없이 혼자 있는 시간이 많고, 어느 시기에는 친구가 내 자신밖에 없었어. 이런저런 사정으로. 그래서 집에 있을 아이가 신경 쓰이나 봐. 일종의 동병상련이라고 해야 하나."

"……."

윤건의 옆모습은 정면으로 볼 때와는 또 다른 느낌이었다.

선이 거칠지 않은 옆모습은 차 안의 어둠과 차 밖의 밝음으로 음영이 져 더욱 차분하면서 정적으로 보였다. 남자로서 결코 짧지 않은 속눈썹도 탐이 날 만큼 예뻤다.

"모든 걸 다 떠나서 당신에게 소중한 건 나에게도 중요해. 난 당신이란 사람 전부를 원하는 거지, 모든 상황 속에서 주위를 배제하고 오직 당신만을 원하는 게 아니야."

윤건은 자신을 빤히 쳐다보고 있는 이영을 보며 설명하듯 속삭였다.

호수지기의 눈은 이름처럼 잔잔했다.

거짓이 없고 꾸밈이 없어 그 어떤 물살도 없이 고요했다.

왜 이 사람의 모든 언어와 말은 한마디 한마디가 가슴에 와 닿는 걸까.

저 표정 때문일까…….

괜찮다고 하면서도 아닌 것 같은 저 아련한 표정 때문에.

고속도로까지는 아니지만 몇 개의 다리와 그 곱절에 해당하는 신호등을 확인한 후에야 아파트 현관 앞에 내려 준 윤건이 기어이 들어가는 걸 보고 떠난다고 해 이영은 먼저 뒤돌아서 집으로 들어왔다. 거실 불이 켜진 상태로 지유는 자신의 방에서 자고 있었다.

살짝 열린 지유의 방문을 닫고 긴장으로 인해 더욱 지친 몸을 소파에 기댔다.

차가 아직까지 있을까 하는 생각을 했지만 확인하지는 않았다.

지금 확인을 한다면 매번 확인을 하게 되고 또 매번 확인하는 자신을 보게 될 것 같았다.

무언가에 기대하고 자신도 모르게 길들여질까 봐 경계했다. 그래서 그 아무것도 아닌 소소한 행동을 하지 않았다.

이영이 내뱉는 한숨 소리와 함께 핸드폰이 울려 얼른 가방을 뒤졌다.

윤건이다. 확인과 동시에 아직도 밑에 있다는 걸 확신했다.

"네."

—잘 들어갔나 궁금해서.

"잘 들어왔어요."

—아이는?

정말 못 말릴 정도로 다정다감하다, 이 사람.

"……자요."

—똑똑하다더니 용감하기까지 하네. 혼자 잠도 잘 자고.

"네, 그래서 더 미안해요. 너무…… 어른스러워서."

이영보다, 또 감미옥보다 훨씬 어른스러운 지유. 우리 책임인 걸까, 아님 환경 때문일까.

―남보다 일찍 철드는 거, 꼭 나쁜 것만은 아니야. 내 경험 상으로.

정말 그런 걸까.

"……."

―듣고 있는 건가?

"……네."

순간 윤건과 이런 대화를 나누는 자신이 이상하게 느껴졌다. 너무 자연스러우면서도 친근한 이 느낌이.

―왜? 뭐가 걱정돼?

"글쎄요, 잘 모르겠어요. 하여튼 조심히…… 가세요."

―……내일 봐.

"네."

―…….

생각지 못한 정적에 이영은 살짝 당황스러웠다.

'왜 그러지? 전화가 끊긴 건 아닌데…….'

―고마워.

"뭐…… 가요?"

―네, 라고 답해 줘서. 그 말, 내게 2주란 시간을 허락한다는 거잖아. 아까 차 안에서 물어보고 싶었는데 그러지 못했어. 당신이 내 얼굴 보면서 면전에서 거절할까 봐.

긴장하면 의외의 소릴 해 분위기를 전환하고, 이렇게 방심하고 있으면 허를 찌르는 사람이었다. 윤건은.

"횡성 사람이 서울에서 길 잃어버리지 말고 얼른 가요."

─고마워, 걱정해 줘서. 내일 연락할게.

　"네."

　전화를 끊고 잠시 그대로 미동도 없이 자리를 지켰다.

　조금이라도 움직이면 베란다로 뛰어가 그 즉시 확인할 것
같았다.

　아직까지 그 자리를 지키고 있을 윤건과 그를 빼닮은 차를.
그로 인해 고집스레 엉덩이를 붙이고 익숙한 자리를 지켰다.

✛　　　　⚜　　　　✛

　샤워를 하고 나온 윤건은 책상에 앉아 노트북부터 켰다.

　의식적으로든 무의식적으로든 노트북 옆에 있는 핸드폰
에 시선이 갔지만 애써 무시하고 내일 있을 강의 내용을 확인
했다.

　모 신문사 문화센터에서 하는 번역 강좌는 이번이 처음은
아니다.

　교수님의 추천도 있고 다니던 회사의 막강한 선배들 추천도
있었지만 결정적으로 그가 번역 강좌를 맡은 건 예전에 출간
된 번역 기술 책 때문이었다.

　기술 번역은 일반 출판이나 영상 번역과는 또 달랐다.

　타국의 언어를 우리 언어로 바꾸어 번역하는 것은 같지만
급속하게 변하고 있는 기술 발전 속도에 의해 새롭게 생겨나
는 신조어나 대상 언어의 문화, 사용자의 이해도에 맞게 번역

하는 센스와 기지가 필요했다. 물론 해당 분야의 전문 지식과 높은 영어 실력은 기본 중의 기본이다. 무엇보다 번역을 진행하면서 엔지니어나 연구원 사람들과 수시로 나누는 효율적인 커뮤니케이션이 번역의 질을 좌우했다.

이 모든 팁과 노하우를 강의하는 게 이번 기술 번역 강좌의 중점이다.

펜션을 운영하면서 번역을 한다는 건, 큰 부담이면서 한편으론 적절했다.

펜션은 손이 많이 가지만 그만큼 개인 시간도 많이 확보할 수 있었다.

시즌이 아닌 다음에야 주중에는 그리 바쁘지 않았고 적지 않은 직원으로 인해 매일 규칙적으로 시간을 할애해 번역에 집중할 수 있었다.

모든 적합한 상황과 더불어 이젠 익숙하기까지 한 일을 이영이 펜션을 떠나고 단 한 줄도, 아니, 한 문장도 번역하지 못했다.

그래서 알게 됐다. 자신이 또다시 이영에게 속수무책으로 빠져들었다는 걸.

세상에 번역만큼 집중할 수 있는 일도 없다.

번역은 책을 읽을 때보다 더 깊게 저자의 생각을 이해하고 이를 토대로 사고를 확장시켜 나가게 됨은 물론, 밤에서 새벽으로 진행되는 그 아름다운 시간을 전부 잊을 만큼 매혹적인 작업이었다.

그러니 누군가 '번역은 장미 밭에서 춤추기 같은 고통 속의 쾌락'이란 말을 했을 것이다.

또한 우리나라에서 그 누구보다 빨리 원서를 접하고 그것을 번역해 새로운 저자가 되는 순간은 그 어떤 때보다 충만함과 만족스러움을 주었다.

그 모든 희열과 자부심이 이영이 떠나고 아무것도 아닌 것이 되었다.

순식간에 모든 것은 의미를 잃고, 빛을 잃었다. 너무도 짧은 시간에.

누군가 정의한 것처럼 치열한 다큐멘터리가 끝나고 부드러운 동화가 시작되는 밤은, 그에겐 그저 차갑고 무거운 시간일 뿐이었다. 새로운 어휘를 찾고 문장을 만들어 내는 재미는 이영의 빈자리가 주는 아쉬움과 허탈감을 밀어내거나 만회하지 못했다.

단 이틀.

모든 것이 뒤집어지고 제자리를 이탈했다.

견고하다 믿었던 자신에 대한 믿음은 결국 이영의 조심스런 웃음을 능가하진 못했다.

그렇게 보잘것없었다. 그가 만들고 유지하며 완전하다 믿었던 세계는.

깨고 부수며 다시 세우고 만들어지는 과정에서 모든 것의 원인이자 시발점인 이영이 있어야 했다.

그 밤 그렇게 이영을 찾아 입술을 삼킨 건 그런 이유에서

였다.

이영이 공으로 만든 세계를 이영이 일으켜 세워 주고 채워 주길 바랐다.

과거나 지금이나 이영은 그의 좁고 부족한 세상을 안전하고 완전하게 해 주는 공기이자 온기와 같았다. 그러니 어찌 당신을 포기하고 접을 수가 있을까…….

그 2주라는 시간이 이영과 그에게 어떤 모습, 어떤 결과로 다가올지는 알 수 없지만 그 후에 맞닥뜨릴 고통이 두려워 시도조차 하지 않을 수는 없었다.

확인할 수 없는 고통에 대한 염려와 공포로 이영을 포기하고 놓을 수는 없으니까.

이번에는 절대 허무하고 맥없이 당신을 잃지 않을 테니까.

절대로.

✤   ✤   ✤

지유가 학교 가기 전부터 줄기차게 울려 대는 전화는 분명 감미옥이라 판단돼 받지 않으려 했는데 성격상 소음을 견디지 못하는 민감한 지유가 지옥에서 걸려 온 전화를 받고 말았다.

그 행동으로 인해 지금 이영은 감미옥의 주술과 사술에 걸려 아침부터 벌을 서고 있었다.

집에 오시는 할머니께 간단한 인사와 부탁의 말을 하고 감미옥 집으로 건너왔다.

아침 9시는 감미옥에게 한창 꿈나라인 시각이다.

그 룰을 깨고 정신을 차리고 있으려니 얼마나 신경이 날카로울까 하는 염려가 되었다. 물론 그 염려의 대상은 감미옥이 아닌 자신에 대한 연민이며 걱정이었다.

"어찌 됐는지, 또 어찌할 건지 말을 해야 될 거 아니야?"

염려했듯이 미옥은 말끝에 말초신경선이 있는 것처럼 예민했다.

말레피센트의 거대한 뿔보다 더 날카로운 기운에 절로 기가 죽었다.

"별로 할 말도 없는데 꼭 알아야겠어? 또 이건 지극히 개인적이고도 민감한 사안인데……."

"개인적이고 민감한 연애 문제니까 이러지. 지금 그걸 몰라 물어? 네가 알아서 챙겨 먹고 찾아 먹으면 내가 이러겠어! 나도 남의 연애사나 캐고 다닐 정도로 한가한 사람 아니야. 너 내 몸값 몰라?"

예민한 중에도 그 잘난 척은 빠지지 않았다. 절대로.

"그러니까……."

"그러니까 어떤 사람이냐고? 니가 그 시각까지 지유 혼자 두고 쏘다닐 정도면 뭐가 있는 거잖아. 사실 그간 변변한 상대도 없었지만 너 지유 때문에 더 집 회사, 회사 집, 이러고 무식하게 살았잖아."

사실 지유가 아니었다면 맨 정신에 감미옥 옆으로 이사 오지는 않았을 거다.

이런 상황을 예견했기에 그리 고민을 하고 주저했었는데 대인관계가 매끄럽지 않은 지유를 생각하자니 이 저승사자이자 주술사 곁으로 안 올 수가 없었다.

묘하게도 지유와 감미옥은 아웅다웅하면서 합이 잘 맞았다.

지켜볼수록 흥미진진하고 스릴러만큼이나 재미난 관계다.

"야! 넌 왜 꼭 결정적 타이밍에 멍 때리고 유체 이탈이야! 너 혹시 그 남자 만나면서도 줄곧 이 성의 없는 멍 때려 버전으로 상대하는 거야? 내가 정말 못 산다. 그러니까 아직까지 현존하는 천연기념물로 생존하고 계시지, 이 인간문화재야."

독한 직설 화법은 늘 문제를 야기하는데도 미옥은 고치질 못했다.

감미옥 이혼의 가장 큰 사유도 상대를 압사시키고도 남을 화끈하고 적나라한 말투와 도를 넘는 리얼한 표현이었다.

가끔은 알면서도 모르는 척 어수룩함을 표방하며 세상과 사람에게 적당히 눈 감을 줄도 알아야 하는데 미옥은 마흔이 되도록 그걸 못 하고 못 견뎌 했다.

여직도 못 고쳤으니 앞으로도 가망 없단 얘기다, 그건.

"내가 물었지? 네 주둥이 불어터지게 한 키스 주인공이 누군지, 앞으로 그 상대와 어쩔 건지, 머지않아 족쇄 풀고 합방할 가능성은 있는지 없는지!"

독한 혀는 TV 속 패널들만이 가진 게 아니다.

이렇게 실생활에서도 충분히 접하고 경험할 수가 있다. 버전 낮은 국어사전 같은 감미옥만 곁에 있으면.

"그냥 모른 척하고 나한테 맡겨 두면 안 될까?"

부탁 아닌 부탁을 하게 됐다. 이 지극히 개인적인 연애사에 대해서.

"왜, 맡겨 두면 월반하듯 잘할 것 같아?"

미옥이 의혹과 불신이 가득한 말투로 질문을 던졌다.

"그보다는 확실한 것 하나 없는 상황에서 설명하라고 다그치니까 할 말이 없다, 친구야. 그냥 만나 볼까 뭐 이 정도라 딱히……"

"거짓말까지 하는 거 보니 영 별 볼 일 없는 사람은 아니네."

미옥은 개포동에서 고액 과외를 할 게 아니라 CSI 과학수사대에 들어갔어야 했다.

타고난 두뇌에 눈치와 추리 실력까지 뛰어나 도통 부정을 할 수가 없다.

지유가 목메고 보는 명탐정 코난을 함께 시청하면서 감미옥의 실력은 일취월장했다.

요즘 만화는 그냥 단순한 만화가 아니다. 유희와 재미를 빙자한 지적 탐구며 지식의 보고다. 미옥의 말대로.

"그래. 먼저 의뢰할 때까지 기다려 준다, 내가."

다행이다. 이렇게 넘어가는 날도 다 있고.

"근데 너, 아무리 남자 경험이 없고 데이트 마일리지가 없어도 그 나이에 카리스마 찾고 마초남 찾고 그러는 거 아니지? 그런 건 우리 학생 때 보던 할리퀸 로맨스에 나오는 남자 주인공 얘기야. 내가 장담하는데 현실에선 카리스마든 카스텔

라든 하여튼 그런 남자 없어. 있다면 그건 백 퍼 모사꾼에 사기꾼이야. 아니면 밤에 안 서서 낮에 센 척하는 남자거나. 그거 뭐더라. 아! 낮이밤져."

가끔 미옥은 있지도 않은 언니 같다. 그만큼 쓸데없이 잔소리가 많다.

"괜히 있지도 않은 이미지에 현혹되지 말고 그런 부류면 애당초 상대도 하지 마."

"그런 사람 아니야……."

"키스 한 번 하고 어찌 알아?"

순간 감미옥이 필 받은 코난 얼굴을 하고 안경을 치켜 올렸다.

이럴 땐 무슨 수를 써서라도 피해야 한다.

코난으로 빙의된 감미옥은 아무도 감당할 수가 없다. 천적이자 배틀 상대인 지유밖에는.

"내가 그런 사람이 아니라고. 난 카리스마, 마초남, 펫남, 댄디남. 하여튼 기존에 흥행하는 남신들은 다 싫어라 하거든. 난 예나 지금이나 무난하고 무던한 표준 FM 지향이잖아. 그러니까 그 대목은 걱정하지 않아도 돼, 친구야."

이영의 진솔한 고백에 감미옥은 예리한 눈빛을 접고 자중했다.

"뭐, 그렇다니까 일단은 넘어가겠는데 하여간 조심해. 친구라고 해도 타인의 사생활에 이렇게까지 훈수 두는 거 나도 싫어. 그런데도 이러는 건……."

"알아. 또 훈수라고 생각 안 해. 사생활 침해라고 생각하지도 않고. 다 부실한 날 걱정하고 염려해서 그런 거잖아. 아니까 지금은 그냥 두고만 봐."

미옥은 복잡한 표정으로 이영을 봤다.

"나도 지금 내 감정을 잘 모르겠어. 어쩌면 자세히 들여다보지 않아서 모를 수도 있고. 아직은 그런 상태야. 뭔지 모르겠는데 그래도 애써 모른 척하고 싶지 않다고 해야 하나……."

설명을 하자니 왠지 장황해지고 있었다.

아직은 뿌연 하늘 같기만 한 느낌을 구체화하려니…….

"됐어, 모른다면서 뭘 설명하려고 해. 설명이 되는 거면 모르는 게 아니지."

"그런가."

"일단 네 감정에 충실해 봐. 지유는 걱정 말고. 내가 챙겨야 할 상황이면 지지고 볶더라도 챙길 테니까 지유 상황 운운하면서 절대 소극적으로 행동하지 말라고."

감미옥의 이성적이고도 오버스런 멘트에 웃음이 났다.

"지유가 네 애인도 아닌데 지지고 볶을 일이 뭐야?"

이영의 질문에 미옥은 대경질색하며 안 그래도 높은 톤을 더 높였다.

"야! 다른 사람도 아니고 지유야, 김지유! 사실 나처럼 도전과 응전을 모토로 하는 사람이나 걜 상대하지, 그런 비범한 아이는 일반인들이랑 어울리는 건 지 자신도 고역이야. 대화의 질과 순도가 무지 다르거덩."

둘을 보면 어릴 때 즐겨 보던 톰과 제리가 생각난다. 또 워너브라더스에서 만든 머리가 장난 아니게 좋은 토끼 바니와 지혜가 모자란 대머리 포수도 생각난다.

당연히 제리와 바니는 지유고, 톰과 포수는 감미옥이다.

비록 영민한 지유에게 늘 디스 당하며 곤혹을 치르지만 미옥에게는 항상 고맙고 감사한 마음이었다.

이영의 모든 시간과 추억 속, 감미옥은 마치 감미료처럼 함께했다.

좋네, 싫으네, 몸에 좋으네, 나쁘네 해도 구미가 당기고 감칠맛을 나게 하는 감미료처럼 미옥은 이영의 시간과 일상을 윤기 나게 하고 달달하고 맛나게 해 주었다.

생각해 보면 변변한 연애 한 번 못 해 보고도 다가올 마흔이란 타이틀과 암흑기처럼 혼란한 시간을 큰 거부감과 두려움 없이 모른 척, 센 척할 수 있는 이유도 든든한 감미옥이 있기 때문이었다.

미옥은 열 명 같은 친구이자 백 명 같은 지지자, 천군만마인 동시에 유일무이한 멘토였다.

"생각하는 김에 홍콩행도 다시 생각해."

다소 강압적이고 은근 뒤끝 있는 멘토.

"완성된 유사가족을 표방하면서 오로지 지유를 위하는 게 목적이면 차라리 제주도로 가. 요즘 핫트렌드가 제주도라더라. 유명한 연예인들 봐 봐. 죄다 제주도에 집 짓고 살잖아. 네가 먼저 내려가서 터 잡으면, 내가 여기 개포동 눈먼 돈 다 쓸어 담아서 뒤따라갈 테니까."

또한 둘도 없는 책사에 책략가다, 내 친구 감미옥은.

자칭 하우스 트렌드세터인 미옥의 일장연설을 뒤로하고 청담동 샵으로 출근했다.

출근하니 보기 드문 디자인의 목걸이를 도 매니저가 루페를 통해 눈이 빠지게 들여다보고 있었다.

5부짜리 다이아 40개로 뺑 돌려져 7캐럿 다이아로 메인을 장식한 목걸이는 높은 가격만큼이나 고고하게 빛을 발하고 있었다.

청담동에서 아는 사람만 아는 유명한 전당포 사장이 물건을 맡기고 갔다고 했다.

종종 이런 일이 있다.

급하게 돈이 필요해 귀금속을 맡기고 법으로 정해진 기간 동안 이자를 내지 않고 물건을 찾아가지 못하면, 적법한 절차를 거쳐 물건은 완벽하게 전당포 주인의 소유가 됐다.

그럴 때 전당포 업자들은 손쉽게 현금을 만드는 방법으로 파인 주얼리 샵을 이용했다.

오늘처럼 10프로의 프로테이지를 줄 테니 물건을 처분해 달라는 경우가 왕왕 있었다.

모노 다이아(감정서가 없는 다이아)였지만 전체적으로 상태가 괜찮았다.

특히 7캐럿의 메인 다이아는 1억을 충분히 넘겨받을 수 있을 정도로 컬러가 좋았다. 또한 중량도 가벼운 걸로 보아 보통

솜씨가 아니었다.

요즘은 금 함량을 가볍게 하는 게 추세다.

목걸이는 5부 다이아를 네 개의 프롱(4지 세팅 4발)으로 연결했는데 우리 아저씨들 실력만큼이나 연차가 되는 기술자가 만들어 장식(목걸이 연결 장식)까지 깔끔했다.

뛰어난 기술을 흠모하는 이영의 입장에서 이런 물건을 보면 자존심 상하면서도 몹시도 황홀했다. 다이아가 아니라 이 물건을 만든 장인의 실력이 탐나고 부럽기만 했다.

판매이자 처분은 도 매니저가 이영보다 한 수 위다.

다이아로 컬렉션을 꾸미는 개인 손님을 많이 알고, 각계각층의 넓은 인맥을 보유하고 있는 도 매니저는 전화 몇 번에 물건을 처분하기도 했다. 이영에게는 없는 탁월한 재주다.

"사장님, 핸드폰 울리는데요?"

정희 씨 목소리에 흑심과 사심을 접고 핸드폰을 확인하니 윤건이었다.

핸드폰을 든 채로 샵을 나와 비상구 쪽으로 갔다.

"네, 이영이에요."

—당신이랑 모닝커피 마시고 싶어서 전화했어.

"지금이요?"

—응. 여기 당신 샵 앞 커피 전문점이야. 바쁘지 않으면 잠깐 얼굴 좀 보여 주지.

"어디라고요?"

—당신 샵 앞에 있는 달콤한 커피 전문점.

호수지기의 이미지가 점점 변하고 있다. 신출귀몰한 홍길동으로.

―바쁘면 천천히 와도 돼. 기다릴 테니까.

그렇게 전화가 끊어져 이영은 핸드폰을 든 채 빠른 걸음으로 뒷문을 통해 건물을 나왔다. 나옴과 동시에 부산한 눈동자는 맞은편 커피 전문점을 찾았다.

윤건이 창가에 앉아 필살기인 우물 보조개를 만들어 환하게 웃어 보였다.

✝ ⚜ ✝

윤건은 채 2주도 안 남은 상황에서 앞으로 뭘 어떻게 해야 하는지 알 수 없어 스스로에게 실망하고 답답했다.

강의 준비도 하는 둥 마는 둥 하며 밤새 창가에 서서 어느새 다가온 새벽과 마주했다.

뭔가를 자신하거나 자만해서 이영을 흔든 게 아니었다.

함께하고 싶고 함께해야만 남은 생을 온전히 뿌리내리며 살아 낼 것 같았다.

지금까지 살아온 날들을 보잘것없고 의미 없다고 폄하하지는 않지만 파안대소할 정도로 행복하지 않았다.

먼 나라 이웃 나라 언어 같은 행복이란 단어를 군이 거론한 적도, 일상에 대해 만족감을 한 줄 논평이나 별점으로 평가한 적도 없다.

그저 주어진 상황에 주춤하거나 물러서지 않고 꾸역꾸역 앞으로 나아가며 하루를 무사히 보내며 충실하려 했고 성실함을 잃지 않으려 했다.

이영을 만나고 그녀의 심폐 소생술급 미소를 보며, 지난 시절 그 자신이 지니고 품었던 감정이 소멸되고 소실되지 않았음을 확인했다.

우리가 어떤 인연, 어떤 이유로 만났는지 알지만 그 타이틀에 굴복해 비로소 되찾은 심장과 감정을 은폐하고 이대로 잠식당할 수는 없었다.

분명 아직은 여지가 있고 가능성이 있다 판단했다.

어른들의 감정을 무시하거나 호도하지는 않지만 그들에게 이해를 바라고 싶었다.

이대로 일상을 살 수는 있겠지만 일생을 후회하고 싶지는 않다고 솔직히 말하고도 싶었다.

그 이후는 아직 생각할 수 없었다.

이영의 마음 한 자락이라도 얻어야 그다음이란 게 가능하기에…….

그렇게 질문과 의문을 갖는 사이 새벽이 코앞에 다가와 있었다.

하루를 시작하기에 앞서 해야 할 일을 체크하고 시간을 확인하니 어김없이 이영이 궁금하고 보고 싶었다.

감정이란 이상했다.

생기기까지가 어렵지, 대상을 인지하고 가슴에 품고 나니 감정은 일사천리로 진행되고 가파르게 치달아 올랐다.

이 빠른 진행이 망설여지거나 두렵지는 않다.

오히려 그 대상인 이영을 찾아 먼 나라 언어 같은 행복이란 단어를 비로소 인식하고 그 단어를 기어이 잡아 그의 곁에 뿌리내리고자 하는 욕심과 욕망이 생겼다.

'맞아, 당신을 눈에 새기고 나서 마치 거세당한 것처럼 잊고 살았던 욕망이 생겼어. 당신은 내가 이런 생각을 하는 것도 모르겠지.'

어느 면으론 번역이 연인이고 펜션은 아내 같았다.

짬을 내 잠깐씩 만나고 마주하는 번역은 연인처럼 매혹적이고, 늘 보고 안고 가야 하는 펜션은 넉넉하면서도 편안한 아내 같았다.

이제 이 모든 네임을 떠안겨 주고 싶은 이영을 만났으니 우물쭈물할 틈이 없다.

그녀 가까이 가 눈을 맞추고 심장의 울림을 들어 확인하는 것밖에는.

이영은 핸드폰을 든 채 놀란 눈을 하고 그를 봤다.

그 순간 새벽까지 옥죄며 흐릿하고 혼란스러웠던 감정이 명료해졌다.

'당신은…… 나에게 그런 사람이구나. 뿌연 하늘을 일시에 거두어들이고 반짝반짝 빛나는 오후에 빛을 선물하는 그런 사람. 이영, 당신은 내게 그런 사람이야.'

이영은 샵으로 들어갔다 나와 윤건이 있는 쪽으로 걸어

왔다.

그 느리지도 빠르지도 않은 걸음이 무척이나 고마웠다.

망설이지 않고 뒷걸음치지 않으면서 그를 향해 오는 그 반듯한 걸음에 행복했다.

설령 저 걸음이 지금에 한한 것이라 해도 만족스러웠다.

이 순간 번역을 하며 얻었던 모든 감정의 변이가 다 우스웠다.

사람으로 인해 얻는 만족함과 행복감은 절대 다른 이름으로 위안 받고 대신할 수 없다는 걸 오늘 분명하게 알았다.

"출근 안 했으면 어쩌려고 여기서 기다려요?"

이영은 말간 얼굴로 말했다. 아침인데도 얼굴에 피곤한 기색이 없었다.

'난 당신 생각에 한숨도 못 잤는데…… 당신은 숙면한 얼굴이네. 어째 좀 억울하다.'

"왜 그렇게 봐요?"

"당신은 어제 푹 잤나, 그게 궁금해서."

"네에?"

내뱉고도 참으로 유치하다 생각했다. 나에게 이런 면이 있었나 싶다.

그의 밤이 이영 때문에 혼란스러웠던 것처럼 이영의 밤도 윤건이란 남자로 인해 어수선하고 어지럽길 바란다니. 오늘 아침 또 하나 알게 됐다. 자신이 무척이나 이기적이고 유치하다는 걸.

"아침 먹었나?"

질문이 다소 중구난방이라 이영이 묘한 표정을 했다.

"안 먹었어요."

"당신 시간 되면 같이 먹고 싶은데. 나도 아침 전이고 사실 지금 배고프거든."

"지금이 몇 신데 아침을 안 먹어요?"

"당신도 안 먹었잖아."

"난 원래 아침 안 먹어요. 학생 때부터."

학생 때라……. 당신이 그래서 그렇게 잠을 잔 건가.

"원래 그렇다는 거 난 오늘부터 안 믿기로 했어. 나도 내가 이렇게 이기적이고 유치한 인간인 줄 몰랐어. 당신 만나기 전 까진."

이영이 전혀 다른 맥락의 말을 연달아 하는 윤건을 빤히 봤다.

이 사람이 오늘 왜 이러나, 하는 표정이다.

그조차도 낯선 자신을 이영이라고 이해될 리 없겠지. 새록 새록 배운다.

"가까운 데 24시간 하는 해장국 집 있어요. 거기라도 갈래 요?"

"당신도 먹을 거면 가고 아니면 모닝커피로 끝낼래."

그의 대답에 이영이 한숨 비슷한 걸 쉬더니 말했다.

"이렇게 예민한 사람인 줄 몰랐어."

"……."

"잠자리 바뀌면 잠도 못 자고 그럴 줄 몰랐다고요."

오해는 바로 바로 푸는 게 상대와 자신에 대한 배려고 관계의 시작이란 건 안다.

이영의 오류를 정정해야 한다.

"잠자리 때문에 그런 거 아니야. 당신 생각하다가 밤샜어. 근데 나와 달리 너무도 말간 얼굴을 한 당신을 보니 섭섭하기도 하고 억울하기도 해. 그리고 이건 참고로 하는 얘긴데, 나 그렇게 예민한 성격 아니야. 평범하고 무난해."

그의 격하지 않은 자잘한 항변에 이영이 순간 멍하더니 결국 생각지도 않게 웃음을 터트렸다. 그 시절처럼 그렇게 탐스럽고 뒤돌아서면 또 보고 싶을 정도로 환한 웃음을 하며 이영이 키득거렸다.

시간은 순식간에 그 시절로 회귀했다.

가슴은 두근거리고 얼굴이 화끈거렸다.

명치는 뻐근하고 머릿속은 텅 빈 듯 멍했다.

가물가물해진 기억 속, 청춘의 시작인 사춘기가 다시 시작되었나 싶을 정도로 감정이 격렬하게 춤을 췄다. 마치 고래가 춤을 추듯.

"미안해요, 웃어서. 근데⋯⋯."

윤건은 이영의 미소가 주는 감정에 취해 정작 말은 귀에 들어오지도 않았다.

"내가 윤건 씨를 잘 모른다는 생각을 하면서 동시에 당신이란 사람이 궁금해졌어요."

뜻밖의 답에 가슴이 쿵하고 내려앉았다.

"그렇게 보면 긴장해요, 나. 그러니까 지금은 일어나요. 아침 먹게."

이영은 자리에서 먼저 일어났다. 윤건은 얼른 이영의 손목을 잡았다.

얇은 손목으로 다소 서늘한 체온이 느껴졌다.

무지막지한 키스를 하고 처음으로 하는 신체 접촉이었다.

부드럽고 매끄러운 피부가 온 신경을 자극하고 온 감각을 일깨웠다.

오늘 아침 이영으로 인해 뜻밖의 교훈을 얻었다. 그것도 세가지씩이나.

원하는 상대로 인해 생성된 행복이란 감정은 절대 다른 이름으로 대처할 수 없다는 것과 그가 상당히 이기적이고 유치하다는 것, 마지막으로 그 자신이 이영의 마음과 함께 이영의 육체도 무척이나 간절하게 원하고 갈망한다는 걸.

아침 시간이 지난 애매한 타임이라 그런지 식당 안에는 손님이 그들밖에 없었다.

우거지 해장국은 개운하면서도 질기지 않고 맛있었다.

사실 이영이 눈앞에 앉아 그를 위해 깍두기를 접시에 덜고 물을 따라 앞에 놓아 줘 실제 음식 맛보다 훨씬 더 맛있게 느껴졌다.

"이다음 스케줄은 뭐예요?"

이영은 해장국 국물만 떠먹다 결국 수저를 놓았다.

"강의가 있어."

"무슨 강의요?"

"번역에 대한 전반적인 이론 기술. 그중에서도 기술 번역."

이영은 조금 남은 깍두기 접시를 더 담아 채웠다. 자신은 먹지 않으면서도 상대를 위해 신경 쓰고 있었다.

"번역에 관심이 있는 거예요?"

"관심 있고 좋아하기도 하고. 당신은 일적인 부분을 제외하고 어떤 분야에 관심이 있어?"

"으음, 난…… 모르겠어요. 내가 어떤 분야에 관심이 있고 매력을 느끼는지."

이영은 정말 모르겠다는 표정을 하며 다소 씁쓸하게 웃었다.

"그런 거 생각해 보지 않은 것 같아요. 디자인으로 방향 잡은 후부터는."

이영의 말끝으로 젊은 남녀 한 쌍이 가게로 들어왔다.

그들의 행동에 시선을 주며 이영은 혼잣말처럼 중얼거렸다.

"다른 생각을 할 여력이 없었어요. 유학 가서는 영어에다 실력 뛰어난 애들 따라잡기에 바빴고. 또 따라잡았나 싶으면 졸업 작품 준비에 취업 준비로 바빴어요."

젊은 커플을 보는 이영의 눈빛이 아련한 추억을 떠올리듯 그렇게 흐릿했다.

"보통 혼자 있는 시간에 즐겨 하는 게 취미 아닌가?"

"그런 거면 내 취미는 잠자는 건데. 그렇다고 하자니 왠지 슬프네요."

윤건의 등 뒤에 자리한 젊은 커플이 어떤 행동을 하는지는 관심 없지만 이영의 섬세한 표정을 살필 수 있어 그들이 금세 자리를 뜨지 않기만을 바랐다.

"여행은 즐겼을 것 같은데. 보통 디자인하는 사람들은 영감을 얻기 위해서라도 낯선 곳을 일부러 찾고 그러지 않나?"

이영은 손가락으로 자신의 분홍빛 입술을 건드리며 미소를 잃지 않고 그들을 봤다.

그들의 모습에서 이영이 무얼 느끼고 무엇을 부러워하는지 궁금했다.

대학 때 잠깐 본 이영은 분명 저들보다 빛나면 빛났지, 덜하지는 않았다.

"출장은 많이 다녔지만 순수하게 여행을 목적으로 다닌 적은 없었던 거 같아요. 잠자리 바뀌면 잠을 못 자는 성격이라. 윤건 씨랑 달리 난 무던하지가 않아서."

이영은 키득거리면서 그제야 그를 쳐다보았다.

"다 먹은 거예요?"

"응, 당신 덕분에 맛있게 먹었어. 고마워."

이영은 손목시계를 보며 물었다. 손목을 감싸고 있는 시계는 아주 작아 얇은 이영에게 무척이나 잘 어울렸다.

"강의는 몇 시예요? 늦은 건 아니에요?"

테이블에 두 손을 올리고 어슷하게 마주하고 있는 이영의 손에 자꾸 눈이 갔다.

148

반지 하나 없이 심플한 시계만 차고 있는 손이 자꾸 윤건을 끌어당겼다.

잡아 보고 싶었다.

그 어떤 보석보다 아름다운 모양을 한 손도, 문스톤 빛을 한 앙증맞은 손톱도 전부 다 만지고 느껴 보고 싶었다. 그래서 잡았다. 허공에서 춤을 추듯 움직이는 이영의 손을.

"……!"

당황한 왼손을 잡아 손안에 꼭 쥐었다.

여전히 서늘하고 부드러운 감촉에 뒷목에서 허리까지 짜르르한 전기가 통했다.

"나 좀 봐 줘. 나랑 있을 때는 다른 사람 보지 말고 나만 봐. 내가 이렇게 당신만 보는 것처럼."

이영은 잡힌 손을 빼려고 애쓰지는 않았다.

고마웠다.

그가 민망하고 어색하지 않도록 그의 큰 손 안에서 숨을 죽이고 있는 이영의 길고 가느다란 손이.

✚   ☗   ✚

이영은 벌써 5분이 넘게 핸드폰 너머 들려오는 목소리에 한숨을 쉬었다.

"별일 없다니까. 고국에서 조용히 있는 나한테 일이 있을 게 뭐야? 엄마나 어르신들이랑 조심해. 현금 있는 거 티내지 말고. 또 공공장소에서 너무 크게 떠들지 말고 예의 지켜. 엄마랑 같이 간 어르신들 우리나라에서나 어른이지, 타국에서는 그냥 돈 많아 보이는 시끄럽고 매너 없는 아시아 여행객일 뿐이니까."

─기집애, 말을 해도 꼭. 넌 엄마에 대한 걱정을 그딴 식으로밖에 말 못 하니.

"올 때 지유랑 감미옥 선물 사 오는 거 잊지 마. 안 그럼 여행 경비로 쓰라고 준 돈 전부 다 회수할 테니까. 특히 지유 선물은 충분히 고민하고 생각해서 사 오고."

이렇게 고사 지내듯 하나하나 단도리 시켜도 늘 대충대충해 답답했다.

─치사한 기집애. 네가 지유 생각하는 거 반만이라도 이 엄마 생각하면 나도 그 아이 싫어하지 않아. 네가 그러니까 내가 더 지유가 밉고 싫은 거야.

참 말도 안 되는 허접한 이유다.

부모랑 헤어진 아이를 상대로 시기, 질투를 하다니. 못났다, 정말.

"이거 국제 전화야. 그런 얘기는 나중에 서울 와서 해."

─그래, 너 잘났다. 그러니까 네 신상에는 아무런 일도 없단 거잖아? 니…… 아비가 찾고 뭐 그런 것도 없고?

왜 갑자기 아버지까지 들먹이는지 모르겠다.

"그래, 없다니까 왜 자꾸 묻는데. 왜, 무슨 일이 있었으면 좋겠어? 간 지 며칠이나 됐다고 그딴 걸 물어."

―알았어. 끊자, 끊어. 참, 근데 횡성 집이랑 김포 집은 어떻게 되고 있는 거야? 들여다보기는 하는 거야? 윤 선생님 자제분이랑은 잘 지내고?

"잘 지내고 못 지낼 게 어디 있어? 가족도 아니고 연인도 아닌데."

뜬금없이 윤건을 거론해 말이 생각보다 격하게 나왔다. 나름 뜨끔한 건가.

―내가 이딴 걸 딸이라고. 야! 끊어. 영계에다 몸짱이신 우리 가이드님이 부르신다.

그렇게 전화는 끊어졌다.

작업실 의자에 앉은 이영은 긴장이 풀려 몸을 의자 깊숙이 기댔다.

뒷목이 뻣뻣해 목 전체가 눌리듯 아프고 뭉쳐 피곤했다.

전신을 짓누르는 피곤함이 반복되는 일상의 무게 때문인지, 아님 윤건과 자신이 만든 기이한 만남과 부질없는 감정 때문인지 알 수 없었다.

늦은 아침을 함께하고 윤건은 오후에 보자는 말을 하고 갔다.

이 같은 만남이 어떤 의미가 있는지 또 이 만남에서 이영 자신은 무엇을 바라고 원하는지 분명하게 알지 못했다. 아니, 분명할 수 없는 만남이겠지…….

비난받을 만남까지는 아닐지라도 축하받을 만남도 아니다.

만남의 이유도 성격도 일반적이지 않고, 윤건을 마주하고 그와 대화를 할수록 이영이 느끼는 감정도 결코 무던하고 평범하지 않았다. 또한 관계를 불신하고 타인을 영역 안에 들이지 않는 이영으로서는 큰 걸음이고 무시 못 할 변화였다.

균열이 가고 있었다. 조금씩 그리고 천천히.

자신의 손을 꼭 잡은 윤건의 손은 건조한 듯하면서 따뜻했다.

그의 손에서 손을 빼지 않은 건, 단지 그가 무안해할까 봐 한 배려는 아니었다.

오랜만에 잡은 타인의 손은 거부감 없이 편안했다.

물론 심장이 두근거리고 목 안에서는 침이 마르며 긴장됐지만 한편으로는 경직된 목 근육을 풀어 주는 익숙한 치료사의 손처럼 편하고 이영 자신을 맡겨도 될 만큼 든든했다.

그로 인해 미옥 여사와의 통화가 편치 않았다.

불륜도 아닌데 뜨끔하고 상간남도 아닌데 불편했다.

팽팽한 신경을 끊어 내듯 매장 인터폰이 톤을 높여 수화기를 들었다.

—사장님, 한남동 박 여사님이 10분 뒤에 오신다고 하세요. 점심시간이라 오후에 오시라고 말씀드렸는데 시간이 없다고 하시면서…….

"알았어. 내가 광낼 테니까 오시라고 해. 30분 뒤에."

—네.

수화기를 내려놓으며 내심 다행이라 생각하면서 김 씨 책상 서랍에서 완성된 펜던트를 꺼내 들었다.

십자 모양을 한 앤티크한 펜던트는 수십 개의 0.9미리 다이아가 박혀져 있었다.

직접 유럽에서 가져온 카탈로그를 보이며 의뢰를 했던 걸로 기억한다.

미리 수는 작지만 다이아 총량으로 하면 꽤 나가는 물건이다.

아무리 고공 행진하던 금값이 내렸다고 하나 이만한 사이즈의 십자가를 형성하는 백금 가격도 만만치 않았다.

매끄럽게 조각된 수십 개의 다이아와 그들이 만들어 낸 은은한 빛을 손으로 쓸며 십자가에 물었다.

'내가 이대로 계속 이 감정과 이끌림에 반응한다면 그건 죄가 되나요? 그 사람이 잡은 내 손을 적극적으로 빼지 않는 게 엄마에 대한 배신이고 내 아버지란 사람이 지은 죄와 동일해지는 걸까요? 그럼에도 불구하고 내가 그 사람의 손을 잡고 싶다면 그땐 어떡하죠?'

늘 디자인으로 접하는 문양인데도 어수선한 마음 때문인지 묻지 않을 수가 없었다.

묻는다고 명확한 답이 나오거나 뚜렷한 성과가 있을 리 만무한데도 간사한 게 마음이고 사람인지라 묻고 답을 듣고 싶었다.

십자가는 다이아로 인해 반짝일 뿐, 그 어떤 소리도 계시도 없었다.

전원을 켠 텀블링에 겹겹의 장갑을 낀 손을 넣고 모토에 십

자 모양의 펜던트를 가져다 댔다. 요란한 소리와 함께 문대는
횟수만큼 펜던트는 빛을 내고 있었다.

플래티늄 본연의 강하고 퇴색되지 않는 단단한 색을.

3장
콜드블루

감미옥은 숙제를 하는 지유의 행동을 눈으로 좇으며 이영의 말에 응수했다.

"알았어, 알았다고! 그렇게 미덥지 못하면 네가 직접 와서 챙겨 먹이든지."

짜증과 불만스런 목소리에 지유가 고개를 들어 미옥을 보더니 다시 고개를 떨어뜨리며 숙제에 열중했다.

"할머니께서 지유 좋아하는 버섯전골 준비하고 가셨어. 그거 데워 먹을 거야. 아니. 야! 나도 그 정도는 할 줄 알거든. 잊었나 본데 나 주부 9단은 못 돼도 너와 달리 실제 주부 경력 있는 사람이거덩. 알았다고! 끊어. 나 숙제 봐 줘야 해."

미옥은 난 아무것도 못 들었어요, 하는 듯 숙제에 매진하는 지유를 보니 더 심정이 사나워졌다. 이건 명백한 디스다.

난 당신이 화를 내든 기분이 나쁘든 상관없어요, 하는 것과 마찬가지다.

공사가 다망한 이영을 대신해 자신을 돌보고 신경 쓰고 있는 건 미옥인데도 지유는 일절 고마워하거나 저 나이 또래의 발칙한 행동, 깜찍한 태도를 보이진 않았다.

늘 점잖고 언제나 한 발자국 떨어져 관계에 소극적이다. 딱 이영이 계집애다.

생물학적 유전자와 DNA를 떠나서 타인을 대하는 태도와 시니컬한 성격만 보면 영락없이 이영이 판박이요, 이영이 아들이다.

컬러테라피로 설명하자면 암울하지는 않지만 둘 다 청회색에 가깝고 얼음처럼 차갑지는 않지만 둘 다 투명한 블루 톤에 가깝다.

이영은 가족이란 풍파에 치이고 다쳐서 그렇다 쳐도 지유 저 어린놈은 도무지 속을 알 수가 없다. 아니, 어쩌면 이영보다 더 상처 받은 이가 지유일 수 있다.

그다지 살갑지도 친근하지도 않던 아버지는 일찌감치 죽고, 키워 준 엄마는 자신이 아버지에게 가기로 한 다음 바로 재혼을 해 버렸다. 그리곤 다시 데려가겠다는 말이 없으니 지유 녀석의 마음이 상처 없이 온전할 리 없다.

"김지유! 이영이 아줌마 늦으신단다. 그러니 오늘도 저녁은 나랑 투게더."

"네."

더 이상 묻지 않는다.

왜, 누구랑 있는데 늦는지 절대 먼저 묻는 일이 없다.

저 아이의 속은 대체 어떤 색이며 어떤 모양일까. 이영의 판단과 선택은 과연 옳은 걸까. 무수한 의문이 미옥을 가만히 두질 않았다.

정말이지 신은 미옥에게 완벽한 미모를 줬다는 이유로 너무도 많은 단점을 주셨다.

참을성, 우직함, 무거움. 뭐 이런 게 부족하다.

"김지유, 이리 와 봐. 물어볼 게 있어."

미옥의 부름에 지유는 하던 일을 놓고 부엌 테이블로 다가와 앉았다.

"이제부터 아줌마가 좀 깊이 있고 심도 있는 질문을 할 거야. 그러니까 너는 그 질문에 솔직히, 최대한 허심탄회하게 답을 하면 돼. 언더스탠?"

"네."

미옥은 숨을 깊이 몰아쉬고 자세를 잡았다.

"우선 질문에 앞서 이거 하나는 확실하게 하자. 지금 내가 하는 질문은 지금 여기 없는 이영이 아줌마와는 하등 상관없는, 내 개인적인 궁금함에서 비롯된 거야. 알았지?"

"네, 알아요."

이상하다. 너무 순순히 답한다.

"어떻게 알아?"

"아줌마 성격을 아니까요."

재수 없는 녀석. 똘똘해도 너무 똘똘하다. 이, 똘똘이 스머프 같은 녀석.

지유는 웬만해선 겁먹거나 긴장하는 구석이 없다. 그래서 그런지 재미도 위트도 없다.

이 어린 나이에도 상대를 기죽이는 저 차분함.

누가 짝이 될지 정말 궁금하다.

"그럼 묻는다."

"네."

"너라면 죽고 못 사는 너희 고모가 같이 살자고 했는데 왜 이영이 아줌마랑 같이 살겠다고 했어? 아무리 이영이가 좋다는 몹쓸 가정을 해도 네 성격에 그거 쉬운 결정이 아닐 텐데. 이상하잖아."

지유는 여자보다도 훨씬 긴 속눈썹을 깜찍하게 깜박이더니 망설임 없이 입을 뗐다.

"이영이 아줌마 생각에 동의해서요."

"이영이의 무슨 생각?"

지유는 잠시 숨을 삭히더니 미옥을 보며 분명하게 말했다.

"아빠 돌아가시기 전에 두 분이 하시는 말씀을 잠깐 들은 적이 있어요. 아빠가 걱정을 하셨거든요. 저와 함께 사는 게 정말 저에게 좋은 건지 모르겠다고."

계속해, 하는 얼굴로 고개를 끄덕였다.

"그때 이영이 아줌마가 그러셨어요. 자신은 가족이란 이름으로 부모랑 한 지붕에서 살았는데 철든 이후 1분 1초도 행복

158

하지 않았다고. 가족은 꼭 같이 살아야만 행복하고 서로에 대한 감정이 깊어지는 게 아니라고. 유사가족도 서로를 감싸고 보듬으면서 충분히 감정을 나눌 수 있다고 생각한다고. 그렇게 말씀하셨어요."

그걸 다 기억하다니 여간 아니다, 이 녀석.

그 이야기는 언젠가 이영이 미옥에게도 했었다.

그 누구도 아닌 바로 자기 자신에 대한 살기와 상처 가득한 눈을 하고.

"그래서 너희 고모가 아니라 이영이랑 살겠다고 생각을 했다?"

"또 한 가지는……."

미옥은 계속하라고 역시나 고개를 끄덕였다.

"이영이 아줌마가 아빠 돌아가시고 그러셨어요. 다른 거 생각하지 말고 저 하고 싶은 대로 하라고."

"……."

"근데 한 가지 알아야 할 건, 저희 아빠가 이영이 아줌마 샵에 4억을 투자하셨다고 하셨어요. 그 돈은 이제 제 돈이니까 제가 아줌마랑 살더라도 그건 폐나 더부살이가 아니고 제 몫에 대한 당연한 권리 행사고 결정이라고 하셨어요."

순간 미옥은 자신이 게거품을 품었다는 것도 몰랐다. 너무도 어메이징한 이야기로 인해.

"뭐! 사…… 사억!?"

"네. 그러니 아줌마랑 살면서 입고 먹고 사는 건, 다 제 돈으로 하는 거니까 망설이고 눈치 볼 것 하나도 없다고. 도리어 지금 돈을 달라고 하면 아줌마가 현금이 없다고 하셨어요."

그건 백 퍼 거짓말이다.

이영은 제 아버지에게 당겨 받은 땅과 결혼 자금, 유산 비슷한 현금을 상당히 보유하고 있다. 또한 자신이 벌린 사업과 디자인으로 벌어 놓은 돈도 그 나이 또래에 비해 엄청나게 많았다. 아무래도 지유를 위한 페이크에 트릭이란 생각이 들었다.

'김지환 이 자식, 평생 짝사랑하던 이영이 잡을라고 별짓거리를 다했구만. 내가 학원 차린다고 그렇게 돈 좀 융통해 달라고 해도 없다고 잡아떼더니, 나쁜 자식. 너 아주 나중에 하늘에서 보자. 내가 널 가만두나.'

"그래. 다 알아들었는데 그래도 이상하잖아. 너같이 총명한 아이가 네 권리 행사란 분명한 권한이 있는데, 아빠랑 결혼은 했지만 남남인 이영이 아줌마랑 함께 산다는 게. 그러다 이영이 네 엄마처럼 결혼이라도 하면 어쩌려고?"

미옥의 냉담하고도 현실적인 질문에도 지유는 동요하지 않고 물었다.

"이영이 아줌마 결혼하세요?"

지유는 아이치곤 촉이 상당하다.

이영이 지금은 자신조차 제대로 인식하지 못해 숨긴다고 해도 만약 그 마음이 점점 커진다면 이 총명하고 예민한 아이가 모를 리 없다.

"내가 아까 말했잖아. 우리가 나누는 말은 여기 없는 이영이랑은 전혀 상관없다고."

미옥의 단호한 말투와 눈빛을 탐지한 지유가 잠시 망설이다 입을 열었다.

"이영이 아줌마는…… 같이 있어도 될 것 같은 느낌이 들어 요."

"어째서?"

상당히 유의미한 말이었다. 아이치곤.

"이유는 잘 모르겠지만 아줌마 곁에 있으면 아줌마도 저도 외롭지 않을 것 같고, 무엇보다 엄마나 고모네 집으로는 가기 싫었어요. 불편할 것 같아서……."

"불편할지 차차 적응돼서 이곳보다 훨씬 편하고 재미있을지 네가 어떻게 알아? 그래도 그분들은 네 가족이고 네 엄만데."

지유의 눈빛은 아이답지 않았지만 결코 어른은 아니었다.

점점 불안하게 흔들리고 이미 누군가에게 받은 상처를 능숙하게 감출 수는 없었다. 이러니저러니 해도 아직은 아이니까.

"저랑 살고 싶었다면…… 엄마가 먼저 같이 살자고 하셨을 텐데 그러지 않으셨어요. 또 고모네는 술 좋아하시는 고모부랑 큰 형들도 있어서……."

목소리만으로는 무슨 생각을 하는지 모르겠지만 최소한 짐작은 할 수 있었다. 지유의 굳어진 표정으로.

"그렇게 무섭고 사나운 사람들로는 안 보이던데…… 무서웠어?"

"……."

지유는 대답을 피하면서도 분명한 대답을 했다.

미옥도 자꾸 까먹게 된다. 총명한 지유가 고작 열 살이란 사실을.

이제 보니 미옥을 비롯해 지유 엄마, 고모네 식구들 전부가 까먹은 사실을 이영만 기억하고 잊지 않은 것 같다. 그 민감한 사실을 지유는 알고 있었다. 그래서 이영이 편하고 마음속으로부터 의지할 수 있었는지 모른다.

동류는 나이를 떠나 서로를 운명처럼 알아보는 건가.

"만약 이영이 아줌마가 다시 결혼을 하신다면…… 그건 그때 생각해 볼래요. 아줌마랑 결혼하는 아저씨도 보고."

나름 단단한 결속으로 묶인 두 사람이다.

어떻게 보면 지유는 완전한 그늘로 들어서려는 이영을 막는, 작지만 따뜻한 빛인지도 모른다. 빛은 굳이 환하고 찬란하지 않아도 그 이름만으로도 충분할 수 있다.

지유는 이영에게, 이영은 지유에게 서로 빛이 돼 주고 나무가 돼 주고 있었다.

미옥은 이들의 동거 아닌 동거가 조금 더 이해되면서 조금은 부럽다는 생각을 했다.

강의는 순조로웠다.

작년에 들었던 이도 다시 보였다.

그사이 통역 번역 대학원이나 번역 능력 인증 시험으로 자격증을 딴 이도 많았다.

자격증을 땄다고 큰 도움이나 지지를 받을 수 있는 건 아니지만, 그 같은 도전과 인증도 개인의 선택이고 모색이며 방법이니 필요하다 아니다, 판단하고 충고할 수 없다.

현역에서 활동하는 번역가 입장에서 보아도 번역을 업으로 하는 게 절대 만만하거나 쉬운 건 아니다.

이름 없고 경력 없는 번역가가 자신을 각인시키는 건 무척이나 어렵고 현실적으론 불가능에 가까웠다. 에이전시를 끼고 일감을 받는다 해도 번역료는 턱없이 적고 에이전시 수수료까지 떼면 실질적으로 번역가에게 들어오는 돈은 무척이나 적었다. 또한 번역을 했다고 바로 돈이 들어오는 것도 아니다. 짧게는 3개월부터 일의 성격상 6개월까지 가는 경우도 종종 있다.

이 모든 게 인내하고 시간을 견뎌 내는 과정의 연속이다.

재밌는 건 이 세계는 활동하는 무수한 번역가가 있으면서도 실력이 출중한 번역가가 늘 목마른 분야라는 것이다. 그래서 가능성이 많은 분야기도 했다.

강의가 끝나고도 학생들은 질문을 멈추지 않았다.

모두가 현실의 벽을 깨부술 무언가를 원하고 알려 주길 바라지만 늘 그렇듯 뚜렷한 해답은 없다.

그저 누군가 자신을 알아보고 일을 주길 기다리기보다 수고스럽지만 출간 기획서 등을 작성하고 외서 기획을 직접 하면서 출판사의 문을 두드리는 수밖에 없다.

윤건이 모두를 추천하고 모두 다. 에이전시에 연결해 줄 수는 없는 일이었다.

그가 번역가 선배로서 해 줄 수 있는 것과 번역가를 꿈꾸는 본인이 직접 행동해 만들어 가는 건, 분명 다르고 한계가 있었으니까.

우왕좌왕하는 학생들 사이에서 주춤하는 윤건을 단숨에 이끌어 빼 준 대학교 선배는, 소개시켜 줄 사람이 있다며 자신의 사무실로 향했다. 소개해 준다는 사람은 선배의 직속 후배였다.

사회부 기자로 뉴스에서 종종 본 적이 있었다.

여자는 반듯한 얼굴만큼이나 목소리도 강단 있고 분명했다.

몇 마디 나누다 누군가 부르는 소리에 여기자는 서둘러 인사를 하고 뒤돌아갔다.

그가 보고 기억하는 이영의 뒷모습과는 사뭇 달랐다.

여자의 걸음이 그저 발걸음이라면 이영의 걸음은 발자국과 같다.

자국이 남고 흔적이 남으면서 여운을 남긴다. 윤건에겐 그랬다.

"어떠냐? 뭐, 얼굴이야 TV로 봤을 테니 더 이상 설명할 필요도 없고, 얼굴만큼이나 배경도 성격도 좋아. 번역에도 관심이 많은 친구라 너랑 대화도 될 거야. 저번에 네 얘기하니까 이미 알고 있다고 하면서 관심 보이길래……."

"저 만나는 사람 있어요."

윤건은 말할 타이밍을 엿보고 있다 바로 의사를 피력했다.

"네…… 네가?"

"네."

선배는 그의 분명한 대답과 선언에도 영 못 믿는 얼굴을 했다.

"네가 연애할 시간이 어딨어? 그 어마어마한 규모의 펜션 운영하랴, 유명세로 인해 밀려드는 번역 감당하랴……."

"오래전부터 짝사랑하던 사람인데 다시 만났어요."

굳이 하지 않아도 될 말까지 술술 나왔다.

평소와 달리 상기되고 업된 감정을 이제야 제대로 읽었는지 선배는 어리둥절한 표정을 감추지 않았다.

"그…… 그래? 거 축하한다. 근데 좀 아깝다. 정 기자 여러모로 너한테는 딱인 사람인데."

'내게 이영보다 딱 맞는 사람이 존재할까 싶어요, 선배.'

이 말은 정말이지 하지 말아야 할 말이라 속으로 삼키며 내뱉지 않았다.

아쉬워하는 선배에게 정중히 인사를 하고 서둘러 신문사를 나왔다.

서점에 들렀다가 청담동으로 가면 얼추 이영과 약속한 시간을 맞출 수 있을 것 같았다.

점심은 일부러 먹지 않았다. 이영이 챙겨 주는 게 마냥 좋아, 목이 마르고 배가 고픈 듯했지만 점심을 챙겨 먹을 생각은 하지 않았다.

걸음을 걸으며 문득 손을 펴 보았다. 이영의 손이 이 안에 있었다.

무안하지 않고 멋쩍지 않게 서둘러 빼지 않고 이 손안에서 그가 나눠 주는 온기를 느끼고 그가 보내는 마음을 단호히 외면하지 않았다.

상대에 대한 배려고 따듯한 인성이라 해도 고마웠다.

아무에게나 보이는 배려가 아님을 알기에 일보 전진이며 마주 보기의 시작이라 기뻤다.

사춘기 소년도 아니고 처음으로 여자를 만나는 청년도 아닌데 윤건은 지금 그 어느 때보다 들뜨고 감정이 심하게 요동 쳤다.

한 번도 서로가 서로를 직시하고 마주한 적이 없었던 그 시절, 윤건이 바란 건 결코 크거나 대단한 것이 아니었다.

화려한 유명세와 달리 늘 도서관 한켠에서 잠들어 있는 이 영과 눈을 맞추고 그저 길지 않은 이야기를 나누고 싶었다.

당신의 해맑은 미소와 탐나는 웃음으로 인해 이 낯선 학교 가 즐거운 내가, 가끔이라도 당신의 물기 어린 눈가를 닦아 주 어도 되냐고 묻고 싶었다.

지금이라면 그가 아는 모든 텍스트를 총동원해서라도 물었 을 텐데 그때는 그러지 못했다.

그 질문은 입안에서만 맴돌아 한 번도 말로 연결되지는 않 았다.

대학 때도 이영과 인사를 하거나 시선을 주고받은 적은 없었다. 그러다 유학을 갔다는 말을 들었을 때의 심정은 지금도 잊을 수가 없었다.

열렬히 사랑하던 연인도 아닌데 배신감을 느끼고 상실감을 느꼈다.

그 당시 자신의 마음이 순수한 동경이나 개인적인 상황에서 오는 집착인지, 아니면 한쪽에게만 과하게 치우친 마음의 불균형으로 인해 서로의 인연이 닿지 않은 건지 알 수 없지만 지금은 그때와 다르다.

그의 마음은 확고하고 이영을 원하고 바라는 마음도 단단했다.

이영이 그의 마음을 모르고 그들의 역사를 모른다는 건 동일하지만 이번에는 주춤하고 우물쭈물하지 않을 생각이다.

우물쭈물하다 놓치기엔 이영을 놓지 못한 시간이 너무도 길다.

실패한 몇 번의 만남과 서투른 연애에 이영의 그림자가 잠재하고 있었는지 그건 알 수 없었다. 설령 그렇다 해도 그건 상대의 잘못도, 그의 잘못도, 이영의 잘못도 아니다.

그저 모든 게 인연에서 사랑으로 이어지지 못한 것뿐.

또한 아버지의 행복을 바라지만 이영을 원하는 마음과는 별개다.

그를 포함해 모두가 마음을 준 사람에게 위로받고 행복하길 바라지만, 그중에서도 이영과의 만남과 인연은 그보다 우위에 두고 싶었다.

다 좋을 수 없다면, 이번엔 거침없이 이영의 손을 잡을 생각
이다.

언제나 생각하듯 하늘은 한 인간에게만 과하게 친절하고 선
하지 않을 테니까.

✛　　　✾　　　✛

이영은 이 어이없는 상황에 기가 막혔다. 웃음 비슷한 것도
나왔다.

본 지 3년이 넘는 아버지의 뜬금없는 중신이라니.

부모님을 반 강제적으로 이혼시킬 당시 이영은 아버지에게
다짐을 했었다.

다시는 서로가 서로를 보거나 찾는 일은 없을 거라고.

그 같은 절연 선언에 아버지가 어떤 반응을 하고 어떤 말을
했는지는 지금 기억나지 않는다. 모든 게 진절머리 나게 싫었
던 이영은 자신이 하고자 하는 말만 전하기 급급했다. 그런데
오늘 낯선 이가 아버지 이름을 언급하며 그녀 앞에 섰다.

'소개팅이라니……'

"이영 씨."

낯선 남자는 아직도 멍 타는 이영의 이름을 재차 불렀다. 남
자의 친근함을 가장한 목소리는 이 순간만큼이나 현실감이 느
껴지지 않았다.

"무슨 말씀인지는 알아들었는데······."

절연한 아버지의 계획적인 중신이라 딱히 할 말이 떠오르지 않았다.

"여기는····· 제가 일하는 곳입니다. 나가서 말씀하시죠."

이 말이 제일 적당하고 적절하다 판단됐다.

이영의 다소 형식적인 발언에도 남자는 미소를 잃지 않고 유연했다. 능숙했다.

"그럼, 요 앞 호텔 커피숍에서 기다리겠습니다."

남자가 정중하게 인사를 하고 나가고도 샵은 물을 끼얹은 듯 조용했다.

이영이 낮은 한숨으로 불쾌한 정적을 깨자 정희 씨와 도 매니저는 남자가 샵에 온 적이 있다고 했다.

며칠 전, 애인에게 선물할 생각인데 목걸이를 추천해 달라 했단다. 그때 이영은 다른 일이 있어 둘러보는 남자에게 천천히 보시고 결정하라고 한 뒤 매장을 나섰다고 했다.

이영은 그런 사실이 전혀 기억나지 않았다.

남자는 분명 평이한 인물도 분위기도 아니었지만 전혀 기억나지 않았다.

일단 샵 뒤에 마련된 VIP 비밀 룸으로 들어가 가방을 챙겼다.

순간적으로 요 앞 호텔이란 소리에 얼굴이 절로 찡그려졌다. 하필 윤건이 머무르고 있는 호텔이라니.

연락하겠다고 하고 갔으니 호텔로 바로 가지는 않을 거라 짐작됐다. 설령 호텔에 있는다 해도 커피숍에서 마주칠 가능성은 적었다.

도 매니저와 정희 씨한테 이른 퇴근을 언급하며 샵을 나섰다.

발레파킹을 부탁하고 커피숍으로 들어서니 남자가 창가 쪽에 앉아 있다 자리에서 일어났다.

이영은 결코 서두르지 않은 걸음으로 남자 앞에 섰다.

이영이 앉자 남자가 뒤따라 앉았다.

"샵에서 말씀드렸지만 다시 한 번 인사하죠. 전, 이상윤이라고 합니다."

예의상 한두 차례 더 오고 갈 대화가 있다는 걸 알았지만 결코 중신을 허락한 적이 없기에 서슴지 않고 직격탄을 날렸다.

"실례지만 저희 아버지와는 어떤 관계시죠?"

남자는 이영의 질문에 당황하지 않고 미소로 일관했다.

"이 회장님과는 일로 만난 사이입니다. 다행히 이 회장님께서 절 좋게 보셨는지 따님이신 이영 씨 사진을 보여 주시는 건물론이고 오늘 이 자리도 만들어 주셨습니다."

일로 만난 사이다.

그 말은 곧 이 회장에게 꼭 필요한 사람이거나 필요한 사업체, 혁신 기술을 보유한 사람이란 말로 해석됐다. 회사의 확장과 인력을 확보하기 위한 고전적이고도 확실한 제스처.

대충 상황 파악이 되니 주저할 게 없었다.

아버지의 노림수에 이용당하거나 미끼로 쓰일 생각은 없다.

"실례지만 이상윤 씨는 결혼하신 적이 있나요?"

직격탄에 이어 결혼을 언급하자 방글방글한 남자 얼굴이 순간 경직됐다.

"네, 결혼했었습니다. 그건 이영 씨도 마찬가지로 알고 있습니다."

전부 다 거짓말을 하지는 않은 모양이다.

하기야 이유가 어쨌든 그렇게 요란하게 결혼식을 했는데 모를 리가 없다. 거기다 이 회장과 사업적 파트너로 연결된 사람이라면 이영의 결혼식에 왔을 수도 있다. 충분히.

"그러시군요. 그런데 잘못 알고 계신 게 있습니다."

자신이 알고 있는 사실에 오류가 있다는 말에 남자는 진한 눈썹을 찌푸렸다.

알림 서비스하는 김에 확실히 할 필요가 있다 생각했다.

"전 아이가 있습니다. 또한 지금 사귀는 사람도 있고요. 회장님께서 저와의 사이가 소원하신 관계로 잘못 알고 계신 모양입니다. 그러니 너무 기분 나빠 하시지 말고 양해 부탁드립니다."

최대한 성의껏 의사를 피력했다.

아버지와 상관없이 타인에게 쓸데없이 불쾌감을 안겨 줄 이유는 없으니까.

"제가 알아본 바로는 따로 만나는 분이 없는 걸로 아는데요."

나름 인상파지만 주도면밀하다고는 예상치 않았는데 사업

하는 사람이라 그런지 말을 할수록 어설프지 않고 나이만큼 능수능란했다.

이 회장을 상대하는 이라면 보통은 아닐진대 순간 너무 순진하게 굴었단 생각을 했다.

나오는 웃음을 굳이 숨기지 않았다.

"알아보실 때 더 정확하게 알아보시지 그러셨어요. 저 만나는 사람 있습니다. 그러니 오늘 이 만남은 서로가 불쾌하지 않은 선에서 접도록 하죠. 회장님께는 제가 따로 연락드리겠습니다. 이상윤 씨, 반가웠습니다. 그럼."

이영은 남자에게 깍듯하게 인사를 하고 먼저 뒤돌아섰다.

아버지란 사람에게 견딜 수 없이 화가 났다.

그 어떤 말도 없이 자신을 누군가에게 흥정하듯 선보였다는 게 불쾌했다.

자신을 도구로 활용하고 써먹겠다는 거다. 그전과 똑같은 이유로.

가족이고 자식이란 그 지긋지긋한 이유.

아버지와의 역사를 모르는 누군간 이런 이영을 욕할 수 있다.

알지 못하는 이의 성급하고 무례한 비난은 참을 수 있는데, 이 회장의 이 같은 야비한 처사는 도무지 넘겨지지가 않았다. 그럼에도 불구하고 아무런 반응도 하지 않을 생각이다.

이 회장이 노리고 바라는 게 바로 이영의 반응이고 연락인 걸 알기에 그 어떤 어필도 하지 않을 계획이다. 그저 또다시 반복될 수도 있는 그 지난하고 지리한 싸움에 숨이 쉬어지지 않았다.

잠시 모른 척 잊고 있었던 분노와 상처가 그 흔적을 아프게 아로새긴 이로 인해 다시 부각되며 수면 위로 부상하고 있었다.

발레파킹을 맡긴 이에게 번호를 말하고 기다리는데 누군가 팔을 강하게 잡았다.

놀라 옆을 보니 윤건이 차가운 눈길로 이영을 내려다보고 있었다.

"윤……건 씨?"

이영의 차가 앞에 서자 윤건이 발레파킹비를 지불하고 이영을 보조석으로 살짝 밀었다.

차 운전석에 앉은 윤건은 차를 몰아 그대로 호텔 지하 주차장으로 향했다.

차를 주차하고 엘리베이터를 타고 올라가는 동안에도 윤건은 한마디도 하지 않았다. 그저 잡은 이영의 손을 더욱 꽉 쥐고 거친 숨을 몰아쉴 뿐.

카드 키를 댐과 동시에 문이 열리고 윤건은 언젠가처럼 이영을 문으로 밀어 꼼짝도 못 하게 했다. 밀착된 몸에서는 뜨거운 열기와 동시에 감출 수 없는 화기가 느껴졌다.

"당신한테 거칠게 굴고 싶지 않은데…… 화가 나고 이 상황이 마음에 들지 않아."

이영의 마음도 크게 다르지 않았다.

다른 게 있다면 이영은 확실하고 구체적인 대상이 있다는 것뿐.

"나도…… 이런 상황, 화나고 마음에 들지 않아요."

윤건은 최대한 감정을 추스르고 자제하며 말을 뱉는 이영의 입술을 세심하게 관찰하고 내려다보다 서두르지 않고 다가왔다.

다가온 속도와 다르게 키스는 과격할 정도로 깊었다.

바로 목 안을 점령하고 파고든 혀는 그의 하반신처럼 뜨겁고 열기로 가득했다.

윤건은 이영의 허리를 감싸 안고 젖혀진 고개를 부드러운 손길로 애무하듯 받쳐 주었다. 그런 섬세한 행동과 달리 키스는 격렬하게 입안을 파고들었다.

맹렬히 갈구하는 혀와 타액은 달콤하기보다 아찔하고 매서웠다.

마치 오랜 기다림과 굶주림으로 인해 이영의 모든 걸 흡수하고 빨아들일 태세로 경직된 혀를 농락하고 타액으로 숨을 조절했다.

점차 호흡이 불안해지고 몸에 힘이 빠지며 다리가 풀렸다. 저번과 똑같았다.

이영이 멋대로 부여한 호수지기란 별명과 전혀 어울리지 않는 윤건은 이영을 번쩍 들어 조금씩 이동을 해 결국 커다란 침대에 눕혔다.

그 짧은 이동 중에도 압사시킬 듯 내뿜는 지독한 기운과 감당 못 할 욕망은 이영을 두렵게 만들었다. 거부할 수 없을 정도로 몰아세워 침대에 눕혀지는 그 순간에도 그 어떤 반항과 거부 의사를 표하진 않았다.

이영도 한계를 벗어나고 깨고자 하는 의지가 분명 있었다.

윤건의 입술과 혀는 가는 목과 유난히 도드라진 쇄골로 이어지며 갈증과 탐닉을 숨기지 않았다. 언제 풀어졌는지 알 수 없는 블라우스 사이로 이영의 하얀 가슴이 드러나고 윤건이 소담한 가슴골에 얼굴을 묻었다.

그 순간이었다.

낯선 장소인 방 안은 지지직 소리를 내며 고장 난 TV처럼 신경을 자극하는 소리를 내질렀다. 동시에 어떤 혼재된 영상이 떠오르며 찢어질 듯 기이한 여자의 비명이 이영의 의식을 파고들어 뒤흔들었다.

여자의 목소리는 처절하고 비명은 더 이상 높을 수 없을 만큼 높은 음표를 그려 댔다.

울부짖는 소녀의 울음소리가 이영의 귀와 가슴을 할퀴듯 파고들었다.

"그…… 그만. 하지…… 마. 제발 그…… 그러지 마."

순간 잘못 들은 줄 알았다.

윤건은 이영의 하얀 가슴 중앙, 마침내 탐스런 분홍빛 돌기를 물고 흥분으로 제정신이 아니었다. 그러면서도 강하게 거부하는 이영의 굳어진 몸과 경련 같은 떨림을 무시할 순 없었다. 간신히 이성을 차리고 올려다보자 이영은 처참한 얼굴로 울음을 삼키고 있었다.

순식간에 몸이 차가워지며 머리끝까지 얼어붙었다.

"휴우."

걱정되는 마음이 한숨이 돼 입 밖으로 나왔다.

창가에 선 윤건은 숨을 쉬듯 손목시계를 확인했다.

12분 전에 욕실로 들어간 이영은 아직까지 나오지 않고 있었다.

방금 전 두 사람의 은밀한 행위로 인해 그런 것이 아니란 것쯤은 어렵지 않게 짐작할 수 있다. 이영의 표정은 비유는 물론 설명조차 할 수 없을 정도로 파열되고 파괴돼 산산이 부서지고 있었다. 그 분열과 혼란의 원인을 알고 싶었다. 아니, 꼭 알아야 했다.

이영을 잠식하고 짓누르는 고통과 상처를 알아야만 그들에게 오늘이 있고, 미래가 있다는 걸 누군가 알려 주지 않아도 직감할 수 있었다.

어느새 감정은 전이돼 이영의 설명 없이도 충분히 유추할 수 있었다.

이영이 욕실에서 나왔다.

12분 동안 세수를 얼마나 연거푸 했는지 그 작은 얼굴이 강한 터치와 연이은 자극으로 빨갛게 부어 있었다.

윤건은 미리 준비해 놓은 차를 탁자에 놓으며 이영이 앉기를 유도했다.

위로 단정하게 동여맨 머리를 찰랑이며 이영은 그가 그리는 그림대로 의자에 앉았다.

하얗고 긴 목 주변으로 그가 만든 자잘한 열꽃이 보였다.

순간 유치하고 결코 입 밖으로 표현하기 민망한 감정이 복받쳐 올랐다.

'내가 남자인 걸 당신으로 인해 깨닫게 되는 게 이렇게 행복할 수 없어. 나도 어쩔 수 없는 남자, 그 이상은 못 되나 봐. 당신에게 나란 남자의 흔적과 자국을 남긴 게 이렇게 흥분되고 기쁘다는 게, 이 순간 무척이나…… 미안해. 그러면서도 안도하게 돼.'

이영은 아직 온기가 남은 잔을 들어 한 입 대곤 숨을 토하듯 말했다.

"미안해요."

정작 미안해할 사람은 그인데 이영이 잘못을 말하고 있었다.

"내가 만든 그 선명한 자국을 확인하고도 그런 소릴 하는군."

"이건 나랑 당신, 우리 둘이 만든 거지 당신 혼자 만든 게 아니에요. 나도…… 그 정도는 알아요."

이영의 단순한 말 속에 숨은 그림처럼 감추고 있는 비밀이 있었다.

"미안해요. 당신 때문에 그런 게…… 아니에요."

죄인도 아닌데 이영은 잘못을 말하며 용서를 구했다.

"알아. 신경 쓰지 마."

안다는 말에 이영은 비로소 윤건을 쳐다봤다.

점도 짙은 물기를 포함해 이영 자신이 만든 빨간 손자국으로 인해 금세라도 울음을 터트릴 것처럼 보이는 이영은 숨을 삼키고 간신히 무언가를 참고 있는 듯 보였다.

비록 두 살이지만 연상이고 분명 사회적으로도 크게 성공해 성숙한 이영이 지금 이 순간 그 시절, 피곤한 표정으로 한쪽 귀퉁이에서 쪽잠을 자던 모습과 겹쳐 보였다. 그러면서 그때의 모습과 지금의 상황이 연관성이 있다는 걸 확신했다.

이영이 토설하거나 이영의 주위 누군가가 알려 주지는 않았지만 충분히 짐작할 수 있었다.

'그때 내 자신이 조금만 더 용기를 내 당신에게 다가가 말을 걸었다면, 지금 우리는 어떤 모습일까.'

이 순간 그때의 소극적인 자신에게 너무도 화가 나면서 후회가 됐다.

"난 당신이 이곳에서 잠시라도 쉬었으면 좋겠는데 그건 개인적인 내 소망이고, 간다고 하면…… 데려다 줄게. 걱정돼서 혼자는 절대 못 보내."

이영은 대답을 않고 줄곧 쳐다보기만 했다.

올려다보는 이영의 긴 목에 그가 남긴 흔적이 너무도 선명하게 자리하고 있었다. 자국으로 인해 자신이 얼마나 흥분한 상태인지 알았다.

"아무 말도 할 필요 없어, 지금은."

"……."

"그렇다고 내일 당장 뭔가를 말해 달란 것도 아니야. 언젠가 말해 줬으면 좋겠고 듣고 싶지만, 그 시기는 당신이 결정해도 좋아. 지금 내가 하고 싶은 말은 그뿐이야."

이영은 끝까지 아무런 말도 하지 않았다.

그녀 스스로가 낸 자극으로 상기되어 부어오른 뺨이 그의 시선과 마음을 내내 상처 냈다.

느릿하게 손을 움직여 아직도 불안한 듯 시선을 고정하고 있는 이영의 고운 뺨에 손을 댔다.

허락을 구하는 눈빛으로, 최대한 작지만 부드러운 움직임으로 상기된 뺨을 어루만졌다.

키스로 인해 흥분할 때는 미처 몰랐는데 이영의 뺨은 어린아이 뺨처럼 포근포근했다.

얼굴에 살집이 많지는 않았지만 윤건에겐 충분히 탐스럽고 탐닉의 대상이었다.

사실은 뺨만큼이나 상처 입은 이영의 마음과 상처를 어루만져 주고 싶었지만, 그 원인을 몰라 그저 고맙게도 피하지 않는 소녀의 여린 뺨을 쓸어 주며 떨리는 손끝으로 응원하듯 다독여 주었다.

양재천을 바라보던 이영은 한쪽 뺨을 쓸어 보았다.

온기도 그 어떤 흔적도 없는데 손끝이 머물렀던 뺨은 뜨겁지 않게 화끈거렸다.

자국도 경계도 없지만 분명 윤건의 손길이 닿았던 곳.

극히 짧은 시간이지만 감정과 육체의 격랑과 파고에 휩쓸려 아무런 두려움도 느끼지 못했다. 그럼에도 불구하고 더 이상의 진행과 발전은 없었지만 윤건과 함께한 자극적인 행위는 역하지도 두렵지도 않았다.

반복되는 영상과 함께 거친 목소리, 찢어지는 비명과 절절한 호소가 난무하는 비열하고 난잡한 미장센은 예전처럼 이영의 전부를 뒤흔들지는 않지만 여전히 족쇄처럼 죄고 있었다.

호러 영화보다 두렵고 잔혹 스릴러보다 긴장되는 영상은 아주 오랜 시간 리플레이되면서도 결코 퇴색되거나 지워지지 않았다.

어쩌면 진정으로 누군가를 괴롭힐 수 있는 건 항상 동일한 문제인지도 모른다.

이영에겐 가족이란 최소집단의 사람들이 그랬다.

가족은 늘 칼보다 날카롭고 바늘보다 뾰족하고 불보다 뜨거웠다.

그렇게 자극적이고 그렇게나 당황스러운 게 가족이란 사람들이다. 이영에겐.

삶에서 적당한 고통은 필수적인 생존의 조건이라 치부해도 이건 참으로 고단하고 질긴 장기 레이스다.

일방적이지만 그래도 끝냈다고, 이제 끝났다고 생각했는데 착각이었나 보다.

결국 아닌 척하면서도 안절부절못하는 윤건이 운전하는 차를 타고 집으로 왔다.

운전하는 내내 윤건은 이영의 손을 감싸 쥐듯 잡았다.

빠르고 느리지도 않게 규정 속도를 유지했고, 그 어떤 외부 자극이나 충격 없이 편하게 도착했다. 이영이 맨 처음 정갈한 호수지기에게 받았던 그 느낌 그대로다.

아직은 윤건이란 남자가 어떤 사람이라 규정할 수 없고 또 그러기엔 짧은 시간을 함께하고 있지만, 어쩌면 그는 사랑의 최종 종착지보다 사랑이란 여정 그 자체에 의미를 두고 지향하는 사람으로 보였다.

누군가는 도착 지점 앞에서 망설이지 않겠지만 윤건은 조급하지 않았다.

2주란 시점을 거론했지만, 그 기간이 곧이곧대로 2주란 생각도 들지 않는다.

짧은 시간, 윤건에게 어떤 믿음이란 게 생겼다.

이 마음이 단지 낮에 있었던 민망한 해프닝 때문인지는 모르나 분명 감정을 넘어 어떤 관계가 형성된 느낌이다.

진동 벨 소리에 테이블 위에 자리하고 있는 핸드폰을 보니 메시지가 왔다.

두 얼굴의 호수지기.

〈잠들지 않았으면 통화하고 싶은데……. 자나?〉

이 사람의 대화법은 묘하다.

그 2주란 한정된 시간을 빠르게 관통하기 위한 나름의 방법일 수도 있고, 두 살 어린 남자의 자존심일 수도 있지만 하여간 불편하거나 듣기 싫지 않았다.

아무래도 윤건과의 관계가 편한 모양이다. 그녀가 모르는 또 다른 자아는.

잠시 고민하다 버튼을 눌렀다.

─다행이네. 아직 잠들기 전이라.

윤건의 낮은 목소리는 이 밤과 잘 어울렸다.

밤과 책이 잘 매치되는 것처럼 밤과 이 남자의 목소리 톤은 겹치는 부분이 있었다.

음성이 높거나 낮지 않고 억양이 강하지 않으면서도 부드러운 비음이 섞여 감미로웠다.

"잠이 안 와요."

─나랑 얘기하다 보면 잠이 올 거야. 아직 거실이면 방으로 가서 당신 침대에 누워 봐.

시계를 보니 12시가 넘어 있었다.

윤건의 권유가 없더라도 내일을 위해 침대에 누울 시간이다.

지유의 방문을 열어 자는 모습을 확인하고 이영의 방으로 건너왔다. 스탠드만 켜고 침대에 누웠다.

─누웠나?

"네."

─그전에 오늘 당신 스케줄 좀 알고 싶은데. 바쁜가?

오늘이라. 오늘 무슨 일을 하려고 했지. 샵으로 출근하고 남대문 매장에 잠깐 들르고…….

"항상 똑같아요."

─바쁘지 않으면 바다 보러 갔으면 하는데. 당신은 어때?

바다라……. 그러고 보니 바다를 본 지 꽤 오래됐다.

도시란 단단한 옹벽에 적응하고 살다 보면 어딘가에 시린 바다가 있는지 모르고 산다.

삼면이 바다로 둘러싸여 생각보다 상당히 가까운 곳에 있을 텐데도.

바다 특유의 정취도 비릿한 향도 기억나지 않았다. 아니, 한 번도 본 적 없는 것처럼 전혀 기억나지 않았다. 지금의 이영은.

"……가요. 보고 싶어요."

─그럼 내가 아침에 데리러 갈게. 출발 전에 전화할 테니까 아이 잘 챙겨서 학교 보내고 천천히 준비하면 될 거야. 그럼 이제…… 눈 감고 자.

뭐지. 내가 또 잘못 들은 건가.

"뭐라고 했어요?"

─이제 눈 감고 잘 자라고.

"당신이랑 얘기하면 잠이 잘 올 거라고 했잖아요. 통화도 하자고 했고."

이영은 자신의 말투가 왠지 쟁쟁거리고 앙탈 부리듯이 들렸다.

—그랬지. 근데 내일 바다 보러 가야니까 일찍 자야지. 전화 끊으면 바로 눈 감고 당신이 보고 싶은 바다 생각해 봐. 그럼, 금세 잠이 올 거야.

정말 이 남자는 알수록 모르겠다.

이럴 거라 생각하면 영 아니고, 아니겠지 하면 처음 생각이 맞다 싶다.

이 나이가 돼 알쏭달쏭이란 단어가 누군가에게 대입될 줄은 몰랐다.

—나도 당신이랑 하고 싶은 말은 많은데 욕심 부렸다가 당신 내일 차 안에서 잘까 봐 욕심 부리지 않기로 했어. 한 가지 팁을 주자면, 지금 바다를 보고 있단 생각으로 눈을 감고 바다를 상상해 봐. 당신과…… 내가 있는 바다.

몰랐는데 허당에 사기꾼 기질도 다분했다.

"지금 그게 팁이라고 알려 주는 거예요?"

—팁이 아닌가? 난 당신이랑 바다를 보러 간다는 것만으로도 행복해서 잠이 올 것 같은데. 빨리 자야 내일이 빨리 올 것 아냐. 사실 흥분돼서 잠이 안 올지도 모르겠지만 난 그래도 잘 거야. 당신 안전과 여행의 질이 내 손과 내 수고에 달렸으니까.

평범하고 평이한 말을 하는 것 같은데 울림이 있고 떨림이 있다.

화려한 화술도 아니고 미사여구로 치장한 완벽한 답변도 아닌데 이 남자가 하는 말에 기분이 좋아진다. 왜 좋은 걸까.

—이제 눈 감고 자. 몇 시간 후면 내가 당신한테 갈 테니까.

잘 자라는 말을 한 번 더 하고 전화는 끊어졌다.

뭔가 속은 것 같고 아쉬운 듯했지만 그의 말처럼 눈을 감고 바다를……

바다보다 윤건이 먼저 보이고 상상됐다.

끝이 보이지 않는 바다 한가운데 호수를 닮은 남자, 윤건이 있었다.

바다처럼 거대하진 않지만 분명 이영을 압도하며 시야를 사로잡은 건 드넓은 바다가 아니라 윤건이었다.

이 밤, 잠 못 드는 건 너무나 자명했다.

이영에겐 내일을 위해 잠을 청하라고 했지만 쉬이 잠이 오지 않을뿐더러 잠을 청하고 싶지도 않았다.

학교 다닐 때 소풍 가기 전날이 더 즐겁고 두근거리듯 그의 마음이 꼭 그랬다.

제안은 했지만 그렇게 단박에 그러겠다, 할 줄 몰랐다.

아닌 것 같지만 이영은 늘 망설이고 한 번 더 생각했다.

타고난 성격보다는 자라면서 생긴 습관이고 꾸준한 노력의 결과라 생각한 적이 있다.

그 시절, 이영이 학교에서 유명한 이유는 특유의 웃음과 몽롱한 분위기도 있었지만 솔직하면서도 정도를 벗어나지 않는 거침없는 성격도 한몫한 걸로 기억한다.

'당신과 내가 서로를 잊은 듯 각자의 삶을 영위하고 소비하는 동안, 당신에겐 도대체 무슨 일이 있었던 걸까.'

늦은 걸 알면서도 이영을 달래 주고 싶은 맘에 문자를 보냈다.

오후의 일이 내내 머리를 떠나지 않고 걱정이 돼 아무것도 할 수가 없었다.

사실 여행을 갈 여유는 없다.

계약한 번역 일은 생각보다 시간을 많이 할애해야 했고 우리 어법과 단어가 맞지 않는 까다로운 문장이 많았다. 그런데도 이영이란 단어가 머릿속에 박혀 다른 단어는 일절 직역도, 의역도 되지가 않았다. 일의 진행을 위해서라도 이영에게 전화를 했어야 했다.

윤건은 자신의 손에 들린 책을 내려다보았다.

이언 매큐언의 '체실 비치에서'.

오래전 보았던 책인데 이영으로 인해 다시 또 구입했다.

사랑하는 여자와의 완벽한 첫날밤을 꿈꾸던 남자의 사랑과 후회가 담긴 책.

유년 시절 생긴 트라우마로 인해 끝까지 사랑하는 남자를 안을 수 없는 비극적인 여자는 결국 남자를 떠났다. 그들의 신혼 여행지에서…….

그들은 후회하고 가끔 생각하고 뒤돌아보면서 묵묵히 일상을 산다.

이영의 상처가 무엇인지 정확히 알지 못하지만 전혀 모르지는 않는다.

그녀가 행위로 인해 느끼는 두려움과 공포, 경련 같은 강한 부정과 떨림은 착각인지 모르나 책 속의 그것과 크게 다르지 않다 생각됐다.

이영을 오랫동안 짝사랑한 김지환과의 결혼. 그의 아이. 그리고 너무도 조심스러운 이영.

천천히, 조금씩 이영에게 변화의 기회를 주고 싶은데 시간이 많지 않다.

인생에서 변화의 순간은 사건과 의식을 필요로 한다.

그와 함께하는 이 시간이 이영에게 변화의 단초이자 시작일 수 있을까⋯⋯.

책은 후회를 기본으로 사랑을 지켜 내기 위해 필요한 것은 열정이 아니라 노력, 본능이 아니라 본능을 넘어선 태도, 서두를 필요 없는 배려와 다독거림이라 말하고 있다.

시간이 없는 그에게 가능한 말인가 싶다.

어렵게 재혼을 결정하고 황혼의 출발점에서 살림을 꾸미는 어른들께 내 마음이 당신들보다 오래돼 견고하다 해서 무엇을 허락받고 무엇을 구할 수 있을까.

그보다 그 안에 이영의 마음이 그에게 와 닿을 수 있을지 자신할 수 없었다.

간절한 마음이 정성과 함께 시너지 효과를 낸다 해도 반드시 이어진다는 보장은 없다.

그건 이 나이까지 살면서 지식의 습득과 상관없이 반복된 시행착오를 겪으며 알게 된 명백하고도 분명한 사실이다.

그가 주는 것만큼 받을 수 있는 것이 아니다, 마음이란 건.

그럼에도 불구하고 욕심이 나고 탐이 난다.

이영과 함께할 미래와 이영을 닮아 너무도 화사하게 웃을 아이와 그 꽃 같은 아이가 만들어 줄 꿈같은 행복이……

이 밤 여러 가지의 물음과 질문, 또한 동화 같은 이야기에 잠을 이룰 수 없을 것 같았다.

✛　　✤　　✛

감미옥이 콧방귀를 뀌듯 한 소리 했다.

"장족의 발전이네. 여행을 다 가시고."

이 나이에 회사 빼 먹고 당일치기로 여행 간다는 게 자랑도 아니고 또한 성격상 촉새머리도 아닌데 감미옥에게 이실직고 한 이유는 아침부터 쳐들어와 이영의 의상을 보고 심한 추궁 과 함께 신문을 시작했기 때문이다.

"옛말 틀린 거 하나 없다고 하더니 딱이네."

"무슨 말?"

"늦게 배운 도둑질 날 새는지 모른다더니 아주 속도 왕창 뺀다, 이영."

"꼭 비유를 해도."

"참, 그보다 김지환 그 자식. 정말 네 샵에 4억 투자한 거 맞아?"

감미옥이 절대 알 수 없는 일인데 알고 있다는 게 신기했다.

그건 비밀 중에서도 일급비밀로, 죽은 지환이 그 누구에게도 말하지 못하게 한 밀명이었다.

그 돈은 하룻밤 일탈로 인해 생각지도 않게 생긴 아들이지만, 일종의 유산이자 비범하고 영민한 아들의 장래를 위해 지환이 일찍부터 마련한 돈이었다.

"네가 그걸 어떻게 알아?"

이영의 물음에 감미옥은 끄응 하더니 그 큰 눈을 가자미눈으로 만들었다.

"뭘 어찌 알아? 그 사실을 아는 놈 중에 누군가 불은 거지."

"……지유?"

그냥 그런 말을 할 지유가 아니다.

감미옥이 기묘한 언어적 사술과 유혹으로 흑마술을 쓰지 않는 이상.

"그 얘기가 왜 나온 건데?"

이영의 목소리는 방금 전과 판이하게 다른 질감을 띠고 있었다.

그 사실을 누구보다 먼저 캐치한 감미옥이 슬쩍 이영의 분위기를 살피더니 한꺼번에 쏟아 냈다.

"너 간만에 연애도 하고 해서 분명 지유가 장애가 될 수 있으니까 물어봤어. 왜 친가 쪽 가족들이나 친엄마가 아닌 너랑 같이 살겠다고 한 건지."

"감미옥!"

189

"나 귀 안 먹었거덩. 그렇게 바로 코앞에서 소리를 지르면 어떡하냐, 무식하게. 이 언니 백 년 만에 나온 귀지 도로 다 들어가겠다."

가끔 미옥의 저 참을 수 없는 가벼움이 견딜 수 없다.

웃어넘길 수준의 풍자나 해학이 아닌 가벼움을 빙자한 명백한 진실 파헤치기는 가히 수준급이라 옆에 있는 사람이 불안하고 불편했다.

"야, 그렇게 째려봐 봤자 다 끝난 문제야. 그리고 내가 알고 지유한테 물은 게 어때서? 넌, 지유가 왜 너랑 살겠다고 했는지 안 궁금해? 안 궁금하다고 하면 그건 백 퍼 사기다."

물론 궁금하지 않은 건 아니지만 미옥이 지유에게 했을 가혹하고 신랄한 질문이 연상돼 걱정이 됐다.

지금과 달리 순수한 시절부터 감미옥은 우회란 걸 키우지 않았다.

직설화법의 대가답게 화끈하고 화통했다.

생긴 건 여신처럼 여리여리해 소심할 것 같은데 감미옥은 소도 때려잡을 듯 의지와 기운, 기백도 남달랐다.

"지유 답은 이래."

그 소리에 미옥에 대한 혹독한 평가는 싹 잊었다.

"어린놈이 유사가족이란 고급 단어는 또 어디서 들었는지 하여튼, 자기 엄마가 지환이 죽고도 함께 살자고 하지 않아 자신이 먼저 거절했고, 고모네 집은 불편하고 말은 안 하는데 형들이 무서운가 봐."

은은한 난향 같은 아이가 시끌벅적한 고모네와 맞는다고 생각하지는 않았지만 무서워하는 줄은 몰랐다. 또한 지유 엄마의 입장은 이해 못 하는 것도 아니다.

지유가 아직 어리고 남자아이라 설명할 생각을 미처 못 했다. 계가한 엄마의 입장을. 그리고 그 안에서 힘들어질지도 모르는 지유와 모두의 상황을.

"유사가족도 가족이라면서 꼭 가족이 같이 살아야 되는 건 아니지 않냐고 하더라. 참, 네가 그랬다며? 걔 아빠가 맡긴 돈 있으니까 눈치 볼 것도 기죽을 것도 없다고. 더불어 빼 줄 돈도 없다고 하셨다고?"

"……."

미옥의 야유하는 눈빛이 읽히고 느껴져 일단 무시와 함구로 일관했다.

"지환이 자식, 내가 대치동 돈 밭에 학원 차린다고 투자하라고 할 때 그렇게 돈 없다고 생난리를 치더니 필요도 없는 너한테 4억씩이나 투자해? 치사하고도 치사한 놈."

함구하고 있자니 말은 속사포로 거침이 없었다.

"고인이야. 말 좀 그렇게 하지 마."

미옥의 살벌한 기운으로 인해 강하게 어필은 못 하고 낮은 포복으로 한 소리 했다.

"내가 뭘. 그 자식이 너 말고 머니가 너무나 절실한 나한테 투자했으면, 지금 내가 이 사방이 막힌 좁다란 집구석에서 아침이면 활짝 피는 이 미모사 같은 미모 숨기며 강사질 하겠어?"

비하 발언과 달리 감미옥에게 수업을 받으려는 아이들은 줄을 섰다.

맛집도 아닌데 감미옥의 특훈과 스파르타 수업을 받으려면 예약은 기본 중의 기본이었다.

사실 하루 종일 아파트에 묶여 우울기와 반항기 가득한 아이들을 가르치기엔 미옥의 미모가 너무 화려하긴 했다. 미옥은 화려한 화술과 입담만큼이나 미모가 남달랐다.

문제는 그럼에도 불구하고 남자가 따르지 않는다는 건데, 그건 다 미옥의 저 시린 칼날 같은 독한 혀 때문이었다.

"근데, 넌 언제 나가는 거야? 혹시 그렇게 차려입고 까이는 건 아니겠지?"

저 잔인무도한 혀를 어쩌면 좋을까…….

"오겠지. 못 올 상황이면 전화할 테고."

지금 이 상황에서는 자신보다 윤건이 더 걱정됐다. 이 상태로 안 나타나면 감미옥이 우아하게 두고 보지 않을 것 같았다.

"야! 이 계집애야, 내가 그렇게 소극적으로 행동하지 말랬지! 우린 지금 명동 한복판에서 발가벗고 깨춤을 춰도 쳐다도 안 볼 까마득한 조상 군번이야. 그런데 뭐? 못 오면 할 수 없어? 이 미친 가시나가…….

"됐어. 그런 처절한 퍼포먼스까지 하고 싶지 않아. 너도 있고 지유도 있는데…….

감미옥이 한심하단 표정으로 눈에 불을 켰다.

"얘가 지 나이가 갖는 중압감과 심각성을 모르고 있네. 야, 너 착각하나 본데 우린 고소영, 이영애가 아니야. 걔네랑 우리는 나이란 숫자만 비슷하지 때깔이 다르고 차원이 달라."

물론 한 번도 그 사람들과 자신을 나란히 같은 항목과 버전에 대입시킨 적은 없다. 또한 부러워하거나 따라 하고픈 생각도, 의지도 없다.

"이러니 갈라파고스 희귀 동물도 아닌데 그 나이까지 처녀성을 유지하고 있지. 인간아, 내가 지금 누구 보라고 이래? 네스스로 허물을 벗고 적극성을 갖고 쟁취하라는 소리지?"

"독립투사도 아닌데 무슨 쟁취야. 난 원래 아나키스트 기질이 다분한 사람이야. 알잖아. 매일 수업 땡귀 먹고 도서관에서침 흘리는 공주 버전으로 산 거."

"이…… 이 지식인을 빙자한 모질란 인간이……."

핸드폰이 적절하게 울려 미옥의 독한 혀가 뿌리는 독설을 피할 수 있었다.

무슨 말을 더 할까 싶어 서둘러 가방을 챙겨 후다닥 나왔다.

윤건의 차를 보자 마치 탈출구를 찾은 마음에 뭉클했다.

볼수록 불안했다.

눈 감고 자라고 한 당사자는 전혀 잠을 이루지 못한 얼굴이었다.

운전을 하는 윤건의 옆모습을 보다 어느 순간 눈이 마주쳤다.

"왜 그렇게 보는지 모르겠네. 17년 연속 모범 운전자 집중
안 되게."

윤건은 피곤함을 감추기 위해서인지 더 장난스런 표정을 했
다.

"나한텐 눈 감고 자라고 해 놓고 그런 모범 답안을 설파한
당사자는 왜 그렇게 초췌한 얼굴인 건데요?"

윤건은 이영의 매서운 평가에 앞 거울을 내려 확인하더니
어깨를 으쓱했다.

"원래 이론 창시자는 그 이론에 반하는 행동을 하는 걸 정
설로 알고 있는데, 난."

정말 알아갈수록 다시 앞으로 되돌아가는 느낌이다, 이 남
자는.

"걱정돼서 묻는 거잖아요. 어제 잠 못 잤어요?"

"못 잤지. 아니, 잘 수가 없었어."

사뭇 표정과 목소리가 심각했다.

"왜요?"

이영이 눈을 반짝이며 물었다.

이 여자 은근히 무디고 둔하다. 아님 어제 일을 걱정할까 자
신이 먼저 아무렇지도 않는 듯 행동하는 건지…….

"묻잖아요?"

아무래도 진짜 모르는 눈치다. 강적이네. 그 충격적 사건을
잊다니.

잊었다면 상기시켜 줘야지. 아주 은밀하고 야릇한 부분만.

"보기만 해도 가슴 떨리게 좋은 여자 상체에 내 입술로 수십 군데 열꽃을 만들었는데 잠이 오겠어? 그 분홍빛 열꽃이 아직도 피었나, 졌나, 꽃잎점 치면서 궁금해서 잠을 못 잤지."

순간 당황해 어쩔 줄 모르는 이영의 표정에 미소가 져졌다.

"윤건 씨!"

차 안에 이영이 만들어 낸 톤 높은 고음이 사방에서 스테레오로 울리는 듯했다.

이영이 부끄러워 파르르하는 건 처음 본다.

새침한 표정이 새롭고, 식식거리는 모습이 어제의 걱정을 다소나마 덜어 주었다.

여행의 시작은 나쁘지 않았다.

사실 이보다 더 좋을 수 없을 정도로 좋았다.

✛　　　✤　　　✛

전화벨 소리에 후다닥 뛰쳐나간 이영의 뒤꽁무니를 보러 창가 쪽으로 가는데 또다시 벨이 울렸다.

"뭐야? 이 결정적 타이밍에."

얍실한 눈으로 핸드폰을 보니 눈이 저절로 크게 떠졌다.

"네, 아버님."

미옥은 전화기를 붙들고 한참을 서 있었다.

사실 앉아서 받아도 되는데 긴장과 함께 혹 하고 혹 가는 말들의 연속이라 도저히 앉아서 우아 떨며 받을 재간이 없었다.

195

"네, 저야 아버님 말씀을 충분히 이해하죠."

아버님은 무슨, 늙은 루시퍼나 느물거리는 저승사자면 몰라도.

"그럼요. 그렇다니까요. 네, 그게 언제 이야기입니까. 암요, 이제 잊을 때도 됐죠. 네에, 저도 그렇게……. 네! 지…… 지금…… 뭐라고, 오…… 오억이요?"

순식간에 목이 말라 부엌으로 가 물을 따라 입이 젖는 만큼만 아주 조금 맛봤다.

이 순간, 아리수가 어느 시골의 진귀한 약수보다 더 진하고 달게 느껴졌다.

오억! 그 돈에 자신이 보유한 돈까지 보태면 대치동 정중앙, 아니, 청담동 한가운데 대형 고깃집도 차릴 수 있는 금액이다.

정말이지 솔깃하지 않을 수 없구나. 영아, 이영 이 은혜로운 가시나야!

"알아들었으니까…… 시간을 좀 주세요. 아니, 많이는 안 걸립니다. 또 질질 끌어서도 안 되고요. 네, 제가 다 알아서 할 테니까 절 믿고 기다려 주세요. 그럼요. 저에게 먼저 연락하시면 천천히 애 구슬려서…… 네, 네. 들어가십시오, 회장님."

'잘하면 모질란 친구 덕에 팔자 고치게 생겼네.'

미옥은 이 시점에 자신이 우선적으로 해야 할 일을 계산해 보았다.

첫째로 신임이다.

회장님이 자신을 절대적으로 믿을 수 있게 행동해야만 오억이, 오나미, 아니, 오머니가 들어온다.

이런 날을 얼마나 기다렸던가! 드디어 대치동으로 입성을 하는구나.

집에서 과외 하는 건 돈은 되지만 사람이 너무 간지가 없고 아우라가 없다.

자고로 인간은 사회적 동물로 자신이 가진 모든 자질과 음기를 뽐내고 인정받으며 살아야 하는데 그동안 저 부실한 인간 챙기느라 그걸 너무 못 하고 살았다.

이 미모사 같은 미모를 너무도 오래 숨기고 살았다.

이제는 슬슬 아침 이슬 머금은 미모사처럼 활짝 피어날 때가 되기는 됐지.

'나 버리고 못난이한테 간 너, 이 자식. 너 그 근방에서 회사 다니지. 그래, 두고 보자. 내 기필코 새 단장에 꽃 치장하고 널 마구마구 밟아 주리라.'

정말, 그 말이 맞았다. 1만 시간의 법칙.

하루에 4시간, 5시간씩 10년 동안 꾸준히 하면 꿈이 이뤄진다더니 내게도 이런 일이!

그동안 버릇없는 고딩들 상대로 그리 중노동을 한 보람이 있구나.

'이영아! 이 좁은 집구석에서 탈출해서 나도 사람답게 좀 살자, 살아.'

시계를 보니 칼퇴근 하듯 집에 오는 융통성 제로인 미동이 올 시간이다.

도저히 이대로 있을 수 없다. 가슴이 벌렁거리고 쿵쾅거려서.

오늘은 파격적으로다가 회식이다, 지유야!

가만히 있어도 희한하게 자꾸만 벌어지는 입가를 챙기기 바쁜데 지유가 왔다.

융통성 제로인 어린 선비족과 결국 30분이나 기 빨리는 난상토론을 한 끝에 삼성동에 있는 씨푸드 뷔페를 가기로 했다.

진짜 누가 저 김지유 짝이, 아니, 연인이라도 될지 심히 걱정스럽다.

혹여 미옥이 조금이라도 아는 인물이면 정말 진심으로다가 말리고 싶다.

애 녀석이 늙은이 그 자체다.

환경 때문은 아닌 것 같고 전적으로 기질의 문제다. 어린놈의 생이가.

지유는 차에 탄 이후 한마디도 하지 않았다.

핸드폰에 고개를 박는 그런 몹쓸 요즘 아이들 모드는 하지 않았지만 그보다 더 심할 정도로 앞 유리창으로 보이는 차 뒤 꽁무니만 바라봤다.

가기 싫다는 강력하고도 결기 느껴지는 무언의 제스처다.

'자식, 사근사근한 맛이 없어요.'

"김지유, 너 친구는 있어?"

아무래도 분위기 전환이 필요했다.

"아직 맘이 맞는 친구는 없어요. 그냥 편하게 알고 지내는 정도는 몇 명 있고요."

어린놈이 편하게 지낸다는 단어를 쓰다니……. 놀 친구는 있어요, 이러면 될 것을.

별로 드러나지 않은 지유의 장점 중 하나는 상대가 던지는 질문의 요지를 정확히 캐치해 기민하게 바로 답을 낸다는 것이다.

아이지만 답답하거나 수준이 낮아 대충 뭉겨 버리는 일이 좀처럼 없다. 지아비에 비하면 난 녀석이긴 난 녀석인데…….

엎어지면 코 닿는다는 말도 있는데 개포동에서 삼성동까지 엄청나게 길이 막혔다.

큰 사거리를 두 개는 더 지나야 하는데 길이 점점 잠수를 타고 있었다. 그러나 이 일로 감정이 격해지거나 사나워지지는 않았다.

오늘은 즐거운 날!

고등학교 때 배운 현진건의 운수 좋은 날이 절로 생각나는 날!

뜻밖의 귀인이 두 손을 높이 들어 투자의 깃발을 올린 역사적인 날이다.

"근데, 오늘 무슨 날이에요?"

역시 김지유는 다르다. 발육은 그럭저럭인데 촉이 남다르다.

"왜~ 에?"

최대한 부드럽게, 나오는 콧노래는 아닌 척 목 안으로 숨기며 질문을 질문으로 받았다.

팜유나 시어버터보다 부드러운 딕션에 지유가 뜨악한 시선으로 미옥을 응시했다.

그 시선은 분명 칭찬이나 동조로는 보이지 않았다. 상관없다.

갑자기 동그란 서클을 네 개나 얹은 차가 밀고 들어와 거칠게 클랙슨을 울렸다.

"저, 저 미친놈의 생이가 어디라고 밀고 들어와? 여기가 소싸움 하는 청도도 아니고!"

미옥은 핸들을 바짝 잡아 상체를 운전대에 밀착시켰다. 마치 샅바를 잡은 것처럼.

마음 같아서는 뛰어나가 한 소리 하고 싶었으나 지유가 보고 있어 참았다.

"지가 동글배기 금관 얹으면 다야! 이래서 돈 많은 인간들은 차 가지고 나오면 안 돼. 뭐든 돈으로 쳐 바르려고 하든가, 칠테면 쳐 보란 놀부 심보지. 보험 있으니 지는 손해날 거 없단거라구, 저게."

"저 차, 아까부터 깜박이 켜고 있었어요. 아줌마가 못 보셔서 그렇지."

혼내는 시어머니보다 말리는 시누이가 더 꼴 보기 싫다더니 김지유가 지금 딱 그랬다.

"넌 아군이야, 적군이야? 말 그렇게밖에 못 해? 우리 아직 절반도 못 갔다. 수틀리면 나, 핸들 확 돌려 버린다. 그렇게 자꾸 삐딱선 기적 소리 내면."

"돌리세요. 집에서 밥 먹게. 전 사람 많은 데 별로예요."

어찌, 이렇게, 이다지도 까닥스럽고 초지일관 초치는 이영을 꼭 닮았을까나.

역시 인간은 환경이 중요해, 환경이!

나도 확 트인 환경에서 놀아 보자구! 물도 돈도 많은 대찬 대치동에서.

"근데 너 말이야. 만약에 이영이 결혼하면 어떻게 한다고 했지? 들은 것도 같은데 어째 가물가물하다. 이건 분명 마흔의 폐해야. 기억이 자꾸 기억을 배반한단 말이지."

정말 그랬다. 의지와 상관없이 기억이 자꾸 저절로 삭제되고 저장이 되지 않았다.

요즘 40은 곱하기 0.7 한다던데 그럼 30이 채 안 된다는 소리다, 외모와 신체 나이는. 그럼 뭐하나, 기억력이 빼도 박도 못 하는 40인데.

"만약에 하신다면…… 이영이 아줌마가 하자는 대로 할 거예요."

엥! 이 무슨 어정쩡한 대답이야.

"무슨 소리야? 너희 엄마한테 가라면 가고 고모네 집으로 들어가라면 간다고?"

'갑자기 뭐가 이렇게 술술 풀리지? 이상한데.'

"아니요."

"그럼? 뜸들이지 말고 빨리 말해. 나 운전 중이잖아!"

"……."

지유와 얼굴을 맞대고 물어보고 확인도 하고 싶었지만 하도 오랜만에 하는 운전이라 그런지 감이 떨어져 도통 시선을 돌릴 수가 없었다.

조금만 방심하고 시선을 돌려도 방금 전처럼 옆 차가 껴 들어올 것이 너무도 자명해 신경이 날카로운 미옥은 눈을 부릅 뜨고 앞 차 뒤통수만 죽어라 사수했다. 그러다 비명에 가까운 소리를 지른 게 미안해 목소리를 한 톤 낮춰 말했다.

"니가 아직 몰라서 그러는데 이건 고도의 집중이 필요한 일 이라고. 니네 단순한 남자들은 절대 모르는 내공 깊은 여자들 만 아는 신비하고 오묘한 운전의 세계가 있어요. XX 염색체는 원래 생각이 많아서 집중하기가 힘들다니……."

"이영이 아줌마가 하자는 대로 한다구요. 엄마나 고모네 집 으로 가라고 하실 분이 아니니까요, 이영이 아줌마는."

저건 무슨 기이한 믿음에서 오는 대책 없는 긍정의 힘이란 말인가.

모자 지간도 아닌 것들이 모자 지간인 양 끈끈한 의리가 있 다니, 거 참.

"그래, 뭐. 상황이 여의치 않으면 나랑 살아도 되고. 너랑 나, 의외로 궁합이 맞을지 몰라. 우린 브레인이 남다르니까. 안 그러냐?"

"운전에 집중하세요. 쓸데없는 생각 하시지 말고."

"……!"

이 자식이 정말!

✛   ✚   ✛

강릉으로 가는 휴게소는 한적했다.

사실 올해는 늦은 장마면서 마른장마여서 장마 같지 않았다.

그래도 땅엔 군데군데 물기와 웅덩이가 있었다. 여기나 저기나 비만 오면 보이는 불규칙한 구멍과 파인 아스팔트가 흉하게 존재감을 드러냈다.

휴게소가 강릉에 가까울수록 안개가 껴 주위는 묘한 분위기와 한적하고도 여백 가득한 그림을 그리고 있었다.

17년 모범 운전자를 스트레칭 시키기 위해 잠시 쉬었다 가자고 했을 때 윤건은 거절했다.

빨리 가서 쉬는 게 낫다고 반대 의사를 밝혔지만 이영이 우겨서 세 번째 휴게소에 정차했다. 비가 아주 조금씩 바람을 타고 사선으로 내렸다.

우산을 들고 있어도 어느새 비는 소곤거리듯 어깨와 다리를 적셨다.

각자 다른 컬러의 우산을 들고 음료 머신과 긴 스툴 의자가 있는 곳으로 갔다.

담배를 피울 수 있게 만들어 논 장소였지만 휴게소와 약간 떨어져 있다는 사실이 큰 메리트였다.

높은 지형과 안개로 인해 마치 지면 위에 살짝 떠 있는 듯한 몽환적인 느낌도 들었다. 우산을 들고 이영 옆에 선 윤건은 이영의 시선을 따라 주위 풍광에 시선을 뒀다.

압도하는 장중한 모습은 없지만 이 안개로 인해 잔잔한 여운과 쓸쓸한 기분이 들었다. 신기하게도 안개는 유독 휴게소 주위만 감싸고 있었다.

"스트레칭 충분히 해요. 아님 내가 운전할 거니까. 오늘 하루 단기 운전자 보험 들었을 거 아니에요."

"안 들었어. 나 이외는 아무도 운전 못 해. 고로 당신은 오늘 하루 그냥 푹 쉬면 돼. 내 옆에서 내 보호 받으면서. 난 그것만으로도 충분히 만족스럽고 행복할 테니까."

어느새 이 사람은 행복을 말하고 있다.

의미 없는 순간의 표현일 수도 있겠지만, 진실이라면 목적 없이 순수하게 누가 누구를 위해 배려하고 희생한다는 게 가능한가 싶다.

이영은 아직 그런 사람을, 그런 사랑을 본 적이 없다.

그녀가 본 사랑은 늘 이기적이고 파괴적이며 주위까지 빨갛게 멍들게 했으니까…….

"당신, 마지막으로 바다를 본 게 언제지?"

윤건의 질문에 의식 어딘가를 헤집어 보았지만 마지막으로 본 바다는 생각나지 않았다. 그저 처음으로 바다를 본 날만 기억할 뿐.

고등학교 때 졸업 여행으로 제주도를 갔다.

그때 처음으로 바다를 본 것 같은데, 사실 남은 기억은 뭐하나 확실한 게 없다.

그게 무엇이든 과거의 기억은 그 즉시 지우고 삭제하려 부단히 노력했기에 남아 있는 기억은 많지 않았다.

"고등학교 때 같은데 확실하진 않아요. 사실 난 고등학교 내내 도서관을 제2의 교실 삼아 아지트로 무단 사용했었거든요. 그러고 보면…… 참 불성실했어, 난."

"불성실했을 거 같지는 않은데. 의외네."

윤건이 묘한 얼굴을 하고 입가에 웃음을 보였다.

"잠이 좀 많았죠. 그래서 대부분의 시간을 도서관에서 보냈던 거 같아요. 우리 학교 도서관은 드물게 교감선생님이 관리하셨거든요. 그 연세에 신춘문예…… 하여튼 작품 쓰신다고 그 공간을 신성시하면서 경고가 난립하는 레드 존으로 지정하셨죠. 나름 유명하고 연차 있는 사립학교라 누구 하나 발언권을 사용하진 않았구요. 교감선생님이 재단 쪽 사람이라."

사실 교감선생님은 재단 쪽 라인이 아니라 이영의 개인적인 사단이나 마찬가지였다. 교장선생님의 꿈과 목표엔 이영이 꼭 필요했으니까. 그건 이영도 마찬가지고.

"……"

"그 덕에 맘 편하게 잘 수 있었어요. 우리 학교 도서관은 숨을 곳이 많았거든요. 고서가처럼 운치도 있고 알게 모르게 비밀 공간이 많았어요. 그러고 보니 오래된 책도 정말 많았는데. 다시 한 번 가 보고 싶다. 그리 멀지도 않은데."

그 시절, 학교를 떠올리면 도서실밖에 기억나지 않았다.

엄격한 타 학교와 달리 전혀 정리, 정돈되지 않은 들쑥날쑥한 공간은 마치 숲과 같았다.

지혜의 숲이란 묵직한 레테르가 아닌 고요함을 모토로 하는 침묵과 묵상의 숲.

바로 잠자는 숲이었다. 늘 쫓기고 절박한 이영에게 학교 도서관은 그랬다.

숨어들고, 늘 숨어들 수밖에 없는 동굴 같은 공간.

"그게 어렵나. 나중에 같이 가지, 뭐."

윤건은 미소 띤 얼굴로 안개 너머 어딘가를 응시했다.

이 스산한 날씨는 전혀 개의치 않는지 윤건의 표정은 따뜻하고 흐뭇하기까지 했다.

"내가 다니던 고등학교를 왜 가요? 아무런 연고도 없으면서."

"거야 모르지. 나일지도 모르고 또 내 친구나 먼 친척 중 누군가 다녔을지도……. 곰도 아니면서 숲 속에서 잠만 잔 당신이 몰라서 그러지."

"……!"

"운명이란 그런 거야. 내가 모르는 사이 벌써 시작될 수도 있고, 이미 어느 시간과 공간을 함께했을 수도 있어. 안타깝게도 숲의 정령인 당신만 그 사실을 몰라서 그러지."

무슨 소리를 하는지 모르겠다.

의미 없는 말을 하는 스타일이 아닌데, 오늘은 이 몽롱하고 예스러운 기운을 불러일으키는 안개 때문인지 윤건은 어울리지 않게 실타래 같은 인연을 말하고 있었다.

안개. 인연. 남과 여…….

'무진 기행'이란 책이 생각났다.

바로 이 안개를 모티브로 한 너무도 유명하고 세련된 소설.

1등급 모범생의 고전적인 수법, 생리통을 핑계로 교실을 빠져나와 도서관 한쪽 귀퉁이에서 열심히 읽었던 기억이 난다.

문학에 심취한 현대 문학 선생님이 입이 마르게 칭찬을 아끼지 않았던 작품.

우리나라 현대 문학에 길이 남을 작품이라 평하시며 입에 거품을 하고 추천하셨는데…….

그 작품을 인연으로 그 작가의 모든 책을 읽고 소장했었지, 아마.

왜인지는 모르겠다. 불현듯 오래전 읽었던 책이 생각난 이유가 뭔지.

오랜만에 낯선 장소에서 맞닥뜨린 흐릿한 안개와 그 속에서 하는 윤건의 말이 의미심장하게 들려서일까.

"이제 가지. 스트레칭은 충분히 했으니까."

윤건은 우산을 들고 차가 있는 쪽으로 먼저 걸어갔다. 이영도 그 뒤를 따랐다.

걸으면서 마지막으로 한 번 더 자신들을 감싸는 듯한 안개를 시야에 새겼다.

고속도로에선 무척이나 위험하고 운전자에게 독이 되는 안

개인데 그리 싫지 않았다.

아주 잠깐 이 안개가 무진 기행 속 남자 주인공과 여교사처럼 이영과 윤건을 하나로 묶어 주는 인연의 끈인가 싶었다.

'그 사람들, 끝내 이어지진 못했지…….'

4장
터키블루

　노인의 흰 수염처럼 연륜과 포용이 느껴지는 바다는 거대하
고 웅장했다.

　낙산사 제일 높은 곳.

　인적 드문 코너 길에서 내려다보는 바다는 그렇게 오랜만에
찾아든 이의 가슴을 뻥 뚫어 주기도 하고 바람의 손을 빌어 정
신 차리라며 마구 흔들어 주기도 했다.

　바람은 안개에 흠뻑 취해 온 이들의 음습하고도 습한 기운
을 말끔히 거둬들였다.

　흐린 날씨와 비로 인해 관광객은 많지 않고 뜨문뜨문 보였
다.

　드넓은 바다를 시기해 만들어진 것 같은 거대한 규모의 해
수관음상을 뒤로하고 이영은 바다의 푸른 기운에 심취했다.

'이렇게 조금만 여유를 갖고 수고스러움을 자청한다면 바다를 볼 수 있는데 왜 난 한 번도 이런 생각을 하지 못했을까. 그렇다고 일상이 그리 삭막한 것도 아니었는데.'

"바다가 너무 감동인가? 난 지금 여기 없는 사람이네. 섭섭한데."

윤건은 조심스럽게 난간을 잡은 이영의 한쪽 손을 쥐어 자신의 점퍼 안에 숨겼다.

주머니 안에서 손깍지를 낀 두 손은 서로의 다른 체온을 나누고 받았다.

점퍼 주머니 안에서 부단히 손을 움직일지언정 시선은 해수관음상마냥 바다에 시선을 고정한 윤건은 말과 달리 전혀 섭섭한 얼굴이 아니었다.

"고마워요. 이런 뜻밖의 감동을 안겨 줘서."

이영은 미소를 지은 채 윤건과 동일한 모습으로 바다를 응시했다.

"난 말이야, 크든 작든 당신이 느끼는 모든 감정과 감동은 나로 인해 기인했으면 좋겠어."

"……."

"소소한 감정이라면 나로 인해 잔잔한 여운으로 남았으면 좋겠고."

윤건은 여전히 바다 저편에 시선을 두고 듣기 좋은 톤으로 고백했다.

"오늘처럼 뜻밖의 감당 못 할 감동이면 내가 이렇게 당신

손 꼭 잡은 것처럼, 넘치는 부분은 내가 다 떠안을 수 있게."

"……."

"또 알맞게 적당한 그런 미온의 감정이라면 당신이 원하는 낙차만큼 내가 그 온도를 조절하고 유지할 수 있는 그런 사람이면 좋겠어."

화려한 미사여구보다 진정성이 느껴지는 말을 하고 타인의 손을 따뜻하게 잡을 줄 알며, 마음까지 보담아 감싸 줄 만큼 넉넉한 사람이 왜 지금까지 혼자일까. 아니, 지금은 왜 혼자인 거지…….

순간 어쩔 수 없는 타인에 대한 동요와 불신이 마음을 조금씩 어지럽혔다.

그 숨길 수 없는 감정의 소요가 아직까지 윤건의 손안에 잡혀 있는 이영의 마른 손가락을 움찔하고 꿈틀거리게 했다.

"난 당신의 상처가 무엇인지, 당신이 지금처럼 두려워하고 기피하는 게 무엇인지 정확히 알지는 못해. 그런데 말이야, 그래도 난……."

작은 소요를 잠재우려는 부드러운 어루만짐은 계속 이어졌다.

긴 손가락은 손마디를 쓸며 원을 그리기도 하고 글씨를 쓰는 듯도 했다.

아무것도 아닌 것 같은 미묘한 움직임은 그렇게 이영의 마음을 자극하고 두근거리게 했다.

"겁먹지 않고 망설이지 않고 후회하지 않기 위해 당신에게 다가갈 거야. 왜냐면, 이런 감정은 절대 다시 올 수 없다는 걸 아니까."

"⋯⋯."

"그걸 어떻게 아냐면 말이야⋯⋯."

윤건은 이영이 묻고 싶고 궁금할 말들을 조금씩 풀어내고 있었다.

마치 이영의 마음을 엿보고 듣고 느끼는 것처럼, 그렇게 꾸준히 미시적 관찰을 한 사람처럼 남김없이 아낌없이 자신의 이야기를 풀어냈다.

"당신을 만나기 전에는 내 자신도 알지 못했거든. 이런 생경하면서도 확실한 감정이 나에게도 가능하다는 걸."

윤건은 자신의 묵직한 입을 통해 흘러나오는 말에 온갖 촉과 신경을 세우고 있는 이영을 비로소 쳐다봤다.

그 단단한 눈빛처럼 한 손은 여전히 감싸듯 꼭 쥔 상태였다.

"그러니까 당신은 나보다 조금 천천히 다가와도 돼. 먼저가 기다리는 건 내가 할게. 어려울 거 없어. 의심 가면 주춤하면 돼. 또 의지하고 싶으면 지금처럼 내 손 잡고 어깨에 기대면 되고. 이렇게."

윤건은 자신의 톤 낮은 고백에 의문부호와 감탄부호를 한 이영의 고개를 살짝 자신의 어깨에 기대게 했다.

무겁지 않은 그 작은 머리가 드디어 어깨에 내려앉았다.

그의 수줍은 고백이 지금 당장 막강한 힘을 발휘하길 기대하는 건 아니다.

고백한 이의 의지와 다르게 산도 높은 작용은 불편하고 부담스럽다. 기다리는 사람이나 다가오는 사람 모두에게.

그저 길 잃은 아이가 어떻게든 미아보호소까지만 오길 바랐다.

지금은 이영에게 딱 그 정도만 원했다.

자신이 그 보호소 역할을 해 주고 싶고 해 줄 수 있기에 지금은 그만큼만.

아직 구체적으로 알 수 없고, 확인할 수 없는 상처에 섣부른 병명과 어설픈 처방을 내릴 수는 없을 테니까.

낙산사 높은 절벽에 도착해 한동안 넋을 놓고 바라봄은 물론, 감동의 빛이 역력했던 이영의 생생한 눈빛을 기억한다.

그 모습은 마치 난생처음 보는 아이의 눈빛과 다르지 않았다.

가끔 도시 속에서 볼 수 있는 성숙하고 성급한 여자들의 무감하고 무던한 눈빛이 아니었다. 이영의 푸르고 영민한 눈빛은.

그 눈빛처럼 시들지 않고, 결코 사멸하지 않은 이영의 감정을 하나하나 선물처럼 꺼내 함께 나누고 싶다. 또 그렇게 만들고 싶다.

"……있잖아요, 난요."

여전히 고개를 기울인 채 이영이 조심스럽게 입을 뗐다.

"원래 사람들 사이 보폭이 늦거나 겁이 많은 사람은 아닌데 지금은 확실히 예전보다 좀 많이 신중해진 것 같아요. 물론 적지 않은 나이로 인해 그럴 수 있어요. 또 그럴 가능성이 가장

크고요."

"……."

"그게 아니라면 지극히 개인적인 문제일 수도 있고요. 그래서 난, 일적인 부분을 빼면 지금 현재 걸음이 느려요."

단지 감정에 있어 걸음이 남보다 조금 느린 아이라면 기다리면 된다.

아이는 언젠가 걷는다. 넓은 가슴과 손을 내밀고 믿음으로 기다리다 보면 언젠가.

그러기엔 시간이 많지 않았다.

지금까지 살면서 무미건조하게 취급하며 한편으론 경시했던 시간이 이렇게나 발목을 잡을 줄 몰랐다.

나이도, 서로 다른 생각과 환경도 아닌 그 2주라는 짧은 시간이.

지금은 이조차도 안 되는 시간이 원망스러웠다.

"물론 우리에게 시간이 별로 없다는 것도 알아요. 어른들도 다음 주면 돌아오실 테고. 그 시간 동안 나와 당신이 무엇을 할 수 있을지는 모르겠지만…… 갈게요, 당신한테."

"……."

"내 보폭이 당신의 기대치에 미치지 못할 수도 있지만……."

"……."

"지금 내가 이렇게 당신한테 기대는 것처럼 이만큼은 벌써 기운 것 같아요. 당신 옆에 바짝 서 있는 지금처럼 이 정도 다가간 것도 같고요. 그러니까 지금 잡고 있는 내 손 꼭 잡고……
같이 가요."

윤건은 가슴이 터질 것처럼 뛰어서 제대로 숨을 쉬지 못했
다.

숨이라도 쉬면, 하던 말을 멈추고 다시 먼 길을 되돌아갈까
봐 무척이나 조심스러웠다.

잡고 있던 손을 움직이자 이영이 기대고 있던 고개를 들어
그를 봤다.

마디마디 맞물려 더욱 아쉬운 손깍지를 푼 윤건은 자신을
향해 있는 이영의 작은 얼굴을 두 손으로 감쌌다.

어렵게 마주 본 두 사람 사이를 바닷바람은 샘이 나는지 거
칠게 지나갔다.

마지막 퇴로를 빠져나가던 바람의 거친 뒷발질에 이영의 앞
머리가 시야를 가리며 휘날렸다. 상관없었다. 자신의 여자는
여전히 그의 앞에 있고, 그를 바라보고 있으니까.

길게 휘날리는 머리를 손가락으로 조심스럽게 넘긴 채 이영
과 눈을 맞췄다.

"우리 말이야……."

"……."

"고백 타임 가졌으니까 이젠 키스할 타임인가?"

윤건은 자신의 장난스런 멘트에 배시시 웃어 보이는 이영에
게 천천히 다가가며 가슴속에 묻은 말을 눈으로 가슴으로 전
했다.

아직은 듣지 못할 걸 알지만 그래도 이 순간 고백하고 싶었다.

'당신이란 여자를 다시 만나고 내 모든 시간이 비로소 유의미해진 거 모르지? 모를 거야, 당신은 아직…….'

흐린 날씨를 반기듯 몰아치는 바람은 여전히 거셌지만 서두르지 않았다.

서두르기엔 너무 아깝다. 지금 이 순간이.

자신이 다가갈 때 미세하게 변하는 짙은 눈빛과 자잘한 눈가의 떨림, 색색거리는 호흡을 압도하는 두근거림과 경련 같은 동요를 모두 다, 전부 확인하고 느끼며 천천히 다가갔다.

조금 엇갈린 얼굴은 다가오는 서로를 응시했다.

마침내 맞닿은 입술에서 이영의 달콤한 숨결과 체향이 느껴졌다. 또한 바다의 짜릿함과 바람의 상쾌함이 입술에 고스란히 배어져 있었다.

조금씩 베어 물듯 야금야금 잘근잘근 입술을 삼켰다.

달콤했다. 한 번도 맛보지 못한 과일즙을 삼킨 것처럼.

조금 더 파고들어 그 맛의 근원을 찾고자 하는 욕망이 생겨 입안 깊숙이 찾아들었다. 파고든 입안은 그 어떤 맛, 어떤 느낌으로도 표현할 수 없었다.

키스가 지속될수록 달콤함은 금세 그 순수성을 잃고, 윤건의 굳은 의지와 만나 점점 알근달근해졌다.

점점 윤건의 의식을 잠식하고 통제하는 순도 높은 키스로 인해 순간적으로 사고는 정지되고 미각도 후각도 잃은 채 꼭꼭 숨겨 두고 자제했던 열망이 결코 신사답지 않은 어른스런 욕망으로 전환됐다. 그 같은 변화는 한순간이었다.

이영의 허리와 목덜미를 감싼 윤건의 손끝에 힘이, 의지가 실렸다.

이영은 갈수록 아득해져서 정신이 하나도 없었다.

키스는 시작과 달리 더없이 농염해지고 깊어졌다.

방금 전, 애잔한 고백을 한 이와 동일인이라고는 생각되지 않을 정도로 키스는 짙어졌다.

그날, 그때처럼 숨을 쉴 수가 없었다.

윤건이 반복해서 주고 뺏는 기묘한 열감과 열기에 온몸의 기운이 빠졌다.

하반신 어딘가에서 강력한 전류가 전신을 지지는 듯하고 숨길 수 없이 단단해진 남성이 그녀의 하체를 자극해 기묘함과 함께 전율하게도 만들었다.

그때, 멀지 않은 곳에서 사람들의 목소리가 들려왔다.

이영이 움찔하자 윤건이 간신히 입술을 뗐다.

잠시 후, 얼굴이 보이지 않는 사람들의 목소리가 우려와 달리 조금씩 잦아들고 마침내 완전히 사라지자 이영은 고개를 들어 윤건을 봤다.

처음 보는 모습에 놀랐다.

첫 키스를 할 때와 또 달랐다.

거친 숨을 고르는 남자는 전혀 다른 사람이었다.

호수를 연상시키던 잔잔하고 담담한 눈빛은 거친 파도와 강인한 바다처럼 깊이를 알 수 없어 더 두려웠다.

이영은 섬세한 감정의 결과 도발적 욕망의 경계를 자유롭게 넘나드는 윤건에게 오늘 다시 한 번 놀랐다.

✤　　　✤　　　✤

아파트 현관에서 사나운 눈을 한 감미옥을 보며 차에서 내렸다.

그녀가 내리는 걸 봤는지 근심 가득한 얼굴을 한 미옥이 차 가까이로 다가왔다.

"왜 이렇게 늦어? 걱정했잖아."

날 선 미옥의 목소리를 들으며 윤건이 이영 옆에 섰다.

윤건의 큰 키에 압도당했는지 기세등등한 감미옥이 순간적으로 뒷걸음쳤다.

그 와중에도 얼른 인사시키라는 미옥의 강렬하고도 강압적인 눈빛에 두 사람을 소개시켰다.

미옥보다 윤건이 먼저 통성명을 하고 잔잔한 미소를 보였고, 미옥도 생생하게 날 선 감정을 숨기고 아름답지만 특유의 가식적인 미소를 보이며 인사를 했다.

예의 바른 윤건은 여전히 관찰자 입장의 미옥에게 다음을 기약하며 차에 올라탔다.

미옥은 얼른 가 보라는 눈빛과 현란한 손짓을 하며 현관으로 들어가 버렸다.

운전석 창 사이로 윤건과 마주한 이영은 작게 웃으며 흘러

내리는 앞머리를 쓸어 올렸다.

"오면서 말했던 친구예요. 내 인생의 영원한 빛이죠."

"빛?"

"아니, 빚."

이영의 한 맺힌 듯한 발음에 윤건이 크게 웃었다. 또 나타났다. 별다른 공력이 필요 없는 신묘하고도 유혹적인 보조개 신공이. 일명 끼 부리는 보조개.

그녀가 보조개 우물에 빠진 듯 취한 듯 한참을 그렇게 넋 놓고 보자 윤건이 이영의 흘러내린 머리카락을 세심하게 넘겨주며 빤히 쳐다보았다.

제법 익숙해진 손길은 적당히 건조하고 알맞게 따듯했다. 정말 딱 좋을 만큼.

"당신이 그렇게 보니까 가기 싫잖아."

지적에 놀라 정말 억지로 시선을 뗐다.

자신이 보조개를 무척이나 탐닉한다는 걸 처음부터 인지하고 있었는데 막상 당사자에게 들키니 민망했다.

"어서 가요."

뺨을 감싸고 있는 손에 손을 겹친 이영은 손을 내리려 했지만 마음대로 되지는 않았다.

그새 이영의 손을 쉽게 잡아챈 윤건은 지그시 미소 지으며 말했다.

"내일 오전에 수업 있어. 끝나면 전화할게. 저번처럼 사람 욱하게 하는 행동은 하지 말고 샵에서 기다려. 그리고 매일 집에 늦게 들어가게 되니까 아침에는 지유 챙기고 당신 인생의 빚인 친구한테도 잘해. 그래야 친구가 지유 잘 보살펴 주지."

한 번 들은 지유 이름까지 기억하는 윤건은 먼 훗날 분명 자상하고 좋은 아빠일 거라 생각했다. 그 누구와 결혼을 하든 배우자는 물론이고 아이에게 단연코 좋은 아빠.

자신이 늘 바라고 바랐던 아빠의 모습.

"키스하고 싶은데, 단지 안이라 자제해야겠지?"

믿음직하기는 한데 말속에는 늘 의외성과 장난꾸러기의 성향을 숨기지 않는 남자.

"알면서 뭘 물어요."

"알지만 하고 싶으니까. 아쉽기도 하고…… 고프기도 하네."

윤건은 그렇게 한참을 탄식하고 괴로워하다 결국 이영에게 등 떠밀려 단지를 벗어났다.

감미옥이 목을 빼고 기다릴 것을 알기에 일단 미옥의 집이 있는 층의 버튼을 눌렀다.

벨을 누름과 동시에 현관문이 열리고 미옥이 미끼에 걸린 물고기를 잡아당기듯 이영을 끌고 들어갔다.

"많이 걱정했어?"

"걱정은 무슨, 니가 애냐? 아깐 네 값어치와 내 고아한 인격을 위해 잠깐 쇼맨십 좀 발휘한 거고."

그럼 그렇지. 감미옥이 그렇게 잔정이 많은 스타일도 아닌데.

"이 시간에 들어온 건 드디어 성인식을 치른 거야, 아님 맛보기 도중 또 초치고 시시하게 끝난 거야?"

"넌 언젠가 그 고약한 말투 때문에 곤혹 치를 일이 생길거야."

이영의 말투와 표정을 확인한 감미옥은 김빠지는 얼굴을 하고 소파에 몸을 던졌다.

"너도 참, 별것도 아닌 거 가지고 그 오랜 시간 아껴도 너무 아낀다. 아끼다 똥 된다는 말이 괜히 있는 게 아니건만, 참 우라지게 유난은……."

이영은 적나라하고 저렴한 표현에 눈을 샐쭉거렸다.

그 같은 반응에도 감미옥은 눈 깜짝하지 않았다.

"그 사람도 참 불쌍타. 생긴 건 너한테 아까울 정도로 멀쩡하던데……. 맞다! 내가 노안으로 잘못 본 게 아니면 니 그 남자, 그 드라마 제목이 뭐더라. 무슨 스캔들에 나오는 원칙주의자 선비 닮았어. 그때 죽이게 인기 많았는데……."

"그 사람이 누군데?"

누굴 닮았다니 궁금하긴 했다. 호수지기를 닮은 남자가 또 있다니.

감미옥은 손가락을 빠는 아이 모드로 한동안 멍을 때리다 버럭 성질을 냈다.

"에이, 정말. 왜, 있잖아. 내가 몇 년 전에 침 질질 흘리면서 미친 듯이 본 드라마. 남장 여자 나오고 유생들 잔뜩 나오고…… 젠장, 제목이 생각 안 나네."

"네가 침 흘리면서 사랑한 남자 주인공이 한둘이야?"

"관둬. 무식해서 대화가 안 돼요, 대화가. 인간아, 그렇게 살지 말고 인간사 축소해 놓은 드라마도 보고, 로맨스 책도 탐독하면서 재미지게 살아. 내가 정말 널 보면 속 깝깝해 죽기 직전이다. 아니, 나이 들면 색을 더 밝힌다는데 어째 이 인간은 젊었을 때나 늙어 가는 중이나 쭉 사제 모드야. 어디가 약간 모자란가?"

"사람 다 제각각이야."

"하여튼 간에 그 사람 전생에 뭔 죄를 지어서 그렇게 성적, 생리적, 본능에 반하는 고문을 당하는지 모르겠다. 혹시 전생에 널 두고 머리 얹어 준 기생이랑 바람이라도 폈나? 아님 비첩이랑 공모해서 조강지처인 널 죽이기라도 한 건가……."

"재미없다, 감미옥."

경고에 강한 의지를 실어 톤 낮은 목소리로 한 소리 했다.

"그래, 뭐. 몸은 네 고약스런 중증으로 그렇다 치고, 마음은? 여지는 있는 거냐고? 아까 그 남자, 치명적으로다가 경국지색인 날 옆에 두고도 눈길 한 번 주지 않는 거 보면, 너한테 콩깍지가 제대로 씐 건 확실하던데."

어느 순간에도 지 미모 자랑은 빠지질 않는다. 안티 백만을 부르고도 남을 망언이다.

"나, 간다."

"가긴 어딜 가. 본격적인 얘기는 아직 시작도 안 했는데. 여 앉아 봐."

미옥은 소파에서 벌떡 일어나 이영을 소파에 잡아 앉혔다.

"뭐, 우리 나이에 제일 중요하면서도 쓸데없는 게 호구 조사지만 일단 제끼고. 직업이라도 좀 알자. 뭘로 밥 벌어먹는 위인이야?"

감미옥은 양반 다리를 하고 앉아 본격적인 자세를 취했다.

"횡성에서 펜션 해."

"펜션?"

미옥의 다음 질문이 어렵지 않게 예상돼 살짝 주춤하는데.

"뭐, 나쁘지 않네. 그래서 어쩔 거야?"

"뭘?"

"계속 만나 볼 마음이 있냐고. 만나고 싶은 의지가 마구 솟구치냐 이거지, 내 말은."

겉 다르고 속 다른 미옥이 얼마나 염려하고 걱정하는지 알기에 가능한 속이고 싶지 않았다.

"만나 보려고. 그러고 싶어. 지유에겐 미안하지만 다음 주까지 가능한 시간 내서 만나 보고 싶어."

"만나고 싶은 만큼 만나면 되는 거지, 왜 기한을 두는데?"

윤건을 만나게 된 사정을 말하고 싶지는 않았다.

감정에 확신이 없어 그렇다기보다는 두 사람 사이에 낀 타이틀과 어른들의 상황을 아직은 말하고 싶지 않았다. 이해 못할 수도 있고, 차라리 시작을 하지 말라고 종용하며 핀잔을 줄 것도 같아 조심스러웠다.

"샵도 내놓은 상태고 홍콩으로 가는 것도 거의 확실한데 무작정 무기한으로 만날 수도 없고, 다음 주까지 만나 보다 계속 만나고 싶어지면…… 그때 내 상황 전부 말하려고. 무엇보다 내겐 지유가 있으니까."

이 정도만 말했다.

그와의 사이에 정미옥 여사가 있다는 건 되도록 아껴 두고 싶었다.

이영의 가라앉은 얼굴을 보며 미옥이 헛기침을 한 번 했다.

"그래서 말인데, 만약에 네 마음 거북이걸음만큼이라도 움직이게 되면 지유는 걱정하지 마. 지환이 자식, 날 배신한 이력은 있지만 내 친구고 무엇보다 지유와 나, 나름 잘 맞는다고 생각해."

"지유랑 맞는다고? 네가?"

이영이 일부러 과하게 리액션을 하자 미옥이 뱁새눈을 했다.

"들어봐."

"……."

"물론 시각적인 측면에서 보면 맞는다고 할 수 없겠지. 근데 지유랑 나, 성향이나 멘탈이 너만큼이나 비슷해. 더 자세히는 너랑 다르게 비슷하다고 할까. 뭐, 꼭 둘 다 아이큐가 높아서 하는 말은 아니고……."

"알아, 무슨 말인지."

사실 지유와 감미옥은 싸우기도 잘 싸우지만, 그만큼 비슷하고 서로를 닮아 있었다.

감미옥 말처럼 단지 뛰어난 지성미 때문은 아니고 타인과 주위 환경에 그다지 영향을 받지 않는 거, 타인과 자신을 철저히 별개로 보는 거, 아닌 척하면서 자신이 마음을 준 사람에게는 뭐든 티 나지 않게 신경 쓰고 속 깊게 배려하는 것까지 전부 닮아 있었다.

둘 다 고차원적이면서 지극히 개인적이고 고집스런 방법으로 자신들의 사랑을 서투르게 표현하는 특이하고도 특출 난 부류다. 이 둘을 너무도 잘 아는 사람의 입장에서 걱정이 되는 건, 결코 대충 봐서는 이들의 진가를 알 수 없다는 것이지만.

남들과 다르기에 좀 다른 시선과 관점으로 이들을 이해하는 사람만이 이들의 전부를 보게 될 테니까. 그 진귀하고 눈부신 마음을.

"그러니까 지유 걱정 말고 네가 정한 그때까지라도 제대로 해 보라고. 나머진 내가 다 커버하고 내 재주껏, 능력껏 철벽 방어할 테니까."

감미옥의 표정은 나름 진지하고 심각했다.

사실 미옥의 이 같은 지지와 쌍수가 고마우면서도 한편으론 마음이 무거웠다.

불륜은 아니지만 지탄을 받을 수도 있고, 양가 어른들을 경악시킬 수도 있는 이 같은 마음의 행로를 계속 유지하고 발전시켜도 되는 건지 이성적으로 판단할 수 없었다.

설령 그렇다 해도 윤건의 손을 놓고 싶지는 않다.

이기적이고 지극히 모순덩어리라 해도 어렵게 시작하고 인정한 마음을 아니라 부정하며 외면하고 싶지 않고, 무엇보다 이제 막 용기를 냈는데 쓴소리와 함께 지탄받고 싶지 않았다.

아직 이 감정의 실체가 사랑이라 할 수 없지만, 우리 두 사람이 도달할 수 있는 지점과 감정의 맥시멈이 어디까지인지 재지 않고, 손익분기점 같은 거 따지지 않고 느리지 않은 걸음으로 가 보고 싶었다.

결코 적지 않은 서른아홉이란 나이.

그보다 두 살이나 위고, 그 사람보다 두 해를 더 살았다.

굳이 인생 선배란 억지스런 레테르를 부여하지 않아도 이영은 윤건보다 성숙하다.

성숙함에 비례해 두려움과 걱정, 한숨과 자책까지 많은 자신이 끝까지 용기를 낼지는 장담할 수 없지만, 적어도 시간이 지나 오늘의 자신을 추억하고 회상할 때 그때 왜 더 뻔뻔하고 용감하게 용기내지 못했나 하며 후회하고 싶지는 않았다.

풋사과 같은 열아홉,

체리 향을 품은 스물아홉이 아니기에 더는 눈치 볼 거 없다.

타인을 의식하고 눈치 보기에 난 너무 익어 버린 홍시니까……

✛   ✤   ✛

아침부터 지유의 표정이 좋지 않았다.

군것질을 전혀 하지 않아 또래보다 밥을 잘 먹는 아이가 오늘따라 깨작거리며 젓가락질에 힘도 없고 먹고자 하는 의지도 없어 보였다.

지유의 그와 같은 행동은 이영을 반성하게 만들었다.

퇴원 이후, 줄곧 윤건과 시간을 함께한 이영은 지유에게 늦은 귀가에 대해 분명하게 이유를 설명한 적이 없었다. 아무리 감미옥이 그녀가 할 일을 대신한다 해도 설명이 필요한 일이었는데 그러질 못했다.

"입맛이 없어?"

할머니는 욕실에 청소하러 들어가셨기에 더는 지체할 수 없었다.

혹시 모를 의혹을 풀어 주고 걱정거리를 말끔히 없애 주고 싶었다.

"네, 오늘은 좀 남길래요."

"그래, 그럼. 근데, 나한테 할 말 없어?"

지유의 까만 눈이 잠시 반짝이다 이내 총명한 빛을 잃었다. 조심하는 눈치다.

부모님의 극악한 부부 생활로 자연스럽게 터득한 것 중 하나가 타인의 마음을 읽는 기민한 센스와 눈치다. 후천적으로 분위기와 기류에 민감한 이영은 누구보다 먼저 타인의 생각을 캐치할 수 있었다.

고도로 숙련되고 자신을 숨기는 데 이골이 난 사람이 아니라면 어느 정도 유추하고 마음을 읽어 내는 게 어렵지 않았다.

그런 의도하지 않은 능력은 물론 파인 주얼리 샵을 운영하는 데도 많은 도움을 주었다.

지유는 지금 자신의 생각과 입장을 생각하며 눈치를 보기보다는 그 나이다운 심성으로 할까 말까 망설이고 있었다.

"난 지유한테 할 말 있는데."

"말씀하세요."

지유의 담담한 허락에 이영은 약간의 숨을 고른 후 입을 뗐다.

"요사이 늦게 들어오는 건 만나는 사람이 있어서야. 아직 그 사람을 깊이 사랑하거나 결혼을 하고 싶다, 뭐 그런 단계는 아니고…… 일단은 만나고 있어."

"……."

"앞으로 어떻게 될지는……."

내내 아이 같지 않은 담담함으로 침묵했던 지유의 눈빛이 아주 잠깐 반짝했다.

"사실 나도 몰라. 수학 문제 풀듯 풀이 과정에 따라 바로 다음 단계를 알 수 있는 일이 아니니까. 내 나이에 누군가를 만난다는 건, 다른 사람들은 모르겠는데 나한테는 무척이나 조심스럽고 불확실한 일이거든."

한 번도 이런 일을 아이에게 말한 적이 없어 지금 제대로 설명하고 있는지 알 수 없었다. 그녀 자신조차 명확히 알지 못하는 일을 토설하려니 어려웠다.

자신의 이 위태로운 걸음이 정조준으로 똑바로 가고 있는 건지…….

윤건에게 그를 마주 보고 가겠노라 했지만 생각은 수시로,

치열하게 서열 다툼을 하고 있었다. 그러다 어느 순간 자신감은 저만치 내버리고 곧 마흔이란 뼈아픈 나이만 머릿속을 헤집으며 온전히 지배했다.

"전 감미옥 아줌마가 계셔서 심심하지 않아요. 전천후로 모르는 게 없으셔서 공부하는 데 어려운 거 없어요. 그러니까."

지유는 이영을 빤히 보다 말을 이었다.

"계속, 열심히 만나 보세요. 겁내지 말고."

이유는 알 수 없지만 순간 울컥했다.

감미옥 말고 변변찮은 연애사를 아는 사람도 없고 지지한 사람도 없어서 몰랐는데 가까운 사람에게 인정받고 응원받는다는 게 이렇게 든든한지, 이런 기분인지 몰랐다.

"솔직히 감미옥 아줌마가 더 미인이시지만 매력은 아줌마가 훨씬 많아요. 더 멋있고 더 우아하고. 그러니까 저 때문이란 핑계로 도망치지 말고 꼭 이기세요."

눈물이 날 것 같았다.

지유의 너무도 객관적인 평가와 절대적인 지지에.

"나, 지금 싸우는 거 아니거든."

"아줌마는 늘 자신과 싸우잖아요."

어린 지유의 눈빛은 진지했다. 또 그 어느 때보다 솔직했다.

영민한 지유가 언제 무엇을 보고 느껴 그런 말을 한지는 모르지만 놀라웠다.

이영이 자신을 믿지 못하고 부유하는 걸 어린 지유가 오감으로 느끼고 있었다니.

함께 살지만 살뜰히 보살피지 못했고 디테일하게 챙겨 주지도 못했는데 지유는 어느새 혼자 크는 잭과 콩나물처럼 하늘 높이 성장하고 있었다. 그러면서 어쩌면 이 같은 섬세한 감성이 결핍과 소외에서 왔을 수도 있단 생각에 마음이 무겁기도 했다.

설령 그렇다 해도 이영을 이 정도로 스캔할 수 있는 지유는 자신들의 관계를 소중하게 생각하는 게 분명했다.

반성과 함께 없던 힘도 나고 든든한 백이 생긴 것 같아 급상실했던 자신감도 생겼다.

모든 게 눈물 나게 고맙지만, 그래도 한 가지 꼭 확인하고 싶었다.

"근데, 정말 나보다 감미옥이 더 이뻐?"

지유는 그 어떤 리액션 없이 수저를 들어 밥을 먹기 시작했다. 그것도 아까와 달리 맛나게.

동시에 욕실에서 할머니가 나오셨다. 정말 기가 막힌 타이밍이다.

총명하면서도 능글능글 능구렁이 같은 지유를 등교시키고 출근을 서둘렀다.

오후에 윤건을 만날 생각하니 오전은 물론, 하루 일과가 부지런해졌다.

"거 참, 고민하다 날 새겠네."

김 씨의 놀림에도 꿋꿋이 두 개의 주문서를 신중하게 확인했다.

그렇게 한참 어제 들어온 주문 의뢰서를 내려 보다 결국 테니스 팔찌(발을 물려 다이아만으로 연결된 팔찌)를 골라 들었다.

"그걸로 낙점인 거야? 이 사장 때문에 나만 피곤하게 생겼어."

이미 결정 난 사안임에도 김 씨는 오랜만에 양장 팔찌(각종 보석이 들어간 화려한 팔찌)를 해 보라고 꼬였지만, 사실 잡념 없이 집중할 일이 필요했다.

몇 년 전부터 한국에서도 유행하는 일명 수입 판도라 팔찌는 전부터 이영이 만들어 판매하던 물건이었다.

남대문 액세서리와 파인 주얼리 샵 동시에 물건을 내놓았었다.

샵에서는 히트를 쳤지만 남대문에서는 너무 빠른 행보였는지 별반 빛을 보지 못했는데 재작년부터 꾸준히 반응이 오면서 재미를 볼 수 있었다.

시기적절하게 수입 유명 브랜드를 협찬 받은 여자 연예인들의 힘이 컸다.

샵과 남대문 물건은 가격 단가와 디자인은 다르지만 전반적인 아이템은 같았다.

다양함은 물론이고 가죽, 실, 금속들의 다양한 소재의 팔찌에 아기자기하고 유니크한 참(charm)을 만들어 팔찌로 연결해 완성하는 스타일은 개인적으로도 좋아하고 즐겨 했다.

기본적으로 샵의 팔찌는 다이아와 유색보석, 준보석 등이 적절하게 들어가기 때문에 가격이 상당하고 선호하는 손님 폭이 그리 넓지는 않아 주문 생산만 했다.

반면, 남대문 액세서리는 허용할 수 있는 디자인 범위와 단가를 자유롭고 다양하게 꾸밀 수 있어 실험적이고 개인적인 취향도 적극 반영할 수 있어 일을 떠나 만족도가 높았다.

오늘 김 씨 아저씨가 만들어 보라는 팔찌는 이 같은 패션 팔찌와는 또 다른 정통 양장 팔찌였다. 요사이는 드물고 잘 찾지 않지만 가끔 시대에 역행하는 독보적이고도 괴상한 취향의 심미안을 가진 이가 심심치 않게 있었다.

사실 돈을 떠나 자신의 만족이 우선인 이들이라 시대의 흐름과 유행은 크게 상관치 않았다. 앤티크. 클래식은 영원한 것처럼 보석을 소유하고 보유하는 이들 중 어느 상위 계층은 가늠할 수 없는 그들만의 특별한 감식안을 가진 이도 많았다.

이상한 일이지만 샵에서 손을 떼겠다고 결정한 시기부터 직접 작업을 하는 횟수가 많아졌다. 그전에는 이렇게까지 일을 찾아 하지 않았는데, 샵을 내놓고 새로운 주인을 찾으려 한 타이밍부터 손은 본능처럼 줄과 톱, 불에서 멀어지지 않았다.

디자인도 하기 버거운 날들의 연속이라 손이 굳고 감이 떨어지고 있었는데 어느 때부터 손이 근질근질했다. 또한 의자에 앉아 하루 종일 빠우 약과 금가루를 먹어 가며 일을 하던 그 시절의 진한 향수와 매력을 새삼 느꼈다.

유학을 다녀와서도 계속된 아버지와 정미옥 여사의 치열한 전장의 중심에 선 이영에게 허락된 혼자만의 시간은 작업 시간밖에 없었다.

무에서 유형을 만들어 내는 희열과 기쁨 따위가 아닌 지극히 현실적인 생존의 문제였다.

자꾸만 현실을 회피하고 이탈하려는 맘을 다잡기 위해서는 반복적으로 불도가니에 이영이 가진 화기와 살기를 녹이며 부지런히 손을 써 정신을 집중하는 수밖에 없었다.

하필이면 가족이란 이름으로 명명 지어진 사람들과 치열하게 반목하며 감정이 부딪혀 서로가 다치고 아픈 시간들 속에서, 유일하게 숨구멍이 되고 휴식이 되어 준 시간들이자 순간들.

디자인과 샵, 그리고 남대문 매장.

방배동 김 여사가 마지막 제안을 해 왔다.

샵을 인수하기 위해 제안한 금액은 제시했던 수준을 넘어 상당했다.

그 어떤 타협과 망설임 없이 바로 넘겨도 될 만큼 충분한 금액. 그로 인해 마지막일 수 있는 이 작업에 집중했다.

어쩌면 완성하지 못하겠지만 만들고 싶은 마음은 그 어느 때보다 강했다.

이미 실리콘(축소가 거의 없는 고무) 주물로 쏘아 낸 알집을 보며 개수를 세 보았다.

알집과 감정서에 박힌 7부짜리 다이아를 확인하고 의자에 앉았다.

온전히 그녀 자신만의 시간.

샵을 팔겠다고 한 생각은 지금도 변함없는데 맘은 생각과 또 달랐다.

그 모든 결정에 윤건의 그림자가 보였다.

날카로운 메스로 감정서를 찢어 다이아를 알집에 올린 후 균형과 안착의 정도를 가늠해 보았다. 주물은 실리콘으로 떠 대체적으로 깨끗했지만 사람의 손길은 반드시 필요했다.

'만약 윤건과 함께한다면…… 이 샵을 처분하는 게 맞는 걸까.'

"사장님! 손님 오셨어요."

감정은 아직 걸음마 수준인데 마음은 여러 가지 이유를 만들며 제멋대로 곁가지를 만들고 있었다.

"사. 장. 님!"

정희 씨의 힘 좋은 목청에 링 안에서 부지런히 길을 찾던 삼각줄질을 멈췄다.

다시 작업을 할 생각에 앞치마만 벗고 샵으로 내려가니 감미옥이 고전 그림 속 미녀처럼 앉아 있었다. 근 이삼 년 동안 단 한 번도 본 적 없는 완벽하고도 사치스러운 외모를 하고 미옥은 자신만만하게, 아니, 거만하게 존재감을 뽐내고 있었다.

차를 부탁하고 샵 뒤 VIP 룸으로 향했다.

룸을 둘러본 감미옥은 문이 자동으로 닫히자 소파에 벌러덩 누웠다. 그 같은 행동을 보니 분명 감미옥은 감미옥이다.

"무슨 일 있어? 아직 기지개할 시간에 무슨 바람이 불어 이 요란한 행차야?"

"너네 가게 먹여 살리는 아줌씨들은 주로 이 방에서 억짜리 보석 보고 대 보고 그러냐? 무슨 호빠도 아니고 왜 이렇게 어둡고 조명이 얄궂어? 뭐야? 무슨 향도 나네."

못마땅한 기색이 역력한 미옥은 그 같은 표정을 해도 무척이나 예뻤다.

"무슨 일, 있으시냐고요?"

딴청 피우는 미옥을 견제하는데 문이 열리고 정희 씨가 음료를 가지고 왔다.

음료를 받아 든 미옥이 개구지게 팜므파탈 필 나는 윙크를 하자 정희 씨는 수줍은 미소를 보이고 룸을 나갔다.

"일이야 항상 있지. 또 일이 없으면 그게 인생이냐? 하긴 너처럼 주구장창 그냥 밥 벌어먹는 일만 있는 사람도 있긴 하지만. 아, 아니다! 요즘 다른 일이 있긴 있지. 진도를 못 빼 그렇지. 하여튼 별일이 다 있다. 일벌레, 돈벌레, 책벌레 이영이 시간 버리고 돈 날리는 연애를 다 하고."

미옥이 그녀가 짊어진 무게를 입으로 푼다는 건 알고 있지만, 어느 날은 그 사실을 알면서도 들어 주기 곤혹스러울 때가 있다.

지금처럼 마음이 심란할 때는 더더욱.

시골에 계신 부모님, 미옥과는 너무도 다른 세 명의 배다른 동생.

그들은 미옥의 짐이자 인생의 덤이었다. 덜어 내고 싶은 짐이자 절대 반갑지 않은 덤.

"어느 지체 높으신 분이 오랜만에 밥 사 주신다고 해서 간만에 요술공주 밍키처럼 짠 하고 요술 한번 부려 봤지. 어때?

부럽지? 나의 이 작렬하는 미모 포텐이."

결국 실패를 인정한 결혼과 때때로 터지면 크게 터지는 원자폭탄 같은 가족들을 견디는 힘은 바로 이 가벼움과 본인은 촌철살인이라 칭하는 독설이었다.

"돈 쳐 들여 미용실 다녀와 바로 들어가려니까 왠지 아까워서 크게 동심원 스타일루다 동네 한 바퀴 돌고 있지비. 모처럼 친구 샵도 마실 와 보고. 됐냐?"

"어느 지체 높으신 분, 누구? 네 주위에 그런 사람 나밖에 없잖아?"

이영의 고급스런 유머에도 감미옥은 눈 한 번 깜짝하지 않았다.

"삼복더위면 울어 대는 개소리 집어치우고 나한테 어울리는 다이아먼로 좀 가져와 보지. 내 기꺼이 한번 걸쳐 줄라니까, 어여."

미옥은 마치 소파에 삐딱하게 누운 마야인 양 너스레를 떨었다. 미옥은 그만큼 짧았다.

신은 감미옥에게 미모는 주실지언정 기력지는 주시지 않았다. 참 공평도 하셔라.

"헛소리 그만하고 들어가. 바빠. 생각할 일도 있고."

"네 아픔 대신 짊어지는 소중한 친구 내쫓고 생각해야 하는 거면, 그딴 거 집어치워. 그런 건 생각할 여지도 없는 거야. 아님 나한테 불든가. 뭔데?"

미옥이 어서 불라는 방자한 태도로 충동질했다.

지금 와서 미옥의 객관적 감사가 필요한 건 아니지만 극구 홍콩행을 저지하는 미옥의 남다른 품평도 들어 보고 싶었다.

"샵 인수하겠다는 마땅한 임자가 나섰는……."

"도로 물러."

참 쉽다. 인생도 이렇게나 단출하니 쉬우면 좋을 텐데.

"어차피 도장 찍은 것도 아니고 홍콩 회사도 안 가면 그만이잖아. 물론 간다면야 어필을 해야겠지만. 그러니까 그만두고 열심히 연애질이나 하라구. 너 자꾸 지유 위한다는 명분 앞세우는데, 그 열 많은 애가 오지게 더운 홍콩 가면 더워서 운신 못 하고 뻗어. 그러니까 일단 재산 처분은 기다려. 네 상황에서 급한 거 아니니까."

유독 열 많은 지유의 사상 체질을 거론할지 몰랐다.

역시 누구 말대로 간신히 뛰는 이영 위에 사뿐히 나는 감미옥답다.

"그 모든 것 중에서 네 벽을 허무는 게 먼저야. 그러니까 연애질 먼저 하고 그다음은 천천히 생각하라구. 이 연로하신 주제에 버진하신 항아님아."

답답하다는 듯 감미옥은 굳이 언급할 필요도 없는 개인적인 사안을 꺼내 들었다.

사실 난이도로 보면, 진실한 사랑을 못 해 본 이영보다 믿었던 사랑에 배신당해 결혼생활을 작파함은 물론, 더욱 독이 오른 감미옥이 응급 환자다.

"넌 왜 늘 모든 문제가 성생활로 귀결되는데?"

"그걸 몰라 물어? 네 문제의 8할이 그 주제를 벗어나지 못하니까."

해괴하고도 무지몽매한 논리다.

"성공은 둘째고, 넌 네가 온전해 보이지? 아니야. 넌 반편이도 안 돼. 그중에서도 넌, 니 문제를 드러내지 않는 게 제일 큰 난제야. 쉽게 말해 소리 한 번 크게 지르고, 노래 가사처럼 침한 번 꽥 뱉으면 끝날 수도 있는 문제를 넌 너무 꽁꽁 싸매기만 하잖아. 오래돼 이젠 성벽이 된 네 성생활도 마찬가지고."

신랄함은 기본이고 극약 처방도 불사하시는 감느님이 오랜만에 왕림하셨다.

이 정도면 친구가 아니라 수많은 매뉴얼을 감추고 있는 주치의 수준이다.

비이성적 논리에 심장과 머리 어디쯤에서 뿌연 연기가 나는데 핸드폰이 알맞게도 비상벨을 울렸다.

"전화나 받으세요. 얼굴에서 그나마 봐줄 만한 게 눈인데, 그 예쁜 눈알 복어 눈알처럼 튀어 나올 것 같으니까."

비아냥거림을 18번으로 하는 오만의 극치 감미옥, 내 언젠가는 너를 호되게 물 먹이리라. 그렇게 맹세하며 비상 신호를 보내는 핸드폰을 집어 들었다.

"아니, 샵에 있어. 도착하면 전화할 테니까."

오전에는 까다로운 번역을 맡은 관계로 연락을 하지 못했고 바로 이어지는 강의로 인해 하루 종일 이영의 목소리를 듣지 못했다. 그로 인해 지금처럼 아주 잠깐 듣는 이영의 목소리는 그 어떤 감미주보다 더 달곰했다.

이렇게 마음속 깊은 곳에서 이영을 찾으며 보내는 고주파수는 점점 강해지며 높아지고 있었다.

"안녕하세요?"

마음의 신호에 귀 기울이며 흐뭇해하는 순간, 낯선 목소리가 윤건을 찾았다.

앞에 선 여자는 이영보다 작은 키에 꽤나 당돌하게 생긴 여자였다.

'아, 그때 선배가 인사시켜 준……'

"네, 안녕하세요."

"일전에 인사만 하고 헤어져서 무척 섭섭했었어요. 오늘은 제가 여유가 좀 있는데 윤건 씨는 어떠세요?"

반갑게 인사하는 모습을 보아 주선을 한 선배가 오늘까지 별다른 언질을 하지 않은 것 같았다.

"전 약속이 있습니다."

"아, 그러세요. 아쉽네요. 그럼 다음에는 시간 좀 내 주세요. 사실 저 윤건 씨 무척 만나고 싶었거든요. 윤건 씨가 쓰신 번역 기술책도 읽고 초기 출판 번역물도 찾아 읽었어요."

"감사합니다. 그럼 다음에 뵙죠."

정중히 인사를 하고 뒤돌아서려는 윤건을 여자가 잡았다.

여자의 손은 섬뜩할 정도로 차가웠다.

겨울이면 다를 수도 있겠지만 지금처럼 날이 무더울 때는 에어컨이 필요 없을 정도였다.

'이영, 당신 손의 감촉이, 그 적당한 온도가 벌써부터 그리워.'

"저, 잠깐만요. 3분 정도는 여유 있으시죠?"

없다고 말하려는 순간, 선한 선배의 얼굴이 스크린처럼 빠르게 지나갔다.

"네, 말씀하세요."

윤건의 담담한 표정에 여자는 금세 반색을 하며 말을 이었다.

"저도 번역 일에 관심이 아주 많아요. 아직 국내에 소개되진 않았지만 국내에서 통할 것 같은 작품 몇 개 번역해 놓은 것도 있고요. 어디서 보니까 번역은 책의 난이도나 수준과 상관없이 딱 중3 수준으로 하는 게 잘한 번역이라 해서 거기에 맞추려고 상당히 노력했어요."

중3을 언급하는 걸 보니 번역 서적을 본 것은 확실했다.

여자의 말처럼 번역은 번역자의 지식수준과 퀄리티보다 그 책을 접하고 읽는 모든 이를 감안해 기준을 정하고 그 기준에 맞추는 게 정설이었다.

고급 단어와 낯선 언어를 써 어렵게 번역을 한다고 누군가 그 번역가의 수준을 높이 사고 인정하는 게 아니다.

"다음에 시간 내 주시면 그 책 선물할게요. 그리고 제가 번역한 것도 좀 봐 주시면 좋겠어요."

"기회 되면 그렇게 하죠."

윤건의 흔쾌한 대답에 여자의 표정이 밝아졌다.

"저, 그럼 지금 이 자리에서 약속 잡을까요? 아니면 날 잡아 저희 집에 놀러 오셔도 되구요. 시끄러운 카페나 신문사 사람들 득실거리는 여기 문화센터보다는 조용하니 그리 나쁠 것 같지 않은데요."

여자의 목소리와 표정, 그 모든 것들로 인해 선한 선배의 얼굴이 주는 압박감과 부담감은 이 자리에서 털어 내는 게 낫겠다고 판단했다. 그렇지 않으면 번역이란 매개로 이렇게, 이런 식으로 계속 이어질 것 같았다.

호감을 갖고 바라보는 여자의 시선을 정면으로 받으며 입을 뗐다.

"아닙니다. 다음 주 수요일 수업 중간에 잠깐 시간 내서 보죠. 책은 그때 주시고 번역물은 제 메일로 보내 주시면 천천히 훑어보겠습니다. 만약 에이전시가 필요하신 거면 추천해 드리겠습니다. 이 자리에서."

감사하다는 여자의 어색한 인사를 받고 서둘렀다.

곧 이영을 볼 생각을 하니 발걸음이 평소보다 훨씬 빨라졌다. 빠른 걸음으로 지하 주차장에 도착한 윤건은 시동을 걸다 하루 종일 기다리던 전화를 받았다.

"네! 선생님. 건입니다."

시동을 걸다 말고 통화에 열중했다.

통화를 하면서 윤건의 표정은 수시로 변하고 점점 밝아졌다.

기대감에 걸음이 조금씩 빨라졌다.

호텔 커피숍에서 그를 기다리고 있는 사람은 보고 싶은 이영만이 아니었다.

어젯밤 인사를 한 이영의 영원한 빚, 감미옥이란 친구도 함께였다.

두 사람을 마주 보고 앉은 윤건은 음료를 주문하고 이영을 봤다.

결코 이 같은 상황을 반기는 표정이 아니었다. 그가 언제 왔냐고 묻자 방금 전에 왔다고 짧게 끊어 대답했다.

윤건이 이영에게서 시선을 떼지 않자 감미옥이란 친구가 그의 시선을 잡아끌었다.

"제 오래된 친구는 오시기 전에 가라고 엄청 푸쉬했는데, 제가 윤건 씨 보고 싶어서 굳건히 이 바늘방석을 지키고 있었어요."

"잘하셨습니다."

표현이 상당히 유머러스하면서 직설적이었다.

"뭐, 따로 용건이 있어서 그런 건 아니고 제가 어젯밤에 본 첫인상이 낮에 봐도 그럴지 그 점이 개인적으로 궁금해서요. 그런데 아쉽게도 똑같네요."

"똑같은 게 아쉬운 겁니까?"

"사실 밤이 주는 착시 현상이거나 노안으로 잘못 봤나 했거

242

든요. 목소리도 그렇고 인상이 워낙에 젠틀하셔서. 아, 이 정
도면 특급 칭찬인 거 아시죠?"

유머스러움보다는 직설적이고 솔직한 부분이 많은 사람이
었다.

이런 부류의 사람들은 가까운 주변인을 곤혹스럽게 하고 피
곤하게 만드는 특징이 있다.

감미옥이란 친구는 이영을 지켜 주는 보호자 노릇을 톡톡히
하는 동시에 자신 또한 이영에게 위로와 관계가 주는 특별함,
친밀함을 두 배로 챙기는 인물 같았다.

"제 친구, 그러니까 이영이가 조만간 샵 팔고 홍콩으로 떠
날 계획을 갖고 있어요."

"감미옥."

이영의 표정이 냉담하게 변하며 목소리까지 묘하게 차분해
졌다.

"참고하시라고 말씀드리는 거예요. 얘가 원래 결정적인 건
드러내지 않는 미숙한 잠수형 스타일이거든요."

"수업 준비할 시간 많이 지난 것 같다."

"알아. 그렇게 목소리 깔고 눈에 힘줘도 할 말은 하고 갈 거
야."

이영의 견제와 경고를 기본으로 한 촘촘한 레이더망을 손쉽
게 뚫고 나온 친구는 그런 두 사람을 흥미진진하게 지켜보는
윤건에게 정중하게 말했다.

"저에게는 네 살배기 애 못지않게 손이 많이 가고 마음도

많이 가는 친구예요. 부디 이 부실한 아이, 손 놓지 마시고 그 길 끝까지 가서서 주례사 앞까지 쭉 한 방에 논스톱으로다가 무사히 안착하길 바랄게요. 진심으로다가."

마치 신부 부모가 인사 온 예비 신랑에게 하는 말 같았다.

경험은 없지만 그런 경우 지금과 같은 말이 충분히 오고 갈 수 있다 생각했다.

말투는 장난 같으면서도 뉘앙스는 진실되게 들렸다. 또한 체구는 무척이나 작은 사람이 뒤돌아가는 모습은 더없이 듬직해 보였다. 마치 큰집의 큰형처럼.

"얘기해 봐. 무슨 말인지."

이영이 일어나자고 말하기 전, 윤건이 먼저 선수 쳐 물어봤다.

차분하면서도 말간 눈빛이 평소와는 사뭇 달랐다.

그녀 자체도 그 문제에 상당히 갈등하는 게 역력했다. 이 같은 상황에 나지막하게 한숨을 쉰 이영이 입을 뗐다.

"홍콩행은…… 당신 만나기 전부터 계획에 있었던 얘기예요. 샵도 그렇고. 근데 오늘 적당한 임자가 나타나서 고민 중이었어요. 갑자기 들이닥친 감미옥은 홍콩행은 말할 것도 없고 팔지 말라고 종용하고 있었구요."

"……."

"잘 모르겠어요, 어떻게 해야 하는 건지. 근데, 그 결정들 속에 당신이 있어요. 그래서 그런지 미옥이 다 관두고 가지 말라고 하는 말을 흘려들을 수가 없어요."

이영의 혼란스런 눈빛이 문제에 대한 결정에 있기보다 자신에게 있다는 말에 한순간 가슴이 쿵쾅거려 도저히 앉아 있을 수가 없었다.

멍하니 쳐다보는 이영의 손을 꼭 잡고 커피숍을 나와 안전지대를 찾으니 그 어디에도 그의 기분만큼 얄궂고 은밀한 곳은 없었다.

이 순간 사람 없고 인적 드문 곳이 절실하게 필요했다.

종종걸음으로 따라오는 이영의 손을 잡고 결국 어렵게 비상구를 찾아들었다.

누군가 있을 거란 생각도, 그런 여유를 가질 틈도 없었다.

어서 빨리 이영의 숨결과 목 안 깊숙이 파고들어 서로를 공유하고 탐하며 남김없이 나누고 싶은 마음만이 사무치게 간절했다.

점점 이영에게 다가가는 마음의 속도가 임계점을 넘어 최대치를 내고 있었다.

혹시라도 그의 속도감에 두려워하고 그런 마음에 제자리걸음 할까 봐 조심하며 스스로를 억누르고 있었는데 그를 생각하고 그로 인해 결정이 미뤄진다는 소리에 몇 겹으로 쌓았던 두터운 장벽이 또 한 번 허무하게 터져 버렸다.

키스는 공격에 탁월한 맹수 같았다.

그간 이런 열정과 이같이 칼칼한 욕망을 도대체 어디에 숨기고 있었는지 어제, 오늘 윤건의 키스는 농밀하면서도 데일

245

정도로 뜨거웠다.

단숨에 숨을 압도하고 빼앗는 혀의 움직임은 당황할 정도로 위협적이고 위력적이지는 않지만 그 못지않게 삼키고 음미하는 기운이 강력했다.

혀의 부딪힘이 주는 기묘한 마찰은 이영의 가슴을 정통으로 관통하며 하반신 어딘가를 매섭게 할퀴고 지나갔다.

다급한 숨은 허용하지 않으면 조절할 수조차 없었다.

이 단조로운 듯하면서 자극적인 행위에 온몸이 열광하며 세포들이 어지러이 춤을 췄다.

지금 이 순간, 이쯤이면 서서히 고개를 들며 순식간에 온몸과 정신 전체를 장악하는 익숙한 두려움은 그 어디에도 없었다.

서로를 격렬하게 탐닉하는 장소가 어딘지 자각하지 못할 정도로 이영은 키스에 녹아들고 윤건의 가슴 안에서 젖어들었다.

몸 속 깊은 곳에서 조금씩 음파가 들려온다.

본능처럼 윤건에게 다가가고 이어지는 싶은 마음의 소리가.

그 깊은 진동이.

5장
인디고블루

믿을 수 없게도 도서관은 많이 변하지 않았다.

천 년 혈귀도 아닌 것이 떠날 때 그 상태 그대로를 유지하고 있었다.

그 다행스럽고도 기가 막힌 사실에 입을 다물 수가 없었다.

아침까지만 해도 이런 클래식하면서도 퍼펙트한 이벤트가 기다리고 있을 줄은 몰랐다.

주말이라 주중 내내 스파르타인 감미옥도 여유가 있어 오랜만에 셋이 아침을 만들며 불협화음을 내기에 급급했다.

지유는 주말, 평일 상관없이 고집스레 한식을 고수했고, 미옥은 그런 삼식이는 어디 가서든 환영받지 못한다는 독설을 내뱉으며 아이 가슴에 치명타를 입혔다.

다행히 튼튼한 가슴과 그보다 더 철통같은 근성을 탑재한 지유는 눈 하나 깜짝하지 않았지만 그로 인해 중간에 낀 이영은 아침을 건너뛰자는 말은 감히 꺼내지도 못했다.

오랜만에 구름과 습기를 동반하지 않은 마른 햇살은 눈부셨다.

그 햇살에 게으름도 피우고 간만에 간단한 과일에 시리얼이나 씹고자 하는 화보 같은 아침은 물 건너가고, 요리 개념이 중구난방인 미옥 쉐프로 인해 묘한 동서양의 메인 요리가 엉성하게 한 상 차려졌다.

두 시간 가까이 식사와 함께 미옥과 지유는 단어와 개념을 기본으로 한 지식 배틀을 하고, 감미옥과 이영은 별 볼 일 없고 시답지 않은 만담을, 이영과 지유는 일주일을 뒤돌아보며 학교와 학원에 대한 일상을 이야기하고 나눴다.

설거지를 하고 각기 종이 다른 고양이처럼 늘어져 제 구역에서 저마다의 방식으로 시간과 그루밍하다 점심시간이 다가왔다.

점심 메뉴에 대해 한바탕 설전이 오가는 도중에 윤건이 이영을 빼 주었다.

그렇게 행선지를 알려 주지 않는 윤건의 차를 타고 도착한 곳은 학교였다.

이영이 공부보다 잠을 더 많이 잔 곳. 무척이나 치열했던 고등학교 시절, 그 치열함과 고단함을 한 템포 쉬고 갈 수 있게 해 준 곳. 학교 도서관.

호그와트 마법 학교 필의 울창하고 긴 교정도, 그 정점을 찍는 도서관도 모두 그대로였다. 모두가 성장하고 진화와 함께 쇠락하는데 학교만 시간 여행을 하지 않은 듯, 예전 익숙하고 정겨운 얼굴을 그대로 하고 있었다.

"도대체…… 무슨 요술을 부린 거예요? 이런 주말에 여기 도서관 열쇠는 어떻게…… 아니, 학교 출입이 어떻게 가능할 수가 있는지 정말……."

"그래서 좋다는 거야, 싫다는 거야?"

윤건은 그녀만큼이나 기대에 찬 표정을 하고 이영의 감정을 읽기 바빴다.

오늘만큼은 함박웃음이 삐질삐질 삐져나왔다. 참으려 해도 입가 주변에 웃음기가 돌았다.

갑작스런 선물에 감정을 도무지 숨길 수가 없었다.

"당연히 좋다는 거죠. 꼭 한번 와 보고 싶었는데 그러질 못했거든요. 와, 데스크도 그대로예요. 의자는 바꿨네요. 도서관 매뉴얼은 전부 그대로고요."

신기하다는 말이 이럴 때 쓰라고 있는 말 같았다.

아무리 재단이 자기 배만 불리는 짠돌이라 해도 이렇게 앤티크를 빙자한 고물들이 여태껏 이 자리를 버티고 있을 줄은 상상도 못 했다.

서가 쪽으로 가자 오랜 시간의 세례를 받은 책들이 저마다의 향기를 내뿜고 있었다.

오래된 도서관 책들은 독특하고도 인상적인 향기로 오랜만에 방문하는 이영을 설레게 하고 뭉클하게 했다.

천장과 딱 맞춘 듯한 높은 책장, 색이 발하고 이가 빠진 두 개의 빨간 사다리, 코너에 있는 의자 겸 받침대도 전부 붙박이처럼 그대로였다.

좁은 길을 전부 막고 있는 어마무시한 양의 책도, 창가에 길게 놓인 스툴 의자도 전부 박제가 된 듯한 비주얼로 자신들의 오래된 자리를 부동자세로 고수했다.

이 모든 미장센에 순간 울컥하는 기분이 들었다.

덤덤하다 못해 답답한 일상과는 너무도 다른 이 설렘과 평온함에 속절없이 가슴이 뛰었다.

눈에 새김과 동시에 오감이 느끼는 그대로 익숙한 동선을 따라가니 정말 낡고 긴 소파가 구석에 길게 다리를 펴고 누워 있었다.

감전이나 된 듯 주춤하다 몸을 숙이고 결을 만져 보니 그 시절 그 기분이 온전히 느껴지고 전해졌다. 그 치열한 시절, 안식과 휴식을 선사해 주던 닳고 닳아 맨질맨질해진 고물 소파.

순간 가슴이 싸하고 목 안에서는 탄산수를 마신 후의 그 뽀그락한 기운과 함께 달콤함과 아릿함이 느껴졌다.

"정말…… 있었구나, 너. 아직…… 버려지지 않고 있었어."

검은 가죽이라 하기엔 너무 닳고 색 바랜 소파는 여전히 칙칙하고 묵직했다.

"출입 허가받을 때 들었는데 졸업생들도 그렇고 재학생들 전부 도서관은 그대로이길 바랬대. 교실과 달리 큰 수리나 눈을 자극하는 행시성 교체 없이 그냥 이대로 오래되고 아련한 느낌이 좋다고. 당신 같은 비주류가 많았나 봐, 이 학교 생들은."

'그랬구나. 그래서 이렇게 그 모습 그대로 날 기다려 주었구나.'

"그러게요. 고맙게도 그런 선후배가 많았나 봐요."

"그러니까 그 소파가 당신이 애용하던 침대 겸 소판가? 그림이 그려지는데. 수업 땡땡이치고 교감선생님 안 계신 틈을 타 이 자리를 꿰찬 당신의 모습이. 한번 누워 봐."

윤건은 마치 보기나 한 것처럼 익숙한 풍경을 그리며 이영을 유혹했다.

어서 그 모습을 보여 달라며 속삭임을 계속했다.

이영은 이제 앤티크란 그럴듯한 이름과 작위를 부여받은 3인용 소파에 조심스레 누워 보았다. 소파는 불편한 듯 편하고, 익숙한 듯하면서도 어설프고 위태로웠다.

나이 지긋하고 연차 풀로 꽉 찬 소파는 이제 어쩔 수 없이 피곤하고 나른해 보였다.

분명 그 시절의 피곤함과 좌절감을 온몸으로 이고 지어 주던 추억의 소파는 이제 노쇠해져 있었다. 너무나 아쉽게도.

돌아온 탕아의 입장에서 감촉이 그랬고 느낌이 그랬다.

그러면서도 이토록 지독하게 제자리를 고수한 이 고지식한 소파에게 아낌없는 찬사를 보내고 싶었다.

"……얘기 하나 해 줄까요?"

어느새 그때의 생기와 열기를 되찾은 이영은 윤건을 보며 눈을 반짝였다.

"있잖아요, 3학년 어느 여름날인가 정확하게 기억은 안 나는데 무척 더운 날이었거든요⋯⋯."

이야기를 풀어내는 이영을 윤건은 예의 주시하며 마른 입술을 살짝 깨물었다.

"여기 누워 내가 좋아하는 오정희 작가의 책을 보면서 한참을 바스락거리다가 죠스바 먹고 싶다고 웅얼거리면서 결국 잠들었거든요."

시간 여행 열차를 탄 것도 아닌데 소파에 누워 있으니 그날의 기분이 생생하게 떠올랐다.

"근데요, 눈뜨고 일어나니까 정말 죠스바가 있는 거예요. 죠스바 알아요? 지금도 나오는지 모르겠지만 하여튼 그런 하드가 있었어요."

"나, 당신이랑 20년 아니라 두 살 차이거든. 기억 안 날 수가 있나?"

윤건은 팔짱을 끼고 못마땅한 얼굴을 하면서도 개구진 표정을 지었다.

"그런가. 하여튼 잠결에 일어나 보니 죠스바가 떡하니 있었다니까요. 그때도 생각했는데, 아무래도 교감선생님 같아요. 애들은 교감선생님을 괴짜에 무한 이기주의자로 못 박았는데 사실 우리 교감선생님, 그런 분 아니시거든요. 무척 다정한 분이셨어요."

그랬다. 아이들은 절대 모르는 선생님과의 풀 스토리가 있었다.

"그래서 그 하드는 맛있었어?"

'아! 그 무시무시한 컬러 배색의 공격적인 하드!'

"그럼요, 꿀맛이었죠. 다른 애들은 전부 대걸레로 퍽퍽 맞아가면서 스파르타로 공부하는데 나만 이 지혜의 숲에서 다디단, 그러면서도 무시무시한 색깔의 죠스바를 먹는데…… 당연히 꿀맛이죠."

이영의 솔직한 발언에 윤건은 그랬냐면서 헤벌쭉 웃었다.

이영만큼은 아니지만 윤건도 늘 활짝 웃는 사람은 아니었는데 오늘은 유난히 웃음이 많고 입가에서 미소가 떠나질 않았다.

아무래도 준비한 이벤트에 너무도 감격한 자신의 모습이 그를 흐뭇하게 만든 모양이다.

"또 다른 기억은 없어?"

오늘 윤건은 이상할 정도로 업이 돼 있었다.

"어떤 기억이요?"

"이 도서관에서 지금 말한 것 같은 이상한 일, 다른 건 기억나지 않느냐고."

소파에서 일어나 앉은 이영은 윤건이 말한 그 부분을 집중적으로 생각해 보았다.

그리 길지 않은 시간, 기억 속 도서관 모습은 계절과 함께 바뀌고 웜 베이지 톤이 됐다, 메탈 그레이가 됐다 했지만 특별한 기억은 떠오르지 않았다.

"다른 건 기억이 안 나요. 그저……."

"……."

"내가 있는 주위에서 늘 같은 향이 났었던 거 같긴 해요."

"무…… 무슨 향?"

무슨 냄새냐고 물으면 제대로 된 답은 할 수 없었다.

비누 냄새 같기도 하고 외제 샴푸 냄새 같기도 한 상쾌한, 그러면서도 익숙한 향이 났다는 정도만 어렴풋하게 떠올랐다. 사실 외제인지는 정확히 알 수 없지만, 그 시절 그런 향은 국내 제품에는 없던 걸로 기억한다.

"샴푸 향인지 바디 워시 향인지 정확히 알 수는 없고, 잠자기 바쁜 내가 기억하는 걸 보면 상당히 오랜 시간 그 향에 취했던 거 같아요. 강하지 않으면서 상쾌하고 시원한…… 이미지로 말하면 신비한 인디고블루 같은 느낌인데……."

이영은 나름 기억을 떠올리려 안간힘을 썼다.

그 모습이 아이처럼 귀여워 절로 웃음이 났다.

그 시절, 이영의 곁에 가기 전 항상 씻고 전신을 거울에 비추어 본 기억이 있다.

넓은 집은 온기가 전혀 없고 부모님들이 계시는 병원에서는 병원 특유의 소독약과 독한 약품 냄새만 풍겨 혹시 몰라 늘 반복해서 씻고 다녔다.

이영의 말처럼 비누와 샴푸는 국내 제품이 아닌 미국에서 쓰던 것을 그대로 가져와 썼다.

도서관 한쪽 구석에서 늘 같은 모습으로 자고 있던 여학생을 바로 앞에서 지켜보면서 자신에게 어떤 향이 난다는 건 그 당시 알지 못했다.

그저 이영이 기억하는 이미지처럼 지중해 풍광을 닮은 짙은 터키블루 톤의 샴푸와 바디 젤만 기억할 뿐.

잠든 모습은 극히 짧은 시간만 지켜볼 수 있었기에 그런 사실은 상상도 할 수 없었다.

아무리 큰 이모 남편이 재단의 높은 사람이라 해도 사춘기적 방황과 뻔한 농땡이를 계속 봐주지 않는다는 걸 알기에 장시간, 원하는 만큼 이영을 지키고 보살필 수는 없었다.

그 안타까움과 이상한 책임감은 수업 시간에도 계속됐다. 그러면서도 그가 아닌 다른 그 누군가 이영을 보고 지킨다는 건 상상할 수도 없었다.

지금 생각해도 그건 이상하고도 대책 없는 주인 의식이었다.

"그 향을 다시 맡는다면, 난 기억할 수 있을까요?"

그건 윤건도 궁금했다.

만약 자신이 그때의 그 향을 하고 어느 날 앞에 서면 이영이 그 향을 눈치챌지, 아니, 그 향의 주인과 자신을 동일인으로 생각이나 할지.

"궁금하긴 해요. 아무도 없던 이 도서관에서 교감선생님의 익숙한 아라미스 냄새가 아니라 그런 쿨하면서도 향긋한 향이 났다는 게. 그때 다른 학생은 이곳에 있을 수가 없었거든요. 날라리 아닌 다음에야. 또 날라리라 해도 도서관은 절대 오지 않았을 거예요. 괴짜 문인 교감선생님 덕분에."

이영의 말처럼 다른 외부인은 없었다. 그 일이 있기 전에는.

그 일이 있기 전까지 학교에서 가장 따뜻하고 환한 웃음으로 유명한 선배와 그 선배에게 넋이 나간 자신밖에는.

✛   ⚜   ✛

장마철이라 해도 주말 펜션이 얼마나 바쁜지 알기에 전화를 걸었다.

중간중간 전화 통화도 하고 여러 사람의 입을 통해 디테일하게 들을 수 있었지만 그가 없는 상황에서 실질적으로 펜션의 총책임을 맡은 임 씨를 신뢰하고 싶었다.

어차피 예약을 위한 모든 금전적인 거래나 출입금은 윤건의 계좌로 통해 펜션에서 일어나는 금전적인 사고는 없었다.

바비큐 숯불이나 찜질방, 대여 용품도 모두 코인 형식의 머신이 도입돼 불필요하게 돈으로 말썽이 날 일이 없었다. 그러기에 더욱 임 씨의 대실 건이 마음에 걸렸다.

전화로는 이제 그런 불미스러운 일은 없다고 했지만 보고 확인하지 않는 이상 온전히 그 말을 믿기도 어려웠다.

다행인지 불행인지 이번 주 금요일이면 아버지가 돌아오시고 호텔 생활도 정리가 될 듯싶었다.

이번 주말 가장 행복했던 건 단연코 이영과 찾아간 학교 도서관이었다.

이영의 기억 속, 그의 존재감은 전혀 없을 줄 알았다.

그의 체향과 섞인 바디 워시 향도, 그 무시무시한 배색에 놀란 죠스바에 대한 기억도.

이영이 그렇게 칭찬을 아끼지 않던 교감선생님은 지금 현직에서 물러나셨지만 시골에 계셨다. 바로 횡성 펜션의 옆 동네에.

아직도 학교 재단을 좌지우지하는 이모부께 부탁하고 싶지는 않아 교감선생님을 통해 어렵게 학교 출입 허가와 도서관 열쇠를 받고 가슴이 뛰었다.

그 시절 이영을 견디게 한 것처럼 도서관은 윤건에게도 그랬다.

그루밍하는 페르시안 고양이처럼 소파에 늘어져서는 책을 베개 삼아 친구 삼아 웅얼거리다 자 버리는 이영은 독특하면서도 친근한 인물이었다.

지금 이영의 친구 감미옥도 그 시절 유명한 선배였다.

공부도 미모도 전교 1등은 물론 전국구로 유명한 사람.

그와 별개로 윤건의 시선을 잡아끄는 건 게으른 듯 초점 없는 모호한 눈빛을 한 이영이었다.

생각해 보면 감미옥 선배는 그때도 독설로 유명했다.

내려오는 전설에 의하면 브레인으로 소문난 수학, 과학 선생님들도 그 선배의 방대한 이론과 독특하면서도 기상천외한 반론 앞에 기가 죽고, 특히 영어와 수학 문제에서 뛰어난 자질을 보인 걸로 기억한다. 그러면서도 선배는 우리나라 최고의 대학이 아닌 이영과 자신이 다닌 대학에 입학했다.

'그 사람이 아직도 이영 곁에서 함께하고 있었구나.'

사실, 이영이 그와 연관된 기억은 물론이고 단어와 문장을 조심스럽게 나열할 때 가슴은 지진 난 수준으로 정신이 없었다.

먼 기억 속, 혹시나 그를 기억하고 유추하진 않을까 말도 안 되는 기대를 했었다.

그 설렘 같은 기대는 지금도 계속하고 있다.

그들의 부모님이 오시기 전, 이영의 마음이 그에게 닿을 거란 기대. 이영에게 자신의 존재가 전체의 전부이길 바라는 욕심. 자신과 이영의 운명의 실이 하나에서 만나 끝까지 매듭지어지길 바라는 마음. 꿈. 그 모든 걸 소원하고 기대한다.

육체적 행위를 두려워하는 것도 그로 인해, 그이기에 가능하길 바라고, 이영이 피하는 문제들도 그와 함께해 조금 더 편해지고 조금만 더 가까워지길 바란다.

그렇게 이영을 바라고 원한다.

키스에서 섹스로, 불확신에서 믿음으로, 욕망에서 감정으로, 두려움에서 기쁨으로. 그렇게 조금씩 천천히 발전되고 방향 전환되길 희망한다.

그와 동시에 이영의 육체를 원하는 갈망도 강렬해졌다.

호텔 비상구에서 키스를 하면서 그 마음은 더욱 확실해지고 노골적이 돼 자신을 괴롭히기도 했다. 꽤 오랜 시간 육체가 주는 환희와 희열을 모른 체하며 살았는데 이젠 그 누구도 아닌 이영을 대상으로 꿈을 꾸고 구체화되기 시작했다.

이영을 처음 안았을 때의 기쁨과 행복. 사춘기 소년처럼 그 행위에 빠져드는 자신을 상상해 본다. 그렇게 이영은 그의 고요한 세계를 아무렇지도 않게 전복시키는 유일무이한 존재가 되어 갔다.

부모님들이 돌아오시기 전까지 남은 나흘이란 시간.

그 시간 동안 우리가 무엇을 하고 어떻게, 어떤 방향으로 흘러갈지 모르지만 모든 지류와 지향점은 이영에게만 이어지고 통할 거라 믿어 의심치 않는다. 그러면서 그녀도 그와 같기를 소원하고 희망한다.

✛   ✛   ✛

드디어 새로운 주가 시작됐다.

반가워야 하지만 절대 반갑지만은 않은 일주일이 가열 찬 달리기를 시작했다.

새삼 그 속도에 놀라 달력을 보며 자신도 모르게 마음속으로 별표를 하다 엑스표를 치다 결국 빨간 펜으로 동그라미를 치는데 일찍부터 삼성동 권 여사님이 오셨다.

개인적으로 무척이나 동경하고 걱정하는 분.

오랜 시간 교직에 계시다 자신의 의지대로 마지막까지 평교사로 퇴직하신 걸로 알고 있다.

같은 연배의 어르신들처럼 말씀이 많으시지도 않고 사리 분별, 타인의 대한 예의, 격식을 넘어 품격을 가지고 끝까지 지키고 유지하시려는 분. 고고한 자신의 지성을 현학적으로 자랑하지 않고 장소와 상대에 따라 유연하고 현명하게 행동하셨다.

7년 동안 늘 그 같은 모습만 보이셨다.

보이는 게 절대 다가 아닌 세상이라 해도 이 정도 나이가 차니 개인적인 판단과 소견 상관없이 보이고 알아지는 게 있었다. 권 여사님이 그랬다.

자신이 지닌 능력과 상관없이 타인에게 넘치지도 모자라지도 않은 어른.

부모에게도 딱 그만큼, 그런 점을 바라고 원했었다.

어떤 환경, 어떤 부모에게 태어나는지는 개인 권한이 아니라고 해도 욕심났었다.

그녀 자신도 그들을 살갑게 껴안아 품으로 이끌지 못했으면서 싸움보다 평화를, 평화가 어렵다면 안정을, 안정이 불가능하다면 그저 평범하기라도 바랐다.

결국 그들에겐 남들만큼 평범하게 사는 게 가장 어려웠던 모양이다.

자립과 독립의 기반이 되어 준 돈.

무시할 수 없지만 전부일 수는 없는 것들이다, 부모님이 이영에게 준 것들은.

이것들과 함께 저렴하게 나온 패키지 상품으로 많은 것을 주시긴 했지.

불신, 미움, 상처, 혼란, 두려움, 죄책감, 뒷걸음질, 어그러진 자존감⋯⋯.

"어딜 그리 헤매고 계시나?"

권 여사님은 촉도 빠르시고 타인을 관찰하는 시선도 남달랐다.

"여사님이 너무 일찍 걸음을 하셔서 그렇죠. 저 아직 커피도 마시지 못했어요. 참, 모닝커피는 하셨어요? 한 잔 드릴까요?"

"아니, 자네만 마셔. 난 이제 차 마시기로 했어."

10분 정도 다도에 대해 해박한 지식과 함께 오묘한 정신세계를 이야기하다 몇 달 전에 의뢰한 물건을 펼쳐 보여 드렸다.

쓰부(1부 미만의 작은 다이아) 다이아를 제외하고 오로지 원석과 디자인으로 승부를 본 물건들은 생각보다 훨씬 구성지고 우아하게 나와 이영 스스로도 만족했다.

"주신 오팔과 호박은 사이즈가 커서 각각 매달 겸 브로치로 만들었습니다. 18금과 함께 처분하라고 하신 2.3링 다이아는 여기 있고요. 일전에 말씀드렸었는데, 이렇게 작은 다이아라도 처분보다는 보유하고 계신 게 훨씬 이득이에요."

"별로 많지도 않은데 왜?"

"이번 물건에는 쓰이지 않았지만 약방의 감초처럼 어디든지 필요한 아이들이고, 또 팔 땐 제 값을 받지 못하지만 사려고 할 때는 제 값을 다 치러야 하거든요. 그러니 지금 당장은 필요치 않아도 가지고 계세요. 나중에 유용하게 쓰일 거예요."

"그럼 이 사장이 가지고 있어. 내가 가지고 있다가 잃어버리면 어째."

순간 어떤 방식으로 말씀드려야 하나 고민이 됐다.

오랜만에 오셨기에 샵과 이영의 거취에 대해 아직 알지 못하셨다, 권 여사님은.

'도장 찍을 일만 남았는데 아직도 이러고 있구나.'

"왜? 싫은가?"

"싫은 건 아니고 여사님이 가지고 계세요. 실은 제가 샵을 내놓았습니다. 마침 마땅한 임자도 나섰고. 그러니까 이 다이아들은 여사님께서 지니고 계세요. 말씀드렸다시피 다이아는 현금과 똑같습니다."

어렵지만 되도록 짧게 편집해 말씀드렸다.

"그래, 그렇군. 자넬 생각하면 마땅한 임자에게 넘기게 돼 다행이고, 또 나 같은 평범한 노인네들 생각하면…… 아쉽게 됐어. 난 자네의 요란하지 않은 클래식한 디자인이나 깔끔하게 진행하는 일솜씨가 무척 마음에 들었었는데."

"죄송합니다. 일찍 연락드렸어야 했는데……."

"아니야, 내가 여기 단골도 아니고 큰손도 아닌데 무슨. 자네 번호는 갖고 있으니 샵과 상관없이 한번 보세. 하고 싶은 말도 있고."

"네, 정리되면 연락드리겠습니다."

권 여사님과 20분 정도 더 이야기를 나누다 마중을 하고 피곤함을 느껴 VIP 룸으로 숨어들었다. 밝은 조명을 피해 소파에 누워서 천장을 바라봤다.

3일이 지나면 어른들께서 돌아오신다. 어찌 됐든 이영과 윤건의 인연을 만들어 준 어른들.

고맙고 감사하면서도 마음이 쓰린 건 어쩔 수 없었다.

이 속도로 감정에 솔직해지자니 어른들이 목 안의 가시처럼 걸려 불편했다.

호기심이었다고 치부할 수 없을 정도로 감정은 선명해져 갔다.

지금 상황에서 어른들이 아시게 된 뒤 불어올 후폭풍이 두려운 건지, 감정을 믿고 윤건과 함께했을 때 되풀이될지도 모르는 혹독한 악몽 때문인지 어느 하나 확신할 수 없었다.

한숨과 함께 눈을 감고 윤건으로 인해 실사처럼 구체화된 도서관을 떠올렸다.

눈을 감자 몸은 구름 빵처럼 날고 날아 맨질맨질해진 소파에 누워 있었다.

고서인 양 매력적이고도 익숙한 향기를 내는 책들로 인해 기분이 좋아졌다.

'자, 하나하나 결정하자. 아무도, 아무것도 걱정할 것 없는 이 완벽한 공간에서.'

감미옥의 충고는 분명 피가 되고 살이 될 조언이지만, 샵을 팔아야 그 어떤 결정을 하든 자유로울 수 있다. 또 미옥의 숙원인 대치동 데뷔를 위해서도.

윤건과의 관계를 떠나 지유는 가족이다.

피를 나누고 계산 복잡한 촌수와 법적으로 연결돼 있지 않아도 정과 사랑, 배려와 이해가 존재하는 또 다른 특별하고 든든한 가족.

'그럼, 마지막으로 그 사람은? 어른들이 오시면 어떻게 설명할 건데? 뭐라 하면서 이해받고 양해를 구할 건데? 그 사람을 얼마나 좋아하니? 너보다 젊고, 너처럼 상처 받아 곪아터질 것도 없는 사람과 짝을 이뤄, 어쩌면 또다시 반복될지도 모르는 네 짐을 나누고 싶어?'

신랄한 질문과 연이은 의문이 이영을 누르고 압박했다.

그렇게 사지를 결박한 것 같은 중압감이 조금씩 사라지며 시원한 청량감이 느껴지는 향기가 났다. 코를 킁킁거리자 바로 코앞은 아니지만 향기는 분명 도서관 안을 떠돌며 배회하고 있었다.

먼지도 아니고 고서의 DNA도 아닌, 이 알 수 없는 친근한 그리움.

감정의 파고가 향으로 인해 조금씩 잠잠해진다. 그와 동시에 어떤 한 사람의 형상이 부각되며 입체화되어 갔다.

'당신은 지금 무엇을 할까. 내가 당신을 생각하듯…… 당신도 날 생각할까.'

누군가를 가슴에 품고 어느 지점에 무사히 도달하기까지가 무척이나 힘든 일이란 걸 윤건으로 인해 배웠다. 아니, 배우고 있는 중이라 생각했다.

늘 만남과 감정 그 언저리를 맴돌았었지, 특정 지점을 목표로 하진 않았다.

결혼이란 지점의 식상함과 몰상식함을 너무도 잘 알기에 도전조차 하고 싶지 않았다.

그렇게 사랑도 결혼도 자신과는 연이 닿아 있지 않다 생각했는데 선물처럼 윤건이 그녀 앞에 있었다. 하지만 그 선물을 안겨 준 사람이 미옥 여사고 여사는 그 사람의 아버지와 재혼을 원한다. 그럼에도 불구하고 그 사람의 손을 잡을 수 있을까…….

이영은 순간 담담함과 함께 갑갑함을 느껴 소파에서 벌떡 일어났다.

한 가지라도 정리를 해야 할 것 같다.

핸드폰을 찾아 들어 익숙한 이름을 찾았다.

통화 버튼을 누르고 숨을 골랐다. 복식 호흡으로 아주 길게.

"네, 김 여사님. 이영입니다."

숨을 모았다 뱉어 냈다.

연락을 받고 한순간 긴장했다.

맛있는 저녁을 사겠다는 말에 무슨 일이 있는 건가, 하는 우려가 들면서도 이영이 먼저 연락을 해 왔다는 사실에 바보처럼 아빠 미소가 지어졌다.

이영은 분명 움직이며 그를 향해 걸음하고 있었다.

그녀가 스스로를 평한 것처럼 겁이 많거나 주춤하는 성격은 아니지만 나이 때문에라도 지금 상황에서는 그렇게 된다는 말에 깊이 동감했다.

윤건 자신도 이영이 아니었다면 이 같은 만남에 전력 질주하지는 않았을 거다.

숙제처럼 일정량을 해야 하는 번역 일과 손님들을 살펴야 하는 일이 두 가지나 있는 상황에서 결혼은 급하지도, 매력적이지도 않았다. 그것을 전제로 누군가를 만나 노력하는 그 일련의 과정을 소모적인 일회성이라 판단하며 회의적인 태도를 보였을 것이 분명했다.

과거 기억 속, 늘 안타까움과 함께 궁금함이란 단어로 짝지어진 사람.

시도조차 못 하고 놓친 인연이기에 도발과 이 같은 행보를 할 수 있었다.

그에 반해 이영의 입장에서는 자신의 어머니로 인해 닿은 인연인데 쉬울 수가 없단 생각을 자꾸만 하게 됐다. 그렇다 해도 놓을 생각이 없으니 더 많은 시간을 위해 이 사흘의 시간을 그 어떤 날들보다 뜨겁게, 아낌없이, 축제처럼 보내야 한다.

건축 사무소에서 생각보다 많은 시간을 지체했다.

의뢰한 독채는 펜션 가장 안쪽 땅에 외따로 지어질 예정이다.

독채지만 2층으로 꾸며져 마당과 정원, 테라스 모든 공간을 계산하고 포함한 프로젝트라 결코 작은 공사가 아니었다. 처음 의뢰했을 때만 해도 순전히 그 자신만을 위한 공간이었다.

이영과 재회하기 전, 아버지가 재혼을 거론하셨을 때 생각하고 준비하던 집.

이젠 그들의 완벽한 홈이 되길 바라면서 디자인과 콘셉트를 모두 바꿨다. 철저히 이영과 지유에게 맞춘 공간으로.

이영으로 인해, 이영과 함께인 미래를 꿈꾸기에 모든 게 조금씩 더해지고 보태지면서 풍성해졌다. 그러면서 이 과정들이 몹시도 즐거웠다.

관계가 주는 따듯함과 친밀감으로 인해.

먼저 도착해 기다리고 싶었는데 이영이 먼저 와 있었다.

생각보다는 작은 레스토랑이었는데 무척이나 고급스러웠다. 마치 이영이 그녀의 취향대로 꾸민 것처럼 상당히 이영스러웠다.

작은 공간을 효율적으로 사용하지 않고 테이블을 널찍하게 띄워 놓아 사생활이 보장될 정도로 테이블 간격이 넓었다. 이 또한 타인과 거리를 두는 이영과 닮았다.

그의 느낌을 표현하자 이영은 고개를 꺄우뚱하더니 결국 그에게 물었다.

"이영스러운 게 뭔데요?"

"화려하진 않지만 비교 대상을 찾을 수 없을 정도로 우아하고, 합리적인 생각과 영악한 계산으로 꾸며진 것 같지만 실상은 주어진 공간에서 욕심 없이 그저 편하고 나른한 기운을 풍기는 보헤미안 같은 느낌."

"해석이 이상해. 아니, 괴상해. 전혀 내가 아닌 것 같아."

"나한테 당신은 그래."

"......."

"격차가 커. 극과 극으로. 그래도 괜찮아. 그 간극은 내가 전부 세세하게 채울 테니까. 당신은 그냥 내 곁, 내 눈앞에 있기만 하면 돼. 지금처럼."

윤건의 독특한 해석에 이영은 웃었고 얼마쯤 씁쓸해했다.

이영이 지금 무엇을 생각하고 걱정하는지 알기에 그 표정의 의미는 묻지 않았다.

아직은 모른다. 또 앞으로도 그렇고. 우리의 간절한 의지가 보태진 두 사람의 미래는 아직 아무도 알 수 없으니까.

"전화 받고 궁금했는데 오늘 이 자리는 무슨 의미지?"

그의 물음에 이영은 갑자기 생각난 듯 담담하게 말했다.

"오늘, 샵을 넘겼어요. 완전히 손을 떼는 건 이번 주고. 의뢰받은 몇 가지가 남아서 조금 시간을 달라고 청했어요. 새로운 주인한테."

"기분이 묘할 것 같은데, 괜찮은가?"

그의 질문에 이영은 살짝 어색한 미소를 지었다.

"아직 잘 모르겠어요. 기분이 어떤지. 아마 그건 시간이 지나서 온전히 나 혼자 있을 때, 아니면 습관처럼 출근 준비할 때 제대로 실감할 것 같아요. 내가 도대체 무슨 짓을 한 건지……."

말끝을 흐리면서도 이영의 의식은 아직 그 언어 안에 있었다.

이영의 말처럼 지금 당장은 그 어떤 실감도 하지 못할 거란 생각을 했다. 그로 인해 윤건도 말을 아꼈다.

더 좋은 일이 생길 거란 섣부른 위로와 잘했다는 칭찬. 그 어느 것도 하지 않고 이영의 시선이 자신을 향하기만 기다렸다.

그 시간을 기다려 주고 싶었다.

마음은 지금도 성급하게 시간의 레일을 쫓고 있지만 이 순간 정차한 것처럼 묵묵히 기다렸다.

"아무래도 시간이 좀 지나야 할 것 같아요."

"……."

"신기한 건, 계약을 하고 당신이 생각났어요. 일전에 본 친구도 생각났지만 좋은 소리 못 들을 걸 알아서 집에서 보자 생각하니까 당신이 더 보고 싶었어요. 이상하죠?"

이영은 자신이 한 말이 수줍은지 말갛게 웃었다.

그 모습은 영락없이 그 시절, 이영의 웃음을 똑같이 닮아 있었다.

그렇게 얄궂고 그렇게나 그리운 미소는 여전히 그를 전복시키고 온통 뒤흔들었다.

벌떡 일어나고 싶은 마음에 윤건은 식탁 아래 자신의 양손을 꼭 쥐었다.

"……왜 그래요?"

"……!"

"미간에 왜 그렇게 힘을 주고 있냐고요."

나름 양손을 꼭 쥐며 절제하며 참고 있는데 얼굴에 티가 난 모양이다. 어설프게.

"……참아야 될 것 같아서."

"뭘요?"

"당신 곤란하게 만들고 싶지 않아서."

"그게 무슨 말이에요?"

이영은 답답한 듯이 물었다.

되도록 끝까지 참아 보려고 했는데 그럴 수 없을 것 같았다.

자리에서 일어나 그의 움직임을 따라 반짝이는 눈을 직시하며 천천히 다가갔다.

늘 생각하는 거지만 어느 순간에도 서두르고 싶지가 않다.

그가 다가가는 순간, 변하는 섬세한 표정들을 전부 다 기억하고 확인하고 싶다.

그 시간들조차 분명 행복하고 소중하기에 의미 없이 흘려보내거나 하나도 놓치고 싶지가 않았다.

다소 경직된 표정으로 의자에 앉아 올려다보는 이영의 얼굴을 잡고 벌어진 입술을 단박에 삼켜 버렸다. 성마르게 빨아들인 입술은 숨넘어가게 달큰했다.

영화처럼 소설처럼 시공간을 잊고 입술을 사수함과 동시에, 샅샅이 핥아 대는 거친 행위에 이영은 놀란 눈을 깜박였다.

그 귀여운 모습은 가뜩이나 자극받은 윤건을 부추기기에 너무도 충분조건이었다.

✠   ✤   ✜

어디서 얻었는지 샀는지 시골 5일장에 앉아 계신 할머니들이나 입을 요상하고 요란한 무늬의 몸빼 바지를 입은 미옥이 거실 바닥에 앉아 진을 쳤다.

"야! 뒤늦게 남자한테 미친 거 좋다 이거야. 그래도 일은 해야 할 거 아니야! 우리 나이에 남자 없는데 돈 없고 일까지 없어 봐! 너, 그것처럼 비참하고 기죽는 게 있는 줄 알아!"

샵 매매 사실을 알리고부터 집 안은 하이 톤에 고성방가가 난무했다.

"너나 나나 마흔이란 훈장 달고 이제 어딜 가나 임신부보다 위의 단계인 경로 우대 대상이야! 너, 그거 몰라! 그나마 집 있고 돈 있고 밥 벌어먹을 재주 있으니까 이 살벌한 세상, 아귀 같은 인간들이 우릴 무시 못 하는 거라고! 이 화상아."

감미옥의 최대공약수는 바로 술이다.

"우리 나이에 직업 없으면 연애는 물론이고 하룻밤 엔조이도 못 해. 기회는 고사하고 가능성도 없다고, 이 인간아."

"……."

"네 수중에 돈 좀 있으면 뭐해? 얼굴에 나 돈 있소, 하고 광고판 달고 다닐 것도 아니고. 또 그 피 같은 돈 보고 달려드는 연하 놈들, 그거 다 사기꾼이야! 이 식충아! 아니지, 멍충아!"

미옥은 트리플 A형답게 술만 마시면, 그동안 쌓이고 억눌렸던 감정들을 온갖 궤변으로 다 쏟아 내는 뒤태, 뒤끝이 있었다.

무슨 일로 수업까지 작파하고 일찍부터 병나발을 불었는지 모르겠지만, 도착했을 때는 이미 케어할 수 있는 수준을 넘어 유체 이탈과 함께 심한 자아 분열을 하고 있었다.

"그렇게 팔지 말라고 했는데 그걸 단박에 팔아 버리냐!?"

독기, 아니, 도끼눈을 한 미옥은 그 상태로 머리 반만 풀면 딱 망나니 그 자체였다.

살벌한 감미옥의 혀는 도끼보다 더 시퍼런 날을 반짝였다.

"덩치가 커져 버려서 감당하기 힘들었어. 그래서……."

"웃기고 있네. 야! 그 코딱지만 한 샵이 주식회사에 상장사쯤 돼?! 너 지금 홍콩으로 튀려고 숨 고르는 거 아니야? 내가 조류 독감 때문에 홍. 콩. 은 절대 안 된다고 했지! 그게 아이들한테 얼마나 치명적으로 안 좋은 건데!"

가끔 그런 생각을 했다.

어쩌면 미옥은 지유에 대한 감정이 이영보다 더 깊은 건 아닐까 하는 그런 생각.

옛날이나 지금이나 감미옥의 직설화법 속에는 항상 소녀 감각의 은밀한 비밀이 숨어 있었다.

표면적으로 미옥을 아는 사람은 들장미 소녀 캔디 같은 감성 성향을 모르지만, 제대로 간파한 사람은 카리스마 테리우스보다는 소년 안소니를 사랑하는 감미옥의 순수 소녀 버전을 알 수 있었다. 그러나 그건 20년 지기나 가능한 일이고 언뜻 보면.

"야, 아무리 날고 기어도 넌 내 밑이야! 언제나 승승장구 전교 1등 감미옥! 아주 간신히 턱걸이로 전교 5등 이영!"

유치하고 졸렬하며 무지 편파적 세계관을 가졌다.

감미옥과 왜 이런 밀착 관계가 됐는지는 너무 오래돼 생각나지 않는다. 다만 그때 조금만 더 선견지명이 있었다면, 이 아이는 접수하지 않는 건데.

"그래, 매장은 정리했고 다음은 어쩔 건데? 윤건인지 수건인지랑 지유 손 양쪽으로 잡고 홍콩 가는 거야? 인간아. 홍콩은 잠자리에서나 가는 거지, 그걸 진짜로 가냐!? 그래. 가라, 가! 가란 말이야! 너 때문에 되는 게 없어!"

미옥은 감자 칩을 던지며 오래전 유명했던 CF를 찍었다.

말려야 하는데 어떻게 어디서부터 손을 대야 할지 막막했다.

"이 무정하고 박정한 전교 5등아! 내가 옛날 옛적에 알아봤어야 하는데……."

이젠 아주 흥이 나는지 리듬을 타며 독설을 날렸다.

"남자한테 미쳐서 이렇게 친구도 버리고 제 갈 길 가는 그런 나쁜 년인지 진작에 알아봤어야 하는 건데. 저런 미천한 인간하고 유안진 님의 지란지교를 꿈꾸다니, 내가 미친년이지."

미천한 인간. 나쁜 년. 미친년. 아무래도 나올 건 다 나왔다 싶다.

감미옥이 술주정을 할수록 우리의 학번과 살아온 세대가 여실히 느껴졌다.

지금 세대와는 확연히 다른 세대. 지나간 향수.

"이제부터는 서정윤 님의 홀로서기를…… 아니다. 그 인간

제자 성추행 인정하고 벌금형 받았지. 이거 봐, 이거 봐. 말세야, 말세. 세기말이라고."

내일 아침에 일어나 이 일을 어찌 다 쓸어 담을지 그게 무척이나 궁금했다.

"친구는 배신하고, 시인은 순수성을 잃고……."

순간 바닥에서 와인 병 들고 원맨쇼를 하던 미옥이 잠잠해졌다.

"지유 녀석은 네 편만 들고. 난 억울해, 정말."

아직까지는 정신이 박혀 있었다.

억울하단 소리를 열 번 넘게 부르짖던 감미옥은 소파에 기대 쓰러졌다. 결국 대치동에 데뷔할 자금을 대겠다는 말은 한마디 꺼내 보지도 못하고 제대로 당했다.

홍콩행으로 인해 스트레스를 받고 있다는 걸 오늘에서야 알았다.

자신과 달리 그래도 가족들과 왕래하고 따르는 제자들도 있어…… 아니다.

착각했다.

본성이 소녀 지향적이란 걸 알면서도 두터운 외피에 속았다. 미처 헤아리질 못했다.

자신만큼 상처 받고 어쩌면 더 아팠을 미옥에게, 의지하고 보살핌만 받으면서 잊고 잊었다. 내 친구 감미옥의 진짜 얼굴을.

부모님들과 사는 그 시간 동안 감정은 물론, 사랑이란 가장

274

큰 선물과 기쁨을 조금씩 잃어버리고 상실한 탓이라고 구질구질한 변명을 하기에도 미안했다.

"……주무시는 거 같은데 옮길까요?"

그 소리에 깜짝 놀란 이영이 뒤를 돌아보니 지유가 서 있었다.

'어, 여긴 감미옥 집인데. 왜 지유가 이 시간까지 여기 있는 거지?'

"학원 마치고 수학 문제 여쭤어 볼 게 있어서 왔다가 아줌마 상태가 너무 고주망태라 방 안에서 숙제하고 있었어요."

순간 무슨 말을 해야 할지 몰랐다.

지유가 이영과 미옥의 대화를 들은 것이 분명해 말을 꺼내기가 어려웠다.

"저 때문이면 홍콩 가지 않으셔도 돼요."

"……."

"전 지금처럼 지내는 거 좋아요. 보고 싶을 때 엄마랑 친척들도 보면서 이렇게 아줌마, 감미옥 아줌마랑 사는 거 불만 없어요."

지유의 말을 어디서부터 어디까지 진심이라 해석해야 할지 혼란스러웠다.

보이는 게 전부가 아니란 걸 알면서 오늘에서야 미옥의 본심을 엿본 것처럼 또다시 실수하기 싫었다.

"홍콩은 여기보다 인식이나 사고가 자유로워. 또 곧바로 국제 학교 다닐 수도 있고. 타인의 시선에서 자유롭다는 거 무시

못 하는 거야."

에둘러 말했다. 이럴 땐 감미옥의 직설화법이 답일 수 있지만 그런 담력까진 없었다.

지유는 정신을 잃고 자고 있는 미옥을 슬쩍 보다 이영과 눈을 맞췄다.

"미옥이 아줌마 혼자 두고 가면 마음이 불편할 것 같아요."

"……."

"감미옥 아줌마가 결혼이라도 하시면 몰라도 이렇게 두고 우리끼리만 가는 건 아닌 것 같아요. 아줌마랑 저 없으면 너무 외로우실 텐데."

이영과 지유 사이에 어떤 끈이 있는 것처럼 지유와 감미옥도 어떤 접점이 존재했다.

늘 톰과 제리처럼 앙앙거리면서도 서로가 서로를 걱정하며 닮아 있었다.

우리 세 사람의 이상한 조합에 지유가 여러모로 상처 받을까 이민을 타진한 것이었다.

멀고 위험한 미국보다는 마음만 먹으면 쉽게 가족들을 볼 수 있는 홍콩을 염두에 두고 있었다. 지금이야 중국 본토와의 문제로 적지 않은 잡음도 있지만, 동서양의 문화가 공존하는 곳이라 멀지 않은 미래의 대학까지 생각해 결정한 것이었다. 우리나라 사람들은 잘 모르지만 홍콩대는 세계 대학 서열 중에서 서울대보다 훨씬 높은 우수한 대학이었다.

그런데 그 질기고 질긴 한국적 정서가, 정이 발목을 잡았다.

"당분간……."

이영의 목소리에 지유가 귀를 쫑긋하며 쳐다봤다.

"말하지 마, 감미옥한테. 아무리 술기운이라지만 독설을 바가지로 들어서 그런지 나도 쉽게 말해 주기 싫으니까."

"그럼 홍콩, 안 가는 거예요?"

"감미옥 걱정돼서 못 가시겠다며? 아냐? 갈까?"

이영의 놀림에 지유가 어린아이답게 얼굴을 붉혔다.

자신도 모르게 보인 제 감정을 뒤늦게 수습하려니 부끄러운 모양이다.

"그럼 옮길까요?"

"힘들게 옮기긴 뭘 옮겨. 이왕 자리 잡은 거 자라고 두지. 지유 넌 들어가서 짐 챙기고 나올 때 얇은 이불 하나만 가져와. 여긴 내가 치울 테니까."

지유는 코까지 골고 자는 감미옥을 한 번 보더니 방 안으로 들어갔다.

이영은 엄마 뱃속, 태아의 모습을 하고 자고 있는 미옥을 보며 낮게 말했다.

"속 좀 끓여 봐라. 이 얄미운 전교 1등아."

집으로 돌아온 지유와 이영은 서둘러 잠들 준비를 했다.

성격만큼이나 말끔히 씻고 나온 지유의 잠자리를 봐 주고 자신의 방에 들어온 이영은 침대에 누워서도 쉽게 잠들지 못했다.

옆으로 한쪽 팔을 베고 누워 입술에 손을 대 느껴 보았다.

아까처럼 뜨겁지도 아릿하지도 않았다. 그저 평소처럼 건조한 듯했다.

입술은 상흔 같은 흔적을 모두 잊고 마른 상태지만 마음까지 그런 건 아니었다.

마음은 동요와 함께 쓰나미 같은 윤건의 도발에 위험하게 찰랑거렸다.

이제 일상은 윤건을 만날 때와 만나지 않을 때, 확연히 달라져 있었다.

감정의 파고가 아주 큰 건 아니지만 형태와 모습, 빛깔이 달랐다.

윤건과 있으면 거친 크로키 같은 일상의 명암이 그라데이션 되면서 색을 입었다.

회백색에 가까운 감정들이 각기 다른 블루 빛으로 반짝였다.

윤건과 바다를 보고 와 그런 건지 아니면 호수를 닮은 그 사람의 이미지 때문인지 늘 블루가 연상됐다. 차가운 듯하면서도 투명한 블루,

오늘의 키스는 몇천, 몇만 미터 심해를 닮은 마린블루 빛.

너무 깊고 아찔해서 창피함도 잊고 빠져들었다.

윤건이 천천히 다가올 때면, 긴장이 되면서도 마음속 깊은 곳에서는 그 무언가를 열망하고 기대하게 된다. 또한 그의 세밀한 표정 변화를 읽으면서 그를 느끼고 그를 확인한다.

그의 마음의 온도를, 이영을 향한 감정의 깊이를.

그 짧은 순간 윤건은 입술을 베어 문다.

한순간 모든 잡념과 상상을 잊게 된다. 그저 탐닉하고 빠져들게만 되니까.

악몽과 함께 인간의 대한 뿌리 깊은 불신이 도대체 언제적 얘기였나 싶을 정도로 마음이 심해처럼 점점 더 깊어지고 강렬해진다.

3일 후면 돌아올 양가 어른들의 감정을 이기고 충분히 앞설 만큼 그렇게.

✛　　　⚜　　　✛

수저는 허공에서 지휘자의 감정에 따라 이리저리 방향을 틀었다.

"막내 동생이 뜬금없이 보증을 서 달라고 그러질 않나, 둘째는 선을 보라면서 어디서 중늙은이를 들이대잖아. 내가 빡치고 돌지 않겠냐고. 것도 그거고 내가 가르치는 학생 놈이 시험을 드럽게 못 본 거야. 여자 친구가 변심을 했다나 뭐래나. 그래서 그 학생 놈 엄마가 생억지를 쓰잖아. 그게 다 내 잘못이라고! 말이 되냐? 그 자식 연애질이 대체 나랑 무슨 연관이 있어서! 내가 그 여학생도 아니고. 그리하여 어제 내가……."

"술을 마셨다."

"그렇지. 바로 그거거덩."

이제야 수저는 본연의 포지션으로 돌아와 조심하게 국그릇에 담가졌다.

"그래서 보증은 어떻게 됐는데? 서 주기로 했어?"

이영의 맞장구에 미옥은 혼신의 힘을 다해 부정했다.

"내가 미쳤냐, 보증을 서게! 차라리 몇 날 며칠 날밤을 새고 말지. 그리고 내가 누구야? 우리 집 365일 무이자에 수수료 없는 현금 인출기 아니냐? 내가 개박살 나면 도대체 누가 그 불쌍하고 개념 없는 인간들 무한 리스해 주겠어? 그리하야⋯⋯."

"속상해서 병나발을 불었다."

수저는 또다시 허공에서 휘날렸다. 아주 가볍게.

"그렇지, 바로 그거지. 근데 콩나물국이 너무 짜다, 친구야."

그러면서도 미옥은 짠 국을 연신 마셔 댔다.

"친구야, 난 슬프다. 네가⋯⋯ 사기 쳐서."

감미옥은 안 그래도 큰 눈을 부릅뜨고 이영을 잡아먹을 듯이 봤다.

"누가 그래? 이게 다 사기라고. 내가 어디 사기 칠 사람이야? 것도 지극히 예민하고 개인적인 가족사를 가지고? 이건 백 퍼 진실이야."

감미옥은 내려놓은 국 사발을 아주 씹어 먹을 듯이 얼굴을 묻고 국물을 흡입했다.

미옥은 완전, 반전의 여신이다.

언뜻 보면 콩나물 머리도 떼고 먹을 정도로 쓸데없이 예민

하게 생겨서 하는 짓은 누군가처럼 으리, 으리를 외치는 상남
자였다.

"어제 낮에 말이야. 머리 더듬이마냥 이상하게 하고 다니던
네 막내 동생 감미연한테 전화 왔었어. 요즘 언니가 연락이 안
돼서 걱정된다고, 나보고 좀 챙겨 주라고. 조금 있으면 네 생
일이니까 한번 보자더라. 자기가 밥 산다고."

이영의 성토에 감미옥은 눈 하나 깜짝 않고 투덜거렸다.

"아니, 걘 왜 안 하던 짓을 하고 난리라니? 지가 언제부터
내 생일 챙겼다고? 하여튼 타이밍도 드럽게 못 맞춰요."

"지금 그런 말 할 타이밍이 아니지 않나?"

"맞아요."

그때까지 조용히 숨죽이고 있던 지유가 한 수 거들었다.

그런 지유가 얄미운지, 아니면 유유히 홍콩 하늘을 날아가는
지유를 연상했는지 미옥은 죄 없는 지유에게 버럭 화를 냈다.

"넌 왜 아직까지 핵교도 안 가고 이러고 있어?! 지금이 도대
체 몇 시야? 우등생이면 그래도 되는 거야? 도대체 공교육을
뭘로 보고! 넌, 하여튼 개념이 없어."

"아직 8시도 안 됐어요."

묵직하게 공간을 가르는 지유의 타임 알림 서비스에 순간
미옥의 얼굴이 험악해졌다.

"아니, 이것들이······."

직접 시간을 확인한 미옥은 지유와 이영을 무섭게 노려봤다.

"간밤 이유가 어찌 됐건, 이 아침부터 술 마셔서 피곤한 사

람 깨워서는 이렇게 짠 국이나 먹이면서 잡고 있는 거야?! 이러고도 니들이 마음을 나누고 정을 나누는 이 시대 대표적인 대체가족이야?! 이렇게 정 없고 배려 없고 맛까지 없으면서?!"

억지든 뭐든 하여튼 잘 빠져나간다, 감미옥.

8시 30분. 철저한 자체 점검 하에 모든 준비를 완벽하게 마친 지유가 현관문을 나서기 무섭게 미옥은 거실 소파에 몸을 날렸다.

이영은 설거지를 하면서 모처럼 여유를 즐겼다.

늘 지유 준비물 봐 주고 출근 준비하면서 바빴는데 오늘은 그 모든 게 한가로워 좋았다.

"웃음이 나오냐? 이제부터 백수의 나날인데 좋기도 하겠다. 네가 만나는 사람도 이제 너 보는 눈이 백태에서 황태로 전환됐을걸. 조금씩 콩깍지가 벗겨진다는 소리지."

감미옥의 감미롭지 않은 말들이 조금 거슬렸지만 그래도 나쁘지 않았다.

"그 껍질 완전히 벗겨지기 전까지 어떡해서든 잡아. 그러기 위해서는 아낌없이 주는 나무가 되어야 할 것이다, 넌."

몇 개 없는 그릇까지 전부 정리한 후 부엌 아일랜드에 자리를 잡고 앉았다.

"너, 껍데기는 가라라는 말 알지? 그렇게 네 허물과 갑옷을 벗어 버리란 말이야. 그래야 남심과 남근이 네 손안에 잡힌단 말이지."

신경을 건드리는 음란 소음에 귀를 닫고, 눈만 열어 놓은 채 감각 신경을 세웠다.

평일 아침나절, 이 자리에 앉아 열려 있는 창으로 불어오는 바람. 그 바람으로 인해 날리는 린넨 커튼과 청아하고 투명한 도자기 풍경 소리. 모든 게 절묘한 그림 같았다.

어쩌면 그저 이런 조용하고 평화로운 일상을, 마음을 준 사람과 이런 삶을 바라고 그렇게 열심히 치열하게 일을 한 건 아닌가 하는 생각이 들었다.

조금씩 아주 천천히 오전에서 정오로 넘어가는 이 시간.

거실을 보며 편하게 앉아 본 것도 무척이나 오랜만이라 이 소소하고도 소중한 일상의 모습이 무척이나 반갑고 편했다. 굳이 인테리어 잡지나 리빙 잡지를 구독하고 사입하지 않아도 사진 같은 화보는 우리 주위 곳곳에 포진하고 있다. 이렇게, 이런 다감한 모습으로.

"우리 나이에 주부도 아니면서 직업군이 없으면, 그건……."

우르르 쾅쾅. 순간 천둥소리 버금가는 요란한 소리에 깜짝 놀랐다.

"구리다는 거야."

미옥이 엉덩이를 들썩이며 소리의 진원지를 친절히 알려 줬다.

정말 감미옥은 반전, 그 단어 자체다.

도대체 누가 저 반전 미인을 완전한 인간으로 만들지 심히 궁금하다.

"샵 사람들이야 전부터 알고 있던 거고, 그래서 주문받은

283

물건들은 전부 마무리한 거야?"

그러다 이렇게 뜬금없이 진지한 질문을 해 대는 감미옥. 정말 내 능력으로 감당이 안 되는 인물인 건 너무도 확실하다.

"거의. 마무리할 게 좀 남았어. 만들던 게 있어서."

등이 간지러운지 미옥은 이상하고도 해괴한 자세로 등을 긁었다.

"마무리 잘해. 네가 대충할 사람은 아니지만 그래도 할 거면 똑딱 소리 나게 하라고. 사람이 뭘 하든 끝까지 우아하게, 멋있게, 죽이게 하는 거야. 특히 우리 같은 지긋한 나이는."

지금 감미옥의 자세는 전혀 우아하지도 멋지지도 않았다.

"네가 시도 때도 없이 나이 들먹여서 이젠 내 나이가 진짜 너랑 동갑인 마흔 같아. 서른아홉이 아니라."

"왜? 도찐개찐이라며? 아홉이나 영이나. 한 끗 차인데, 뭐."

"그 한. 끗. 차이가 엄청난 거거든."

이영은 미옥이 새겨들으라고 나름 강조를 했다.

"그래? 그랬구나. 난 여직 그 사실을 몰랐네. 그렇게 어마무시하게 엄청난 거니까 이제부터 꼬박꼬박 언니라고 불러. 이참에 한번 찰지게, 구성지게 불러 보든가. 옥이 언닝 하고."

도대체 말재간으론 당할 수가 없다.

지유는 감미옥을 손쉽게 다루던데 그러고 보면 천적이 있긴 있는 것 같다.

"야, 핸드폰 울리잖아. 왜? 이젠 늙어서 소리도 잘 안 들리나?"

저 인간을 언젠가 한번은 말아먹어 버리리라. 파 넣고 소금 치고 후추 쳐서.

이영이 방 안으로 들어가 핸드폰을 찾아 집어 드는 순간, 거실에서 또 한 번 천둥 벼락이 쳤다.

6장
마린블루

남은 3일. 무엇을 할까 고민했다.

꼭 무언가 해야 하는 건 아니지만 뭐든 하고 싶었다.

어른들이 돌아오셔도 만나고 그 이상을 위해 끊임없이 노력하겠지만 지금처럼 맘 편히 만나는 건 어쩌면 당분간 어려울 것 같아 마음이 조급했다.

솔직한 마음 같아서는 이영과 단둘이 몇 날 며칠 같은 공간에서 서로를 흡수하듯 서로에 대한, 서로가 비중을 두고 생각하며 추구하는 모든 것에 대해, 또 못다 한 꿈과 마지막까지 좇을 꿈까지 전부 이야기하고 싶지만 그럴 수 없다는 걸 안다.

물론 그보다 훨씬 먼저 더 많은 시간, 사랑을 나누고 싶었다.

매 순간 레스토랑에서의 키스가 떠올랐다.

그가 원하고 집요하게 파고드는 만큼 이영도 뒷걸음치지 않고 받아 줬다.

절대 하지 않을 것 같은 행동들을 버젓이, 아무렇지 않게 하면서도 창피한 줄 몰랐다.

사실 알았다 해도 하지 않을 수가 없었고 멈출 수가 없었다.

그간 몸 속 어딘가 숨어 있던 욕망이란 녀석들이 점점 더 기세를 더하고 있다.

작은 문이라도 하나 만들어 주면 녀석들은 그 문을 물꼬이자 비상구로 생각해 윤건과 이영을 여지없이 삼켜 버릴 것 같아 버럭 겁도 났다.

'만약 당신이 이런 내 마음을 아주 조금이라도 눈치챘다면 겁도 없이 그렇게 응할 수는 없었을 거야.'

넘실거리는 마음을 토닥이듯 뒤로하고 3일에 대한 계획을 짜려 했지만 쉽지 않았다.

마음은 아직 다가올 시간보다 해소하지 못한 어제의 감정 앞에서 연신 기웃거리고 있었다.

사랑은 참 단순하고 즉물적이다.

관념도 추상적인 것도 전혀 필요치 않다.

모든 걸 아낌없이 주고받을 대상만 있다면 사랑은 거침이 없다.

신기했다. 언어도 아니고 문자도 아닌데 이렇게, 이렇게까지 인간의 감정이 명료할 수 있다는 게.

'당신도 나처럼, 나만큼 이 감정에 확신이 드는 순간이 빨

리 왔으면 좋겠는데······.'

이영의 아침이 궁금해 일찍부터 통화를 시도했다.

몇 번의 대화가 오가다 결국 묻고 싶은 걸 물었다.

"그럼, 오늘부터 출근하지 않아도 되는 건가?"

―꼭 나가야 하는 건 아니에요. 그래도 한 번은 가야 해요. 마무리할 것도 있고 만들던 게 있어서.

"그럼, 내일 출근하고 오늘은 나랑 같이 있어."

―알았어요. 몇 시에 어디서 만날까요?

"한 시간 후에 갈 테니까 집에서 기다려."

―알았어요.

결국 무엇을 할지 결정하지 못하고 이영을 만나러 가게 됐다.

늘 마음보다 몸이, 이해타산적인 이성보다 감각적인 감성이 먼저 움직인다.

이 나이쯤 되면 젠틀함과 동시에 조금쯤은 무게가 있어야 하는 게 아닌가 싶다가도 이영을 생각하면 그 시절 그 소파 앞에서 주춤하고 망설이던 소년에, 아니, 청년에 지나지 않는다.

정작 청년 시절엔 거듭된 해외 지사 생활과 똑같은 일상의 반복으로 그 시절을 알지도, 인식도 못 하고 보냈는데 이영을 만나고 몸과 마음이 젊어지고 열정적이 되어 간다.

맞춤인 것처럼 오직 한 사람만을 위해 형성되고 생성된 열정이기에 더욱더 행복하다.

이 순간 평소 생각지도 않던 지나간 노래가 생각난다.

그녀를 만나는 곳 100미터 전.

이영을 만나기 1킬로미터도 더 되는데 가슴이 벌써부터 뛰었다.

마치 폭풍 전야처럼.

도착한 곳은 고속버스 터미널.

오전 9시 차는 이미 떠나고 11시 출발하는 우등고속을 기다렸다.

윤건은 어딜 가냐는 질문에 답하지 않았다. 그저 질문에 질문으로만 답했을 뿐.

누가 먼저 일어나고 누가 아침을 만들었는지, 무얼 먹었는지, 먹으며 무슨 말을 나누는지, 가끔 셋이서 자기도 하는지.

의미 없는 질문들을 하면서 당사자는 꽤나 심각한 표정을 했다. 그러면서 모든 게 다 궁금하단 말을 했다.

"당신의 모든 게 알고 싶어. 이상하지? 나도 이런 내가 신기해."

운전을 하던 윤건은 조금은 머쓱해하고 조금은 긴장한 표정을 했다.

말을 하진 않았지만 이영도 그랬다.

횡성에서 그 넓은 땅의 기운과 든든한 지력을 받으며 바쁘게 일을 하던 사람이 이곳에서 도대체 무슨 일을 하며 어떻게 지내는지 전부 다 궁금했지만 지극히 개인적이 일을 물어도 되는지, 또 물을 자격이 되는지 알지 못해 내내 삭이고 있었을 뿐이다.

언제나 한 걸음, 한 템포씩 빨랐다.

이영이 몸살을 앓듯이 내내 끙끙거리는 것들을 윤건은 주저 없이 해치워 버렸다.

표를 확인하고 나서야 우리가 선 이 땅의 끝을 보러 가자는 말을 했다.

조금은 들뜨고 조금은 상기된 표정으로.

우리가 선 이 땅의 끝 지점이라……

해남이란 땅 지명은 흔하게 들었으면서도 정작 그 근처도 밟은 적이 없다.

늘 제자리걸음에 능숙하기만 한 이영은 길라잡이 윤건으로 인해 낯선 곳도, 그리운 곳도, 그간 기억에서 잊고 있었던 곳 까지 하나씩 부담스럽지 않은 행보로 되짚고 기억하며 찾아가 고 있었다. 자꾸 이렇게 대책 없이 물들어 가기만 해 한편으론 두려웠다.

이러다 윤건이 곁에서 사라지기라도 한다면, 그땐 난……

순간 이영의 손을 꼭 쥐고 망설임 없이 앞으로 나아가는 윤 건으로 인해 그쯤에서 두려움과 의구심을 덮었다.

자리는 중간에서 두 칸쯤 뒤 좌석이었다.

우리 좌석 앞으로 서너 개의 빈자리가 있었지만 옆과 뒤는 아무도 없었다.

그렇게 5시간을 예정으로 버스는 질주를 시작했다.

이영과 윤건은 서로의 눈빛과 감정에 기대어 정말 많은 이야기를 나눴다.

그 어떤 얘기를 하고 듣든 간에 윤건은 꽉 잡은 손을 놓지 않았다.

달리는 버스 안, 미라처럼 온몸을 감싸는 안전벨트보다 온기를 나눌 수 있는 윤건의 손이 더 든든하고 믿음직스러웠다.

이야기를 하면서 윤건이 번역에 관심이 있는 정도가 아니라 일선에서 활발하게 활동하는 기술 번역가란 것도, 횡성 펜션을 맡게 된 이유와 펜션의 시작이 그의 어머니께 있다는 사실도 알게 됐다. 오랜 시간 외국에서 홀로 살았다는 이야기도 들었다.

윤건은 자신의 얘기와 함께 이영의 이야기도 듣길 원했다.

유학을 떠나 입학한 학교와 인턴 생활을 한 미국의 대표 보석 회사. 또 토털 디자이너 브랜드 주얼리 파트에서 일했던 너무도 정신없던 그 시절을 복기해 보았다.

그 당시 몸은 힘들었지만 마음은 그 어느 때보다 자유로웠다.

늘 족쇄처럼 그녀의 정신을 옥죄던 부모님의 그늘과 소란에서 멀어져 여유를 찾을 수 있다는 것만으로 그 시절은 충분히 유의미했다.

"그럼 유학 가기 전 생활은 어땠는데?"

'유학 가기 전이라.'

"대학생활이요?"

"학교생활이든 일상생활이든 그 시절에 관한 건 전부 알고 싶어."

대학 시절도 고등학교 때와 마찬가지로 그다지 생각나는 게 없었다.

그땐 부모님의 관계가 가장 최악이었고, 정미옥 여사의 계속된 강요와 눈물 바람에 의해 추악하고 더러운 일들을 보고 확인한 것밖에는 없었으니까.

세상 가장 단단하고 아름답다고 할 수 있는 보석 디자인으로 방향 전환을 생각하면서 실상은 가장 추악한 모습만 대면하던 시절, 정말이지 다신 생각하고 싶지 않은 혹독한 시절이었다.

그땐 정말 인간이란 자체가 너무 끔찍했다. 그중에서도 나란 사람이 가장 끔찍했던 거 같다.

"……아무것도 한 게 없어서 할 말도 없어요."

"신입생인데 미팅이나 그런 것도 않고?"

윤건은 이영의 답이 영 의심스러운지 생각지도 않은 것까지 물었다.

"……미팅이요?"

미팅은 태어나 한 번도 해 본 적이 없었다.

관심도 없었지만 그런 일이 있다 해도 늘 감미옥이 그 자리를 대신해 주었다.

과 친구들의 성화와 집요한 요구에 어쩔 수 없이 약속을 잡으면 어떻게 알았는지 어김없이 감미옥이 대신 나가 주곤 했

다. 번거로운 일을 대신해 주는 친구가 고맙기만 해 물어본 적
이 없는데 지금 와 생각해 보니 왜 그렇게 자신을 못 나가게
한 건지 궁금했다.

"기회는 있었던 거 같은데…… 해 본 적은 없어요. 늘 감미
옥이 대타로 나가 줘서. 사실 미옥이 나가면 모두 감개무량해
해서 내 존재는 그대로 잊히고 묻혔죠."

이영의 대답에 윤건이 환하게 웃었다. 그러자 숨어 있던 우
물이 나타났다.

볼수록 신기했다. 또한 볼수록 만져 보고 싶었다.

"기특한 친구네. 친구를 배려할 줄도 알고."

"그게 배려가?"

"그럼, 당연히 배려지. 나에겐 은인이고."

윤건은 대놓고 농담을 하는 스타일은 아닌데 기존 대화의
수준은 유지하면서도 상대의 기분을 유쾌하게 만드는 재주가
있었다. 아니면 이영에게만 일방 통행되는.

그 신통한 재주에 웃음이 났다.

유쾌한 웃음이 멈춘 건 순식간이었다.

아랫입술을 깨물 듯 머금은 윤건은, 깜짝 놀라 동그랗게 눈
을 뜬 이영을 빤히 보면서 아슬아슬하고 달콤한 유희를 멈추
지 않았다.

그의 위험천만한 도발에 숨을 멈춘 이영은 도망치려 했지만
그 같은 행동이 허락되진 않았다. 자신들이 있는 이곳이 버스
안이란 사실을 알고 있을 텐데도 그 또한 개의치 않았다.

키스는 두려움 때문인지 알큰했다.

어른들 몰래 불장난을 하는 동심이 바로 이런 걸까 하는 깨달음이 가슴 깊이 와 닿았다.

키스는 불안감으로 인해 묘한 쾌감 또한 있었다.

윤건의 키스는 늘 그랬지만 오늘은 특히 더 감각적으로 온몸과 정신을 뜨겁게 달궜다.

밀폐와 동시에 오픈된 장소가 주는 극강의 스릴이라고 치부하기엔 몸의 반응이 너무도 강렬하고 세밀했다. 육체는 점점 두려움을 잊고 아직 경험하지 못한 다른 미지의 세계에 한 발짝 더 다가갔다.

이영은 그렇게 숨도 쉬지 못하며 사방이 유리로 차단된 미로 안에서 오직 윤건이 허락하고 허용한 작은 틈새 속으로 빠져들었다.

성에 눈떠 불장난하는 청소년도 아니고 신혼여행 가는 부부도 아니기에 이제 이쯤에서 그만해야 한다는 걸 알면서도 그러질 못했다.

감정은 벌써부터 이성을 배신하며 모반을 꿈꿨다.

이영의 체향과 타액을 맛보자 몸 어디선가 혁명과도 같은 뜨거운 바람이 불었다.

지금 이곳이 어딘지, 우리가 어딜 가는지, 모든 것이 무가 되면서 오직 이영이 주는 미묘한 색감과 쾌감에 정신이 아찔했다.

좁은 공간 속, 서로를 향한 눈빛과 대화만으로도 더할 수 없이 좋았는데 지금은 그 어떤 감정으로도 대신할 수 없을 정도로 완벽하게 행복했다.

키스로도 죽을 만큼 행복할 수 있다는 걸 오늘 처음 알았다.

이영으로 인해.

✤　　　✤　　　✤

윤건은 차에서 내리는 이영의 손을 꽉 잡았다.

그의 행동이 무슨 뜻인지, 어떤 마음인지 알기에 가벼운 웃음으로 인사를 대신했다.

집 앞에 도착하기 전 이영의 부탁으로 미리 약속을 했기에 윤건은 어정쩡하게 선 이영을 두고 핸들을 돌렸다.

윤건의 차가 아파트를 끝까지 빠져나가는 걸 확인한 후에야 집 쪽으로 방향을 잡았다.

해남은 가지 못했다.

그 뜨겁던 키스도 계속 이어지진 못했다.

채 절반도 가지 못하고 감미옥의 급한 연락을 받았다.

어렵게 콜택시를 불러 거금을 치르고 강남 고속 터미널로 회귀했다. 그리고 다시 윤건의 차를 타고 지금 내린 이 자리, 발걸음에서 버석거리는 소리가 났다.

감미옥은 지유와 이영의 아버지 이 회장이 함께 있으니 되도록 빨리 돌아오란 말만 했다.

그다음은 이영의 몫이니 자신은 오직 지유만 사수한다고.

이 세상에 아버지란 사람을 상대할 수 있는 사람이 있기는 한 걸까…….

'있긴 있지. 지독하게 이기적이고 독립적이길 바란 그들의 딸.'

순간 윤건은 잘 가고 있나, 하는 생각을 했다.

'……많이 놀랐을 텐데.'

정작 적장과 적진에서 마주할 자신보다 윤건이 더 염려됐다.

조금 더 차분한 모습을 보여 줬어야 했는데 직접 집으로 왔다는 소리에 그러질 못했다.

현관을 들어서니 지유는 보이지 않고 여유 있는 모습으로 TV에 시선을 둔 아버지와 불편한 심기를 숨기지 않는 감미옥만 보였다.

미옥은 안도의 한숨과 함께 다가와 작은 목소리로 웅얼거렸다.

"바통 터치는 하겠지만 마음이 무겁다, 친구야. 회장님은 정말이지 커뮤니케이션이 안 되도 너무 안 되는 분이시더구나. 욕봐라."

이영이 대답 대신 웃자 감미옥은 뒤돌아 아버지를 향해 넙죽 인사를 했다.

"회장님, 이 미욱한 처자는 물러가나니 부디 이영이 굽어 살펴 주세요."

이럴 땐 미옥의 가벼움이 비록 순간일지라도 긴장을 푸는데 탁월한 효능이 있었다.

미옥의 인사에도 이 회장은 미소도 그 어떤 행동도 없었다.

'아버지답다. 역시 실망시키질 않는구나.'

미옥이 나가는 걸 확인하고 이영은 부엌으로 가 간단히 손을 씻었다. 그리고 이 회장이 있는 거실이 아닌 부엌 의자에 앉았다. 그와 동시에 TV는 꺼졌다.

"넌 오랜만에 이 애비를 보고 인사도 하지 않냐?"

"잘 지내셨어요?"

최대한 감정을 배제하고 목소리에 힘을 뺐다.

시작도 하기 전에 감정을 조절하지 못하면 체력만 소모될게 뻔해 힘을 비축하는 의미로 별다른 감정은 표하지 않았다.

"너 같으면 잘 지내겠냐? 귀하디귀한 자식 놈이 연고도 없는 아이, 그것도 사내아이 키우면서 이렇게 좁은 집구석에서 팔자에도 없는 청승을 떨고 있는데!?"

몰랐다. 이영이 그리도 귀한 자식인지. 또한 새삼 놀랐다. 여직 몰랐던 자신의 우월하고도 남다른 존재 가치에 대해.

"참, 방금 그 친구랑은 가깝게 지내면 안 되겠더라. 아이가 영 의리도 없고 못쓰겠어."

아버지 입에서 의리를 거론하다니. 점점 이야기가 미궁으로 빠지는 느낌이다. 정말이지 어이가 없다.

"제 친구는 빼고 말씀하세요. 그 친구는 아버지와 제 사이에 아무런……."

"왜 빼고 얘기해? 넌 저 애가 어떤 아인 줄이나 알고 그러는 거야? 얼굴이나 행동은 조신해 몰랐는데 못쓰겠더라."

의리로만 치자면 감미옥은 관우, 장비 두 몫은 거뜬히 하는 장수다.

그저 얼굴이 양귀비에 성격이 조조에 상응할 뿐.

"내가 투자한다니까 앞에서는 간도 빼 줄 것처럼 그러더니, 그 비싼 점심도 사 줬는데 이제껏 날 속이고 네 가당치도 않은 연애질을 숨기고 있었더구나. 내가 따로 알아보지 않았으면 속아서 오늘까지도 몰랐을 것 아니냐? 괘씸한 것 같으니라고."

구체적으로 미옥이 무슨 일을 벌인지는 모르겠지만 그 잘난 잔머리로 이영을 커버했다는 건 알 수 있었다.

"전 분명히 말씀드렸어요. 우리 대화에 다른 사람 끼워 넣지 말라고요. 그리고 저 여행 다녀오는 길이라 피곤해요. 하고 싶은 말씀 빨리 하시고 돌아가세요."

이 자리, 이 대화를 길게 끌고 싶지 않았다.

결코 말이나 대화가 될 수 없다는 걸 10년, 아니, 20년 전에 충분히 알았기에 되도록이면 기력을 소진하거나 낭비하는 일 없이 짧게 끊어 가고 싶었다.

"결혼해라."

"……!"

"일전에 선 봤던 이 군이랑."

이 군이라면 이상윤이란 사람을 말하는 것 같았다.

첫 결혼은 전략이었고 두 번째는 정략으로 한다라. 재밌네.

"이 군, 너도 알다시피 결혼은 했었지만 처음부터 잘못된 결혼이라 얼마 안 가 헤어졌고 집안이며 학벌, 직업 뭐 하나 빠지는 게 없어. 네 상황은 내가 다 설명했고."

이영은 이왕에 시작한 거 하실 말씀 전부 하시라는 눈빛으로 그저 옛날이야기 듣듯 듣기만 했다.

"너 지금 만나는 사람 있다는 건 아는데 아직 깊은 사이도 아니고 하니 이 군 한번 만나 봐. 이 군은 너 좋다고 하더구나. 난 너처럼 의뭉스럽고 차가운 스타일 별로지만. 하여튼 잘됐지 뭐냐? 서로가 호감 갖고 시작할 수 있으니."

단편적인 그날의 대화를 떠올려 봐도 호승심은 몰라도 호감을 갖기란 감미옥 스타일대로 백 퍼 불가능했다.

"전 이 군이란 사람한테 관심 없……."

"네가 만나는 사람, 네 에미가 재혼한다는 사람의 아들이더구나. 또 연하에 너와 달리 한 번도 결혼 안 한 총각이고. 참, 김 비서가 그러더라. 꽤 잘나가는 번역가라고."

신음은 물론이고 깨알 같은 비명도 나오지 않았다.

이 자리에서 톤을 높이고 발광에 발악을 한다 해서 뭔가가 변하고 수그러들지 않는다는 건, 이미 옛고 시절에 터득하고 깨우쳤다.

이영은 그저 거실에 들어와 처음으로 아버지를 똑바로 봤다.

피 칠갑한 싸움과 저열한 협상에 능숙한 아버지는 상대의 아킬레스건이라 생각하는 걸 서두에 깔고 시작했다.

늘 그랬고 오늘도 어김없이 그랬다.

'그 사람이 어느새 내 약점이 된 건가. 그렇게나 중요한 사람이었구나, 당신.'

낯선 감정이 점점 속수무책으로 차올라 걱정이 되긴 했었는데……

"난 네 에미가 누구랑 재혼하건 관심 없어. 그 결혼 깨고 싶은 마음도 전혀 없고. 너만 내가 원하는 사람이랑 결혼한다면 말이야."

아버지의 목소리 톤은 더할 수 없이 좋았다.

생각했었다. 저리도 좋은 톤으로 왜 저분은 저렇게, 저런 말밖에 할 수가 없는지.

그래도 이렇게 직설적인 게 좋을 때가 있다.

이 지리멸렬한 이야기로 괜히 시간 낭비하지 않아도 되니까.

"결혼, 하지 않겠다고 하면요?"

"그럼……"

이 회장은 특유의 비열한 웃음기에 여유까지 보이며 말을 이었다.

"난 네 에미한테 네가 지금 누굴 만나고 다니는지 말을 하겠지. 너도 니 에미 성격, 잘 알 거다. 지랄 맞고 참을성이라고는 눈곱만큼도 없는 그 천박한 성격."

아버지지만 참 졸렬하다.

이 자리에 없는 사람을 자신의 편의대로 소환하는 것도 모

300

자라 제 기준에 따라 적나라하고 거친 표현까지 서슴지 않으니.

방금 전 당신이 표현한 말들은 꼭 아버지 그 자체다. 본인은 절대 수긍하지 않겠지만.

"말씀드렸죠? 없는 사람 끌어들이지 말라고요."

너무도 분명한 비난과 타박, 또한 경고이기에 아버지의 표정이 굳어졌다.

개의치 않았다. 아직 더 남았다는 걸 알기에 숨을 조절하고 나머지 말을 뱉었다.

"상관없다면요? 엄마와 상관없이 계속 그 사람 만난다면요?"

어떤 말을 할지 이미 알지만 그래도 한 번쯤은 확인하고 싶었다.

"굳이 그럴 필요가 있을까 싶다, 난."

"……."

새삼 말을 아끼는 아버지의 비열한 낯빛을 빤히 쳐다보았다.

그래도 아버진데…… 하는 기대가 전혀 없지 않았다.

익히 알고 있지만 그래도 돌아서면 남남인 부부도 아니고 하물며 당신의 피가 섞인 유일한 자식인데 그렇게까지 할까 하는 생각을 이 순간 분명히 했다.

"그렇다면 니가 나랑 네 에미를 이혼시키기 위해 무슨 짓을 했는지 그 사람에게 말하겠지. 또 그 사람 아버지한테도 말할 거다. 네 엄마란 사람의 본색과 니가 네 엄마의 사주를 받고 나를 어디까지 몰고 갔는지. 그래서 우리가 결국 어떻게, 어떤 모습으로 이혼을 했는지."

아버지는 그때가 떠오르는지 마치 이를 갈듯, 곱씹듯 말을 뱉었다.

누군가 그랬던 것 같다.

자신한테는 가족이 사막이고 오지였다고.

죽을 것 같은 목마름과 작열하는 태양, 숨을 쉬기조차 어려운 모래 바람이 있어 사막이 아니라 이 세상 가장 가까운 사람들, 바로 그 가족 안에서 사막을 느꼈다고.

이영도 다르지 않았다.

"그 해괴한 소릴 듣고도 그 사람 아버지가 널 허락할까? 아니, 아버지까지 갈 것도 없어. 네가 만나는 사람, 그런 진창 같은 모습 다 보고 겪은 여자 독하고 무서워서 싫다고 할걸. 넌 꼭 그렇게 적나라한 모습까지 다 보이면서 구질구질하게 구걸하듯 남자를 만나고 결혼을 하고 싶은 거냐? 그래? 내가 이날이때까지 너한테 별의별 해괴한 꼴 다 보였지만 그래도 못나고 비굴하게는 안 키웠다!"

생각했었다.

왜 하필 내 부모는 이런 막장 드라마 같은 모습인 걸까, 하고.

"귀하고 귀한 외아들, 한 번 결혼했던 연상의 여자와 결혼이라……."

억울하기도 했고 원망스러워하기도 했었다.

그것도 한때. 성장이 멈추자 감성적이고 감상적인 생각도 다 내버릴 수 있었다.

"애정도 없으면서 자기 목적 달성을 위해 아무렇지 않게 인류지대사인 결혼을 겁도 없이 할 수 있는 그런 이기적이고 무서운 며느리, 그런 독한 며느리 어느 누가 좋다고 하겠냐? 그건 인간사 이 꼴, 저 꼴에 막장까지 다 본 나라도 싫다. 거기다 생판 상관없는 업둥이도 있잖냐, 넌."

그때의 판단을 후회하진 않는다.

지금 생각해도 다른 선택이란 없었으니까.

"괜히 애틋하고 사이좋은 부자관계 망치지 말고 그 남자보다 백 배, 천 배 뛰어나면서 너랑 딱 맞는 이 군 만나 봐. 사실 네가 만난다는 사람, 너보다 어리고 결혼을 한 번도 안 했다 뿐이지 뭐 볼 거 있더냐? 인물도 이 군이 훨씬 잘났고. 자존심이 그 무엇보다 중요한 니가 그렇게 전부 까발리면서까지 그 남자, 잡아야겠어?"

끝까지 내 자신을 버리지 않기 위해 마지막으로 한 선택.

윤건은 그런 나를 이해할 수 있을까…….

"이 군이랑 당장 결혼하라는 것도 아니야. 결혼은 가을쯤에 하는 걸로 하고 일단 사귀어 보란 거지. 결혼한 후에 니 에미 결혼을 시키든 말든, 그건 네가 알아서 하고."

그때나 지금이나 아버지와 난 다른 생각, 다른 언어로 각자의 말을 하고 있었다.

우린 외계인도 아닌데 해석 안 되는 미스터리한 말을 반복한다.

분명 서로를 아끼고 위해 주어야 하는 같은 카테고리인데도 결코 그러지 못했다.

'화성에서 온 남자, 금성에서 온 여자' 란 책 제목처럼 아버지와 이영은 지금 전혀 다른 행성에서 사는 너무도 낯선 사람들이다.

그 책이 남녀의 극명한 시각 차이를 말하는 건 알지만 그 누가 지금 아버지와 이영처럼, 우리만큼 극단적이고 극명할 수 있을까.

✠   ✠   ✠

간밤 한숨도 자지 못해 피곤했지만 오늘 아침 유독 말이 없는 지유의 눈치를 보느라 피곤함마저 잊었다.

어제의 해프닝으로 인해 부러 밝음을 가장하진 않지만 어두운 기색도 보이지 않았다.

어른들의 기분은 물론 표정 하나, 몸짓 하나에 아이들이 얼마나 민감한지 너무도 잘 알기에 절대 그런 자체 오류는 범하고 싶지 않았다.

어제 지유를 데리러 미옥의 집에 가서 알았다. 상당히 늦은 시간이라는 걸.

협박과 음모의 대가 아버지가 가고 한참을 그렇게 앉아 있었는지 미옥의 집에 가니 지유는 그 집 주인의 요란하고 화려하기 그지없는 침대에서 어울리지 않는 청교도 모드로 자고 있었다.

두 손을 맞잡고 조신하게 자고 있는 지유를 깨워 집으로 가는데 미옥이 뒤에서 기어이 한 소리 했다.

"징그러운 기집애. 그래. 가라, 가. 여기나 거기나 똑같은 싱글에 똑같은 아파트, 똑같은 구존데 굳이 자는 애를 깨워서 데리고 가냐! 지금 한창 성장 호르몬 나오는 시간인데. 저 독한 것."

이영은 기억한다.

부모님이 치열하게 싸울수록 자신에게 신경을 쓰지 않고 소홀히 대했던 일들을.

어쩌면 그들이 싸웠다 해도 내 새끼, 미안하다, 걱정하지 마, 별거 아니니까 하고 챙겨 주고 감싸 안아 주었다면, 이영도 그 아련한 기억에 기대 그들을 포기하지 않고 그렇게 인생에서 내치지 않았을지 모른다.

각설하고 그들은 자신의 적나라한 감정에만 충실했다.

한마디로 소신이 있었다. 소인배의 그 무엇이.

싸우고 싶으면 싸우고 소리 지르고 싶으면 지르며 때리고 싶으면 때리는 그들 의식과 무의식 속, 그 어디에도 약자이자 자식인 이영의 존재는 없었다.

그 모든 이유로 인해 지유를 감미옥 집에 재우고 싶지 않았다.

"어제 본 할아버지, 다른 말씀은 없으셨고?"

"네. 그냥 몇 학년이냐고만 물으시고……."

말을 하다 말고 지유는 자신의 방으로 들어가 책을 한 권 가지고 나왔다.

"이거 주셨어요. 맛있는 거 사 먹으라고. 근데 사 먹는 게 아니라 가게를 통째로 사도 될 정도로 많은 용돈을 주셨어요."

수표였다, 책 안쪽에서 나온 흰 종이는. 아이에겐 전혀 필요치 않은 액수의 돈.

만약 지유가 어른이었으면 이 돈 먹고 떨어지라는 강력하고 저열한 한 수.

"그런 돈은 저금하는 거 알지?"

"네."

"가방은 다 챙겼어? 준비물이나 알림장 사인은?"

"어제 미옥이 아줌마가 다 챙겨 주셨어요. 사인도 기가 막히게 해 주셨구요."

기가 막힌 사인이 뭔지 순간 궁금했다. 감미옥의 사인이라고 해 봤자…….

"어떻게 생긴 사인인데 기가 막혀?"

"보실래요? 보시면…… 기죽으실 텐데."

주차 도장쯤 되는 거 아닌가.

유명한 맛집과 네임밸류가 동일한 감미옥 주제에.

지유는 가방에서 알림장을 찾아 한참 종이를 펄럭이더니 어느 한 지면을 손가락으로 자랑스럽게 가리켰다.

'여신 감느님'이란 글씨가 찍힌 짙은 핑크 스탬프였다.

하여튼 취향을 종잡을 수 없는 중구난방 스타일이다.

"유치해서 화이트로 지우고 사인으로 다시 해 달라고 했다가 크게 한 대 맞았어요."

"맞아? 어딜?"

이것이 잘한다, 잘한다 했더니 남의 애한테 폭력 행사를 했다고! 이런.

"요기요."

지유는 이영의 오른쪽 뺨에 쪽 하고 뽀뽀를 했다.

놀라 벙찐 표정으로 지유를 봤다.

얼이 빠진 이영과 달리 지유는 곧은 평정심을 유지하며 여느 날과 같이 시크하면서도 도도한 표정을 지었다.

"미옥이 아줌마랑 똑같이 한 것뿐이에요."

지유가 점점 마성의 남자로, 케어할 수 없는 정도로 업그레이드되고 있다.

누가 이런 고차원적이면서도 센스를 탑재한 지유의 연인이 될지 심히 궁금하다.

마성의 뽀뽀를 날리며 지유가 현관을 나서기 무섭게 자칭 개포동 감느님이 오셨다.

그것도 떡진 머리를 휘날리며 귀신 같은 모습으로.

"레벨 4. 짙은 농담의 커피 좀 줘 봐. 정신이 하나도 없다, 이 꼭두새벽에 일어날라니까. 늙으면 아침잠이 없다던데 난 회춘하나 봐. 이렇게 정신 못 차리는 거 보면."

감미옥은 언젠가 TV에서 본 떡실신녀가 돼 소파에 드러누 웠다.

주문한 커피를 뽑았다. 독한 에스프레소에 샷을 왕창 추가 해.

미옥은 소파에서 지독하게 쓴 커피를 연거푸 마시며 진저리 를 쳤고 그 모습에 통쾌해하다 슬슬 출근 준비를 시작했다.

오늘이 마지막 출근이다.

작업하던 것들 마무리하고 주문받은 물건 확인하면 모든 게 끝.

직원들과의 인사는 일찌감치 한 상태였다.

지금 와 생각하니 너무 빨리한 건가 하는 생각이 들었다.

왠지 전선에 아군 다 내버리고 지휘군인 그녀 혼자만 회향 하는 찜찜한 기분이다.

"왜 말이 없어? 회장님이랑 무슨 비밀 좌담을 했는지 얼른 이 언니한테 브리핑해 봐."

"별거 없어. 저번에 한 번 만나 본 사람 다시 만나 보라고. 참, 그리고……."

미옥은 게슴츠레한 표정으로 이영을 봤다. 뭐? 하는 표정으 로.

"너랑 놀지 말래. 너 사기꾼 기질 있다고."

"뭐!"

커피를 뽑는 팝 아트는 하지 않았지만 감미옥은 눈을 희번 덕이며 씩씩거렸다.

"내가 뭐? 왜!"

정말 몰라서 물어 하는 표정으로 보니 이내 토설하기 시작했다.

"아, 그것 때문에 그래? 너 연애하는 거 말 않고 내가 알아서 구워삶겠다고 사기 친 거, 눈가림한 거, 뭐 그런 거?"

그랬구나. 투자금 받을 것처럼 굴면서 시간 벌어 주고 있었구나.

"거야, 네가 네 남자랑 연애도 하고 잠도 자고 그러려면 시간이 있어야 하는데…… 가만. 정말 네 아버지가 그 남자 만나보란 말씀만 하셨어? 옛날처럼 잡기에 공갈, 협박, 구박에 타박 같은 거 전혀 안 하고?"

"응."

"정말?"

"그렇다니까."

"그럴 분이 아닌데 치매가 오셨나."

감미옥은 예리한 눈을 빛내며 이영을 요리조리 살펴봤다.

살펴본들 달라질 건 없다.

아이도 아니면서 연신 도리도리하는 감미옥을 뒤로하고 집을 나왔다.

윤건이 연락을 기다린다는 건 알지만 아무것도, 그 어떤 것도 결정하지 못해 연락할 수 없었다.

샵에 도착하자마자 모두에게 인사를 하는 둥 마는 둥 하고 작업대에 앉았다.

같은 것 같지만 서로 조금씩 다른 세 개의 평링을 만드는 건 어느 정도의 감각과 수고스러움이 뒤따랐다.

강한 빛을 차단하기 위해 전용 선글라스를 쓰고 작업을 시작했다.

플래티늄은 18K보다 녹는점이 높고 빛이 강해 안경을 쓰지 않으면 일을 진행할 수 없었다. 잇점을 맞춰 둔 서로 다른 사이즈의 평링을 땜질하기 시작했다.

아버지란 사람의 말처럼 이영이 한 행동이 그렇게 소름끼치고 적나라하다는 건 알고 있다. 하지만 지금 와 아니라 하고 싶지 않고, 할 수 없이 했다고도 말하고 싶지 않았다.

윤건이든 그의 아버지든 또 싸움의 당사자인 내 부모에게든 미안하지는 않다.

미안함은 그 어린 여자들과 여린 소녀들에게만 유효한 감정이었다.

그녀의 부모가 그렇게 추악한 사람이고 그들을 욕보임으로 인해, 또 그런 사실을 증거로 이혼을 감행할 수 있던 사실에 미안할 뿐 다른 그 누구에게도 미안하지 않았다.

땜이 스며드는 걸 보며 다시 또 매혹됐다.

물에 담가 식혀 수건으로 닦은 후 제일 큰 사이즈의 반지를 잡아 작업대에 고정시켜 줄질을 시작했다. 백금은 18금보다 훨씬 밀림의 정도가 투박하고 거칠다.

모두가 이영처럼 제 부모의 늙은 성기와 처진 엉덩이를 보고 그 모습을 사진 찍고 신고하지는 않을 거다. 하나 그렇게

하지 않으면 그 병적인 행위이자 성도착증을 일시라도 멈추게
할 도리가 없었다.

서로의 의사는 물론 합의와 정당한 거래로 이루어진 행위라
해도 그건 명백한 범죄다.

스폰서든 후견인이든 또 단순한 손님이든 뭐든 간에 그렇게
어리고 젊은 여자들을 욕구와 욕망의 대상으로 삼는 건.

아버지란 사람의 범죄에 엄마는 번번이 부서지고 무너졌다.

그 헐거운 결속과 기이한 고리를 차단하고 끊는 건 자식
인 이영밖에 없었다고 하면 윤건은 비난할까. 이해할 수 있을
까……

정말 독하고 저질스럽다고 뒷걸음질 칠까. 그럴 수도 있겠
지.

이해를 바라는 게 무리다. 그 지독한 시간을 함께 보고 겪지
않은 사람이라면.

줄을 바꿔 반지 안을 다듬었다.

중간 사이즈의 둥근 줄은 링 안에서 재주를 부리며 거친 단
면을 연신 깎아 내고 정성스럽게 쓸어 주었다. 반지는 조금씩
천박하지 않은 제 빛을 드러냈다.

플래티늄은 은과 달리 색이 가볍지 않다. 중량과 상관없이
빛이, 타고난 얼굴이 우아하다.

은이 청춘이라면 백금은 중년의 빛과 같다.

그 금속을 착용하는 나이와 매겨진 가격에 상관없이 본연의
컬러가 진중했다.

은은 쉽게 색이 변하고 부식이 잘 되지만 백금은 상처도, 색의 변화도 거의 없이 든든하고 고상했다.

그녀 자신도 그런 사람이 되고 싶었다.

비록 감정은 탈색되고 부식되었지만 본연의 빛은 고수하고 싶었다.

'아마 당신이었다면 상처도 변색도 없이 그 찬란한 빛을 유지했을 테지.'

아버지 말대로 이영은 윤건에게 어울리는 사람이, 적당한 상대가 아닌지 모른다.

이곳저곳 모가 나고 여기저기 크랙이 가고 싱크 홀처럼 파인 상처로 인해 이가 빠진 이영은 윤건에게 절대 마땅한 상대가 아닐 것이다.

자꾸 자신을 깎아 내리고 망치로 친다. 정신 차리라고.

마지막 시야기 줄질을 한 후, 갈기로 테두리를 살짝 치고 두 번째 링을 집어 들었다.

다시 똑같은 작업을 시작했다.

시작과 동시에 머릿속은 수많은 질문과 대답을 했고 스스로를 방어하고 문책하며 지리한 질의를 계속했다.

얼마나 깨지고 아픈 후에야 결론을 내릴 수 있을까.

밤을 꼬박 샜다.

이영의 전화를 기다렸지만 오지 않았다.

오지 않는 연락을 기다리며 1톤의 한숨과 한 말의 초조함을 창가에 쏟아 냈다.

보기 드문 마른장마도 장마라고 뒤늦게 뱉어 내는 물줄기에 창문은 뿌옇고 도시는 축축했다. 그와 함께 기다림은 윤건을 더욱 기진맥진하게 만들었다.

걸려 온 전화를 받은 이영의 표정이 지금도 생생하다.

두려움은 아니었지만 긴장감이 가득했고 공포는 아니었지만 달갑지 않은 기색이 역력했다. 또한 아닌 척할수록 입가는 경련이 일며 표정은 현저히 굳어졌다.

아버지가 자신을 찾는다고 말하며 서울로 되돌아갈 때 이영은 말을 아꼈다.

갑작스런 회귀에 윤건이 걱정할까 봐 뜨문뜨문 말을 하려 했지만 아버지란 단어는 순식간에 이영의 의식을 잠식해 결국 가는 동안 침묵하게 만들었다.

그 모든 이유로 인해 먼저 연락할 수가 없었다.

그렇게 하루를 빼앗기듯, 강탈당하듯 허무하게 잃어버렸다.

이영과 함께할 수 있는 시간은 이제 이틀.

이틀 후면 양가 어른들이 돌아오신다.

굳이 카운트다운을 할 필요 없다는 걸 알면서도 초조한 만큼 주먹을 쥐게 됐다.

'이영은 왜 차를 돌려 먼저 가라고 했던 걸까. 무엇을 보여 주기 싫었던 걸까. 자신이 가고 이영은 어떤 모습, 어떤 발걸

음으로 집으로 향했지. 그 보폭은…… 어땠을까.'

의문만큼 전부 다 걱정됐다.

그 수많은 의문과 질문에 혼자 답을 하다 보니 아침이 밝았다.

오늘은 강의가 있다.

그전에 이영에게 연락이 올까.

이 시간 이영은 어떤 얼굴, 어떤 표정으로 이 잔인한 아침과 조우하고 있는지 미치도록 궁금했다. 정말 미치도록.

강의는 전혀 집중할 수 없었다.

강의를 하는 사람인지 듣는 입장인지 그조차도 구분이 되지 않았다.

그를 보는 수많은 시선에 실망과 동시에 의아함이 내포돼 있다는 걸 알았지만 아는 체하지 않았다. 그러면서도 강의 중 주머니 속 핸드폰을 수십, 수백 번 만지작거리며 갈등했다.

먼저 하느냐, 기다리느냐. 갈등은 두 가지 중 어느 쪽으로도 답을 내지 못했다.

이영의 생각을 읽고 싶었다.

그러다 내린 결론은 기다려 주자는 것이었다.

비록 하루가 지나고 그와 똑같이 하루라는 시간밖에 남지 않았지만, 이영의 보폭을 맞춰 주고 싶었다.

다른 문제도 아니고 가족, 집안일이다.

섣불리 끼어들어 이런저런 이론을 펴고 아는 체할 수 없는 그들만의 미묘한 사안.

그날 이영의 표정은 윤건을 더욱 갈등하게 만들었다.

숨긴다기보다 결코 타인에게 드러내고 싶지 않은 마음을 읽었기에 어쩔 도리가 없었다.

기다림은 숨이 막혔다.

강의와 관련된 모든 일이 끝나고 이영의 아파트로 갈까 하다 결국 호텔로 향했다.

이영의 집과 샵의 중간. 이 지점에서 이영을 기다리고자 했다.

기다림은 공포의 또 다른 이름이란 걸 오늘 처음 알게 됐다.

강의가 그랬듯 번역도 집중이 되지 않아 단어와 언어 사이에서 마냥 표류했다.

뭐든 하지 않으면 이 자리를 박차고 뛰쳐나갈 것 같아 자리를 잡았는데 더 안절부절못하게 됐다. 기어이 자리에서 일어나는 순간 벨이 울렸다.

초인종인 줄 알았는데 핸드폰 벨소리였다. 액정을 보니.

"네. 아버지."

―그래, 아들. 잘 지내고 있어?

"그럼요. 거긴 어떠세요? 재밌으세요? 컨디션은 괜찮으시고요?"

―응, 좋아. 재밌어. 또래 친구들이랑 다 같이 와서 그런지 힘들지도 않고. 근데 넌 별일 없는 거지? 밥은 잘 챙겨 먹고?

"네. 전 걱정 마시고 조심해서 다니세요. 그리고 아버지."

―그래, 왜?

"돌아오시면 드릴 말씀이 있어요."

―뭔데?

"중요한 일이라 직접 뵙고 말씀드릴게요."

―그럼 그러자. 내일 모레 일찍 도착할 거야. 도착해서 바로 김포로 가서 하루 쉬고 횡성으로 갈 거다. 짐 정리하고 한숨 돌리면 연락하마. 그때 보자.

"네, 조심하시구요."

―그래.

전화를 끊고 한동안 그 자리를 지켰다.

오시면 지체 없이 바로 말씀을 드릴 생각이다.

충격일 수도 있고 그보다 더한 고통일 수도 있지만 피하거나 포기할 수는 없다.

언젠가 자신이 번역하던 책에 그런 말이 있었다.

누군가를 사랑한다는 것은 단지 감정적으로 굉장히 끌린다는 뜻이 아니라 하나의 결정이고 판단이며 절대적 약속이라고.

맞다. 이 같은 결정과 판단, 약속은 바로 이영이기 때문에 가능했다.

모든 감정의 물꼬이자 정점은 누구도 아닌 이영에게 닿아 있다.

사랑이라는 그 불안하고 대책 없는 지병을 이영으로 인해 알게 돼 마냥 행복하기만 하다.

316

지금은 이렇듯 기다리는 것밖에 할 수 없지만 후회도 불만
도 없다.

이 기다림이 결코 끝이 아니란 걸 알기에 고민도 번민도 다
기꺼이 껴안고 갈 생각이다.

또다시 벨이 울렸다.

손안에 있는 핸드폰을 보니 죽은 듯 조용했다.

잘못 들었나 싶어 자리를 지켰다. 그러자 다시 벨이 울렸다.

문을 여니 거짓말처럼 이영이 서 있었다.

벨을 누른 후, 마음 한구석 도망가고도 싶었지만 꿋꿋하게
자리를 지켰다.

미처 주문도 외우지 않았는데 아라비안나이트의 거대한 돌
문이 열리자 무슨 말을 할지 전혀 생각나지 않았다.

입을 떼기도 전에 당겨진 이영은 윤건의 품 안에 있었다.

강한 압박과 충돌에 처음엔 놀랐지만 그만큼 마음은 평온하
고 아늑했다. 또 가슴은 무작스레 뛰었다.

"고마워……. 이렇게 와 줘서."

더 꼭 끌어안는 힘에 숨조차 쉬기 어려웠지만 하루라는 공
백이 그리 만만하지 않다는 걸 이영도 뼛속 깊이 느끼고 경험
했기에 그 어떤 반항도 들썩임도 하지 않았다.

"기다리다 망부석 되는 줄 알았어."

"……얼굴 보고 할 말 있는데."

아주 간신히 짜내듯 말을 하자 백금보다 더 든든했던 사슬

이 금세 풀렸다.

막상 든든한 결계에서 풀리니 맥이 빠지면서 적당한 말을 찾지 못했다.

그러다 어렵게 찾은 타이틀이 허기였다. 사실 배는 고팠다.

그 어떤 상황에서도 인간은 늘 배가 고프니까. 너무나, 너무도 인간적인 이유로.

난데없는 투정에 윤건은 호텔 식당으로 데리고 가 때 이른 저녁을 함께 했다.

중간중간 살피는 듯한 표정과 기색을 하며 윤건은 하루 동안 졸인 자신의 마음을 솔직히 내비쳤다. 차는 객실에서 마시자는 말을 하며 손을 꼭 잡았다.

이런 뜬금없는 시간, 남자와 손을 잡고 객실로 향하는 자신을 한 번도 상상한 적이 없었다. 백 프로 리얼리티 실제 상황인데도 어색하거나 불편하지 않았다.

서른아홉의 이영은 수줍음이나 창피함을 모르는 안하무인도 아닌데 오늘은 달랐다.

모두의 시선이 그녀에게 있든 그렇지 않든 지금은 신경 쓰이지도, 개의치도 않았다.

룸으로 돌아와 소파에 앉은 이영 앞에 윤건이 앉았다.

윤건은 마치 샴쌍둥이처럼 떨어지지 않았다. 아니, 떨어지지 않으려 했다.

"어제 아버님과는 얘기 잘했고?"

"잘했어요."

"무슨 말이 오갔는지 물어도 돼? 사실…… 많이 궁금해. 당신이 만 하루 동안 연락을 하지 않을 정도로 심각한 일이 있었나 싶어서 걱정되고."

윤건은 한 손은 이영의 손을 맞잡고 다른 손으론 그녀의 얼굴 윤곽을 쓸어내렸다.

건조하게 마른 듯하면서도 온기와 함께 애정이 가득한 이 손길.

그 손끝에 걱정했던 마음이 고스란히 느껴졌다.

미묘하게 경련 같은 자잘한 떨림이 있었다.

"……엄마와 상관없이 잘 지내고 싶다고요. 서로 왕래하면서. 당신이 지난날과 달리 많이 변했다면서…… 외롭다고 하셨어요. 지유에게 용돈도 주시고. 그래서 많은 생각을 했어요. 지난 과거부터 오늘까지 아버지와 내 관계에 대해……. 그래서 생각보다 시간이 걸렸어요."

윤건은 이영의 입술, 목소리 톤, 눈빛 모두 눈으로 보고 느끼며 관찰했다.

그와 같은 행동이 걱정이란 걸 알면서도 집요한 추적에 떨렸다.

반가운 룸서비스로 인해 집요한 표적 수사는 거기서 멈췄다.

커피와 간단한 디저트가 차려지는 동안 이영은 욕실에 있었다. 손을 씻고 입안을 헹구고 욕실 안 커다란 거울을 봤다.

거울 속 늘 보던 익숙한 자신과 거짓에 능숙한 낯선 여자가 동시에 보였다.

이 순간 아무런 생각이 없으면서도 다른 한편으론 수많은 생각과 경우의 수가 머릿속을 어지럽게 했다.

욕실에서 나오니 비가 내리고 있었다.

장마란 타이틀이 무색할 만큼 총천연색 하늘과 망원경급 특급 가시거리를 자랑하던 날씨가 갑자기 우울해졌다. 꼭 이영의 상처 난 마음처럼.

어두워진 날씨 탓에 조명등이 켜지고 실내는 조금 전과 달리 아늑해졌다.

순간 횡성에서의 일이 떠올랐다.

장마가 오기 전 전야제처럼 이틀 연속 내린 폭우는 이영과 윤건을 가두었다. 또 묶어 놓았다. 의지와 상관없이 묶인 고리를 또 의지와 상관없이 끊어 내야 하나. 아니면 리셋하기에는 이미 많이 와 버린 듯한 이 감정에 솔직하고 발칙해져야 할까.

"무슨 생각을 그렇게 해?"

윤건은 이영의 손을 잡고 조용히 옆에 섰다.

"횡성 생각."

"횡성이라……."

"그때 말이에요, 정전됐을 때. 사실 나, 무척 놀랐었거든요. 낯선 장소, 무섭게 내리는 폭우, 그 어떤 타이틀로 치장한다 해도 어색한 우리……."

이영은 손을 잡은 채 몸을 돌려 윤건 앞에 섰다.

남은 한 손을 윤건의 가슴에 살짝 댔다.

320

"그때 불이 켜지고 내가 당신 가슴에 이렇게 손을 대고 있 었잖아요, 벽인 줄 알고. 그런데……."

손바닥 아래, 윤건의 심장이 무섭게 뛰었다. 마치 백 미터를 방금 질주한 단거리 선수처럼.

"벽이 아니라 문이었어요, 당신은."

"……."

"그 문 이젠…… 열고 싶어요."

이영이 먼저 키스한 건 처음이었다.

그 처음이란 타이틀에 가슴은 감동으로 터질 것처럼 두근거 렸다.

서툰 키스가 이렇게 자극적이고 한 사람의 멘탈을 완전히 붕괴시킬 수 있다는 걸 오늘 배웠다. 이영으로 인해.

더듬듯 깨물듯 그리고 머금는 듯한 수줍은 키스는 윤건의 정신과 감각을 완전히 초기화시켰다. 생각과 물음, 의혹과 질 문도 가질 수 없었다.

어느 한 사람을 상대로 너무나 오래돼 어쩌면 전설이 되고 신화가 돼 버린, 그렇지만 절대 사그라지지 않고 소멸되지 않 은 욕망과 욕구만이 가득했다.

생각지 못한 충격에 몸 속 깊은 곳에서 격렬한 폭발이 일어 났다.

그 감당 못 할 반응에 이영을 안아 들었다. 가는 팔이 그의 목을 감싸 안았다.

순간 부드러운 자극과 조심스런 터치에 목 뒤에서부터 하반신까지 기묘한 전기가 통했다.

집요하지도, 거칠고 탐욕적이지도 않은 서투른 키스는 그렇게 윤건을 녹이고 데웠다.

목 안을 선점하고 파고든 이영의 혀는 결코 서두르지 않았다.

그 느릿한 행보에 감질나고 더욱더 애가 탔다. 빨리, 더 깊이, 더 아리게 섞이고 집착하길 바라는데 이영은 서툰 만큼 느리고 여유로워 보였다.

그 여유로움에 갈증은 증폭되고 갈망은 더 간절해졌다.

더 이상 감질 나는 페이스에 보폭을 맞출 수 없는 윤건은 큰 보폭으로 침대에 다가가 이영을 눕혔다.

침대에 누운 이영은 피사체가 돼 마음을 어지럽게 했다.

몸과 마음이 동시에 동하자 생각할 겨를도, 그 어떤 여지도 여유도 없었다.

의식과 무의식 속 늘 꿈꿔 왔던 대상이 지금 바로 앞에 있어 지금은 이 여인과 이 하루를 온전히 함께 나누고만 싶었다.

침대에 누워 그를 바라보는 이영에게 다가가면서 오직 그 하나의 생각만 했다.

오직, 사랑 하나만.

솥뚜껑만 한 접시는 보기만 해도 배가 불렀다.

"그러니까 니가 이해를 해야 해."

지유는 결코 이해할 수 없다는 표정이었다.

"부모 자식 관계가 다 좋을 수는 없는 거야. 너, 나. 그리고 이영이 아줌마는 좋지 않은 경우의 수라고 할 수 있어. 뭐, 그 덕에 우리가 이렇게 한 지붕에서 행복하게 모여 살고 있는 건 지도 모르지만."

"전 지금, 전혀 행복하지 않아요."

지유는 특유의 시니컬한 표정으로 이 사태를 냉정하게 평가 했다.

"그러지 말고 잘 생각해 봐. 이영이 아줌마는 생각할 시간 이 필요해서 집에 들어오지 못하는 거야. 사실 집에 있으면서 본인 머리 복잡하다고 널 우리 집으로 보낼 이영이가 아니잖 아. 자고 있는 널 데리고 가는 겁나게 모범적인 가장인데."

미옥은 오징어와 양송이를 동시에 들어 입안에 투척했다.

그러자 달콤한 짜장 소스가 입안에서 퍼지면서 안 그래도 죽을 것 같던 허기에 정신이 다 몽롱했다. 새로 생긴 가게라 그런지 늘 먹던 가게와 색깔은 물론, 식감부터가 달랐다.

이름부터가 진시황이니…… 뭐, 믿고 먹을 수밖에.

"전, 분명히 면은 싫다고 말씀드렸어요. 특히 저녁으로 면 종류는 싫다고."

"너, 지금 그게 무슨 소리야? 이렇게 중요하고도 예민한 얘 기를 하는데 면은 싫어요, 라니? 그게 지금 이 상황에서 할 얘 기냐?"

"이영이 아줌마가 이혼하신 부모님들 문제로 외박하는 거랑 제가 먹기 싫은 면으로 저녁 때우는 거랑 무슨 상관관계가 있어요?"

아! 이 징한 놈. 또 이런다, 또 이래!

"왜 상관이 없어? 지금은 일종의 전시 상황이라고. 너 전시 상황에 평소처럼 밥 먹는 사람들 봤어? 다큐멘터리나 영화 보면 주먹밥 먹고 물로 연명하고 그러잖아! 근데 오늘 하루 이 쟁반 짜장도 못 먹냐, 넌?"

"지금은 전시 상황도 아니고 무엇보다 집에서 밥 먹는다고 했는데 아줌마가 굳이 같이 먹자고 했잖아요. 그러면 초대한 사람이 응한 이의 취향을 적극 반영하고 고려해서 준비를 하셨어야죠. 무책임하게 중국집에서 음식을 시켜 놓고 이해를 해라 마라 이러실 게 아니라."

지유는 고작 밥 한 끼 때문에 씩씩거리며 감미옥을 노려봤다.

'내가 한순간이라도 이런 녀석과 같이 살 생각을 했다니…… 미쳤지, 미쳤어.'

"알았다, 알았어. 오늘은 그냥 먹어. 내 다음부터는 도령 입맛 적극적으로다가 반영해서 밑반찬 사 놓을 테니까. 자, 어여 드시지요. 까탈 도령."

미옥은 살기를 누르며 살가운 표정으로 지유를 토닥였다.

지유는 정말 죽기 직전의 비장한 얼굴을 하고 젓가락을 들었다.

"그래, 먹어 봐. 신장개업해서 그런지 풍미가 아주 작살이야. 여타 쟁반 짜장이랑은 비교 불가다. 참, 그리고 이영이는……."

"그만하셔도 다 알아들었어요."

"그러냐? 그럼 다행이고."

"전 아줌마 이해해요."

애들이란 참. 그렇게 맹꽁이처럼 난리 블루스를 추더니 또 금세 이해한다네.

"기특하네, 어른들을 이해하고. 난 네 나이엔 죄다 이해 안 가는 것투성이였는데."

호로록, 호로록. 달달한 소스와 범벅이 된 짜장은 너무나 맛났다.

왜 인생은 이 정도, 이만큼이라도 달콤하지 않은 걸까.

달콤할 수 없다면 적어도 쓴맛, 아린 맛, 텁텁한 맛은 없어야 하는 거 아닌가.

인생에서 모든 맛을 본 지금, 이 달콤함은 순간일지라도 위로가 됐다.

"같이 사는 전 미흡하고 또 하나뿐인 친구는……."

친구? 나? 내가 뭐? 하는 표정으로 지유를 봤다.

"의논은 고사하고 공감이나 동료애를 바라기엔 너무…… 인간미가 결여된 분이라 이영이 아줌마가 답답도 하실 거예요. 그러니 제가 이해해야죠. 걱정은 되지만 이영이 아줌마의 부재와 이 부실한 저녁을요."

결코 농담일 수 없는 말들을 내뱉더니 지유는 마지못해 짜장을 먹기 시작했다.

온갖 산해진미에 익숙한 중국인도 사로잡은 짜장을 이리도 맛대가리 없게 먹는 초딩은 보다 처음 봤다.

미옥은 짜장을 스파게티처럼 돌돌 말아 찍으며 마음속으로 다짐했다.

'내가 얼라한테 이런 기막힌 소리까지 들으면서 커버해 줬는데 내일 아침에 오늘과 똑같은 버전의 버진이면, 넌 내일 내 손에 죽는다! 기필코 죽는다잉~'

✢   ⚜   ✢

신은 그간 거만한 자신을 벌주었던 걸까.

오만하게 사랑이란 감정을 믿지 않았기에. 아니면 그간 사랑을 우습게 봐서.

무슨 이유에선지 그렇게도 진드기처럼 따라붙던 저열한 악몽과 악귀는 모습을 감추었다.

늘 이쯤이면 어김없이 출몰하는 괴물의 존재는 보이지 않았다.

각오를 하고 다짐을 했다 해도 늘 일방적으로 당하는 건 이영이었고 완패를 기록하기에 바빴다. 그렇게 의지와 상관없이 달려들어 정신과 현실을 피폐하게 만드는 괴물에게 자비란 없었다.

지지직, 이상한 굉음과 낮 뜨겁고 적나라한 남자의 익숙한 욕설, 톤 높은 여자들의 비명 소리, 비틀리는 얼굴과 절규하는 어린 소녀들의 음성.

이영의 두려움과 죄책감을 숙주 삼아 생성되고 그 부피를 키우던 잔인한 괴물은 아직까지 고개를 들지 않고 있었다. 그 틈을 타 윤건이 동공 안을 가득 채웠다.

그 잔잔한 눈빛은 뜨겁고도 간절한 그 무엇이 있었다.

당신을 통제하는 괴물은 없어. 설령 있다 해도 내가 다 바우고 차울 거야. 내가 항상 당신 곁에 있을 거야. 그러니까 겁내지 말고, 놀라지도 마.

윤건의 눈은 계속해서, 끊임없이 그렇게 말해 주었다.

키스가 그렇게 많은 말과 위로를 담고 있는 줄 몰랐다.

누군가의 손길이 이렇듯 안정과 휴식을 줄 수 있다는 것을 오늘 또 새롭게 배웠다.

각혈하듯 토해 내는 체향과 거친 숨결이 이처럼 달콤하고 이리도 한 사람의 멘탈을 무장 해제시킬 수 있다는 것도.

이 모든 행위로 인해 몸은 신열과 열병에 걸린 듯 뜨겁고 아팠다.

목 뒤에서 시작해 가슴과 배, 곧장 하반신으로 이어진 손길은 지독할 정도로 학구적이고 탐구적이었다. 그 느릿느릿하고 진중한 손길에 이영은 더 애가 달고 애가 탔다.

키스를 하는 그 순간에도 갈증 나게 하고 갈망하게 만들더니 지금도 그랬다.

마디마디에 방점을 찍고 지나는 모든 길 위에 자신의 이름을 새길 듯 움직임은 집요했다.

혈관이 설 정도로 시트를 감아쥐고 터져 나오는 신음 소리를 삼키기 바쁜 이영은 윤건의 연이은 부름을 듣지도, 인식하지도 못했다.

모든 신경과 이성이 너무도 아득해 마치 바닷속에 있는 것 같았다.

큰 고래에게 삼켜진 무기력한 피노키오처럼 이영도 그랬다.

거짓도 감각도 큰 고래인 윤건에게 삼켜지고 있었다. 느리게 그리고 천천히.

"날 봐, 피하지 말고."

숨 가쁜 호흡을 전부 제 입으로 빨아들인 윤건이 재차 이름을 불렀다.

윤건은 같은 듯 전혀 다른 두 개의 두려움으로 인해 혼란스러운 이영에게 나지막이 속삭였다.

"괜찮아. 더 이상은 나쁜 기억들이 괴롭히지 않을 거야. 또 나타난다 해도 내가 다 싸우고 지울 거야. 그러니까 당신은……."

방금 전 그의 눈빛이 그랬던 것처럼 윤건은 이영의 고통을 알고 있다는 듯 그렇게 다독이며 살갑게 위로했다.

"아프지 않아. 이젠 무서울 것도 두려울 것도 없어."

"……."

이 사람은 내 아픔을, 내 지독한 기억을 알까? 그런 기억을
가진 날 멀리하지 않을까.

"늦어도 되니까…… 천천히 와."

아버지 말처럼 그렇게 독하고 독하게 행동한 날, 당신은 외
면할까. 모두 다 욕해도 당신만은 날 욕하지 않았으면 좋겠어.
적어도 당신만은.

"만약…… 오늘이 아니라도 난, 당신을…… 원해. 정말 지독
하게."

나도 당신을 원해. 이대로 당신 갖고 싶어.

당신이 이런 날 원하는 만큼 당신에게 이런 나라도 주고 싶
어. 그 모든 게 가능할까.

"모를 거야. 내가…… 얼마나…… 원하고 바랐는지."

윤건의 고백은 마치 주술 같았다.

단지 몇 마디 말일 뿐인데도 플래티늄처럼 단단해 믿음이
갔다. 전부 다 믿고 싶었다.

이젠 그만 고단한 기억과 작별하고 싶다.

늘 나쁜 꿈처럼 반복되고 괴물처럼 달려드는 그 아수라장
속에서 먼지 털듯 털어 내고 깔끔히 벗어나고 싶었다.

"괜찮아. 나쁜 기억은…… 다 내가 가질게. 내가 다 가져갈
게."

줄 수만 있다면 또 만약 나눌 수만 있다면, 다른 누구도 아
닌 이 사람과 나누고 싶다.

이제 혼자는 싫다.

이 세상 그녀를 제외한 모두가 기대하고 반기는 밤, 이젠 이영도 그런 밤을 이 사람, 윤건과 꼭 한 번쯤은 갖고 싶다.

"당신은…… 날 가져."

그건 너무 지치고 외롭고 아프기만 하니까.

이영은 응답하듯 부탁하듯, 짓누르듯 다가오는 남자의 등을 강하게 감싸 안았다.

감싸 안음과 동시에 윤건이 몸 안 깊숙이 밀고 들어왔다.

한 번도 경험하지 못한 생소한 아픔이었다.

세상 그 어떤 폭력과 억압이 이보다 달콤하고 이리도 매혹적일까…….

고통스러웠지만 나쁜 기억만큼은 아니다.

찢기듯 아팠지만 나쁜 꿈만큼도 아니다.

얼마간 후회도 됐지만 그때만큼도 아니다.

이유도, 이름도 모르는 눈물이 났지만 슬픔으로 인한 눈물은 아니었다.

서른아홉.

그 긴 시간 동안 그녀조차도 두려워 확인하지 못한 어떤 결계가 드디어 깨졌다.

내내 궁금하고 알 수 없었던 미지의 세계는 윤건으로 인해 덮어지고 새로 채워졌다.

더는 틈도 겨를도, 그 어떤 여지도 없는 완전하고 안전한 완벽함으로.

만약 이런 당신과 헤어진다면 이보다 더 고통스럽고 이보다 더 아프다 결국 눈물이 나겠지. 지금처럼. 꼭 이 순간처럼.

아픔은 그간 알고 알았던 아픔들과는 모든 게, 모든 면에서 참 많이 달랐다.

그 차원이 다르고 결이 다른 아픔과 통증을 시작으로 윤건은 지독하게 원하고 탐하며 가차 없이 파고들기 시작했다.

역시 호수 괴물이지 호수지기는 아니다.

그 잔잔하고 점잖은 눈빛에 속았다. 너무도 완벽하게.

그의 집요한 욕망이 깊숙이 나고 들 때마다 이영은 신열 같은 신음을 삼켰다.

작은 얼굴 속, 벌어진 입술과 입가는 자잘한 경련과 함께 열띤 호흡을 연신 뱉어 냈다.

여직 보아 온 이영의 단아한 얼굴과 전혀 다른 아찔하고 아릿한 표정에 윤건의 몸 끝은 팽팽한 이성을 잃고 드높은 의지를 놓아 버렸다.

입술이 단순히 달콤한 맛이었다면, 이영의 몸은 정말이지…….

그 어떤 단어, 어떤 느낌으로도 비교 불가했다.

아무도 들지 않은 좁은 문은 마치 지축이 뒤집히는 것처럼 윤건을 혼돈 속에 밀어 넣었다. 또한 호흡이 곤란할 정도로 전해지는 쾌감과 희열에 육체는 무섭도록 들끓었다.

"아…… 읏!"

누구도 아닌 그로 인해 힘들어하며 생소한 아픔에 버거워하는 이영의 모습은 어떻게 해 줄 수 없어 안타깝고 마음이 아렸지만 그러면서도 더없이 행복했다.

그가 집요하게, 또 반복적으로 파고들지 않으면 아프지 않겠지만 지금 이 자리에서 몸이 산산이 부서진다 해도 그것만은 절대 할 수가 없었다.

열여섯 살 학생일 때도, 서른일곱 살이 된 지금까지도 얼마나 원하고 원했는지 모른다.

소중함은 물론 아끼고 사랑하는 여자를 온전히 오롯이 갖고 싶다는 솔직하고 정당한 마음.

역사 속 군자나 현자처럼 순순히 물러서 웃음으로 치장하고 여유로 위장하며 아닌 척할 수가 없었다. 그 당연한 사실을 인정하자 여직 자제하듯 조심스럽던 열망과 욕구는 탄력을 받아 더욱더 집요하고 거세졌다.

그 누구도 아닌 윤건으로 인해 성이 난 분홍빛 돌기를 선점해 삼키며 더욱더 깊이 박히듯 파고들었다. 그 완벽하고 절절한 느낌에 머리에서는 연신 빅뱅이 터졌다.

너무도 아름다워서 두려운 우주 속 비행사처럼 윤건은 이영 안에서 중력을 잃었다.

중력을 잃고 중심을 잃어버린 마음과 육체는 원초적인 욕망만이 가득했다.

언제나 승자일 수밖에 없는 욕망에 완전히 지배당하자 허리짓은 무자비하게 당하는 이영을 생각지 못하고 더욱 맹렬하고 가혹해졌다.

"아…… 악!"

이영이 또다시 온몸으로 아픔을 드러내며 파도처럼 하얗게 부서지고 들썩인다.

탄식하듯 부서지는 이영의 숨결과 호흡이 윤건을 더 간절하게 하고 절박하게 만들었다.

떨리는 손끝과 흐려진 눈빛으로 그만하길 바라는 마음을 읽었지만 그건 정말이지 불가하기에, 가는 허리를 잡고 여리고 좁다란 몸 안을 연신 관통하며 흔들리는 육체를 추종하는 간약한 추종자처럼 따르고 좇았다. 또 소유하고 남김없이 모조리 갖고자 했다.

그동안 미처 그 존재감과 강도를 알지 못했던 욕망이란 녀석은 이영으로 인해 비로소 확연한 존재감을 드러냈다.

완벽한 하루는 그렇게 시작됐다.

이영으로 인해.

이영이기 때문에.

이영만이 가능하게 하는 그의 시간.

세속적인 시간과 상관없이 두 사람만의 완전한 하루가 이제 막 돌기 시작했다.

7장
로맨틱블루

속이 바짝바짝 탔다.

들어오면 경축에 폭죽을 신 나게 터트릴지언정 밤새 걱정했다고 싸다구를 날릴 것도 아닌데 맘이 왠지 모르게 조마조마했다.

'도대체 내가 왜 이러는 거냐고. 너무 감정 이입을 한 결관가? 아님 내가 너무 굶어서? 그래, 그거야. 내 의지와 상관없이 단식을 해서 그래. 이렇게 풀만 뜯어먹고 살다 해탈할라, 감미옥. 육식 동물이 육식을 해야지! 본능을 삭이고 꺾지 말지 어니.'

그렇게 들어오지 말라고 윽박을 지르고 고사를 지냈는데 막상 외박을 하니 가슴이 철렁 내려앉았다. 이 심리는 대체 뭘까. 시기, 질투, 염려, 감동? 남자를 단식해 오는 불안 장애?

"된장찌개는 언제 되는 거예요?"

'아, 맞다. 된장찌개! 나 지금 그거 끓이는 중이었지.'

"그렇게 재촉한다고 된장찌개가 끓는 게 아니지비."

순간 이성계로 빙의됐다.

요즘 남자를 대신해 정도전을 너무 반복 학습한 탓이다. 아니, 폐해다.

몰캉몰캉한 우리 결혼했어요, 섹드립하는 마녀사냥, 로맨스가 더 필요해. 봐도 그런 걸 봐야 하는데 나이 탓인지 그건 도통 유치하고 애들 말장난 같아 못 보겠고.

점점 취향이 정통 사극과 가요무대에 근접하고 있다, 염병!

아니야! 이건 아니야. 그저 일시적 썸이자 호감일 뿐이야. 아니라고!

근데 이미자 선생님의 동백아가씨 멜로디가 왜 그리도 절절하게 와 닿는 거지.

"정도전 그만 시청하시고 선전하는 마녀의 연애, 뭐 그런 것 좀 보세요. 이영이 아줌마도 연애하시는데 분발하셔야죠."

하여튼 눈치는 백단이다.

"지금 내 걱정 하는거지비?"

"아니요. 제 건강 걱정하는 거예요. 아줌마가 바쁘셔야 제가 제대로 된 밥을 먹죠."

귀여운 자식. 시크를 가장해 시치미 떼기는.

"내가 네 맘 다 알고 있지비, 그딴……."

"핸드폰 울리는데요."

'이 아침부터 누가 매너 없게…… 아! 이영인가?'

미옥은 불을 줄이고 방 안으로 후다닥 뛰어 들어갔다.

이런, 이영의 엄마다. 정미옥 여사. 뭐지, 이런 느낌. 꼭 내가 나랑 통화하는 것 같아.

"네, 어머니. 웬일이세요? 아침부터."

─이영이가 전화를 안 받아서. 혹시 이영이한테 무슨 일 있니?

"일은요, 무슨. 지금 자고 있을 거예요."

─그래? 늦잠을 자는 애가 아닌데.

"아니, 그게 아니고. 엊그제 매장이 팔려서 어제 샵 직원들이랑 회식하고 새벽에 들어왔어요. 그래서……."

─기어이 샵을 팔았다니? 이런 미친! 내가 정말 걔 때문에 못 살겠다. 아니, 근데 넌 도대체 뭘 한 거야? 너 우리 이영이 없이 혼자 살 자신 있어? 친구가 잘못된 판단을 하면 똑똑한 니가 말리든 꺾든 해야 할 거 아니야! 너, 이제 어쩔 거야?

내가 왜 이 아침부터 이영이 계집애 때문에 이런 날벼락을 맞아야 하는 걸까.

─하여튼, 나 내일 일찍 도착한다고 전하고 나올 건 없다고 해. 내일은 대근하니까 쉬고 내일 모레쯤 오라고. 아니다. 내가 도착하면 다시 전화하지, 뭐. 감미옥! 너 이 비상사태를 어찌할 건지 잘 생각해 봐. 너나 나나 이영이 계집애 없으면 어따 기대고 살겠어. 애, 사람들이 부른다. 일단 끊고, 너 잘 생각해 봐.

전화는 그렇게 끊어졌다.

'이영이는 늘 이렇게 뜬금없이 폭격을 받는구나. 폭격도 이런 원폭이 없네.'

사실 비상사태긴 비상사태다.

인간이 지금까지 뭘 하고 앉았는지 연락도 없고.

뭐가 또 단단히 잘못된 건가. 전화를 받으니 더 걱정이 됐다.

상처는 물론 병까지 주고 덤으로 지옥까지 선물한 어른들은 저렇게 각자 잘살고 있는 거 같은데 피해자인 이영만 꽃거지처럼 헤매고 있어 속에서 천불이 나고 열불이 났다.

누군가는 한낱 칼로 물 베기인 부모 싸움에 왜 그리 난리 블루스냐고 할지 모르지만, 곁에서 대충 본 감미옥도 몇 차례 지옥을 경험했다.

그건 무간지옥이었다.

지옥의 묵시록보다 더한 그들만의 묵시록.

지금 넌 정말 꿈나라인 거냐, 아님 꿈보다 해몽인 거냐. 인간아.

'도대체 어째야 하는지 모르겠다, 친구야.'

슬슬 걱정이 됐다.

그렇게 대책도 없이 등을 떠밀고 부추기는 게 올바른 선택이었는지, 아니면 좀 더 신중히 상대를 고르고 만나도록 친구를 아끼고 끝내 아꼈어야 했는지.

홍콩 간다는 사실에 순간 맛이 갔었다.

그 사실에 눈이 뒤집혀 잠깐 이성을 잃었다.

'아니야. 그 사람 눈, 어딘가 믿음이 가고…… 낯이 익어.

337

분명 어디선가 본 듯한 인상이었는데…… 그게 도대체 어디지비…….'

"된장찌개 다 좋아요."

✣ ✣ ✣

잠자는 이영을 보자 다시 시간 여행을 했다.

순식간에 윤건은 신입생이 되고 이영은 도서관 붙박이가 됐다.

흰색 3학년 명찰을 달고 늘 같은 자리에서 기절한 듯 자고 있는 여자 선배.

복도에서 보면 항상 누군가에게 둘러싸여 웃고 있었다.

어느 날은 운 좋게 스쳐 지나가기도 했다.

그럴 때마다 이영은 그가 아닌 다른 것에 또는 사물에 시선을 빼앗긴 상태라 한 번도 눈을 마주한 적은 없었다. 그래도 좋았다.

도서관에서는 오롯이 그의 차지니까.

바로 지금처럼.

한발 양보해도 다소 지나치다는 걸 알면서 새벽까지 파고들며 괴롭혀 그런지 이영은 아직까지 렘수면 상태였다.

환한 빛으로 인해 깊은 잠을 자지 못하면서도 일어날 기력은 없는지 계속 수면 모드다.

그를 향해 모로 자고 있는 이영을 해바라기 하듯 바라봤다.

그때와 똑같은 눈썹, 그때와 다르지 않은 콧대, 알맞은 인중, 그리고……

살짝 벌어진 분홍빛 입술에 조금씩, 설렘을 간직한 채 다가갔다.

얕은 잠에 취한 이영은 도서관에 있었다.

늘 자고 일어나면 향기가 주위를 맴돌았다.

처음엔 이상하다 생각했는데 어느 순간부터는 그 향에 안심이 되고 그 향으로 인해 오늘도 잠들었단 걸 알았다.

남자의 향이라고 하기에도 뭣하고 여자의 향기라고 하기에도 무리가 있었다.

오늘은 꼭 확인해야지 하면 어김없이 잠이 들어 수많은 다짐만 무색했다.

그러다 한동안은 그 향이 나지 않았다.

상당한 텀이 있고 나서 다시 또 그 익숙한 향이 주위를 맴돌았다.

'당신은 도대체 누구야? 왜 그렇게 내 주위에서 서성거리지? 왜 꼭 보일 것처럼 그러다 결국엔 숨어 버리는 거야? 한번쯤은 얼굴을 보이고 속 깊은 얘기를 해도 좋을 텐데.'

소파에 누워 잠든 척을 했다.

오늘은 꼭 그 미지의 인물을, 미스터리한 작자를 확인해야겠다.

눈을 꼭 감고 진짜 자는 것처럼 하고 있으면 어느새 내 곁으로 다가오겠지.

눈감고 딱 백만 세야지.

'하나, 둘, 셋, 양 네 마리, 양 다섯 마리……'

점점 수를 세는 목소리가 잦아들고 무거워졌다.

안 돼! 눈을 떠, 이영! 너 이러다 오늘도 그 사람 놓친다. 정말 이렇게 허무하게 놓칠 거야?

누군가 이영을 호되게 야단치며 깨웠다.

눈을 뜬 이영은 깜짝 놀란 표정으로 자신을 내려다보고 있는 윤건을 봤다.

'어, 당신은……'

"왜 그렇게 봐? 훔쳐본 사람 당황스럽게."

윤건은 어른이 아닌 소년의 얼굴을 하고 이영에게 물었다.

분명 그 향기가 났는데…….

"아까워. 방금 전까지 도서관에 있었는데."

이영의 안타까운 중얼거림에 사태를 파악한 윤건이 피식피식 웃었다.

"오늘은 꼭 그 향기의 주인, 보려고 했는데."

왠지 분하고 억울했다.

조금만 더 몽중인으로 있었으면 볼 수는 없다 해도 작은 단서라도 찾을 수 있었는데.

"왜 그렇게 보려고 하는데? 기대 잔뜩 했다가 보고 실망하면 어쩌려고?"

실망이라……. 난 그 사람에게 뭔가 기대를 하고 있는 건가.

정말 그런 걸까.

그 시간을 돌아봤을 때 다른 기억이 전혀 없는 사실이 못내 아쉬워 그 사람을 통해 무언가 기억하고 확인하려는 걸까.

이영의 계속된 침묵에 윤건이 이영을 번쩍 들어 자신의 몸 위로 올려놓았다.

놀람과 함께 부끄러워 황급히 내려가려 했지만 뜻대로 되지는 않았다. 윤건의 완벽하고도 위협적인 제재로 인해.

서로의 몸이 제 몸처럼 또 제 피부처럼 가까이 느껴졌다.

따뜻하면서도 부드러운, 묵직하면서도 적나라한 무언가가 자꾸 몸에 닿았다.

깨어나서부터 내내 아닌 척하고 있지만 지난밤의 일도 그렇고 지금도 순식간에 휙휙 지나가는 낯 뜨거운 영상으로 인해 어딘가에 숨고만 싶었다.

그런 이영의 당혹스런 마음을 아는지 모르는지 윤건은 밀착된 몸을 더욱더 강하게 끌어안으며 눈을 맞추기에 급급했다.

"말해 봐, 20년도 지난 일을 왜 갑자기 궁금해하는 건지. 그동안은 이렇게 궁금해하지 않았잖아. 그 향에 대한 것도 그날 처음 알게 된 일이고."

사실 그렇게 물으면 답할 말이 없지만.

도서관 투어를 하고 나서 내내 궁금했었다.

왜 우린 한 번도 마주친 적이 없는 건지. 아니, 그보다 먼저 그 향기의 주인은 실재하는 사람인지. 실재한다면 동기인지 후배인지, 그도 아니면 제삼자인지.

"몰라요. 그냥 궁금해졌어요. 당신으로 인해 조금 더 구체화되고 가까워진 기억을 전부 다 갖고 싶다고 해야 하나."

"그 시절의 기억을 원한다면 SNS를 통해 동창들을 만나면 되잖아."

아니, 그런 게 아니다. 그런 일반적인 친구 찾기의 개념이 결코 아니다, 이 감정은.

"아니, 그런 감정은 아니에요."

윤건은 유난스레 그 시절의 기억을 묻고 알려고 했다. 그로 인해 말을 하지 않을 수가 없었다. 어느 정도, 어느 단면은 보여 주어야만 이 집요한 추궁에서 벗어날 것 같았다.

"그때의 난…… 사실 엉망진창이었어요."

"……."

"겉으론 아닌 척했지만 성인이 되기 전, 가장 혹독하고 힘들었던 시절이었죠. 교실보다 도서관에 있었던 시간이 더 많았다고는 할 수 없지만 감정적으로 안정과 안식을 찾은 곳은 교감선생님 묵인 하에 개인화돼 버린 도서관이에요."

몸을 가리기 위해 자연스레 고개가 숙여지자 윤건은 이영을 안은 채로 자리에서 일어나 침대 헤드보드에 등을 대고 기대앉았다.

얼굴이 빨개진 그녀를 의식해 하얀 침대 시트로 전신을 감싸 주는 것도 잊지 않았다. 그러면서 시트 안으로 한 손을 깍지 낀 윤건은 다른 한 손으론 이영의 몸을 연신 어루만졌다.

야릇한 느낌이 없지 않았지만 이야기를 끝맺기 위해 열중했다.

"그때 나에게 집은…… 쉬는 공간이 아니었어요. 그런 이유로 내 개인적인 공간을 사수하고 싶은 마음이 강했었는데 궁여지책으로 찾은 장소가 도서관이에요. 만약 내 주위에 누군가 있었다면…… 그 사람은 진짜 내 모습을 봤을지도 몰라요."

그랬다. 그 사람이 봤을 모습이 신경 쓰이면서도 그때의 모습을, 거짓으로 장막을 친 이영이 아닌 진짜 이영의 모습을 아는 그 사람을 한 번쯤은 보고 싶었다.

몰랐는데 당신의 기운으로, 당신의 향으로 안정을 취하고 든든했노라고.

늘 혼자라 생각했는데 결코 혼자가 아니었던 것처럼 소리 없이 내색하지 않고, 누구누구가 질질 짜더라 이렇게 입방정 떨지 않고, 한결같이 보살펴 줘 고맙다고 인사라도 하고 싶었다.

순간 윤건이 깍지 낀 손에 힘을 주었고 다른 손은 계속 몸을 어루만지고 쓰다듬었다.

그 같은 행위가 계산된 행동인지는 모르겠지만 손끝에 실린 감정은 어제 오후부터 지금까지 아찔한 열감을 놓지 않고 내내 유지하게 만들었다.

"만약에 말이야, 그 사람이…… 나라면."

"……!"

"나라고 가정한다면, 어떤 말을 하고 싶어?"

만약 당신이 그 사람이라면…….

절대 그럴 일은 없지만 그래도 못내 아쉬운 이 감정을 굳이 한 번이라도 지나가듯 토해 낸다면 솔직하고 싶었다.

"당신이 봤을 그 모습이…… 진짜 내 모습이란 걸 알았을 텐데…… 혼자만 알고 내내 곁에서 날 지켜 준 거 고맙게 생각해요."

진심으로.

이렇게 말하고 싶었다. 할 수만 있다면 그 미지의 인물에게.

자신이 만든 어색한 기류에 어쩔 줄 몰라 하는데 몸이 앞으로 쏠리면서 순식간에 윤건의 가슴 안에 갇혔다.

"알았어. 다 알아들었어. 전부 다."

자신이 누군가에게 한 뒤늦은 고백이 이렇게 다시 사랑을 하게 될 계기가 되고 단서가 될 줄은 몰랐다.

윤건은 어제보다 오늘, 오늘 새벽보다 지금 한층 더 격렬하게 파고들었다.

무엇이 그를 이렇게 거칠고 대담하게 만들었는지는 모르겠지만 지금 이 순간 윤건은 전혀 손을 쓸 수 없을 정도로 강했고 아찔했다.

키스를 시작으로 집요할 정도로 엉켜들었다.

강탈당한 호흡으로 인해 금방이라도 가슴이 터질 것 같았다.

우리가 성인이기에 섹스가 이리도 대담하고 거칠까, 하는 생각을 아주 잠깐 했다.

어제 막 걷기 시작한 이영에게는 다소 어려운 과제이자 난해한 학습이란 항변도 하고 싶었지만 그 어떤 말도 할 수는 없었다.

하반신 전체가 낯선 파행과 파격으로 익히 알고 있는 자신의 몸이 아닌 듯했다.

자꾸만 비음을 삼켰고 신음을 흘렸으며 간곡하게 애원을 한 것도 같다.

'왜 난 이 사람을 연상하며 호수란 단어를 칭했을까. 결코 그런 이가 아닌데.'

한 번씩 깊숙이 치고 들 때마다 입안 점막을 깨물었다.

차마 비명을 내뱉을 수 없어 그녀 자신을 씹어 삼켰다.

한낮의 정오, 침대 위에서 온몸이 부서지고 분해되는 기이한 열락을 경험했다.

생애 처음이자 마지막으로.

✜   ✢   ✜

자세히 말하지 않지만 펜션에 일이 났다는 건 알 수 있었다.

수화기 너머 경찰이 왔다는 말을 언뜻 들은 것 같다.

직원 중 누군가 사고를 쳤고 그로 인해 마을 사람들이 분개했다는 것과 윤건이 있어야만 진정되고 수습된다는 건 말을 하지 않아도 짐작할 수 있었다.

지방 유지들의 반발을 꺾을 수 있는 인물은 윤건밖에 없어 보였다.

빨리 내려가란 조언에도 윤건은 머뭇거리며 우리의 일을 확인하고 다짐하려 했다. 그러면서 부모님들이 돌아오시면 하루 쉬고 그다음 날 바로 말씀드리겠다는 말도 잊지 않았다.

모든 제안에 동의했다. 다만 말로써 하지 않았을 뿐.

마음은, 눈빛은 거짓이 아니었다.

오늘 이후 우리가 다시 보게 된다면 그땐 철저히 타인의 눈을 하고 있을 자신을 윤건에게 설명하지 않았다. 그래야 그 모든 걸, 모든 상황을 짐작할 수 있기에 오늘이, 지금 이 순간이 서로에게 마지막이란 말도 하지 않았다.

아버지란 사람의 입에서 흘러나올 그 사실인 체하는 수많은 거짓이 단 한 사람, 윤건에게만 전해지지 않길 바랐고 내가 한 일과 할 수밖에 없었던 일들에 대해 이 세상 단 한 사람, 호수지기만은 알지 못하길 원했다.

왜 윤건에게만 예외인지 묻는다면 침묵할 수밖에 없다.

입 밖으로 내뱉기엔 너무나 소중하고 귀중해 그 어떤 말도 하지 않으리라 다짐했다.

축소하고 축소해 단지 가족 간의 치부라 해도 오물 같은 지난 시간들을 전부 오픈하고 그로 인해 내내 지고 갈 시간들이 자신 없었다.

한편으론 윤건을 믿을 수 없었고 더 솔직히는 보호하고 싶었다.

엉망진창인 지난 시간과 유기되고 유실된 자신으로부터.

굳이 사랑의 유통 기한을 따지지 않아도 그 간약한 유예 기간 안에 내 상처가 서로에게 독이 되고 흠이 돼 우리 자신을, 우리 관계를 상처 낼까 두려웠다.

서른아홉.

속절없이 겁쟁이가 돼 버린 나이. 웃고 사랑하기에도 턱없이 모자란 시간. 시작부터 마음을 허락한 이에게 까발려져 초라해지기 싫었다.

마음처럼 단절되거나 절연되지 않을 것 같은 아버지와의 기묘한 관계는 물론, 이영을 포함해 미옥 여사 모두의 악행을 윤건에게 털어놓아야 한다는 게 죽기보다 싫었다.

아버지 말처럼 자존심이 상했다.

결정적으로 인간이 인간을 어디까지 이해하고 포용할지 그 또한 알지 못했다.

집은 텅 비어 있었다.

지유는 아직 학원에서 오지 않은 모양이다.

오늘 배운 것들에 대한 테스트를 바로 통과했다면 돌아왔을 시간인데 통과하지 못한 듯했다. 아님 일부러 모른 척하며 강사의 능력을 테스트하거나.

시간을 보니 5시 10분.

핸드폰을 꺼내 단축키를 눌렀다.

수신음이 세 번도 채 가지 않아 통화가 됐다.

"해 주실 게 있어요."

그리 길지 않은 통화를 마치고 소파에 앉아 한숨을 돌리자 비로소 온몸의 세포가 요란하게 비명을 질러 댔다.

마지막 작별 인사인 듯한 전쟁 같은 섹스가 안겨 준 은밀한 비명인지 아님 지금 이 자리에서 한 결정이 부른 암담한 상황에 대한 비명인지 알 수 없었다.

순간 자신이 지금까지 이렇게 모르는 게 많았나 싶다.

비명을 무시하고 눈을 감는데 현관 버튼이 눌러지고, 올 시간이 지난 지유 대신 오지 않아도 되는 감미옥이 쳐들어왔다.

"야! 집구석에 들어왔으면 기어들어 왔다는 무슨 어필이 있어야지! 내가 얼마나 걱…… 궁금했는지 알아! 몹쓸 인간아!"

"어찌 됐든 마흔 다 된 친구가 외박하면 헹가래 뭐 이런 거 하는 거 아닌가?"

"헹가래 좋아하고 앉았네. 니가 벼슬을 했냐, 진급을 했냐? 것도 아니면 거국적으로다가 잉태를 하기를 했냐? 남들 다하는 거 이제사 하는 뒷북이 무슨."

"그런가?"

"그래서 어찌 된 거야? 뭐 이런 질문, 웃기지만 그래서 신세계는 갔다 왔어? 설마 아직까지 네 몸, 실크로드는 아니겠지?"

감미옥은 절대 그럴 리 없다는 얼굴로 방글방글 미소까지 지었다.

정말이지 이런 친구 또 없습니다, 란 말을 꼭 하고 싶었다.

이렇게 친구의 은밀하고 디테일한 부분까지 짚고 따지니, 고맙다고 해야 할지 고생스러우니 이제 그만두라고 해야 할지.

"왜 아니겠어. 아직까지 지나간 이가 없는데."

"……!"

감미옥은 정말이지 복잡 미묘한 마음을 침묵으로 대신했다.

아마 지금쯤 온갖 경우의 수를 이용해 무언가 추론을 할 것이다. 브레인 갑답게.

"무슨 소리야? 너 윤건 만났고 외박했잖아! 근데 왜, 무슨 이유로, 아직까지 인간문화재로 현존하냐고! 도대체 무슨 이유로!"

"남녀가 만나면 다 자는 거 아니거든요. 그냥 이야기 좀 했어. 했는데……."

"얘기만 했다고? 달랑 얘기만? 그 인간, 고자라니? 아님 목회자야? 아니면 반인반수 뭐 신이라도 돼? 도대체 이게 무슨 헛소리야! 너 혹시……."

미옥의 표정이 순식간에 어두워졌다. 낮과 밤처럼 오락가락했다.

"응. 시도는 해 봤는데 역시……."

"안 됐어? 또 뭔가 떠올라서 도리질하고 울고 지랄한겨? 그 남자 앞에서?"

이영은 차마 대답은 못 하고 눈길을 회피했다.

그 순간 감미옥의 표정은 무척이나 복잡했다.

왠지 화가 나는 걸 참는 것 같기도 하고 수준 낮은 욕설이 나오는 걸 애써 삼키는 것 같기도 하고 또 패대기치고 싶은 걸 간신히 억누르는 것 같기도 했다.

그 작은 키에 그 많던 기백은 어디 갔는지 맥 빠진 표정으로 소파에 조신하게 앉았다.

"그래, 오늘만 날이겠어. 천천히 가자, 천천히. 어찌 됐든 시간이 좀 걸리더라도 언젠가 가기만 하면 됐지. 그 사람도 실망은 했겠지만 다음이란 게……."

"그래서 그만두려고."

"……!"

감미옥의 레이저 같은 찌릿한 시선을 피해 부엌 어딘가 시
선을 두고 죽어라 그곳만 봤다.

이제 곧 모노드라마를 찍을 시간이다.

"그 사람이랑도 안 될 것 같아. 뭐, 별것도 아닌 것 갖고 이
렇게 애쓰는 것도 지치고 싫고. 그러니까 이제……."

팔을 사납게 잡아챈 미옥이 기어이 시선을 잡아 눈을 맞
췄다.

"뭘 얼마나 노력했다고 싫어? 싫어서 뭐! 어쩌려고? 다 그
만두고 이 모양 이 꼴로 살겠다고? 그저 먹고 자고 일하면서
내일 당장 죽을 수도 있는데 그 쓸데없는 보험에 노후 대책만
겁나게 하면서?"

"무슨 그런 소릴 해."

"인간이 기본적으로 누려야 하는 희로애락은 전부 무시하고
의미 없이 먹고 싸고 자고만 하시겠다? 남들 시선도 있으니
똑똑한 얼라 하나 키우면서!"

점점 감미옥의 목소리가 하이 톤을 지향하고 있었다. 조짐
이 안 좋다. 아무래도 구슬려야 할 타이밍이다.

"다른 사람들도 별다른 거 없어. 사람들 다 나처럼, 또 너처
럼 살아."

"아주 지랄을 한다. 야! 내가 너보고 뭐 대단하고 특출 난 거

되라고 했어? 그냥 평범하게 평균적이고 인간적인 삶을 살라는 거 아니야! 사람 만나 웃고 즐기고 또 사랑하고 사랑받으면서 남들 하는 거 다 해 보라고!"

"……."

"그냥 기본만 하라고 이러는 거 아니야! 그 빌어먹을 기본만."

"나도 하려고 했어."

"뭘 얼마나, 어디까지 하려고 했는데? 죽을 만큼 노력해 봤어? 이 사람 반드시 잡아야지, 이렇게 간절하고 절박한 마음으로 노력했어? 자존심이고 뭐고 다 버리고 그 지독한 기억이랑 최후의 맞장 뜨겠단 마음으로 그렇게 결기 있게 호기롭게 해 봤냐고!"

"……."

"니가 그 쥐똥만 한 샵에서만 살아서 잘 모르나 본데, 지금 우리 나이는 자존심이고 뭐고 다 필요 없어. 그저 날 사랑하고 내가 사랑을 쏟을 상대가 필요할 뿐이야. 니 그 천금 같은 자존심! 웃기지 마. 그것도 상대가 있어야만 가능한 거야. 그럴 대상이 없는데 도대체 누구한테 보이고 누구랑 싸우고 챙길래? 뭐 허공이랑? 좀비랑? 아님 TV 속 돈 받고 쇼하는 패널들이랑?"

말로는 감미옥을 이길 수 없다.

또 지금 이 순간은 이기는 건 고사하고 꺾을 마음조차 없었다.

그저 죽을 것처럼 피곤하고 이제 막 이별을 선택한 자신에게, 아직 이별이 뭔지 가슴 깨지게 사지가 저리도록 아픈 게 뭔지 모르는 자신에게 혼자만의 시간을 주고 싶었다.

앞으로도 줄곧 혼자겠지만 그래도 지금은 철저히 혼자이고 싶었다.

"그만해. 네 맘 다 알고 네가 하는 말 다 알아듣겠는데……지금은 쉬고 싶어."

"아주 꼴갑을 떤다."

"……"

"넌 도대체 언제쯤이면 그 유아기적 상처에서 벗어날래?"

이영은 대답 대신 미옥을 차갑게 응시했다. 이제 그만하라는 경고의 의미로.

하나 그런 경고를 받아들일 성숙하고 은혜로운 감미옥이 아니다.

"피곤해."

"나도 피곤해, 나도. 이런 원론적인 얘기, 해마다 신년 인사처럼 너한테 지껄이는 거."

미옥의 표정도 더없이 냉랭하고 차가웠다.

마음은 그렇지 않지만 지금 이 순간만큼은 그만하고 싶었다. 그러려면 말을 하지 않을 수 없다. 전부 다 진실은 아닐지라도 어느 정도의 진실은 필요했다.

"사람이라면 그 누구에게도 들키기 싫고 절대 보여 주기 싫은, 말 못 하는 비밀 하나쯤 가지고 있어. 그런 게 사람이야. 또 일반적인 인간이고."

감미옥은 부정도 긍정도 하지 않고 들었다.

"그런 거지, 일종의 불가침 조약 같은 거. 그렇게 생각하면서 살 거야. 그러니까 너도 더는 아무 말 마. 아는 체도 말고. 여기까지만 하라고. 더 이상 침범하면 레드카드야."

더 이상 아무 말 못 하게 대못을 박아 버렸다. 친구 가슴에.

자칫하면 꽁꽁 묶어 그녀 안 어딘가에 삼켜 버린 비밀을 감미옥에게 토해 내고 싶어질까 봐 지금은 아무런 말도 할 수가 없었다.

지금도 목 안에서 무언가 찰랑찰랑 아슬아슬했다. 툭 건드리면 다 토할 것처럼.

"그 사람, 너한테 처음이자 마지막 남자일 수도 있어. 그건 알아?"

"……알아."

"그런 사람 다시는 못 만날 수도 있는데 그런데도 더 이상 노력을 안 하고 나자빠지겠다고? 겨우 그 기억들 때문에?"

"응."

이영의 단호한 대답에 미옥은 일순간 침묵했다. 물론 그게 일반적인 침묵이 아니라는 걸 알고 있다. 감미옥이 이 정도로 침묵한다는 건…….

"알았어. 본인이, 당사자가 그렇게 결정을 했다는데 내가 뭘 어쩌겠어. 더 떠들면 제삼자인 나만 미친년이지."

"미옥아."

"부르지 마, 내 이름. 그리고 너."

"......"

"홍콩 가라. 더 이상 여기서 뭉개지 말고."

미옥의 목소리는 단호했다. 그 어떤 여지도 없었다.

"넌 지유랑 홍콩 가고 난 이 집 팔아서 대치동으로 나갈란다. 그렇게 각자 길 가자. 이렇게 이딴 꼴로 너랑 지지리 궁상으로 사는 거, 나 이제 신물 나서 안 해. 그러니까 너 가, 당장."

감미옥은 그렇게 결론을 내고 자리에서 일어났다.

이제야 미옥의 진짜 성격이 나왔다.

늘 지독한 외로움을 가벼움과 독설로 무마하던 돌싱녀에서 그 누구보다 대차고 결단력 있고 추진력 있는 무시무시한 학생회장으로.

✚　　✚　　✚

막상 내려오니 문제가 한두 가지가 아니었다.

그렇게 주의를 하고 다짐을 받았는데 임 씨는 그때처럼 대실로 돈을 챙긴 모양이다.

그것도 윤건이 서울로 간 이후 몇 번에 걸쳐 지속적으로.

다른 직원들이 임 씨에게 눈치를 주고 몇몇은 말리기도 했다는데 그런 상황을 윤건에게 말한 사람은 그 누구도 없었다.

대대로 지역에서 유지인 남편이 번번이 펜션에서 젊은 아가씨들을 불러 요란하게 욕구를 채우고 일탈을 즐긴다는 걸 안부인이 친척들과 기다렸다가 두 사람을 덮친 모양이다.

그 과정에서 격해진 남편이 심한 욕설과 함께 부인을 쳤고, 부인은 마침 준비하고 있던 칼로 남편의 심장을 겨냥해 찔렀다.

아수라장이 된 상황에서 익히 알고 지내던 경찰이 윤건을 찾은 모양이다.

사건의 성질을 떠나 어느 정도의 책임은 펜션 주인인 윤건에게 있었다.

설령 그 자리에 없었다 해도 사장은 윤건이고 임 씨를 변호하고 어떻게든 보호해 줄 수 있는 이는 윤건뿐이라 직원들이 부랴부랴 연락을 한 모양이다.

다행히 칼에 찔린 남편은 위중하지 않았다. 그렇지만 이 모든 일이 빠르게 마을 주민들에게 퍼졌다. 그간 많은 노력으로 어렵게 쌓은 신뢰가 한순간 무너질 수도 있었다.

경찰서는 내일 오전에 가기로 하고 임 씨를 불러 사표를 받았다.

여러모로 마음이 편치 않았다.

그가 오기 전부터 내리던 비는 어느새 펜션 주위 옹벽을 허물듯 위험스러웠다.

해마다 공사를 해도 속수무책으로 쏟아지는 비를 근원적으로 막을 수는 없었다.

곳곳에 물꼬를 만들어 자연스럽게 내리고 쏟아지게 해야지, 억지로 막았다가는 언제 어디로 터질지 모르고 산과 연계된 모든 조경과 건물이 피해를 입을 수가 있었다.

시간을 확인하니 11시가 넘은 시각.

저녁에 잠깐 이영과 통화를 했다.

내일 오전에 다시 연락한다는 그에게 이영은 자신이 하겠다며 우선은 펜션 일에만 신경 쓰라고 했다. 내일은 이영도 아침부터 샵에 나가야 하고 정리할 게 많아 하루 종일 바쁘다고. 갈라진 목소리가 영 마음에 걸렸다.

서로의 상황을 알기에 이해하지만 마음이 불편했다.

물론 임 씨 문제도 있고 이 근방 주민들에게 퍼져 나갈 펜션 이미지 때문일 수도 있지만 그렇다고 해도 묘하게 마음이 어수선했다.

이유는 알 수 없지만 머릿속에서 자꾸만 신경을 건드리는 찌지직 전파 소리가 우레처럼 크게 들렸다.

지금도 이영에게 전화를 할까 망설일 뿐 걸지는 못하고 있었다. 사실 내려오기 직전까지 버겁게 해 통화 버튼을 누르기도 미안했다.

자신 안에 그런 미개인이 있었는지 여직 모르고 살았다.

마지막 연애가 언제였는지 기억나지 않고 그 상대에게 그가 어떤 이였는지도 물을 수 없으니 비교할 수 없지만 지금의 자신은 그조차도 낯설었다.

이영이 그를 벽이 아닌 문이라 칭했을 때부터 제정신이 아니었다.

그 한마디에 이제까지 완강하게 버티던 욕망이 한꺼번에 무장 해제돼 가면을 벗었다.

탐닉이란 뜻을 이제야 제대로 알게 됐다.

오랜 시간 단어와 언어를 가지고 노는 번역 일을 하면서도 체감할 수 없었는데 어제 오늘 비로소 알았다. 탐닉이란 단어의 진정한 의미를.

가질수록 갈증이 나고 안을수록 불안했다.

분명 마음을 주고 마음을 얻었는데도 양가 어른들과의 관계가 해결나지 않아 그런지 불안감은 점점 더 증폭됐다.

아버지가 돌아오시면 바로 찾아뵙고 싶지만 오랜 비행시간을 감안해 하루 여유를 갖고 찾아뵐 생각이었다.

이젠 어떤 말로, 어떻게, 어느 선까지 설득시키느냐가 문제가 아니었다.

그들의 마음을 온전히 전하는 게 문제일 뿐.

✛   ✤   ✛

집안일을 해 주시는 할머니께서 오시자마자 집을 나와 곧장 작업실로 향했다.

작업실은 일반 사무실보다 어두운 이유도 있지만 작업의 특성상 늘 밝은 불을 켜야 했다.

순간 밝은 빛으로 인해 익숙한 물건들이 눈에 들어왔다.

가스통, 세 개의 개인 책상, 바닥을 돌아다니는 골판, 나무 지지대, 각종 사이즈의 망치, 핸드드릴, 서랍을 가득 메운 고무 틀, 실리콘 틀, 책상 위 가지런히 정리된 기린 날과 각종 핀

셋, 금을 털어내는 붓, 물통까지.

인간에게 익숙한 장소만큼 든든한 곳도 없다.

쫓기듯 집을 나오고도 갈 곳이 있다는 건 오늘의 귀중한 양식을 구한 이의 마음과 크게 다르지 않다.

늘 상황이 여의치 않으면 작업실을 찾게 된다.

오늘은 목적한 바가 있어 이 자리에 앉았지만, 그런 이유가 아니더라도 이곳은 더없이 안전하고 안정감을 준다.

'이런 곳을 난 왜 날려 버린 거지……. 웃기네, 지금 와 후회는.'

인생은 늘 후회의 연속이니까.

얼마간의 후회를 하면서 익숙한 작업을 시작했다.

몸으로 하는 작업, 특히 금세공처럼 예민한 작업은 딴생각을 할 수 없어 좋다.

조금이라도 딴생각을 할라치면 비싼 금가루가 먼지와 함께 날아가고 작은 다이아는 잃어버릴 수도 있다.

그러나 일을 진행하면서도 생각은 자꾸 옆길로 새고 의식은 누군가를 찾았다.

의식과 무의식은 제멋대로 반지의 주인을 찾고 있었다.

플래티늄을 녹이고 붓고 때리고 가는 익숙한 동작들을 하며 생각을 치워 버렸다. 그렇게 한동안 생각과 싸우며 시간을 벌었다.

불을 통해 윤건을 보고 물을 통해 아버지도 봤다.

머리 위 형광등보다 밖의 빛이 더 환하고 찬란해지는 것도 모른 채 반지를 깎고 갔았다.

얼마의 시간이 지난 걸까…….

"어! 사장님 나오셨네요?"

매장의 정희 씨가 어쩌면 마지막일 수도 있는 인사를 반가운 첫인사처럼 했다.

그래, 오늘은 샵을 나오는 마지막 날이면서 오늘 처음 하는 첫인사이기도 하니까.

"진행 중인 거 마무리하려고."

"그럼 마무리하시고 내려오세요. 다 같이 모닝커피 마시게요."

"응."

완성된 반지를 한동안 쳐다보다 손가락에 껴 보았다.

안착하지 못하고 손에서 겉도는 큰 사이즈의 반지.

좁은 창으로 들어오는 빛은 반지의 오묘한 빛과 맞물려 찬란하게 빛났다.

이 빛처럼 이영의 2주도 반짝반짝 빛이 났었다.

그 사람을 만난 그 순간부터 지금까지 전부가 그랬다.

1분 1초,

매 순간이 보석보다 더 아롱지게 빛났다.

이제 그 빛은 전부 다 소멸됐겠지만 이영은 기억한다.

그 빛이 얼마나 아름다웠는지.

그 빛이 얼마나 소중한지.

그 빛을 자신이 얼마나 간절하게 잡고 싶었는지.

여행에서 돌아오신 아버지께는 연락을 받았다. 공항에 도착하자마자 하신 모양이다.

일단 집에서 쉬시라는 말씀을 드리고 펜션 상황을 간략하게 설명했다.

아버지와의 통화를 시작으로 여러 군데 전화를 하고 여러 사람을 찾아다녔다.

인근 경찰서와 동네 유지 어른들의 댁을 일일이 찾아 인사를 하고 불미스러운 일에 대해 깊이 사죄했다. 그러면서도 머릿속은 순간순간 이영이 찾아들었다.

생각나면 반갑고 반가워서 미소가 지어졌다.

'당신도 나 같을까. 꼭 나처럼 이랬으면 좋겠는데……'

몸은 하루 종일 이곳저곳 돌아다녔지만 생각은 못 박힌 듯 이영을 떠나지 않았다.

오후가 다가오니 슬슬 신경이 써졌다.

바빠서, 오늘 마무리는 물론 정리하다 보니 그러겠지, 하다 저녁 6시가 되니 살짝 화가 나기도 했다. 서로의 일과 시간을 존중하는 건 고맙지만 기다리는데 연락을 주지 않으면 섭섭하고 실망하는 것도 사실이다.

먼저 전화를 하려다 그만뒀다.

그를 찾는 이영의 목소리가 듣고 싶었다.

웃다가 미소 짓다가 말하고 묻는 이영의 낮은 숨소리가.

마음은 하루에도 수십 번 이기적이 됐다 이타적이 됐다 하며 오락가락 반복했다.

일단 저녁을 먹기 위해 집으로 들어와 씻었다.

하루 종일 비가 와서 작은 선물을 들고 일일이 다니며 인사 드리는 게 평소보다 배는 더 힘이 들었다. 씻고 나와 부엌에서 물을 마시는데 핸드폰이 울렸다.

확인하지 않았지만 이영이라 생각하니 벌써부터 실실 웃음이 났다.

감정은 도무지 숨길 수가 없다.

마음이란 건, 한 사람으로 인해 이렇게나 솔직하고 이렇게도 성급하다.

"네."

—마침 집에 있었구나.

이영이 아니라 아버지셨다.

"네, 지금 들어왔어요."

살짝 한숨 같은 숨소리가 들렸다 금세 사라졌다.

—저…… 말이야. 미옥 여사의 전남편이란 사람한테 전화가 왔는데…… 외동딸이 다음 달에 결혼을 한다고…… 그런 이유로 우리보고 좀 기다려 달라는구나. 자제분 성혼시킨 다음 했으면 좋겠다고.

처음에는 잘못 들었나, 하다가 차차 의문이 들었다.

외동딸이면 분명 이영인데. 이영은 형제가 없는데, 라는 생각까지 하게 됐다.

"그러니까, 아버지 말씀은 정미옥 여사님의 따님이신 이영이 다음 달에 결혼을 한다고요?"

—그래, 그렇다는구나. 남들 눈도 있고 하니 우리한테 양해를 구한다고.

이영이 다음 달에 결혼을 한다고.

도대체 이게 무슨 소린지 도통 이해가 안 됐다.

"이영이 누구랑 결혼을 하는데요?"

윤건은 정신이 없어 자신이 이영의 이름을 어떤 톤으로 부르는지 전혀 알지 못했다.

—거야 모르지. 뭐, 자신이 추천한 사람이라고 하긴 하더라. 그 업계 종사자라니 분명 사업하겠지. 정 여사 전남편, 유명한 사업가라고 하던데.

아버지 말씀을 듣긴 다 들었는데도 머릿속에서 조립이, 아니, 조합이 되지 않았다. 그 모든 얘기가 너무도 터무니없어서.

"아버지, 그분이랑 언제 통화하셨어요?"

—30분 전에 했지. 하여튼 그렇게 알고 우리 노친네들 일은 당분간 신경 끊으라고.

전화의 마무리를 어떻게 한지는 기억나지 않았다.

아직까지 손에 쥔 핸드폰으로 전화를 거니 이영의 전화기는 꺼져 있었다.

이 순간 꺼져 있다는 사실이 너무도 아득했다. 동시에 주위가 순식간에 지독한 어둠으로 물들었다.

✚   ⛭   ✚

일이 벌어지고 오늘로서 딱 3일.

감미옥은 호흡처럼 자연스러워진 한숨을 릴레이로 쉬었다.

'인간이, 사라지라고 했다고 그렇게 단박에 종적을 감추냐! 이, 미친…… 관두자.'

알아본 결과 적어도 국내에 있었다. 이 망할 계집애는.

일상의 모든 미장센은 그대로인데 이영만 모습을 감췄다. 실종 신고는 하지 않았다.

이 모든 게 이영의 의도고 뜻인 걸 알기에 침묵했다.

뜬금없이 이 회장이 왔던 날, 그날이 화근인 건 분명했다.

샵을 정리한다고 나가 직원들과 점심까지 하고 사라진 이영이 오늘까지 연락이 되지 않았다. 이 회장은 그 일에 대해서 일절 모르쇠로 일관했다.

한 달 뒤 딸이 결혼을 하는 건 사실이지만 그전에 이영이 어디에서 누구랑 무엇을 하는지는 당신이랑 전혀 상관이 없다고, 식장에 오기만 하면 그전의 행적은 이영 개인의 판단이라고 못을 박았다. 그러면서 자신은 압력 행사나 거래를 한 일이 없다고 시치미를 뗐다.

살다 살다 그렇게 치졸하니 격 떨어지는 어른은 처음 본다.

어떤 위인인지는 진작 알고 있었지만 과정이든 원인이든 다 필요 없다는 거다. 그저 자신에게 유리하고 득 되는 결과만 보장된다면.

'뭔가 걸려도 큰 게 걸린 것 같은데…….'

그래도 그렇지, 지 아버지랑 무슨 커넥션을 주고받았는지 모르지만 아주 사람 하나 잡게 생겼다.

윤건이란 남자, 맹숭맹숭하게 봤는데 잘못 봐도 한참을 잘못 봤다.

미옥이 따라가긴 했지만 이 회장과의 약속을 잡은 것도 그 남자였다.

이 회장이 얍삽하고 묵직함이 없어 그렇지, 나름 카리스마가 있는 양반인데 일절 기가 죽거나 위축되는 모습이 없었다. 그 어떤 소리에도 침착하게 제 페이스를 유지했다.

이영의 아버지와 대면하고서도 말을 아꼈다.

자신이 궁금한 것만 간단하게 질문하고 온갖 쓸데없는 말을 내뱉는 이 회장에게 이영을 찾으면 연락드리겠다는 말을 하고 나왔다.

그때부터 윤건은 이영의 행적을 쫓았다.

여권은 가지고 나갔지만 비행기를 탄 기록은 없었다.

그 역시 윤건이 알아봤다. 인맥도 그렇고 발이 상당히 넓었다.

샵 근처 호텔을 잡은 남자는 수시로 연락을 했다. 하면 뭐하나, 이 좁은 집구석에 처박힌 미옥으로서는 얻어 듣는 것도 아는 것도 없는 걸.

'이 정신 빠진 계집애, 청춘에도 안 하던 가출을 다 하고. 아

니, 잠적인가 잠순가. 하여튼 다 늙어 영화를 찍는구나, 찍어.'

그 골 파먹는 지독한 성격상 결코 의논하거나 설명할 수 없는 일들에 대해 아예 눈을 감고 입을 봉한 것 같다, 무식한 이영은.

지 아버지가 무슨 강력한 꼼수를 썼길래 이렇게 나오는지 이해가 안 됐다.

'이영의 약점이 뭘까……. 그게 뭔데 이 회장이 그걸 잡고 이런 엄청난 딜을 한 거지. 결혼이라……. 네가 순순히 결혼을 할 아이가 아닌데.'

"저녁은 저희 집에 가서 먹을게요."

'아, 이 인정머리 없는 놈. 이 시국 선언에 밥이 넘어 가냐, 넌?!'

"그냥 우리 집에서 먹어. 이영이 없으면 네 보호자는 나야. 법으로 지정된 건 아니지만 나와 이영의 관계를 봐서 충분히 그럴 자격 있어. 그러니까 네 성격상 잠은 어쩔 수 없더라도 밥은 나랑 먹어."

"아줌마가 안 계시니까 제가 더 집을 지켜야죠."

마치 충성 서약한 사람처럼 지유는 담담하게 말했다.

"됐어, 안 지켜도 돼. 넌 나나 지켜. 나 지금 고혈압에 저혈당으로 쓰러지게 생겼어. 이영이 계집애 때문에. 근데 너, 정말 들은 거 없어? 전날에 아무런 말도 없었냐고?"

"평소와 똑같으셨어요."

"뭐가 똑같은데?"

그래, 더 디테일하게 캐 보면 뭔가 나올지도 모른다. 내가 알게 모르게 놓친 게.

미옥은 촉을 세우고 눈을 부릅뜨고 귀를 최대한 크게 하고 들었다.

"평소처럼…… 말씀하시고 평소처럼 우아하고 멋있고."

"야!"

내가 정말, 이런 화상을 뭐가 좋다고.

"그런 거 말고! 행동이 이상하다거나 표정이 어둡거나 괜히 널 빤히 쳐다본다거나. 왜, 있잖아. 영화나 만화에서 보면 일이 터지기 직전에 주인공들이 흔히 하는 클리셰! 빤한 행동들! 나 이제 사라질 거니까 니들 알아서 눈치채라, 하면서 하는 것들 말이야."

"삼류나 그렇지, 퀄리티 높은 작품들은 그런 빤한 복선 안 깔아요."

이 녀석! 이 자식! 이, 이 이놈의 자식!

"야! 김지유! 너 정말 이렇게 답답하게 굴 거야? 지금 이 상황에 그게 중요해? 넌 걱정도 안 되냐? 벌써 3일이 넘었는데! 죽을 상황도 아니고, 뭐 죽을 계집애는 아니지만 재수 없게 어떤 미친놈이 채 갔으면 어쩔 거야? 어쩔 거냐고! 너 지금 이렇게 여유롭게 밥 타령할 수 있어?"

미옥의 닦달과 채근에도 지유는 선비처럼 꼿꼿함을 유지했다.

그 꼴이 보기 싫었다.

아무리 잔재미 없는 남자애라지만 이렇게 감정이 무디고 더 디서야…….

"밥을 먹어야 힘내서 기다리죠. 걱정 근심도 힘이 있어야 하는 거라고 했어요, 이영이 아줌마가."

전혀 굴하거나 반성하는 기운이 없었다, 끝까지.

"아주 쌍으로 골고루들 한다. 아, 짜증나!"

이래서 잔정 없는 것들이 싫다.

이런 유의 인간들은 뻔한 것도 모르고 특별히 가르쳐도 모르는 건 여전히 모른다. 그 오묘하고 신묘한 인간의 복잡다단하고도 디테일한 감정 선을.

딩동 하는 소리에 미옥과 지유는 동시에 현관을 봤다.

수업은 한 시간 뒤부터 시작이니까 이 시간에 올 사람은 없다. 그렇다면…….

문을 여니 윤건이 서 있었다.

아주 차분하고도 고요한 물빛 눈동자를 하고.

날씨는 도착 날부터 시작해 지금까지 내내 흐렸다.

그에 걸맞게 투명하지 않은 생각은 다람쥐 쳇바퀴 돌아가듯 일정한 패턴과 룰을 반복했다. 그러다 생각은 또 확장되고 그 변명의 수위를 넓히기도 했다.

이영 자신조차도 그런 생각에 설득되고 설득당하는 지리한 과정을 거듭했다.

여기 있을 이유가 뭐야.

돌아간다. 돌아가서 당당하게 설명한다. 설명하면 분명히
다 이해할 거다.

사랑은 그런 거니까.

그래야 사랑이니까.

그래서 사랑인 거니까.

윤건이 내게 보여 준 건, 분명 사랑이니까.

사랑하면 못 할 게 없다. 그 사람도, 나도.

살인을 한 것도, 살인을 조장한 것도 아니고 난 그저 살고
싶었어. 인간이니까 인간답게 인간의 모습으로. 설령 가족이
란 구성원과 천륜이란 천덕꾸러기 같은 굴레를 내버릴지라
도⋯⋯.

내내 그렇게 항변하다가도 어느 순간부터 윤건에게만은 초
라해지기 싫고 그에게만은 부모의 천박함과 이영의 이기적 발
상, 기막힌 행위가 까발려지는 게 싫다로 귀결됐다.

우습지만 그러면서도 보고 싶은 건 어쩔 수가 없었다.

오래전 감미옥이 지금은 이혼한 전남편이랑 연애할 때 방금
헤어져 들어와서는 또 보고 싶다고 말도 안 되게 징징거린 적
이 있었다.

자기가 빠져도 너무 빠진 것 같다고 스스로를 비웃고 자책
하면서.

그때 진지하게 물었다. 보고 싶다는 감정이 어떤 건지 짐작

이 안 되니 설명해 보라고.

그때 감미옥은 노려보다 한 바가지의 욕을 쏟아 냈다.

보고 싶어서 짜증나는데 헛소리하는 너 때문에 더 짜증난다고.

오늘 알았다.

누군가를 보고 싶은 감정은 그 어떤 말로도 설명이 안 된다.

그저 사무치게 보고 싶다는 말밖에는.

거짓말처럼 몸도 윤건을 원했다.

마치 자석처럼 이영의 몸은 윤건을 찾았다.

몇 번이나 서로를 품고 안겼다고 그새 윤건이 주는 안온함과 희열을 알아 버린 온몸의 세포들이 열성적으로, 열정적이면서도 강렬한 기운을 내뿜는 자신의 남자를 그리워했다.

다시 한 번 그 매끄러운 근육과 그의 훈훈한 기운을 흠뻑 마시며 느껴 보고 싶다.

그저 아픔뿐이었다고 할 수 없는 기묘한 행위에 완전히 매혹 당했다.

타인의 몸, 그것도 남자의 몸이 위로가 되고 안식이 될 수 있다는 걸 그날 처음 알았던가.

늘 지겹도록 따라다니던 악몽과 악귀 때문에 온전히 느끼고 스며들지 못할 거라 생각했는데 아니었다.

현명한 감미옥의 말이 맞았다.

몸은 감정과 동일하게 움직이고 반응했다.

마음속 깊은 곳에서 윤건을 흡수하자 몸도 그와 같았다.

그의 부드러운 손길과 거친 몸짓에 매료된 듯 빠져들었다.

지금 이 순간 그날의 터치가 생생하게 생각났다.

아니, 잘라 내야 한다. 지우고 게워 내야 한다. 이 지독한 열 감을…….

한때는 분명 아버지란 사람을 두려워하고 무서워한 적이 있었다.

그러다 어느 순간부터 아버지는 물론 두 사람의 일에 대해 방관자가 되고 3인칭 관찰자의 입장이 돼 그들을 냉정히 지켜만 봤다. 그러니 정말 어느 작가가 말한 것처럼 모든 게 마치 19세기 소설 속 이야기 같았다.

이영과는 전혀 상관없는 옛날 옛적 이야기.

그래서 그럴 수 있었는지 모른다.

감정을 배제한 채 작전 같은 결혼을 한 건.

사무적 결제 방식으로 혈육도 끊어 냈는데 이걸 못 할까 하는 심정이었나 보다, 난.

참 무지하고 어리석었다.

인간 실격의 대표 주자인 아버지를 내치는 것과는 전혀 완전히 달랐다.

싫은 기억이 하나도 없는 남자를, 자신이 웃는 것보다 그 사람의 웃음이 더 행복했던 사람을, 그 악몽 같은 기억을 온몸으로 덮어 주고 지워 줘 상처와 함께 새살을 돋게 해 준 그이를.

누구도 믿지 못하고 그 누구에게도 주지 못한 서툴고 못난 내 감정을 전부 준 사람을 억지로 잘라 내자니 사지가 잘려 나갈 듯 아팠다.

하나 또 배운다, 라고 반성하고 새기기에는 너무 아팠다.

모든 낮과 밤, 윤건은 지독하게 따라다녔다.

그 지독하고 병적인 시달림에 밥도 잠도 잃어버렸다.

나약하고 이기적인 영화의 주인공처럼 이 모든 기억을 지울 수 있다면 예전의 그녀로, 다소 딱딱하고 약간은 무감동하지만 이렇게 피폐해지기 전의 그녀로 돌아갈 수 있을까. 창피하고 민망하더라도 수치스런 부모의 잘못을 오픈하고 윤건을 놓지 말아야 한다는 마음이 점점 더 강도를 높이고 있었다.

절대자도 아닐진대 인간이라면 치부는 누구나 가지고 있다고 가정하고 인정하며 그까짓 거 뭐, 이렇게 대수롭지 않게 여기며 손을 내밀고 싶은 마음이 간절함을 넘어 강렬해진다.

한편으로 윤건은 과연 이 모든 걸 어떻게 받아들일까 하는 의심을 하지 않을 수 없었다.

그녀와는 전혀 다른 부모와 다른 가정환경에서 자란 사람.

설사 부모로 인해 외로웠다 해도 사랑과 믿음이 절대적인 부모 밑에서 자란 윤건이 이영이 벌인 모든 일을 비난하지 않고 이해할 수 있을지 걱정되고 두려웠다.

이런 조심스런 고민은 그녀 나이가 아니면, 또 그녀 연차쯤 되지 않는다면 절대 모를 비겁하고 초라한 감정이다.

아직 비릿한 청춘이라면, 그 청춘이 가지고 주는 열정과 무모함에 흠뻑 취한 이라면 이런 자신이 고리타분하고 답답해 마음껏 비웃을 일이다.

왜 그러지 않을까…….

온갖 명분으로 간신히 버티고 있는 이영도 이렇게나 흔들리고 망설이며 주춤하고 있는데.

적지 않은 나이, 자존심이 사랑만큼이나 크고 압도적이라면 이해가 될까…….

벌써 이 모든 생각과 과정을 몇 번이나 반복하고 있는지 모르겠다.

결론 없이 똑같은 버전의 생각에 잠식당해 숨이 턱턱 막혔다.

이 얄궂은 날씨도 한몫했다.

그 이틀.

그 폭우에 갇히지만 않았어도 우리는 아무 인연도 아닐 수 있었는데.

필요도 없는 뒤늦은 후회만 자꾸 하게 된다.

딩동.

창을 뚫을 기세로 돌진하는 비에 정신을 빼앗겨 처음엔 잘못 들은 줄 알았다.

딩동.

멘트도 없이 누르기만 하는 행동에 왠지 모를 불안감이 엄습했다.

아닐 거야.

거래는 거랜데 여기까지 따라와 닦달하지는 않겠지. 또 닦달한다고 끌려갈 그녀도 아니고.

아니, 일반적이고 상식적인 사람이었다면 결코 이런 모습이 아니겠지.

"누구세요?"

답이 없자 불안감은 더 증폭되고 확실해졌다.

"누구세요?"

반복된 물음에도 답이 없었다.

그로 인해 두려움은 순식간에 공간을 채우고 장악했다.

✛ ✤ ✛

종이 인형이 이럴까…….

3일 사이 전혀 다른 이 같았다.

이제껏 보고 알고 느끼면서 몇 번을 품었던 이영의 모습이 아니었다.

그 처연하고 절박한 모습에 분노와 불안감은 물론 난립하던 백 가지, 만 가지 삿된 감정이 일시에 소멸되고 사라져 버렸다.

상처와 자기학대로 얼룩진 얼굴을 보자 도저히 질문이나 추궁을 할 수가 없었다.

지금은 그 어떤 말보다 따뜻한 위로가 절대적으로 필요했다.

"……이리 와."

그 하나로 충분했다.

이영은 멈칫하고 주춤하다 천천히 한 발자국씩 움직여 그의 곁으로 왔다.

바로 앞까지 와서도 멈춰서 한동안 낯선 타인을 보듯 윤건을 쳐다보기만 했다.

쳐다보는 그 아릿한 눈빛이 무척이나 아파 안타까웠다.

한 발자국. 윤건이 이영에게 다가갔다.

한 걸음이면 충분했다.

이영을 안고 이 품 안에 다시 가두고 깊이 담기에.

"……됐어."

이영의 조심스런 숨결과 숨죽인 호흡에 비로소 안정을, 제정신을 찾을 수 있었다.

되찾은 심장으로 인해 이제야 잠다운 잠을 자고 호흡 같은 호흡을 할 수 있게 됐다.

가슴에 박힌 돌처럼 미동도 없는 이영의 체향에 그동안 못 잔 잠이 한순간 감당 못 할 정도로 쏟아져 내렸다. 이렇게 안고 있으니 이젠 잠을 자기가 두렵지 않았다.

선 채로 눈을 감았다. 침대가 아니라도 이대로 잠을 잘 수 있겠단 생각을 했다.

충분했다, 이대로도.

더 이상은 아무것도 바라지 않는다. 이 여자만 이렇게 곁에 있으면.

언젠가부터 윤건의 목숨을 좌지우지하는 건 그의 몸 속 심장이 아닌 지금 눈앞에 선, 바싹 말라 보기에도 안쓰러운 이 사람에게 있으니까.

정말 잠을 잔 모양이다.

깜짝 놀라 눈을 뜨니 이영이 쳐다보고 있었다.

손으로 그의 얼굴을 쓸고 어루만지며 못 박힌 듯 그를 쳐다보고 있었다.

"언제 깼어?"

"조금 전에."

"조금이라도 잔 거야?"

"네."

내내 안고 잤는지 팔이 무척이나 저렸다.

그도 그지만 이영이 상당히 불편한 잠을 잤을 게 분명해 미안했다.

"깨우지……. 많이 불편했을 텐데."

그의 채근에 이영은 미소를 지으며 작게 웃었다.

"든든하고 좋았어요. 이러고 자니까 당신이 옆에 있다는 게 실감나."

이영은 그렇게 말하며 자꾸만 품 안으로 파고들었다.

바로 턱 밑에 이영이 있다.

그렇게 미친 듯 찾아도 없더니, 꽁꽁 숨어 머리카락 한 올도 보이지 않아 잠도 못 자고 숨조차 못 쉬게 하더니, 이젠 미치게 만든다.

"이런다고…… 모든 죄가 사해지는 건 아니야."

처음 이유도 모른 채 연락 두절로 인해 버려졌다는 생각을 했을 땐 끔찍했다.

길지 않은 시간. 그럼에도 불구하고 진심으로 마음을 주고 마음을 얻었다고 생각했는데 뒤에서 이영의 아버지와 긴밀한 타협을, 협정을 맺었다고 오해했을 땐 충격이었고 잠시나마 이영을 죽도록 증오도 했었다.

"그렇게 입 다물고 있다고 덮어지는 것도 아니고."

대답 대신 이영은 한 손으로 그의 허리를 꼭 감싸 안았다.

무감한 사람이 무척이나 용기를 내고 있었다.

"이 정도로 화가 풀릴 것 같아?"

그러다 그가 보고 그가 겪은, 또 그가 품었던 이영을, 이영의 생각을 조금씩 읽었다.

그러다 알았다. 그가 모르는, 그가 절대 몰랐으면 하는 뭔가 다른 이유가 있다는 걸.

갑자기 나타난 아버지의 터무니없는 제안을 받아들이면서까지 그에게만은 끝까지 숨기고 싶어 하는 어떤 악수가 있다는 걸.

"얼굴 좀 보여 봐. 이젠 숨차서 숨바꼭질은 못 할 것 같으니까."

내내 그의 가슴에 숨결을 뱉어 내던 이영이 조금씩 움직이더니 비로소 얼굴을 마주했다.

눈물 가득한 눈으로.

눈물범벅인 얼굴을 하고.

순간 전기에 감전된 듯 움찔했지만 모른 척, 아닌 척 참았다.

"……울어도 안 봐줘. 물을 건 묻고 따질 건 따지고 또 혼낼

건 혼낼 거야."

마지막이라 생각하며 찾은 이가 지유였다.

이영에게 지유가 어떤 존재인 줄 알고 있었다.

그런 지유에게 그 어떤 말도 없이 자신의 상황으로 인해 아끼는 아이를 어른들 중간에 껴 불안한 천덕꾸러기로 만들지는 않을 거란 확신과 믿음이 있었다. 그런 이유로 어린 지유에게만은 행방을 알렸을 거라 짐작했다.

이영이 또다시 가슴으로 파고들었다.

길 잃은 아이가 극적으로 만난 엄마 품 안을 파고드는 것처럼 이영은 그렇게 집요하고 애처로울 정도로 얽혀 들었다.

울음소리는 들리지 않았지만 여전히 울고 있다는 걸 알았다.

다행이다.

이 여자의 울음은 이 세상 단 한 사람, 그만이 보고 들을 수 있으니까.

그걸로 됐다.

그에게만 기대고 그에게만 허락하고 보여 주는 이 모든 것들로 인해 다 용서가 됐다. 전부 다.

아직 고개조차 못 들고 울고 있는 이영을 꼭 안았다.

다시는 못되고 삿된 생각을 하지 못하게.

다시는 그를 피폐하게 만들고, 영혼을 파괴하지 못하도록 꼭꼭 안아 보듬었다. 그러면서 이 부실하고 무정한 사람을 놓칠까 봐 안절부절못하고 숨죽여 울었던 또 한 사람, 그 자신을 위해 이영을 꼭꼭 안아 삼켰다.

서로를 서로의 마음에서 절대 내뱉지 못하게 마음속 깊은 곳에 꼭꼭 숨기고 삭혔다.

이영은 각혈하듯, 고해하듯 마지막 말을 쏟아 냈다.

"……그 누구보다 체면을 중시하는 부모님한테 내 결혼은 그런 의미였어요. 유종의 미. 당신들이 해야 하는 최소한의 의무. 같은 부류인 사회지도층 모두에게 반드시 보여 줘야 하는 화려한 쇼의 마지막 테이프 커팅 같은 거요."

비로소 끝났다.

전략적 결합 같던 결혼도, 그토록 숨기고 싶던 처참한 가정사도.

안으로는 아내와 끊임없이 충돌하면서 밖에선 냉철한 사업가로 모두의 신망을 받으며 돈과 힘으로 어린 여자의 성을 너무도 쉽게 취하고 비정상적으로 유희하는 아버지와, 그것을 빌미로 더 많은 재산과 이익을 취하며 자식인 이영을 자신의 편으로 편입시키고 확고히 하고자 했던 불안정하고 이기적인 미옥 여사. 오늘에서야 모두 털어 내고 탈출했다.

이로써 지겹게 따라다니던 악몽과 죄책감으로부터 얼마간 벗어날 수 있길 희망했다.

이 순간 자신이 견딜 수 없이 초라하고 창피하지만 견딜 거다.

자존심과 치욕적인 가정사로 인해 이 사람을, 이 소중한 사람을 놓칠 수는 없으니까.

이젠 그럴 자신도, 배짱도 없으니까…….

"아버지가 당신한테 내가 벌인 그 모든 걸 말한다고 했을 때 처음엔 숨이 막힐 정도로 무섭다가 결국엔 너무 감당이 안 돼서 아득했어요."

"……."

"할 수만 있다면 당신한텐 영원히 숨기고 싶었어요. 다른 사람은 그게 누구든 상관없지만 당신은, 당신만은 내가 겪고 내가 한 행동들을 절대 몰랐으면 했어요."

정말 가진 전부를 내주어 무마가 되고 덮어질 수 있다면 그렇게라도 하고 싶었다.

지금 이 순간, 그 시절 한 행동에 대해 잘잘못을 따지고 싶지는 않다.

이미 벌어진 일이고, 이미 다 지난 일이니까.

"왜?"

이영은 뒤돌아 소파에 앉아 담담하게 질문과 의문을 던진 윤건을 봤다. 너무도 쉬운 질문을 하면서 동시에 누구나 알 수 있는 답을 원했다, 윤건은.

이젠 저 눈을 피하지 않고 또 주저하지 말고 말해야 한다.

비겁하게 빙빙 돌리지 말고 이 확실한 감정을 말해야 한다.

내 사람에게, 내 사람이고픈 남자에게.

"……당신이니까."

내내 다짐을 하고도 윤건을 보기가 쉽지 않았다.

조금은 떨리고 긴장됐다.

저 사람이 무슨 말을 할까 두렵기도 했다. 그러면서 아무 말도 하지 않았으면 했다.

윤건이 일어나 이영에게 다가왔다. 긴장돼 숨이 거칠어지면서 호흡이 빨라졌다.

심장은 위험할 정도로 바쁘게 그리고 빠르게 움직였다.

그런 이영과 달리 호수지기 윤건은, 아니, 호수 괴물은 아무런 감정의 동요가 없어 보였다.

"그러니까 왜 나는 몰랐으면 했는데?"

윤건의 질문과 눈빛은 확고했다.

꼭 알고 들어야 한다는 의지가 잔잔한 눈빛에 가득했다.

"남자는 여자랑 달라. 눈을 보고 똑바로 정확하게 얘기해 주지 않으면 몰라. 알 수가 없어. 물론 다른 남자들은 알 수도 있겠지. 하지만 나는 아둔해서 말을 해 줘야 알아. 내가 잘 알지도 못 하면서 추측하고 짐작하길 원해? 그게 당신이 바라는 거야?"

그건 아니다. 그런 걸 바라는 건.

그런 건 이영도 싫었다.

분명하지 않고 투명하지 않은 말장난과 신뢰할 수 없는 감정의 유희 같은 건.

"여자랑 남자는 동그라미랑 네모처럼 달라. 그러면서도 사실은 같지. 모두 하나의 선으로 연결되고 만들어졌으니까. 동그라미는 네모가 될 수 있어, 힘을 줘 당기면. 똑같이 네모도 동그라미가 될 수 있어, 힘을 빼 밀어 넣으면."

"……."

"한데 그러려면 부단한 노력이 필요하고 서로 간 충분하고 솔직한 대화가 필요해. 그러니까 말해 봐. 왜 다른 사람은 상관없으면서 나에게는 숨기고 싶었는지."

이제 물러날 곳은 없다.

이 남자로부터 도망칠 수도, 도망가기도 싫으니까.

이렇게 할 수 있을 때, 기회가 주어졌을 때 분명하게 말해야 한다.

비겁하게 도망가고 숨는 건 딱 한 번으로 족하니까.

서른아홉.

지금까지 스스로에 대한 강박함으로 인해 누구에게도 빗장을 풀지 못했던 감정.

윤건의 말처럼 이렇게 확실한 감정은 다신 안 올 테니까.

거짓 없이, 그 어떤 트릭도 없이 사랑을 주고 사랑을 말하는 이 남자에게 지금 이영의 사랑도 주저 없이 고백해야 한다.

이제껏 단 한 번도 말하지 못한 마음을, 여태껏 그 누구에게도 내보일 필요가 없었던 진심을 이젠 가감 없이 말해야 한다.

불신과 의혹의 다리를 건너 절대 그녀를 놓지 않고 당당히 앞에 서 있는 이에게.

"……사랑해요."

"……."

"당신을."

이영의 조심스럽고도 솔직한 고백에 물빛 눈동자를 한 윤건이 뭉클하고 애틋한 미소를 지어 보였다. 지금 이 순간 고백에 대한 그 어떤 말도 없지만 저 눈빛과 미소만으로도 충분했다.

그 찬란한 미소에 온몸의 감각과 감정이 미세한 진동을 멈추고 안심이 됐다.

서로에게 너무도 가혹할 수밖에 없는 2주를 언급하고 제시한 사람.

그 시간들 동안 재지 않고 망설이지 않고 자신을 모두 올인하고 내던지던 대책 없는 남자.

그런 윤건이 그리도 바라고 원했던 말을 마침내 토해 냈는데, 이 순간 고백 받은 사람보다 고백을 한 이영이 더 행복하고 눈물겨웠다.

그 무언가에 의해 내내 막혔던 따뜻함과 수줍음이 이제야 세상 빛을 보는 듯했다.

인생에서 내내 찾지 못했던 보물. 그 한 가지. 그 한 사람으로 인해,

가슴이 출렁인다.

내 남자가 사랑 가득한 눈을 하고 이 세상에서 가장 아름다운 웃음을 짓는다.

그 누구도 아닌 이영을 보고.

사랑이 웃는다.

너무도 행복하게.

오늘 이 자리, 미옥 여사에게 오기 전 윤건은 먼저 아버지란 사람에게 연락을 했다.

조만간 만나러 갈 테니 조금만 기다리시라고.

무척이나 예의 바르고 적요한 목소리는 그 어떤 반감도 느낄 수 없었다.

그 같은 멘트에 아버지가 어떤 반응, 어떤 리액션을 한지는 알지 못한다.

내 남자 호수 괴물은,

도저히 속을, 깊이를 알 수 없는 남자이기에.

일종의 선전포고를 한 아버지와 달리 그동안 있었던 모든 이야기를 들은 정미옥 여사는 침묵했다.

늘 바로 바로 읽혀지던 표정조차 이 순간 읽어지지 않았다.

익히 알던 조악하고 단조로운 표정이 아니기에 더욱 그랬다.

미옥 여사가 조용히 이영을 따로 불렀기에 두 남자를 거실에 둔 채 여사를 따라 방으로 들어갔다.

실로 오랜만에 들어선 방은 이제껏 알던 방이 아니었다.

뭔가 다른 느낌, 다른 기운이 느껴졌다.

그게 뭔지는 명확히 알지 못하지만 내내 보았던 그녀의 방은 결코 아니었다.

화려하고 여전히 알 수 없는 지독한 향으로 인해 머리가 지근거렸지만, 달랐다.

뭔가 아주 미묘하게, 미처 알아채지 못할 정도로 교묘하고 정교하게.

"앉아."

미옥 여사는 자신의 침대 옆, 의자에 앉아 이영을 바라봤다. 이영도 의자를 당겨 앉아 시선을 마주하고 쳐다보았다. 나이에 비해 여전히 젊고 화려한 정미옥 여사를.

"내가…… 제동 오빠, 그러니까 네가 사랑하는 남자의 아버지를 안 건 아주 오래전이야. 그땐 정말 제동 오빠를 좋아했어. 세상에 저런 남자가 없다는 걸 난 그 어린 나이에도 단박에 알았으니까. 한데 오빤 나한테 전혀 관심이 없었어. 이렇게 이쁘고 아름다운 날."

제동 오빠. 오빠란다, 오빠.

믿기도 듣기도 민망한 단어에 한숨이 났다. 그 한숨이 꽤나 크게 들렸는지 미옥 여사는 눈을 부릅뜨고 사납게 물었다.

"왜, 내가 오빠라고 하니까 어이없어? 그럼 어릴 때부터 고향에서 알고 지낸 동네 오빠를 오빠라고 부르지 뭐라고 하니? 뭐, 품위 있게 사극에서처럼 오라비, 오라버니라고 할까?"

그래, 고향 오빠. 동네 오빠. 한 번 놓친 사람을 이제라도 잡고 싶었던 걸까.

"아니야, 이 멍청한 딸내미야. 너 기억 안 나?"

그새 어디서 마음을 읽는 독심술이라도 배운 건지.

"상견례 하던 날, 내가 한 말?"

무슨 말을 했었지. 아, 생각났다. 웃으라고 했지. 방글방글 웃으라고.

넌 그나마 웃어야 볼매라고. 그런 비정하고 무척이나 객관적인 말을 했었다.

"내가 그랬잖아, 7번방의 선물이라고."

미옥 여사는 어색하게 웃었다. 그것도 한 번도 본 적 없는 훈훈한 미소를 지으며.

"신의 장난인지 신의 한 수인지 모르겠지만 아파트 실버 노래 교실에서 제동 오빠 만나고 이야기를 하면서 아들이 있다는 걸 알았어. 아직 싱글인 아들. 그러다 운 좋게 제동 오빠를 보러 온 네 남자를 봤지. 근데 그 아우라가 정말이지……."

미옥 여사는 그 순간을 떠올리는지 꿈꾸는 표정을 하며 무척이나 흐뭇해했다.

"머리 위로 빛 광 자가……. 하여튼 그때 번쩍하고 머리를 스치는 게 있더라."

"……!"

"미안해서 너무나 미안해서 제대로 쳐다볼 수도 없는…… 내 딸."

정미옥 여사는 또 한 번 어울리지 않는 훈훈한 미소에 알 수 없는 무언가 목에 걸린 것 같은 불편하고 껄끄러운 표정을 했다. 흔히 볼 수 있는 표정은 결코 아니었다.

"내 아프고 아픈 손가락."

이 순간, 그게 무엇이든 미안했다고 말하는 여사와 달리 이영은 한 번도 저들에게 미안해한 적이 없었다.

늘 당당했다.

자신은 할 만큼 했다는 생각에 그 이면은 보려 하지 않았다. 또 보기도 싫었다.

혹여 무언가를 보게 된다면, 그 상황을 이해하고 끼어들어 또다시 관찰자가 아닌 밀접한 관계자가 되고 연루자가 되어야 했기에 철저히 외면했다.

그만큼 지겨웠고, 소름이 끼쳐 일체 다가가기 싫었다.

"난 이제 사랑이란 감정은 물론이고 부부의 정, 그런 거에 미련 없어."

단정적인 말투에는 체념도 있고 포기도 있었다. 물론 어쩔 수 없는 아쉬움도.

"끝까지 갔고 노력할 만큼 했어. 소설에서 그러더라. 쌀독의 쌀이 비듯, 우물의 물이 마르듯, 산 하나가 불탄 듯, 텅 비어져 버렸다고. 내가, 네 엄마가, 이 정미옥이가 그래. 네 아버지나 사랑이란 감정에 조금의 후회도 미련도 없어."

미옥 여사는 조금은 쓸쓸하고 조금은 담백한 표정으로 말했다.

"그런 내가 죽도록 후회가 되는 건 너한테…… 한 짓뿐이야. 내 분노와 삭여지지 않는 미움에 널 상처내고 너무 아프게 했어. 그래, 알아. 가혹했지, 내가. 미련하기도 하고."

"……"

"하지만 그때 나한텐 딸인 너밖에 없었어. 너까지 위선자인

네 아빠한테 가고 네 아빠 말을 믿을까 봐 무서웠어. 변명 같 겠지만 난 그리 강한 사람이 아니야. 그래서 자꾸 보여 주고 확인시킬 수밖에 없었어. 네가 상처 받고 아플 걸 뻔히 알면서 도……. 알아, 깔끔한 네 성격에 전혀 이해 안 되고 이해하기 도 싫은 거."

부정하진 않는다.

그 당시 정미옥 여사의 행동이 부모로서 무책임하고 무척이 나 부적절했다는 걸.

혈육 관계를 떠나 같은 여자의 입장에서 본다면 전혀 이해 할 수 없는 것도 아니다. 그렇지만 이영이 상처 받고 무척이나 고통스러웠다는 걸 부정할 수는 없다.

그 어떤 이유에서도 그때의 자신은 마땅히 보호받아야 하는 약자였다.

눈에 보이는 걸 다인 양 생각하는 세상 사람들은 철저한 계 산 하에 한정적으로 보여 주는 아버지란 사람 대신 어수룩하 면서도 원색적으로 속을 전부 내보이는 미옥 여사를 욕했다.

천박하고 욕심 많고 제 자신의 부덕으로 남편이 외도를 하 였음에도 그런 남편을 코너로 몰아 그를 빌미로 엄청난 재산 을 가로챈 여자로 가슴에 주홍 글씨를 새겼다.

'그때, 난 어땠지. 아마 두 사람을 다 저주했었던 거 같아.'

처음부터는 아니었지만 어느 순간부터는 이영 입장만 생각 했고, 자신만이라도 그 무간지옥에서 빠져나오고 싶었다.

같은 여자인 미옥 여사를 헤아릴 여유 같은 건 전혀 없었다.

같은 여자란 이유로, 또 핏줄이란 이유로 한 사람이 다른 한 사람을 완전히 이해할 수는 없다. 우린 지금도 서로를 다 알거나 앞으로도 다 알 수는 없을 테니까.

"네가 말해 주길 기다렸어. 그 어떤 상황이든, 악조건이든 굴하지 않고 용기 있게 네 사랑을 선택하고 쟁취하길. 니 그 고약스런 병이, 네 아버지란 사람과 나 때문에 그렇게 감정을 배제하고 사는 걸 누구보다 내가 잘 아니까……."

미옥 여사는 촌스럽게 눈물을 보이지는 않았지만 자신의 행동을 부끄러워했다.

아무리 시간이 지났다 해도 자신의 과오를 타인에게 가감 없이 말하는 게 어렵다는 걸 안다. 더구나 다른 사람도 아닌 자신으로 인해 상처 가득한 딸에게.

이 세상은 타인보다 자신이나 가족에게 솔직해지는 게 더 어려운 세상이다.

왜인지는 모르나 언제부턴가 우리 모두는 그렇게 이상하게 흘러갔다.

"이때까지 네 마음속에 그 누구도 들이지 않고 사막처럼 사는 거, 늘 피 토하는 듯 아팠어. 항상 말하고 싶었지만 그 반성이 그저 말로 끝날 것 같아서 나름 기회를 엿보고 있었어. 그러다 로또보다 더한 대박을 친 거고."

스스로를 부끄러워하고 반성하면서도 미옥 여사는 조금쯤은 자신을 대견하게 생각하는 것 같았다. 밖의 저 사람으로 인해. 아니, 자신의 남자로 인해.

"그래서 말도 않고 오늘까지 기다렸던 거야. 번거로워 싫다는 제동 오빠 데리고 억지로 미국까지 간 이유도 그거고. 참, 이건 참고하라고 하는 얘긴데…… 여행 경비도 내가 다 냈어. 이 변덕스런 세상에서 오로지 돈을 좇고 돈만 믿고 돈이라면 벌벌 떠는 이 정미옥이가."

이 시점에서 묻고 확인하지 않을 수 없었다.

"내가 저 사람을 좋아할 거란 아무런 근거도 보장도 없으면서 이런 일을 꾸미고, 이런 무모한 도박을 했다고?"

누가 봐도 이건 오버에 무리수다.

그저 운 좋게, 우연히 이뤄진 일을 작위적으로 해석하는 것 같았다.

"넌 아직 어려서 모르나 본데 사람 눈 다 똑같아. 거기서 거기야. 내 눈에 멋있으면 남들 눈에도 탐나고 멋있는 거야. 내 눈에 삼삼한 진주면 남의 눈에도 영롱한 진주란 거지. 뭐, 그래도 못 알아보면 할 수 없고. 지난 일들 모조리 사죄하는 마음으로 나도 이렇게까지 했는데 네 눈이 동태에 해태 눈인 걸 내가 어쩔 거야? 다 네 복이고 네 팔자지."

"……!"

미옥 여사는 왠지 음흉한 눈을 하고 승리의 미소를 보였다.

"니 눈도 눈이라고 알아봤으니 천만다행이지. 저 잘생기고 저 멋진 남자를 그 예쁘고 여우 같은 감미옥이 먼저 알아봤어봐! 얘, 그건 생각만 해도 끔찍하다."

"……!"

"그래. 뭐, 또 그런 상황이면 할 수 없는 거고. 인연이 어디 인력으로 된다니? 왜, 그렇잖아."

정미옥 여사는 알잖아, 하는 묘한 눈빛을 쏘아 댔다.

어이가 없었다.

모든 각본은 물론 또 다른 경우의 수까지 걱정하고 예상했다는 게.

미옥 여사가 이리도 치밀하고 꼼꼼한 성격이었던가.

일반 사람들은 보기만 해도 오금을 절고 오싹해하는 아버지를 상대로 보기 좋게 판정승을 이뤄 냈으니 결코 만만한 상대는 아니겠지…….

그 치열한 싸움과 다툼으로 점철된 세월이 준 내공이 무섭긴 무섭다.

"사실 네가 환경 때문에도 그렇지만 타고나길 미련하고 둔하게 태어났잖아. 눈치도 없고. 그래서 내가 속 엄청 태웠어. 너 정말…… 그건 알아야 해."

세상은 가끔 엄청난 강도로 뒤통수를 치는데 이건 정말 상상외다.

그녀의 일생일대 결단이자 최고의 사랑이 정미옥 여사의 치밀하고도 눈물겨운 꼼수로 이뤄진 일이라니…….

누구나 의도치 않게 실수를 한다.

또 누군가는 자로 잰 듯한 계산과 의도 하에 잘못을 하기도 하고.

미옥 여사는 안타깝게도 그 둘을 아우르고 있지만 아버지란 사람과 달리 후회하고 당신의 과오를 인정하며 지나간 행동을 만회하려고 하는 중이다.

이영이 신도 아닐진대 무슨 말을 할까.

이미 자신은 충분히 거리를 두고 분노하고 여전히 이렇게 엄마란 다감한 칭호를 두고 미옥 여사란 호칭을 남발하며 불편해하는데.

이제 우리 두 사람, 조금은 편해졌으면 좋겠다.

의도든 뭐든 간에 미옥 여사로 인해 윤건을 만났다. 그건 분명한 사실이다.

아직은 미심쩍은 마음이 들고 늘 그런 것처럼 어색하지만 언젠가 고맙고 감사하단 말을 하고 싶다.

이 일을 빌미로 금세 다른 모녀처럼 지내기는 어렵고 여전히 어색하지만 그 미스터리한 사랑이 가능한 것처럼 충분히 여지는 있다고 생각한다.

그러나 저러나 이 모든 걸 저 사람한테 어떻게 이야기해야 할까…….

다행이란 생각이 들었다.

미옥 여사의 표현대로 다소 둔하고 미련하게 태어난 그녀가 다른 사람 눈에도 멋진 저 남자를 미처 못 알아보고 놓쳤으면 그건 상상만 해도 아찔했다.

다행이다.

그가 이영을 알아보고,

그녀가 윤건을 알아봐서.

천만다행이다.

상처투성이지만,

용기를 내 그의 손을 잡아 단단한 매듭을 완성하게 되어서.

✝   ⛪   ✝

감미옥은 자꾸 눈을 찌르는 앞머리를 입김으로 불어 날리다 결국 목소리를 높였다.

"그러니까 좀 이따 들어온다는 거 아니야!? 알았다고. 야, 내가 인스턴트 중독도 아니고, 뭘 얼마나 먹었다고 이 난리야! 그렇게 걱정되면 네가 들어와서 먹이든가! 왜, 그건 싫으냐? 싫겠지. 그럼 잔소리 말고 끊어!"

나쁜 년. 망할 년. 이 의리 없는 년.

요즘처럼 의리가 득세하는 세상에 의리라고는 눈곱만큼도 없는 계집애.

이 감미옥이 지를 얼마나 걱정했는데…….

눈물겨운 상봉에 어른들까지 뵀으면 곧바로 집구석으로 올 일이지, 남자 때문에 자식 같은 아이랑 남편 같은 친구를 배신해! 유사가족은 무슨. 배신에 배반, 배반가족이다.

"야, 김지유. 너 일루 와 봐. 긴급하게 의논할 일이 생겼어."

내셔널 지오그래픽을 보던 지유는 약간 불만스런 표정을 하더니 결국엔 하는 수 없다는 얼굴로 부엌 의자에 앉았다. 이제 썰전의 시간이다.

기선을 잡을 요량으로 바로 본론에 들어갔다.

자고로 어느 상황이건 선방이 승패와 승률을 좌우한다.

"너 어쩔 거야? 이영이 이 기세로 결혼이라도 한다고 하면 정말 횡성에 내려가 살 거야? 자고로 말은 제주도로 보내고 인재랑 돈은 강남으로 보내라는 말이 있어. 네가 음매 하는 소도 아니고 횡성으로 갈 거냐고?"

지유는 나름 문제의 심각성을 인지했는지 말을 아꼈다.

슬슬 표정도 굳어지며 눈빛이 깊어졌다. 바라는 바다.

"네가 어디서 누구랑 살지는 순전히 니 판단이지만 잘 생각해야 돼. 뭐, 굳이 꼭 나랑 살자고 이러는 건 아니니까 너 편한 방향으로, 너 위주로 결정해. 다른 사람 눈치 보거나 상황에 떠밀려 결정하지 말고."

이렇게 얘기했으니 알아들었겠지. 눈치가 있는 녀석인데.

"그 문제는 벌써부터 생각하고 있었어요. 그래서 드리는 말씀인데 이영이 아줌마 결혼하시면…… 그땐 여기서 아줌마랑 살 거예요."

역시 브레인이 남다르다.

"그렇지! 바로 그거거덩. 참교육자가 여기 이렇게 곁에 있는데, 네가 소도 아니고 횡성으로 갈 이유가 없지. 역시 우리는……."

"아줌마랑 살다가 이영이 아줌마 신혼 지나시면 횡성에 내려갈 거예요."

"……!"

"전 시골도 나쁘지 않아요. 또 여기 강남은 저랑 맞지 않는 거 같아요. 거시적으로 봐도 유년기는 자연과 더불어 지내고 대학은 유럽에서 다니고 싶어요. 제가 공부하고 싶은 분야는 유럽이 미국보다 강하니까."

기가 막혔다. 뭐, 유년기는 시골, 대학은 유럽! 아주 길게도 세웠구나, 계획을.

횡성을 갈 거냐, 말 거냐 이런 일차원적인 문제를 묻고 있는데, 녀석은 벌써 교육 환경은 물론 전공과 대학을 언급하고 앉았으니.

"야, 이영이는 그렇다 쳐도 이영이 남편은 너랑 사는 거 불편할 수도 있어."

다소 불편하고 미안한 말이지만 서로를 위해, 또 모두의 평화를 위해 강수를 뒀다.

"그렇지는 않을 거예요. 그날 보셨잖아요."

그날이라……. 그날이야 보긴 봤지.

이영이 찾으려고 물빛 눈을 한 윤건이 이 녀석을 찾아온 거.

어떻게 답이 지유에게 있다는 걸 알았을까. 그건 정말 신기했다.

웬만한 생각과 통찰력으론 그런 답을 내기가 어려웠을 텐데.

하여튼, 치사하게 둘만 방구석으로 들어가 뭐라고 하는지 전혀 듣지를 못했다.

"야! 그날이라면 말도 꺼내지 마. 내가 정말 그때 받은 지독한 배신감으로 지금도 이 가슴 전부 피멍이 든 사람이야."

감미옥은 지유를 노려봤다. 그것도 살벌하게.

내내 모른다고 한 녀석이 윤건과 방으로 들어가더니 이영의 행적을 토설했다.

이러니저러니 해도 1년 넘게 같이 산 정이 있는데 생판 남인 윤건에게만 붙었다.

"아무리 그래도 나랑 사는 게 맘도 몸도 편할 것 같은데. 네가 나한테 투자하는 개념으로다 한 1억만 투자해서 나랑 같이 살면, 넌 니 권리 행사하면서 떳떳하고, 난 동업자이자 동거인 생겨 든든하고. 이게 일석삼조 아니겠어?"

"저, 아직 초등학생이에요. 초딩이 무슨 투자를 하고 권리 행사를 해요?"

"야! 넌 이럴 때만 초딩이야? 평소 너의 모습과 도발적인 발언, 신랄한 직언을 생각해 봐. 그게 어디 초딩이 할 말이냐?! 그리고 오늘 일도 그래."

"……."

"나니까 이렇게 대놓고 의논하고 그러는 거야. 남자한테 정신 빠진 이영이 대신 내가 한발 빠르게 상황을 정리하는 거라고. 너, 이렇게 선견지명에 배려까지 탑재한 나를 두고 정말 그 시골 촌구석으로 내려갈 거야!?"

이렇게까지 말했는데 아니겠지. 지도 인정이 있는 인간이면.

"네."

"너, 정말!"

여직 몰랐다.

육체가 이렇게나 발칙하고 솔직한지.

손가락, 발가락 전부 오그라져 좁아 들 것 같은 극한의 느낌에 도저히 견딜 수 없다 싶으면 에로틱한 신음과 함께 감당할수 없는 희열로 인해 비음이 새어 나오기도 한다. 아니면 이런교성이라든가.

"아…… 훗!"

입술을 깨물고 숨을 참아도 막을 수가 없었다.

호수지기의 욕망은 파도보다 거칠고 바다보다 깊었다.

넓은 가슴 안에서 이영은 너무도 하찮고 미미한 존재였다.

부딪혀 오는 가슴에 숨이 막히면서도 몸은 기묘한 열락에안절부절못했다. 그러다 온몸이 불에 덴 것처럼 절절 끓으면살기 위해, 그 무서운 템포를 조절하기 위해 온몸을 수축하기도 한다. 그럼 그 즉시 반응이 온다.

"으…… 윽!"

그 기묘한 탄성에 온몸은 흥분하며 수축을 반복한다.

이영의 몸이 만들어 내는 기특하고도 탁월한 고문에 남자는사랑의 맹약을 하듯 자신이 가진 능력 이상의 힘과 현란한 움직임으로 수위를 올리고 강도를 높인다. 그리고는 아득한 순간에 도달할 때까지 질주를 멈추지 않는다.

연인이란 이름으로 불리는 우리는 혼자 느끼는 희열에 만족 해하지 않는다.

그는 나와, 나는 그와 함께 느끼고 같이 호흡하길 원한다. 그 끝이 어디든.

기진맥진한 몸으로 간신히, 겨우겨우 버티고 유지하면서도 마음속 어딘가에서는 창피함도 모르고 속삭인다.

괜찮다고, 계속 이렇게 사랑해 달라고, 이대로 사랑하자 고⋯⋯.

무지한 건지 무식한 건지 모르겠다. 속살거리는 또 다른 자 신이.

뻔한 사실을 또 하나 배운다.

사랑도 육체의 결합도 상대가 있어야 가능한 일이란 걸.

여태껏 한 번도 꿈꾸고 바라지 않았었는데 이제 윤건 없이 는 이 모든 게 불가능하다.

이 사람만이 가능하다. 벅찬 사랑도, 버거운 섹스도.

조금씩 절정이 다가오고 있었다.

맞잡은 손으로 손깍지를 껴 이 순간을 기억하고 서로의 의 식 속에 모두 저장하는 순간, 수줍은 근육들이 더 이상 견디지 못하고 경련을 일으키는 순간, 윤건이 어깨를 움켜쥐고 소리 없는 탄성과 함께 격렬한 폭발을 했다.

몸은 거짓이 없다.

윤건이 주는 모든 것을 남김없이 흡수하려 하고 흡수하고 싶어 한다.

그 모든 게 그의 언어고, 그의 진심이고, 그의 말인 걸 알기에 몸은 두려움 없이 받아 낸다.

조금은 가혹하고 얼마쯤은 냉혹한 몸짓을.

점점 가물거리는 의식 속에서도 이 한 가지는 명확히 기억하고 싶었다.

이 순간 이영이 얼마나 행복한지, 얼마나 눈물겨운지, 또 얼마나 벅찬지.

"사랑해."

윤건이 고백과 함께 끝없이 속삭였다.

마지막 의식을 놓는 그 순간까지 쉬지 않고 멈추지 않고 계속했다.

사랑한다고.

우리에겐,

더 이상 그 어떤 악몽도 없을 거라고……..

서늘한 기운에 잠에서 깼다.

침대 옆 자리는 비어 있었다. 윤건을 찾기 위해 온몸을 시트로 가리고 룸 안을 둘러봤다. 부산한 시선과 함께 오감을 집중하니 욕실에서 물 소리가 났다.

먼저 일어나 샤워를 하나 보다.

어쩔까 하다 시트로 몸을 감싸고 창가로 다가가 소파에 비스듬히 앉았다.

여전히 비가 내리고 있었다. 내리는 비를 보고 있자니 마른

장마란 말이 무색했다.

며칠 전 혼자 제주도에 있을 때도 비가 왔었다.

이보다 더 심각하게 비가 오고 돌풍이 불었다. 그 우중을 뚫고 윤건이 찾아왔다.

지유만이 그녀의 행적을 안다는 걸 어찌 알았는지 궁금해 물었었다.

그때 윤건은 묘한 표정을 지으며 연하게 웃었다.

'뭐라고 했더라……. 내 생각을 따라가다 보니 지유가 생각났다고 했던가.'

어느새 윤건은 이영을 온전히 읽어 내고 있었다.

그가 아니었다면 분명 불쾌했을 일이다.

스캔하고 생각을 읽어 내는 그 엄청난 초능력은.

잭슨 폴락이 무색할 정도로 빗물이 창문에 그려 내는 어지러운 그림을 맥없이 보는데 천둥이 치기 시작했다. 앞을 가늠하기 어려울 정도로 내리는 비에 연이은 천둥까지 쳐 놀랐지만 이전처럼 위축되거나 무섭지는 않았다.

이 공간 어딘가에 믿고 사랑하는 사람이 있다.

그 이유로 요란한 천둥 번개도 두렵지 않았다.

아주 가끔 감질나게 비추는 햇빛 속, 언제 끝날지 모르는 길고 지루한 장마 같은 인생에서 이 같은 강도의, 아니, 이보다 더한 천둥 번개가 쳐도 늘 그녀 옆에서 같이 있어 줄 사람.

그런 사람이 이영에게도 생겼다.

며칠 전만 해도 앞이 전혀 보이지 않았다.

지금 선 곳이 암흑처럼 어둡고 지옥 길처럼 느껴져 한 발자국도 뗄 자신이 없었다.

서른아홉 해를 살면서 가장 무서운 순간이었던 것 같다.

부모님들이 치열하게 싸울 때도, 아버지의 치부를 적나라하게 기록하고 증거를 남기는 반도덕적이고 패륜의 모습일 때도 그렇게 두렵지 않았었다. 물론 괴롭고 그 같은 행동에 대한 깊은 회의와 함께 이 모든 것을 조장하는 미옥 여사에게 반감이 들어 힘들었지만, 그 모든 게 결국은 세 사람을 위한 일이라 변명하며 치부할 수 있었다.

윤건을 만나기 전에도 살 만했다.

웃을 일도 있었고 기쁜 일도 있었으며 마음 한구석 서늘한 바람으로 인해 손가락, 발가락 전부 다 시릴 때도 있었지만 그래도 모른 척, 아닌 척 남들처럼 지낼 만했다.

감미옥의 말대로 모든 걸 가능케 하는 요술 방망이 돈이 없는 것도 아니고, 직업이 없는 것도 아니니 그 모든 이유가 기꺼이 살 만한 가치가 있다 판단했다.

유행가처럼 회자되는 외로움이란 말은 현실 속에서, 또 생활 속에서 매 순간 실시간으로 검색하고 득세하는 단어가 아닌지라 그러려니 했다.

누구들 이 정도, 이러지 않을까 싶었다.

고독했지만 고립은 아니었다고 칭할 수 있는 일상.

그런데 달랐다.

그동안 알게 모르게 인정하고 지냈던 것들과 전혀 달랐다.

윤건을 인생에서 완전히 도려내려 했을 때, 섬뜩하고 무시무시한 칼날이 심장과 폐부를 찌르는 것처럼 아팠다. 그래서 사랑인 줄 알았다.

그 거창하고 대단한 사랑이 자신에게도 온 줄 그때 자각했다.

여직 살면서 이렇게 아픈 적이 없어 사랑이라니······.

당장이라도 죽을 것 같은데, 이제야 사랑이 찾아오다니 기가 막혔다.

사랑의 그 순수함과 그 같은 잔인무도함에.

그동안 사랑을 의심하고 믿지 못한 게 아니라 사랑을 제대로 알지 못했다.

그녀가 오랜 시간 보고 겪은 사랑은, 사랑이란 본질을 흐리게 하고 의심하게 했기에 그간 사랑을 비난하고 우습게 봤다. 하지만 앞으로는 다르다.

지금 이 순간 윤건에게 배운 것처럼 하나하나 채우고 메우며 새로 배워 나갈 거다.

그 누구도 아닌 내 사람과.

연이어 천둥이 쳤다.

윤건은 아직도 욕실에서 나오지 않고 있었다.

조금씩 물소리가 잦아들고 그 대신 높지 않은 톤의 허밍 소리가 들렸다.

이영이 행복하듯 윤건도 행복한 모양이다.

그녀가 기쁘듯 저 사람도 기쁜가 보다.

사랑은 이렇게나 명쾌하고 단순하다.

서른아홉.

서른도 아니고 마흔도 아닌 나이.

때론 지치고 때론 이유도 모른 채 휘둘릴 수밖에 없는 지독한 인생에 욕도 하고 비난도 퍼부었지만, 포기 않고 꿋꿋이 살아 낸 자신에게 경의를 표하고 싶다.

온 마음으로.

"일어났네."

상념에 빠져 있던 사이 윤건이 나왔나 보다.

커다란 수건으로 하반신 전체를 가린 남자는 빛이 날 정도로 아름다웠다.

아름다움에 다른 이유는 없었다.

그저 이영이 사랑하는 사람이라 아름다웠고, 이영을 사랑해 주는 사람이라 아름다웠다.

미소를 머금은 호수지기는 늘 그렇듯 천천히 서두르지 않고 다가왔다.

시트로 온몸을 감싼 이영을 번쩍 든 호수 괴물은 그녀를 자신의 무릎에 앉히고 소파에 기대앉았다.

"언제 일어났어?"

"방금."

"내가 정성 들여 샤워하면서 생각해 봤는데 우리 말이야, 내일 집에 갈까? 오늘 날도 이런데 굳이 위험하게 집에 가지 말고⋯⋯."

이영은 자신의 몸을 감싼 시트가 흘러내리는지도 모르고 윤건에게 다가가 코를 킁킁거렸다. 그러다 눈을 감고 향의 기원을, 추억의 근원을 찾으려 애썼다.

'이상하다. 무슨 향이지? 무척이나 익숙한 느낌이 나. 뭐지?'

그녀의 이상 행동에 윤건이 호기심 가득한 눈을 하고 쳐다봤다. 왠지 눈에서 이채롭고도 묘한 빛이 났다.

평소 알던 잔잔한 물빛이 아니라 뭐랄까…….

"왜 그래?"

"이상해요. 나 이 향 아는 거 같아. 이 향…….."

상체가 전부 드러난 것도 신경 쓰지 못하고 이영은 다시 윤건에게 달라붙어 향을 맡는 데 열중했다. 이영의 입술은 윤건의 귀 뒤를 시작해 목 근처는 물론, 가슴 전체를 아우르며 살짝살짝 닿았다 떨어졌다를 반복했다.

그 같은 이상 행동으로 인해 윤건은 끄응거리는 신음 소리와 함께 호흡이 가빠졌다.

"자꾸 이러면…… 오늘 집에 들어가는 건 확실히 불가능할 것 같은데."

윤건은 흘러내린 시트를 올려 줄 생각은 않고 가슴 선을 따라 손끝을 부지런히 움직였다.

이영은 그 같은 자극과 에로틱한 기운에 반응할 새가 없었다.

왠지 아련하면서도 뭔가 자극적인 향.

시원한 향이 바다도 연상시키고 터키블루 톤의 바다 빛도 그리게 만들었다. 동시에 푸른 산호초도 연상되고 물빛 바다의 아름다운 향연도 연상됐다.

'대체 뭐지? 뭘까? 이 향, 분명 아는 거 같은데…….'

"이 향, 뭐예요? 호텔에서 비치해 놓은 거예요?"

묻지 않을 수가 없었다. 이 향은 분명…….

"아니, 내가 자주 쓰는 바디 워시인데. 왜 그러는데?"

윤건은 호기심 가득한 눈을 하고 또 평소보다 한 톤 높은 목소리로 물었다.

"……내가 일전에 말했죠. 그때, 나 도서관에서 자고 막 그럴 때 늘 주위에서 나던 향이 있었다고."

윤건에게 설명을 하고 있는 건지 스스로 기억의 잠금 장치를 풀어 애써 무언가를 꺼내려는지 분간이 안 됐다.

"기억나."

"그 향 같아. 당신한테 그때 그 향이 나. 이상하다……. 맞는 거 같은데."

감미옥 표현을 빌리자면, 백 퍼는 아니지만, 99.999……는 그랬다.

"확실해? 맞는 것 같아?"

확실하냐고 물으면 맞다, 라고 말할 수는 있다.

"맞는 거 같아요. 이 향이 맞아. 그런 거 같아."

이영은 신기하기도 하고 또 반갑기도 해 연신 윤건의 몸을 만지며 취한 듯 향을 맡았다.

맞다. 분명하다. 늘 유령처럼 내 주위를 맴돌던 그 향.

"오늘 하루 여기서 묵는다고 약속하면……."

"……!"

"당신한테 해 줄 이야기가 있는데. 어떡할까?"

윤건은 진지한 것 같기도 하고 또 장난 같기도 한 표정을 하며 물었다.

도대체 뭘까. 이 사람이 해 줄 말이란 게.

그러나저러나 우선은 이 향의 출처를 물어야 하는데. 지금은 그게 무엇보다 더 중요한데.

"빨리 선택해. 선택하기에 앞서 한 가지 팁을 주자면……."

반나체가 된 이영을 윤건이 번쩍 안아 들었다.

"……!"

"침대 가서 말해 줄게."

 — *end*

에필로그

"아홉수!"

"……!"

"아홉수라 그래."

"아홉수에는 원래 결혼, 이사, 뭐 이런 큰일은 피하는 게 상책이야."

"맞아. 괜히 안 좋다는 거 굳이 할 필요가 뭐가 있어?! 몇 달만 지나면 봄인데, 양기는 물론이고 만물이 소생하는 봄기운 받으면서 결혼하면 되지."

그 말도 안 되는 이유로, 아니, 미신 신봉으로 이영이 아줌마의 결혼식은 미뤄졌다.

서른아홉이 아니라 마흔에 결혼을 하셨다.

이 비극적인 사안에는 두 사람이 긴밀하게 얽히고 교묘하게 관련돼 있다.

우 감미옥 아줌마, 좌 정미옥 여사님.

성질 이상하고 이상한 만큼 미신과 잡신을 신봉하는 아줌마와 할머니 탓에 이영이 아줌마는 본인의 의사와 전혀 상관없이 마흔이란 나이에 웨딩드레스를 입게 됐다.

아름다우셨다.

정말 믿어지지 않을 정도로 아름다우셨다.

마흔이란 나이는 그저 나이에 불과하다는 어른들, 아니, 감미옥 아줌마의 평소 지론과 모토처럼 여직 본 신부 중에 가장 아름다우시고 우아하셨다.

일명 버진 로드를 걸어오시는 아줌마를 보고 건이 아저씨가 지으신 표정이 지금도 기억난다.

신부에 대한 감격, 이 순간에 대한 흥분, 그동안 숨어 있던 미모를 재발견하고 그에 대한 놀람과 기쁨, 뭐 이런 복합적인 기분이셨는지 아저씨 얼굴은 무척이나 괴상했다.

그런 아저씨를 보고 이영이 아줌마가 아주 환하게 웃으셨는데 그 모습을 절대, 그리고 영원히 잊을 수 없을 것 같다.

늘 나를 보고 미소를 지으셨지만 그날처럼 환하게 웃으신 적은 없었다.

자칭 현대판 서시라고 하시며 가식의 가면을 쓴 감미옥 아줌마랑은 비교도 안 됐다.

아름다운 이날을 증명하는 반지가 건이 아저씨 손에서 반짝였다.

예전에 이영이 아줌마가 우리 세 사람의 반지를 만들면서 따로 만드신, 건이 아저씨의 링.

전문가는 전문가시다. 손가락을 보고 만져서 저리도 꼭 맞는 반지를 만드셨다는 게.

건이 아저씨는 그 반지를 끼고 웃으셨는데 입가에 보조개가 생기면서 전혀 다른 이로 변하셨다. 남자가 봐도 그 미소는 멋졌다.

아름다운 결혼식은 끝이 안 좋았다.

감미옥 아줌마 때문이다.

와인을 드셔도 너무 드셨다.

그런 이유로 아줌마의 독설이 난무하는 술주정이 시작됐다.

아줌마는 독한 혀의 면모를, 진가를 제대로 보여 주셨다.

"야! 이영. 너, 이날이 있기까지 나의 눈물 나는 헌신과 각고의 노력을 잊으면 안 돼! 내가 너 건이 씨랑 자고 오라고 저 야박한 지유 놈 건사하면서 몸 상하고 마음 상한 거 생각하면…… 정말 눈물로 시도 쓸 판이야. 또 네 아버지, 내가 그 할아버지 비위 맞추느라 정말 오장육부가 뒤틀리는 것도 참고…… 와, 정말 내가 널 위해 참으로 많은 일을 한 거지. 정말 세상에 이런 눈물겨운 우정이 다 있다니……."

그나마 손님들이 전부 가신 후에 벌어진 일이라 다행이었다.

"내가 지유 놈한테 그랬거든. 그때 너, 비 온다고 횡성에서 고립됐을 때 묘한 기운이 있다고. 내가 내기를 다 했다니까!

저 지유 녀석이랑. 내가 그런 사람이야. 머리뿐 아니라 촉도 좋아요, 나 참."

그날 이영이 아줌마랑 건이 아저씨, 그리고 술 취한 진상녀 미옥이 아줌마랑 나는 각각 호텔에서 1박을 했다.

이영이 아줌마는 신혼여행은 가지 않으셨다. 아니, 갈 수가 없었다.

임신을 하셔서 절대 안정을 요하셨다.

"너 그 임신도 다 내 덕이다. 내가 뭐랬어!? 너 빨리 임신해야 한다고 했지. 우리의 가임 기간이 간당간당한 관계로 하루라도 서두르라고. 내가 너 등 떠민 거 아니야?! 너, 이런 나 없이 살 수 있어? 있냐고!? 야, 근데 나 왜 이렇게 마음이 아프고 쓸쓸하냐? 이상해. 바람이 숭숭 통하는 것 같고 몸에 힘도 하나도 없어. 나 설마…… 갱년긴가?"

"술 많이 드셔서 그래요."

그게 화근이었다.

밤새 모노드라마 같은 술주정을 하셨다.

일전에 하셨던 말씀도 반복하시면서 소나 횡성으로 가는 거라 하시며 횡성행을 극구 반대하셨다.

아줌마가 이러시는 이유를 안다.

본인보다는 나랑 이영이 아줌마를 위해서라는 걸.

늘 말씀은 살벌하게 하시지만 무척이나 여리시다, 감느님은.

결혼 전, 횡성에 가서 많이 놀랐다.

미옥이 아줌마는 호수 펜션의 규모에 놀라시고 난 2층에 마련된 내 방을 보고 놀랐다.

모든 게 내 고급스럽고 까다로운 취향대로 꾸며져 있었다. 그것도 아주 완벽하게.

그 일 이후 감미옥 아줌마는 더욱 민감해지셨다.

감느님은 태생적으로 이영이 아줌마보다 외로움을 많이 타신다.

사실 이영이 아줌마는 자신의 감정을 타인과 나누거나 말씀하시는 걸 그다지 좋아하시지 않는다. 그만큼 자기 절제도 강하시고 외유내강 스타일인데 감미옥 아줌마는 딱 정반대시다.

강해 보이는 건 다 페이크고 설정이란다, 이영이 아줌마 말씀으로는.

마음속에는 감성 지수가 그 누구보다 높고 충만한 절대 소녀가 계시다고 했다. 진짜 그렇다면 피곤한 일이다, 정말이지.

그나마 축하할 일은 감느님이 그리도 숙원하시던 대치동에 학원을 차린 일이다.

이영이 아줌마가 반을 투자하시고 나도 투자했다.

어떤 이유로 그렇게 됐는지는 모르겠지만, 이영이 아줌마는 내가 갑이라고 하셨다. 그러니 마음껏 감느님을 시켜 먹고 부려 먹으라고.

감느님은 요새 같은 건물 1층에서 유기농 가게를 하시는 사장님이랑 하루가 멀다 하고 전쟁을 벌이신다. 왜 자꾸 그러시냐는 질문에 아줌마는 일단은 터가 안 좋고, 무엇보다 유기농 사장님이 자신과 케미가 안 맞는다고 하셨다.

　잘 모르겠다.

　2층에서 학원 하시는 아줌마와 1층에서 유기농 가게 하시는 분이 뭐 그리 안 맞는 게 있는지. 따지고 보면 유기농 사장님과 인스턴트 신봉자인 아줌마는 매치가 안 되긴 안 된다.

　근데 1층 사장님은 가끔 날 보시면 이것저것을 싸 주신다.

　"이거 집에 가서 너희 성질 고약한 이모랑 먹어. 과일이랑 야채는 흐르는 물에 한 번 씻기만 하면 되니까 너도 먹고 너희 이모도 먹여. 밑반찬도 MSG나 첨가물 전혀 안 들어간 거니까 아침에 이 반찬들로 꼭 밥 먹고."

　그래서 알았다.

　1층 수염 범벅인 사장님이 우리 감느님을 좋아하는 걸.

　그때가 생각났다.

　이영이 아줌마가 갑자기 사라지시고 모두가 걱정을 할 때, 날 찾아오신 건이 아저씨가.

　그때도 그랬다.

　잠 한숨 못 주무신 피곤한 얼굴과 충혈된 두 눈으로 잔뜩 걱정을 하며 자신보다 이영이 아줌마를 챙기던 건이 아저씨를 기억한다.

　"난 이영이 아줌마를 많이 사랑하는 사람이야."

　얼굴도 잘생기신 분이 목소리까지 좋았다.

입가의 상처로 인해 부드러운 인상이 묘하게 남자다운 거친 느낌도 줬다.

어려서 잘 모른다고 해도 이영이 아줌마랑 무척이나 잘 어울린다는 생각을 했다.

"그 사람이 널 많이 아끼고 사랑한다는 걸 알아. 그러니까 나 좀 도와줄래? 난, 이영이 아줌마가 더는 혼자 아프지 않게 가서 데려오고 싶은데, 지유가 아저씨 좀 도와줘."

도저히 말을 하지 않을 수가 없었다.

옅은 미소를 하고 정중히 부탁하는 아저씨의 모습이 너무 가슴 아팠다.

이영이 아줌마랑 약속은 했지만 같은 남자가 봐도 멋있는 어른 남자의 진심에 굳은 맹약을 깨 버렸다. 그때의 행동은 결과적으로 옳았다.

지금까지도 내내 회자될 정도로.

신혼이 지나면 내려가겠다고 말씀드리고도 내려가지 못했다.

감느님의 유별나고도 독보적인 교육 지침으로 1년간 캐나다로 어학연수를 가야 했다.

늘 가고 싶다고 한 말을 미옥 아줌마는 기억하고 계셨다. 기억은 물론 남모르게 조사까지 하며 추진하고 계셨다.

힘들게 잡으신 기회란 걸 안다. 갈까 말까 생각이 많았다.

결국 가고 싶은 마음이 더 커서 결정을 하긴 했지만 그만큼 걱정도 많았다.

무엇보다 혼자인 미옥 아줌마가 걱정됐다.

모두가 자신 말고 다른 누구와 함께인데, 감미옥 아줌마만 혼자다.

그나마 다행인지 모르겠지만 학원은 점점 규모가 커지고 학생들도 무척 많았다.

잠실에 분원도 생겼다. 워낙 개포동에서도 존재감이 남다르셨던 분이라 학원 운영에는 크게 어려움이 없으셨다. 하지만 혼자 계실 걸 생각하면 마음이 무거웠다. 또한 재혼하신 엄마랑 우리 가족들도 모두 신경이 쓰였다.

떠날 땐 1년을 예상했는데 초등학교를 그곳에서 모두 마쳤다.

3년 만에 돌아왔는데도 감느님은 여전하셨다.

1층 사장님이랑은 다툼과 연애의 중간쯤에 있는 것 같았다. 그래도 다행이다. 느려도 너무 느린 걸음이지만 아무튼 전진에 나름 약진하고 계시니.

유기농 사장님의 탁월한? 딱한? 안목에 깊은 애도와 경의를 표하고 싶다.

신혼이 지나고 내려간다고 했는데 3년이 지나서야 내려가게 됐다.

주말에 감미옥 아줌마랑 호수 펜션을 목표로 길을 나섰다.

펜션 초입에 도착하기 무섭게 감미옥 아줌마는 중간고사 문

제로 걸려 온 전화를 받아야 해 먼저 차에서 내려 주위를 둘러
봤다.

펜션은 3년 전보다 더 넓어진 상태였다.

조경은 더욱더 울창해져 주변 산과 연계해 더욱 푸르러지고
인공이 아닌 완전한 자연의 일부처럼 보였다. 그로 인해 원시
밀림 같은 분위기도 났다.

주인의 정성과 노력이 느껴졌다.

좁은 산책길을 따라 길을 걸어 올라갔다.

6월. 온갖 이름 모를 꽃과 풀이 습기 가득한 길을 풍성하게
만들어 이상한 나라로 가는 문처럼 작은 세계의 시작과도 같
았다. 또한 이영이 아줌마와 건이 아저씨의 인연을 이어 준 긴
장마가 바로 코앞에 다가오고 있었다.

그때 길 앞쪽에서 무척이나 듣기 좋은 웃음소리가 났다. 한
명은 아니었다.

그 매혹적인 웃음소리를 길라잡이 삼아 좁은 길을 계속 걸
었다.

푸른 초록과 연둣빛 사이 화사한 도트 무늬가 조금씩 보이
다 말다 하더니 어느 순간 작은 꼬마 아이가 빠르게 걸어왔다.
제 딴에는 숨 가쁘게 뛰어왔나 보다.

까르르 웃음소리와 함께 연신 뒤를 보며 위태롭게 다가오는
아이가 넘어질까 걱정돼 무작정 질주하는 아이를 조심스레 안
아 올렸다.

아이는 인형처럼, 마치 공기처럼 가벼웠다.

균형을 잃은 아이의 고개가 앞으로 쏠려 작게 박치기를 했다. 그 박치기로 인해 화이트 남방 안, 가죽 줄에 매달린 링이 옷 밖에서 반짝였다.

그 정도 충격이면 아플 만도 한데 아이는 반지 목걸이를 쳐다보기만 할 뿐 울지는 않았다.

그 순간 봤다.

윤기 나는 긴 머리 사이 반짝이는 아이의 천진한 미소를.

백만 볼트보다 더 강력하고 화사한 천사의 웃음을.

"오빠!?"

"……!"

심하다.

내 나이 열세 살. 이제 막 엘리멘터리 스쿨을 졸업했을 뿐인데.

이건 빨라도 너무 빠른 감이 있다.

이영 아줌마처럼 내 운명의 상대도 이 호수 펜션에 있을 줄이야.

"오빠……."

눈이 부시게 환한 웃음을 한 아이가 내 얼굴을 보고 자꾸 웃었다. 그리고는 그 앙증맞은 손으로 축복하듯 얼굴을 만지고 옷 밖으로 나온 링 반지를 익숙한 듯 만져 댔다.

그 부드러운 손길에 마음이, 왠지 모르지만 늘 2% 부족했던 마음이 아이스크림처럼 녹아내렸다.

"지안아! 윤지안!"

앞쪽에서 익숙한 목소리가 들렸다.

"지안아……."

반짝이는 웃음을 하고 아직도 날 해바라기 하는 아이를 봤다.

"응."

"네 이름이 지안이구나. 반가워, 내 이름은 김지유야. 반갑다, 천사."

감미옥 아줌마가 떠올랐다.

미신과 잡신을 신봉하는 아줌마가 아무래도 대단한 사술을 거신 모양이다.

겨우 열세 살인 나에게 이런 확실한 감정을 낙인처럼 안겨 주시다니.

정말이지 뛰어난 후견인이자, 견제하고 싶은 강력한 천적이다.

"김지유!"

외전

학교는 미국 학교와 비교하면 소규모지만 나름 아기자기했다.

역사에 비해 좀 많이 낡고 후지긴 했지만 미국처럼 텅 빈 그라운드 같은 느낌이 없어 좋았다. 그중에서도 교정과 도서관은 특히 봐 줄 만했다.

도서관은 묘한 기분이 들게끔 어지럽고 복잡하고 부분적으로 음영이 져 지혜의 숲이란 말이 적당히 어울렸다.

재미있는 건, 그 우중충한 지혜의 숲을 지키는 게으른 님프가 있다는 사실.

명찰 색만 보면 선배라고 해야 하지만 그렇게 부르고 싶지는 않았다.

맨 처음 그 잠 귀신을 본 건, 전학 오고 일주일 되는 날이었다.

학기 초라지만 중간에 전학을 왔고 그것도 미국에서 온 거라 아는 이도 그렇고 익숙한 게 전혀 없었다. 그런 이유로 아이들과 섞이지 못하고 한가할 것 같은 양호실을 찾았다.

나름 공증된 든든한 백이 있어 타인의 눈치를 보지는 않았다. 그러다 양호실을 수시로 출입하는 말 많은 여학생들로 인해 피하게 됐다.

그런 이유로 찾아든 곳이 도서관이었다.

이상하게도 이 학교 학생들은 도서관을 찾지 않았다.

도서관 책임자는 교감선생님인데 독재자란 별명이 붙은 분이셨다.

얼굴은 KFC 치킨 집에 걸린 미국 할아버지처럼 생기신 분인데 성질은 고약하다는 평이 자자했다. 하여튼 그래서 그런지 책 박물관 분위기 나는 도서관은 늘 한가했다.

차이나 컬러처럼 도서관 천장까지 꽉꽉 채워진 책들은 지금 당장 무너져 내려도 전혀 이상할 게 없을 정도로 아슬아슬하고 무질서하게 관리되고 있었다.

꼬불꼬불 미로를 지나는 것처럼 도서관 탐방을 하다 발견한 인물이 소파 귀신이었다.

낡은 소파에 팔짱을 끼고 누운 여학생은 얼듯 봐도 속눈썹이 길었다.

그 속눈썹은 축축하게 젖어 있었다.

긴 머리를 질끈 묶어 귀신처럼은 보이지 않았지만 빛도 잘 들어오지 않는 좁은 공간에서 맞닥뜨린 여학생은 공포감을 주기 충분했다.

갈 때마다 선 채가 아닌 누운 채인 여학생은 늘 눈물 자국을 하고 있었다.

그러다 빈사 상태가 아닌 멀쩡히 직립 보행하는 인간의 모습을 한 여학생은 본 건, 학생회장 선거에 나온 보좌관 넘버 1의 모습이었다.

선거에 나온 여자 선배는 이 일대에서 굉장히 유명한 사람이라 했다.

키는 작았지만 얼굴이 굉장히 예뻤다.

예쁜 만큼 머리도 좋은지 거의 몰표로 학생회장이 됐다.

회장이 되기 전, 아침마다 유세하러 교실에 들어오면 내 시선을 잡아끄는 이는 보좌관 1의 그 소파 귀신이었다.

마치 웅변을 하듯 좌중을 휘어잡고 시선을 압도하는 회장 후보는 보이지 않고 누군가를 향해 애매하게 웃는 여학생에게 시선이 갔다.

질문을 하지 않아도 늘 오토매틱으로 설명해 주는 학교 정보통인 짝으로 인해 여학생 신상에 대해서 들을 수 있었다.

일명 이 학교 미소 천사인데 미소가 아침 햇살보다 환해 예쁘다고 했다.

아침부터 미친개인 선생들한테 대걸레로 얻어 터져 기분이 나쁘다가도 그 선배의 웃는 모습을 보면, 위로를 받은 것처럼 기운이 나고 기분이 나아진다는 정말 말도 안 되는 말을 들었다.

그가 늘 목격하는 모습은 찡그린 듯한 표정으로 물기를 머금고 있거나, 밤새 어디서 아르바이트를 하는지 모르겠지만 아무 데서나 숙면을 취하는 모습이었는데.

더불어 알게 된 건, 전교 1등 학생회장의 뒤를 바싹 추격하는 이가 그 소파 귀신이라는 사실이었다.

도서관을 가면 어김없이 보는 이가 그 여학생인데 전교권이라니 기가 막혔다.

뭐, 확인한 바 없으니 믿지는 않는다.

소파 귀신이 있는 코너는 온갖 외국 서적이 모여 있는 곳이었다. 그래서 그런지 구석지고 햇빛도 잘 들지 않아 잠자기 딱인 장소.

건물 외관상으로는 전혀 그럴 것 같지 않은데 도서관에는 사립학교임을 알리듯 다양한 원서들이 구비돼 있어 그거 하나는 마음에 들었다. 그러다 어느 날인가 어김없이 도서관으로 숨어들어 구석에서 오래된 원서를 보고 있는데 대화 소리가 들렸다.

"어른 책 같아요."

"어디가?"

"여기요."

"그 문장이 뭐가 어른스러워? 요즘 애들이 얼마나 영악한데……."

"교감선생님의 동화책을 읽어 주었으면 하는 애들은 영악한 애들이 아니라 그냥 보통의 아이들이잖아요. 그 아이들을 기준으로 보면 문장이 어려워요. 또 너무 길고요. 글자 없이 그림만 봐도 좋은 게 동화잖아요?"

"그건 그렇지만 이 정도는 어렵지 않다고 생각하는데."

"어른들도 보는 동화책을 목표로 하시는 건 알겠는데 그걸 감안해도 어려워요. 더 많이 잘라 내고 문장을 쉽게 다듬으세요. 저도 삽화 그렇게 그릴 거예요. 단순화시켜서."

"너 때문에 책이 산으로 가는 것 같아. 내가 모델로 하는 작가는 백석 시인이야. 너와 나의 인연을 만들어 준, 백석!"

"저, 그 백석 시인의 동화시 중 '집게네 네 형제' 열 번 넘게 읽었거든요. 그 동화 그렇게 어려운 문장으로 구성돼 있지 않아요. 그저 심오한 뜻을 내포하고 있을 뿐이지."

"내 책도 쉽고 심오해!"

"심오는 모르겠고 심각하게 어려워요."

"이영, 네 그림도 그리 썩 좋은 건 아니야!"

그 순간 보았다.

늘 도서관 구석에서 조금은 청승맞고 얼마쯤은 애처로운 모습으로 토막잠을 자는 여학생의 진짜 얼굴을. 그 계산 없고 거짓 없는 진짜 미소를……

그 이후로 길 잃은 아이처럼, 엄마 찾는 미아처럼 도서관을 찾아 여학생 곁을 맴돌았다.

등교 전, 병원부터 찾는 게 하루 일과였다.

서울 병원에서도 별다른 처방을 할 수 없는 상태라 아버지는 매일 조금씩 무너지고 계셨다. 아버지는 아들을 챙기실 여유가 없었다. 이해했다. 아버지의 지독한 아픔과 고독을.

충실한 짝의 직언으로 내게서 병원 냄새가 난다는 걸 알게 됐다.

그 사실을 알게 된 후부터는 병원을 오갈 때마다 씻고 씻었다. 일부러 향이 짙은 젤로 씻었다. 어머니의 병환을 누군가 아는 것도 싫었고, 그로 인해 티가 나는 것도 싫었다.

날이 더워질수록 씻는 횟수도 늘어났다. 그와 반대로 소파 귀신과 만나는 횟수가 점점 줄어들었다. 타이밍이 잘 맞지 않는다는 사실이 무척이나 아쉬웠다.

그러던 어느 날, 별 기대 없이 간 도서관에서 그녀를 봤다.

더위에 힘겨워하면서 웅얼거리는데 그 모습이 마냥 귀여웠다.

2년 선배의 위엄과 존경 같은 건 전혀 없었다. 아슬아슬하고도 미묘한 경계가 좋았다.

"아, 더워. 아이스크림 먹고 싶당. 아니야, 금방 녹을 거야. 좀 더 오래 갈 죠스바 먹고 싶어. 아, 먹고 싶어라."

혼자 궁시렁거리더니 나른한 건지 피곤한 건지 이내 잠이 들었다.

온갖 명칭을 거쳐 마침내 찾은 게 이영이다.

이영이란 이름으로 부르고 싶었다.

땡땡이 상습범에 잠꾸러기 여자 선배도, 붙박이 소파 귀신도, 선거 위원 도우미 넘버 1도 아닌, 이영.

비로소 찾은 그녀와의 거리.

죠스바를 사러 빠져나오면서도 도서관을 연신 바라봤다.

저 안에 웃음 천사 이영이 있다. 내 비밀스럽고도 잔잔한 웃음꽃이…….

슈퍼 아줌마에게 드라이아이스를 얻어 죠스바를 다섯 개나 샀다.

녹지 말라고 주문을 걸고 외우며 도서관으로 잠입했다. 이영은 자고 있었다.

기다렸다. 이영이 부스럭거릴 때까지.

조금씩 움직였다. 내 웃음꽃이.

봉지 안에서 가장 단단한 죠스바를 꺼내 이영 앞에 놓았다. 생각보다 너무 오래 자리를 비워 아쉽게도 먹는 것까지는 확인을 하지 못했다.

'먹었을까? 내가 준 것도 모르겠지. 누가 준지 몰라 안 먹고 버렸나? 그랬을까?'

궁금해 별의별 생각을 다했다.

그간 잘 몰랐는데 이영을 곁에서 지켜보면서 별별 생각을 하고 온갖 상상의 캐릭터를 대입하고 덧칠하는 내 자신을 보게 됐다. 그로 인해 늘 시간 가는 줄 몰랐다.

도서관에서의 시간은 늘 그렇게 빠르게, 순식간에 지나갔다.

웃음꽃이 있어 학교 다닐 이유가 생기고, 엄마를 보낼 준비를 할 수 있었다.

워낙에 오랜 시간 아프셨고 누워 계신 모습을 오랜 기간 봐

왔기에 매일 슬픔에 빠져 우울하게 보내진 않았다. 그래서도 안 되고, 그럴 이유도 없었다.

엄마와는 아침마다 간결한 작별 인사를 했다.

그렇게 아버지는 아버지의 하루를, 난 나의 일상을 살았다.

그늘지고 무언가가 억제된 일상에 웃음 천사가 있어 다행이다.

일이 생긴 건, 이영을 특별하게 인식한 며칠 뒤였다.

내가 다녀가지 않는 날엔 또 다른 누군가 이영을 보살핀다는 걸, 그때까지 알지 못했다. 늘 도서관은 나와 이영만의 특별한 공간이라 생각했다.

그날도 내 웃음꽃은 자고 있었다.

늘 그렇듯 조금은 우울하고 약간은 부은 얼굴을 하고.

언제나 그 모습을 보고 가슴에 새기기에 급급해 의문을 갖지 않았었는데 그날은 좀 달랐다.

왜 늘 어두운 얼굴로 도서관 구석을 차지하고 있는지 궁금했다.

감정이 조금씩 강도를 높이면서 이영의 대한 각별한 소유권을 주장하고 싶었다.

알고 싶고 만약 알게 된다면, 어쩌면 도움을 줄 수도 있을 거라 생각했다. 그런 이유로 몇 겹의 책장 사이가 아닌 바로 앞에서 이영을 지켰다.

동일인인데도 잠든 모습과 웃는 모습이 이리도 다를 수 있다는 게 신기했다.

잠든 이영을 빤히 쳐다보는데 입가의 뭔가가 반짝였다. 그냥 두어도 될 정도의 작은 먼지 같은 거였지만 떼어 내고 싶었다. 그로 인해 덤으로 얻어지는 고운 뺨을 한 번이라도 만져 보고 싶었다.

그래서 그랬다.

나도 모르게 손을 뻗은 건.

천천히 뺨 아래 손을 가져갔다. 아주 조금만 가 닿길 바라면서…….

다행히 깨지 않고 서로 눈이 부딪히지 않고 다가가는데 한순간 강한 힘에 의해 몸이 뒤로 당겨지며 이영이 누워 있는 바로 옆 책장에 기대섰다.

처음 보는 학생이었다. 팔을 무지막지하게 잡아챈 남학생은.

"너 뭐야? 뭔데 이상한 짓거리야?"

크지 않은 목소리로 말했다. 왼쪽 가슴을 보니 3학년이었다.

"뭐냐고? 혹시, 네가 이영이…… 이놈 봐라, 1학년이잖아? 1학년이 수업 시간에 수업 안 받고 지금 여기서 뭐하냐? 담탱이 누구야?"

키도 그리 크지 않았고 험악한 인상도 아니었지만 그래도 선배다. 같은 학교 선배.

가볍게 물리치고 밀어낼 수 있었지만 그러지 않았다. 무엇보다 숙면을 취하고 있는 이영이 깰까 봐 그러고 싶지 않았다.

"이거 놓고 말씀하세요. 도망 안 가니까."

"그래? 도망을 안 가시겠다. 그럼 내가 가야 하나?"

"그러시든지요. 근데 이런 상태가 계속되면 이대로 역전될 수도 있습니다. 선배님."

나지막한 도발에 상대의 눈이 반짝였다.

"허, 후배님께서 무척이나 예의가 없으시네. 근데 어쩌지, 저기 누워 있는 이영이는 내 여자 친구야. 그러니까 그렇게 쳐다보지 말고 앞으론 여기 출입도 하지 마."

경고인 건 확실하지만 따를 마음은 전혀 없었다.

"왜 그래야 하죠?"

"이놈 봐라. 방금 들었잖아. 이영이는 내 여자 친구라고……."

"그저 선배님의 여자 친구란 이유만으로 접근 금지시키고, 이 학교 학생이면 누구나 자유롭게 드나드는 도서관 출입을 개인인 선배님이 막으시겠다고요? 그게 말이 된다고 생각하십니까? 그런 말도 안 되는 이유라면 전 싫은데요. 그러고 싶지 않아요."

이유가 너무 빈곤했다.

이영을 보고자 하는, 아니, 꼭 봐야 하는 내 절실한 마음을 물리치고 꺾기에는.

"뭐? 정중히 말하니까 선배가 선배로 안 보이고 네 동기로 보이냐?"

서로 감정이 조금씩 격앙됐지만 상관없었다.

"동기든 선배든 이거 놓으시라고요."

더는 참기가 싫어져 멱살 잡은 손을 강하게 뿌리쳤다. 그러자 약간 비틀거리던 선배는 곧장 주먹을 들어 가격했다. 다행히 얼굴은 피했지만 한쪽 어깨가 맞아 밀리며 우직하면서도 오래된 책장을 건드렸다.

그 순간 머리를 스친 건, 이영이었다.

충격은 이영이 있는 반대편 천장에 쌓여 있는 책들에게까지 이어지고 전해졌다.

미처 생각할 새도 없었다. 그대로 몸을 날려 이영의 얼굴과 상체 쪽을 가렸다.

몇 개인 줄 모르는 책이 우르르 떨어져 내렸다. 어깨와 등을 강타하는 책은 무척이나 아팠지만 참았다. 잠시 후, 더 이상 중력의 힘을 느낄 수 없어 고개를 들어 책장 위를 확인했다.

보지 말았어야 했다.

마지막 한 권, 미처 떨어지지 않는 책이 얼굴을 강타했다.

모서리에 맞았는지 말을 할 수 없을 정도로 아팠지만 참았다.

그 순간 이영이 '뭐야.' 하는 말과 함께 파르르하며 눈을 뜨려 했다.

순간적으로 진득한 핏기가 느껴지는 얼굴을 감싸고 빠르게 도서관을 빠져나왔다.

그 일이 있고 일주일 넘게 도서관을 찾지 않았다.

우물처럼 패인 상처는 한쪽 입가에 고스란히 흔적을 남겼다.

상처보다 이영을 볼 수 없단 사실이 더 신경 쓰였다.

교정을 돌아다니고 학교 계단을 부지런히 왔다 갔다 하면, 어쩌면 볼 수도 있었지만 3학년은 1층, 1학년은 4층으로 꽤 거리가 있었다.

사실 1학년 명찰을 단 남학생이 3학년 반을 기웃거리는 게 흔한 일은 아니었다.

그날 주먹다짐을 한 선배는 학교에서 몇 번 더 스쳐 지나갔지만 아는 체하지 않았다. 그 선배는 아는 척하려 했을 수도 있지만 내가 피했다.

단지 맞아서 피한 건 아니었다.

어쩌면 이영과 나의 비밀스런 공간을 들키고 빼앗긴 데에 대한 반발 심리인지도 모르고 아니면 이영 스스로 나를 찾아와 주길 바라서인지도 모른다.

기대와 달리 그런 일은 일어나지 않았다.

주먹다짐을 한 선배는 이영에게 끝까지 내 존재를 알리지 않았다.

도서관 출입을 하지 않은지 꼭 열흘 되는 날, 엄마가 떠나셨다.

아버지는 소리 없이 통곡하셨고, 난 참았던 울음을 기어이 터트렸다.

이유는 알 수 없지만 울음은 멈추지 않고 계속 나왔다.

그날 난 그 누구보다 서럽게 우는 효자 아들이었다.

시간은 빠르게 지나갔다.

그 짧은 시간 기력을 잃고 급속도로 늙어 버린 아버지는 이제 병원 근처가 아닌 집에서 가까운 학교를 거론하셨지만 전학은 가지 않았다.

가고 싶지 않았다.

도서관 잠 귀신이 졸업을 하자 난 2학년이 됐다.

2학년이 되고 다시 도서관을 교실처럼 출입했다.

아직 동화 작가로 입봉하지 못한 교감선생님의 동화책은 언제부턴가 내가 비평하고 감수하게 됐다. 그리고 도서관 붙박이 이영이 늘 같은 모습으로 누워 있던 소파에 이젠 내가 누웠다.

이 낡고 닳은 소파에.

— real end

작가 후기

올봄 어느 드라마를 보며 단단히 매료됐었습니다.

대사와 캐릭터, 그들이 나눈 대화와 그들의 험준하고 애틋한 사랑에.

동시에 제 오래된 친구도 생각났습니다.

반항기 충만한 중학생 아들이 있는 저와 동갑이면서, 아직까지 결혼에 소홀하고 여전히 소녀처럼 수줍고 늘 아이처럼 대책 없는 제 천진난감한 친구가요.

친구가 이영과 같은 사랑을, 그녀처럼 조심스런 보폭을 하다 결국엔 확신과 함께 질주하길 바라는 마음에서 계속 소설을 써 내려갔습니다.

개인적으로 사랑은 첫눈에 반해 하버링 같은 격정적인 사랑을 하는 이도 있고, 나와 같이 성장하고 동일한 성장통을 겪으면서 때론 친구처럼 연인처럼 피부와 폐부에 깊숙이 각인되는 러브 그루브 같은 사랑도 있다고 생각합니다.

하지만 적지 않은 나이, 앞의 두 사랑은 무리가 있다 생각합니다. 물론 할 수만 있다면 이보다 더 좋을 수는 없겠지만 쉽지는 않겠죠. 그런 소설 같은 사랑은.

앞의 두 소설과 달리 이번 소설은 조금 묵직하길 바랐습니다.

나이와 감정이 성숙한 이의 사랑이 굳이 묵직하고 톤 낮을 필요는 없지만 한 번쯤 그런 사랑을, 나이가 준 혜안으로 현명하고 요란하지 않게 풀어내는 그런 사랑을 그리고 싶었습니다.

가족은 늘 어렵습니다. 동시에 늘 고마운 사람들이구요.

그들 때문에 산다고 할 수는 없지만, 그들이 없는 세상 또한 상상이 되지 않습니다.

혼자는 절대 살아지지가 않는 버거운 세상이니까요.

그러니 제 소중한 친구도 어여 어여 가족만큼 든든하고 가족처럼 해비한 짝을 찾길 바랍니다.

마지막으로 이 소설을 쓸 수 있게 도와주신 제 오랜 스승 같은 청담동 샵 김양판 사장님과 현숙 언니 고맙습니다. 그간 액세서리를 디자인하느라 금세공에 대한 많은 것들을 잊고 있었는데 두 분이 계셔서 그때의 감각을 소환해 끝까지 완성할 수 있었습니다.

한 가지 말씀드릴 게 있습니다.

대한제국비사가 예정과 달리 좀 많이 연기됐습니다.

스토리에 문제가 생겨 본의 아니게 다른 소설 뒤로 밀리게 됐네요. 반드시 출간은 할 예정이지만 그 시점이 언제인지는 정확하지가 않습니다.

혹시나 해서 알려드립니다.

독자 분들 중 저처럼 대한제국시대를 사랑하고 연민하는 마음으로 기다리시는 분들도 계실 수 있으니까요. 그런 분들은 조금 더 기다려 주세요.

멀지 않아 한말희를 소환할 생각이니까요.

2014년, 가을 언저리에서
다미레 드림